W0201173

Blauwe maandag

Van Nicci French verscheen eveneens bij uitgeverij Anthos

Het geheugenspel
Het veilige huis
Bezeten van mij
Onderhuids
De rode kamer
De bewoonde wereld
Verlies
De mensen die weggingen
De verborgen glimlach
Vang me als ik val
Verloren
Tot het voorbij is
Wat te doen als iemand sterft
Medeplichtig

Nicci French

Blauwe maandag

Vertaald door
Irving Pardoen

Anthos | Amsterdam

FSC
www.fsc.org
MIX
Papier van
verantwoorde herkomst
FSC® C013683

ISBN 978 90 414 1464 9 (paperback)
ISBN 978 90 414 1765 7 (gebonden)

Oorspronkelijke titel *Blue Monday*
Oorspronkelijke uitgever Michael Joseph
Omslagontwerp Marry van Baar
Omslagillustratie © Theresa Martinat/www.theresamartinat.com
Foto auteur © Annemarieke van den Broek

Verspreiding voor België:
Veen Bosch & Keuning uitgevers n.v., Antwerpen

Voor Edgar, Anna, Hadley en Molly

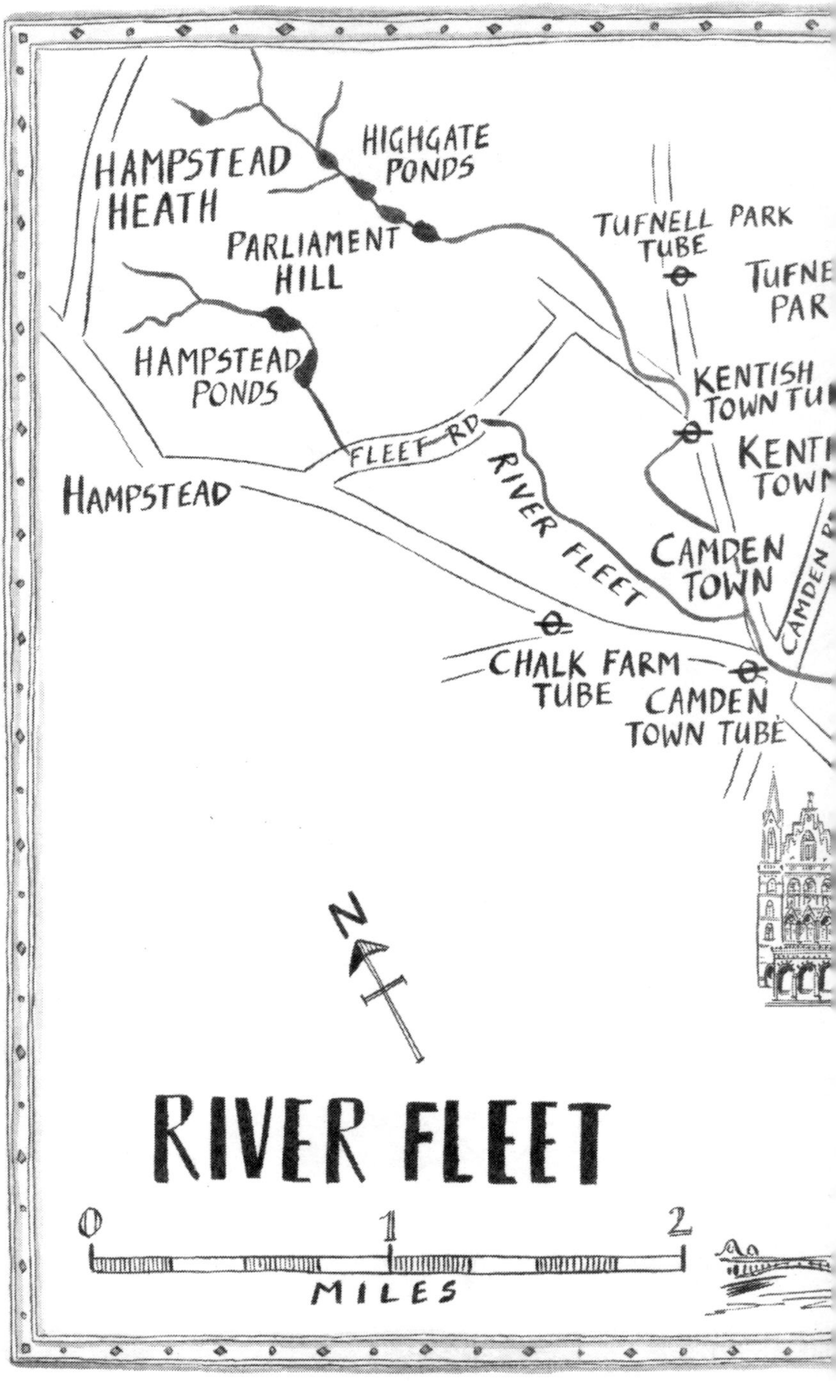
HAMPSTEAD HEATH
HIGHGATE PONDS
PARLIAMENT HILL
HAMPSTEAD PONDS
TUFNELL PARK TUBE
KENTISH TOWN
CAMDEN TOWN
FLEET RD
RIVER FLEET
HAMPSTEAD
CHALK FARM TUBE
CAMDEN TOWN TUBE
N
RIVER FLEET
0
1
2
MILES

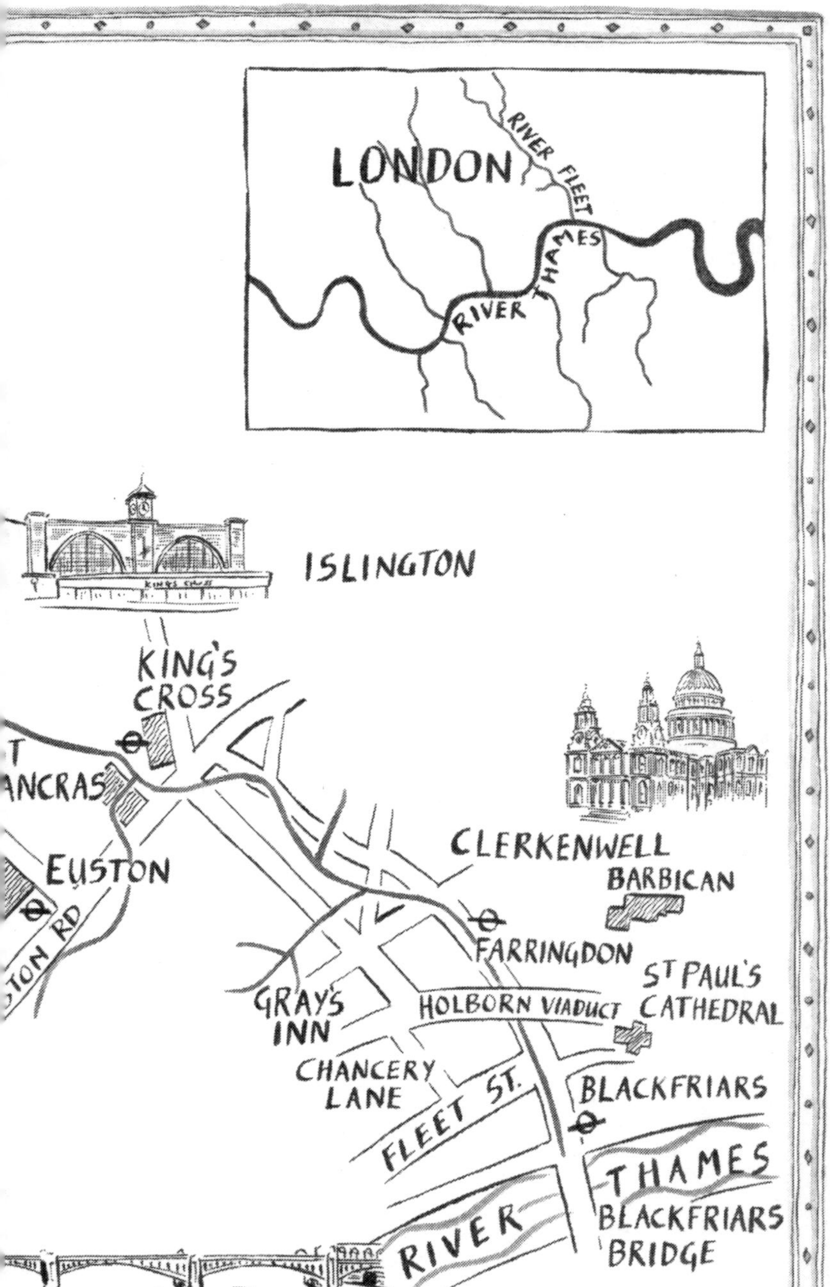

LONDON
RIVER FLEET
RIVER THAMES
ISLINGTON
KING'S CROSS
EUSTON
CLERKENWELL
BARBICAN
FARRINGDON
ST PAUL'S CATHEDRAL
GRAY'S INN
HOLBORN VIADUCT
CHANCERY LANE
FLEET ST.
BLACKFRIARS
RIVER THAMES
BLACKFRIARS BRIDGE

1987

Er waren in deze stad veel spoken. Ze moest uitkijken. Ze lette erop dat ze niet op de voegen tussen de stoeptegels stapte, en hinkelend en springend zette ze haar in versleten rijglaarsjes gestoken voeten telkens midden op de tegels. Het hinkelen ging haar goed af. Zolang als ze zich kon herinneren deed ze het op weg naar school en terug naar huis al, eerst rukkend en trekkend aan de hand van haar moeder, springend van de ene veilige plek naar de volgende, en later alleen. Niet op de voegen stappen, want anders... Misschien was ze eigenlijk te oud voor dit spelletje, want ze was al negen en over een paar weken werd ze tien, vlak voor de zomervakantie. Toch bleef ze het doen, uit gewoonte voornamelijk, maar ook vanwege een vage ongerustheid om wat er zou kunnen gebeuren als ze ermee ophield.

Hier kwam een lastig stukje – de stoeptegels waren gebarsten en vormden een grillig mozaïek. Ze wist het te overbruggen door met één teen op het kleine eilandje tussen de barsten te stappen. Haar vlechten sloegen tegen haar gloeiende wangen, en haar schooltas, zwaar van alle boeken en haar half leeggegeten broodtrommeltje, stootte tegen haar heup. Ze hoorde Joanna achter zich aan komen. Ze draaide zich niet om. Haar zusje liep altijd achter haar aan en viel haar altijd lastig. Nu zat ze weer te jammeren: 'Rosie! Rosie, wacht op mij!'

'Schiet op dan,' riep ze over haar schouder. Er liepen inmiddels een paar mensen tussen hen in, maar ze ving een glimp op van het warme, rood aangelopen gezicht van Joanna onder haar donkere pony. Ze keek bezorgd, het puntje van haar tong in opperste concentratie tussen haar lippen. Haar voet kwam op een voeg terecht, ze wankelde en stapte nog een keer mis. Dat deed ze nou altijd. Ze was een onhandig kind, dat eten morste, tegen allerlei dingen aan botste en in de hondenpoep stapte. 'Schiet op!' riep Rosie nog een keer boos, terwijl ze tussen de andere voetgangers door laveerde.

Het was vier uur 's middags en de lucht was strakblauw; het trottoir baadde in het zonlicht en deed pijn aan je ogen. Toen ze de hoek omsloeg op weg naar de winkel liep ze ineens in de schaduw, waar ze, nu het gevaar geweken was, haar pas vertraagde totdat ze gewoon liep. De stoeptegels gingen over in asfalt. Ze passeerde de man met het pokdalige gezicht, die met een blikje voor zich in de deuropening zat. Hij had geen veters in zijn schoenen. Ze probeerde hem niet aan te kijken. Ze hield niet van de manier waarop hij glimlachte, zonder echt te lachen, zoals haar vader ook weleens deed als hij op zondag afscheid nam. Het was nu maandag, en op maandag miste ze hem het meest, als de hele week nog voor haar lag en ze wist dat hij er niet zou zijn. Waar was Joanna? Ze wachtte en keek naar de mensen die voorbijliepen – een stel grotere kinderen, een vrouw met een hoofddoekje en een grote tas, een man met een stok – en toen kwam daar ook haar zusje vanuit het stralende licht de schaduw in, een iel figuurtje met een veel te grote tas, knokige knieën en groezelige witte sokjes. Haar pony zat tegen haar voorhoofd geplakt.

Rosie draaide zich weer om en liep verder naar de snoepwinkel, bedenkend wat ze zou kopen. Misschien zuurtjes… of anders een zakje chocolaatjes, maar het was zo warm dat die op weg naar huis zouden smelten. Joanna zou aardbeiveters kopen, waarvan ze een vieze, roze mond kreeg. Haar klasgenoot Hayley was al binnen, en samen gingen ze voor de toonbank staan om snoep uit te zoeken. Zij zou zuurtjes nemen, besloot ze, maar ze moest met betalen wachten tot Joanna er was. Ze keek naar de deur, en even dacht ze iets te zien – een vage schim, een luchtspiegeling, of iets anders, iets glinsterends in de hete lucht. En toen was het weg. Er stond niemand in de deuropening. Geen mens.

Ze klaagde er hardop over, terwijl buiten remmen piepten. 'Ik moet altijd op mijn zusje wachten.'

'Ja, da's pech,' zei Hayley.

'Ze is zo'n huilebalk. Stomvervelend.' Ze zei het omdat ze het gevoel had dat ze het moest zeggen. Je moest last hebben van jongere broertjes en zusjes, je hoofd schudden en je over hen beklagen.

'O, vast en zeker,' zei Hayley kameraadschappelijk.

'Waar is ze?' Met een theatrale zucht legde Rosie haar snoepgoed neer en liep naar de deur om naar buiten te kijken. Er reden auto's voorbij. Er liep een vrouw langs in een sari met veel goud en roze en zoete geuren, en toen drie jongens van de middelbare school verderop die elkaar telkens aanstootten met hun puntige ellebogen.

'Joanna! Joanna, waar ben je?'

Ze hoorde haar stem hard en boos klinken en dacht bij zichzelf: ik klink net als mijn moeder als ze weer zo'n bui heeft.

Hayley kwam luidruchtig kauwend op haar kauwgom naast haar staan. 'Waar is ze dan gebleven?' Uit haar mond kwam een roze bel, die ze vervolgens weer naar binnen zoog.

'Ze weet dat ze bij me hoort te blijven.'

Rosie rende naar de hoek waar ze Joanna het laatst had gezien en keek met half toegeknepen ogen om zich heen. Ze riep nog een keer, maar haar stem ging verloren in het geraas van een vrachtwagen. Misschien had ze aan de overkant van de straat een vriendinnetje gezien en was ze overgestoken. Het was niet waarschijnlijk. Ze was een gehoorzaam kind. Volgzaam, noemde hun moeder haar.

'Zie je haar niet?' vroeg Hayley, die achter haar aan was gekomen.

'Ze is waarschijnlijk zonder op mij te wachten naar huis gegaan,' zei Rosie. Ze had nonchalant willen klinken, maar hoorde zelf de paniek in haar stem.

'Nou, ik zie je, hè.'

'Ja, zie je.'

Ze deed haar best om normaal te lopen, maar het ging niet. Rust was er niet meer bij. Met bonzend hart en een nare smaak in haar mond zette ze een halfhartig drafje in. 'Stom kind,' zei ze steeds maar, en: 'Ik vermoord haar. Als ik haar zie, dan zal ik...' Ze voelde zich duizelig. Ze stelde zich voor hoe ze Joanna bij haar knokige schouders pakte en door elkaar rammelde zodat haar hoofd heen en weer zwiepte.

Thuis. Een blauwe voordeur en een heg die niet meer was gesnoeid sinds haar vader vertrokken was. Ze bleef staan en voelde zich een beetje misselijk – net zo'n gevoel als wanneer ze iets stouts had gedaan. Ze liet de klopper hard neerkomen omdat de bel het niet meer deed. Ze wachtte. O, als ze nou maar thuis is... als ze nou maar thuis is... De deur ging open, en daar stond haar moeder, nog met haar jas aan van haar werk. Ze keek Rosie aan, waarna haar blik afdwaalde naar de leegte achter haar.

'Waar is Joanna?' Het zinnetje bleef tussen hen in in de lucht hangen. Rosie zag haar moeder verstrakken. 'Rosie? Waar is Joanna?'

Ze hoorde zichzelf zeggen: 'Ze was bij me. Het is mijn schuld niet. Ik dacht dat ze in haar eentje naar huis was gegaan.'

Haar moeder pakte haar hand, en voordat Rosie het wist haastten haar moeder en zij zich terug langs de route die ze had gevolgd – de straat waar ze woonden uit, langs de snoepwinkel waar kinderen voor de deur rondhingen, langs de man met het pokdalige gezicht en de wezenloze glimlach, en de hoek om, vanuit de schaduw in het stralende licht. Steken in haar zij en snelle voetstappen, zonder pardon op de voegen.

En steeds hoorde ze, boven het bonzen van haar hart en haar astmatisch piepende adem uit, haar moeder roepen: 'Joanna? Joanna? Waar ben je, Joanna?'

Deborah Vine drukte een tissue tegen haar mond, alsof ze haar woordenstroom wilde stelpen. Buiten voor het raam zag de agent een slank, donkerharig meisje doodstil in het achtertuintje staan, de armen langs haar lichaam en een schooltas nog over haar schouder. Deborah Vine keek hem aan. Hij wachtte op antwoord.

'Ik weet het niet precies,' zei ze. 'Om een uur of vier. Onderweg van school naar huis, de basisschool aan Audley Road. Ik zou haar zelf hebben opgehaald, maar ik red 't vanuit mijn werk niet om daar op tijd te zijn – en bovendien, ze was met Rosie en hoefde nergens over te steken, dus ik dacht dat het geen kwaad kon. Andere moeders laten hun kinderen alleen naar huis lopen, en dat moeten ze ook leren, toch? Zelfstandig worden? En Rosie had beloofd op haar te letten.'

Ze haalde diep en onregelmatig adem.

Hij maakte een aantekening in zijn notitieboekje en informeerde nog eens naar Joanna's leeftijd. Vijf jaar en drie maanden. Waar ze het laatst gezien was? Voor de snoepwinkel. Deborah kon zich de naam niet herinneren. Ze konden er wel even langs lopen.

De agent klapte zijn notitieboekje dicht. 'Ze zal wel met een vriendinnetje mee naar huis zijn gegaan,' zei hij. 'Maar hebt u een foto van haar? Een recente.'

'Ze is klein voor haar leeftijd,' zei Deborah. Ze kon de woorden nauwelijks over haar lippen krijgen. De agent boog zich voorover om haar te kunnen horen. 'Een mager klein meisje. Een braaf kind. Erg verlegen als ze je niet kent. Ze zou nooit met een vreemde meegaan.'

'Een foto?' vroeg hij.

Ze ging er een zoeken. De agent keek weer naar het meisje in de tuin met haar uitdrukkingsloze witte gezichtje. Hij zou met haar moeten praten, of anders een van zijn collega's. Een vrouw was beter. Maar misschien zou Joanna weer opduiken voordat dat nodig was. Ze zou wel met een vriendinnetje mee zijn gegaan om te spelen met... nou ja, waar meisjes van vijf mee spelen – poppen, kleurplaten, theeserviesjes of wat dan ook. Hij keek naar de foto die Deborah Vine hem aanreikte, een foto van een meisje met donker haar, net als haar zus, en een smal gezichtje. Een tand waar een stukje af was, een steile pony, een glimlach die deed vermoeden dat ze haar gezicht in de plooi had getrokken toen de fotograaf 'lach 'ns even naar me' tegen haar had gezegd.

'Hebt u uw man op de hoogte gebracht?'

Ze vertrok haar gezicht.

'Richard... Mijn... Ik bedoel, hun vader... woont niet bij ons.' En toen, alsof ze zich niet meer kon inhouden: 'Hij is er met een jongere vrouw vandoor gegaan.'

'U moet het hem laten weten.'

'Is het zo ernstig?' Ze wilde hem horen zeggen van niet, dat het niet veel om het lijf had, maar ze wist dat het wel degelijk bittere ernst was. Ze was klam van angst. Het straalde bijna van haar af, voelde hij.

'We houden contact. Een vrouwelijke collega van me is op weg hiernaartoe.'

'Wat kan ik intussen doen? Ik moet toch iets kunnen doen. Ik kan hier niet gewoon maar zitten wachten. Zeg toch wat ik moet doen. Het maakt niet uit wat.'

'U zou de telefoon kunnen pakken,' zei hij. 'Mensen opbellen bij wie ze zou kunnen zijn.'

Ze pakte zijn mouw. 'Zeg dat het allemaal goed komt,' zei ze smekend. 'Zeg dat u haar zult vinden.'

De agent keek opgelaten. Dat kon hij niet zeggen, en hij kon evenmin iets anders bedenken.

Elke keer als de telefoon ging, was het erger. Er kwamen mensen aan de deur. Ze hadden het gehoord. Wat vreselijk, maar natuurlijk zou het goed aflopen. Alles zou goed komen. Er zou een einde komen aan deze nachtmerrie. Konden ze iets voor haar doen, wat dan ook? Ze hoefde het maar te zeggen. Vraag het maar gewoon. De zon stond nu laag aan de hemel en wierp lange schaduwen over de straten, de huizen en de parken. Het was fris geworden. Overal in Londen zaten mensen voor de televisie, of ze roerden in pannen op het fornuis, of ze stonden in groepjes in bedompte, rokerige pubs te praten over de voetbaluitslagen van zaterdag of over hun vakantieplannen of te klagen over hun pijntjes en kwaaltjes.

Rosie zat met wijd open ogen weggedoken in een stoel. Een van haar vlechten was losgeraakt. De politieagente, een forse, mollige, aardige vrouw, zat naast haar neergehurkt en klopte op haar arm. Maar ze kon het zich niet herinneren, ze wist het niet, ze moest haar mond houden: woorden waren gevaarlijk. Niemand had haar iets verteld. Ze wilde dat haar vader thuis zou komen en alles goed zou maken, maar ze wist niet waar hij was. Ze konden hem niet bereiken. Haar moeder zei dat hij wel onderweg zou zijn. Ze stelde zich hem ergens op een weg voor, waar hij van hen wegliep en onder een donkere hemel steeds kleiner werd totdat hij in de verte verdween.

Ze kneep haar ogen stijf dicht. Als ze ze opendeed, zou Joanna er weer zijn. Ze hield haar adem in tot ze pijn in haar borst kreeg en het bloed in haar oren hoorde bonken. Ze kon dingen laten gebeuren. Maar toen ze haar ogen opendeed en het vriendelijke, bezorgde gezicht van de politieagente zag, zat haar moeder nog te huilen en was er niets veranderd.

Om halftien de volgende ochtend werd er een briefing gehouden in een zaaltje van het politiebureau in Camford Hill dat als commandopost aangewezen was. Het was het moment waarop de tot dan toe spontane, chaotische zoektocht overging in een gecoördineerde operatie. De zaak kreeg een nummer. Hoofdinspecteur Frank Tanner nam de leiding op zich en informeerde de aanwezigen. Er werd een team geformeerd, de taken werden besproken en verdeeld, er werden telefoonnummers gereserveerd voor informatielijnen, er werden prikborden opgehangen, en in de zaal was een algemene sfeer van urgentie voelbaar. Maar er was nog iets, en daar sprak niemand met zoveel woorden over, hoewel iedereen het voelde: een wee gevoel in de maag. Hier was geen sprake van vermissing van een tiener of van een man die na een huiselijke twist spoorloos verdwenen was. Dan zouden ze hier niet zijn. Het ging nu om een meisje van vijf. Er was zeventienenhalf uur verstreken sinds ze voor het laatst was gezien. Dat was te lang. Er was een hele nacht verstreken. Het was een koele nacht geweest, want het was juni en geen november, dus dat was een kleine meevaller. Maar toch. Een hele nacht.

Hoofdinspecteur Tanner stond te vertellen wat er op de persconferentie later die ochtend zou worden gezegd toen hij werd onderbroken. Een agent kwam binnen, baande zich een weg naar voren en zei iets tegen Tanner wat niemand anders kon verstaan.

'Is hij beneden?' vroeg Tanner. De agent beaamde het. 'Ik ga meteen naar hem toe.'

Tanner knikte naar een collega, en samen verlieten ze het vertrek.

'Is het de vader?' vroeg de rechercheur, die Langan heette.

'Ja, eindelijk.'

'Staan zeker niet op goede voet met elkaar?' zei Langan. 'Hij en zijn ex.'

'Zal wel niet,' antwoordde Tanner.

'Het is meestal een bekende,' zei Langan.

'Goed om te weten.'

'Dat zeggen ze toch altijd.'

Ze bleven staan voor de deur van de spreekkamer.

'Hoe ga je het aanpakken?' vroeg Langan.

'Hij is een bezorgde vader,' zei Tanner, en deed de deur open.

Richard Vine kwam overeind. Hij had een grijs pak aan, zonder stropdas. 'Is er nog nieuws?' vroeg hij.

'We doen wat we kunnen,' zei Tanner.

'Helemaal geen nieuws?'

'Het is nog vroeg,' zei Tanner, die zich terwijl hij het zei al realiseerde dat dit niet waar was. Dat het een ontkenning van de realiteit was. Hij gebaarde dat Richard Vine weer kon gaan zitten.

Langan ging ergens opzij staan, zodat hij de vader kon observeren terwijl hij sprak. Vine was lang en had de ietwat gebogen houding van iemand die zich ongemakkelijk voelt met zijn lengte. Hij had donker haar dat aan de slapen al grijs werd, hoewel hij niet veel ouder kon zijn dan halverwege de dertig. Hij had donkere, geprononceerde wenkbrauwen en was ongeschoren. Hij had een wat gekwelde uitdrukking op zijn bleke, licht opgezette gezicht. Zijn bruine ogen waren roodomrand en zo te zien geïrriteerd. Hij keek verbouwereerd.

'Ik was onderweg,' zei Vine ongevraagd. 'Ik wist het niet. Ik hoorde het pas vanmorgen vroeg.'

'Kunt u me vertellen waar u was, meneer Vine?'

'Ik was onderweg,' herhaalde hij. 'Mijn werk...' Hij zweeg en streek een lok uit zijn gezicht. 'Ik ben vertegenwoordiger en ben veel onderweg. Maar wat heeft dat met mijn dochter te maken?'

'We willen alleen weten waar u was.'

'Ik was in St. Albans. Er is daar een nieuw sportcentrum. Wilt u weten wanneer het exact was? Moet u een bewijs hebben?' Zijn stem klonk scherper. 'Ik was hier helemaal niet in de buurt, als u dat soms dacht. Wat heeft Debbie allemaal over mij gezegd?'

'Ik wil graag weten wanneer.' Tanner hield zijn stem neutraal. 'En de namen van iedereen die kan bevestigen wat u ons vertelt.'

'Wat denkt u? Dat ik haar ontvoerd en ergens verborgen heb, omdat Debbie niet wil dat de kinderen de nacht bij me doorbrengen, dat ze hen tegen mij opzet? Dat ik...' Hij kon het niet over zijn lippen krijgen.

'Dit is gewoon een standaardprocedure.'

'Voor mij niet! Mijn kleine meid is zoek, mijn schatje.' Hij zakte wat ineen. 'Natuurlijk zal ik u verdomme vertellen wanneer ik daar was. U mag het nagaan. Maar u verdoet uw tijd met mij, en al die tijd zoekt u niet naar haar.'

'We zoeken echt wel,' zei Langan. Hij dacht: zeventienenhalf uur. Achttien inmiddels. Een kind van vijf, en ze is al achttien uur zoek. Hij keek de vader aan. Je kon nooit weten.

Enige tijd later hurkte Richard Vine neer naast de bank waarop Rosie zat, ineengedoken, nog in haar pyjama en met de vlechtjes van de vorige dag nog in haar haar, al waren die langzamerhand losgeraakt.

'Papa?' zei ze. Het was zowat het eerste wat ze zei sinds haar moeder de vorige middag de politie had gebeld. 'Papa?'

Hij spreidde zijn armen en drukte haar tegen zich aan. 'Maak je maar geen zorgen,' zei hij. 'Ze komt gauw weer thuis. Je zult het zien.'

'Echt waar?' fluisterde ze in zijn hals.

'Echt waar.'

Maar ze voelde zijn tranen op haar hoofd druppelen, precies op haar scheiding.

Ze vroegen haar wat ze zich kon herinneren, maar ze kon zich niets herinneren. Alleen de voegen tussen de stoeptegels, het kiezen van het snoepgoed, Joanna's geroep dat ze moest wachten. En dat ze steeds bozer was geworden op haar zusje en had gewenst dat ze niet bij haar zou zijn. Ze zeiden dat het belangrijk was dat ze vertelde wie ze allemaal had gezien op de route van school naar huis. Degenen die ze kende, maar ook de mensen die ze niet kende. Het deed er niet toe als ze dacht dat het onbelangrijk was: dat maakten zij wel uit. Maar ze had niemand gezien, alleen Hayley in de snoepwinkel en de man met het pokdalige gezicht. Allerlei schimmen schoten door haar hoofd. Ze had het koud, hoewel het buiten zomers warm was. Ze stopte het uiteinde van haar losgeraakte vlecht in haar mond en sabbelde er verbeten op.

'Nog steeds niks?'
'Geen woord.'
'Ze denkt dat het haar schuld is.'
'Arm kind, het zal je maar gebeuren op die leeftijd.'
'Ssst. Niet doen alsof het al een uitgemaakte zaak is.'
'Denk je echt dat ze nog leeft?'

Ze bakenden het braakliggende stukje grond vlak bij het huis af en zochten het langzaam en zorgvuldig af, waarbij ze zich af en toe bukten om iets op te rapen en in een plastic zakje te stoppen. Ze gingen de deuren langs met een foto van Joanna, de foto die haar moeder hun die maandagmiddag had gegeven, waar ze op stond met een pony en een gedweeë glimlach op haar smalle gezichtje. Het was inmiddels een beroemde foto. De kranten hadden er beslag op weten te leggen. Voor het huis stonden journalisten, fotografen en een tv-ploeg. Joanna werd 'Jo' of, nog erger, 'Kleine Jo', alsof ze een brave kleine heldin was uit een ouderwets kinderboek. Er gingen geruchten. Het was onmogelijk te zeggen waar ze vandaan kwamen, maar ze verspreidden zich als een lopend vuurtje door de buurt. Het was die zwerver. Het was een man in een blauwe stationcar. Het was haar vader. Haar kleren waren in een vuilcontainer gevonden. Ze was gesignaleerd in

Schotland, in Frankrijk. Het stond vast dat ze dood was, het stond vast dat ze nog leefde.

Rosies oma kwam bij hen logeren, en Rosie ging weer naar school, al wilde ze dat niet. Ze was bang om op een bepaalde manier aangekeken te worden, dat ze achter haar rug om over haar zouden praten en alleen haar vriendinnetje wilden worden omdat dit haar was overkomen. Als ze zich in de klas probeerde te concentreren op wat de juffrouw zei, voelde ze het achter zich rondzingen: *Het is haar schuld dat ze haar kleine zusje hebben ontvoerd.*

Ze wilde niet naar school, maar ze wilde ook niet thuisblijven. Haar moeder leek niet meer op haar moeder. Ze deed alsof ze haar moeder was, maar ze was er nooit met haar gedachten bij. Haar blik schoot steeds heen en weer. Ze hield telkens haar hand voor haar mond, alsof ze iets vóór zich wilde houden, een of andere waarheid die ze anders zou uitschreeuwen. Haar gezicht kreeg iets ouwelijks, ze zag er uitgeteerd en gekweld uit. Als Rosie 's avonds in bed lag en de lichtbundels van de auto's buiten over haar plafond zag gaan, hoorde ze haar moeder beneden rondscharrelen. Zelfs als het donker was en de hele wereld sliep, was haar moeder wakker. En ook haar vader was anders dan anders. Hij woonde nu weer in zijn eentje. Hij drukte haar te stevig tegen zich aan. En hij rook vreemd – zoet en zuur tegelijk.

Deborah en Richard Vine verschenen samen voor de tv-camera's. Ze droegen nog dezelfde achternaam, maar ze keken elkaar niet aan. Tanner had hun gezegd dat ze het simpel moesten houden: vertel de kijkers hoe erg jullie Joanna missen en doe een beroep op degene die haar heeft meegenomen om haar vrij te laten. Het is niet zo erg als je emoties toont. Dat zien de media zelfs graag. Zolang het het spreken tenminste niet belemmert.

'Laat mijn dochter vrij,' zei Deborah Vine. Haar stem brak, ze sloeg haar handen voor haar sinds kort zo afgetobde gezicht. 'Laat haar toch alsjeblieft naar huis gaan.'

Richard Vine voegde er met wat meer agressie aan toe: 'Breng onze dochter terug. Als u iets weet, help ons dan alstublieft.' Zijn gezicht was bleek met rode vlekken.

'Wat denk je?' vroeg Langan aan Tanner.

Tanner haalde zijn schouders op. 'Of ze oprecht zijn, bedoel je? Ik heb geen idee. Hoe kan een kind zomaar verdwijnen, in rook opgaan?'

Ze gingen die zomer niet met vakantie. Ze zouden in Cornwall op een boerderij logeren. Rosie herinnerde zich hun voorpret: dat er koeien in de wei zouden staan en kippen op het erf rond zouden lopen, dat er zelfs een oude dikke pony zou zijn, waarop ze van de eigenaar mochten rijden. En dat ze naar de stranden in de buurt zouden gaan. Joanna was bang voor de zee – ze gilde het al uit als de golven over haar voeten spoelden – maar ze hield van zandkastelen bouwen, schelpen zoeken, en ijsjes eten met chocoladevlokken erop.

In plaats daarvan zou Rosie nu voor een paar weken bij haar oma logeren, al wilde ze het niet. Ze moest thuis zijn, voor het geval dat Joanna werd gevonden. Ze dacht dat Joanna boos zou zijn als ze er niet was, dat het zou lijken alsof ze geen zin had om op haar te wachten.

Er werden bijeenkomsten belegd waarbij rechercheurs verklaringen doornamen van fantasten, bekenden van de politie en ooggetuigen die niets hadden gezien.

'Ik denk nog steeds dat het de vader is.'

'Hij heeft een alibi.'

'Daar hebben we het al eerder over gehad. Hij zou teruggereden kunnen zijn. Toch?'

'Niemand heeft hem gezien. Zijn eigen dochter ook niet.'

'Misschien toch wel. Misschien is dat de reden dat ze niets wil zeggen.'

'Nou ja, wat ze ook gezien heeft, ze zal het zich nu niet meer herinneren. Het enige wat resteert zijn herinneringen aan herinneringen aan suggesties. Alles is ondergesneeuwd.'

'Wat denk jij?'

'Volgens mij is ze er niet meer.'
'Dood?'
'Dood.'
'Je geeft het op?'
'Nee.' Hij zweeg. 'Maar ik haal een paar man van de zaak.'
'Dat bedoel ik. Je geeft het op.'

Een jaar later was er op een door een nieuw computerprogramma geproduceerde foto – waarvan zelfs de maker had gewaarschuwd dat die speculatief en erg onbetrouwbaar was – te zien hoe Joanna er nu misschien uitzag. Haar gezicht was iets voller, haar haar nog iets donkerder. Er was nog steeds een stukje uit haar tand, en haar glimlach oogde nog angstig. De foto werd in een paar kranten gepubliceerd, maar op een binnenpagina. Er was een moord gepleegd op een bijzonder fotogeniek meisje van dertien, en daar ging nu al wekenlang alle aandacht naar uit. Joanna's verdwijning was inmiddels oud nieuws en nog slechts een vage herinnering in het publieke geheugen. Rosie staarde naar de foto totdat die wazig werd. Ze was bang dat ze haar zusje niet zou herkennen als ze haar zag, dat ze een vreemde voor haar zou zijn. En ze was bang dat Joanna haar ook niet zou herkennen – of wel zou herkennen, maar zich van haar zou afkeren. Af en toe ging ze in Joanna's kamer zitten, waar sinds de dag van haar verdwijning niets was veranderd. Haar beer lag op het kussen, haar speelgoed was opgeborgen in de dozen onder het bed, haar kleren – die nu te klein voor haar zouden zijn – lagen netjes opgevouwen in laden of hingen in de kast.

Rosie was nu tien. Volgend jaar zou ze naar de middelbare school gaan. Ze smeekte of ze naar een school mocht die in een naburige wijk lag, vier kilometer bij hen vandaan en één keer overstappen met de bus, omdat ze daar niet meer het meisje zou zijn dat haar kleine zusje had verloren. Daar kon ze gewoon Rosie Vine zijn, brugklasser, verlegen en vrij klein voor haar leeftijd, redelijk goed in alle vakken, maar niet de beste, behalve misschien in biologie. Ze was oud genoeg om te weten dat haar vader meer dronk dan goed voor hem was. Soms moest haar moeder haar komen halen omdat hij niet goed voor haar kon zorgen. Ze was oud genoeg om te voelen dat ze een oudere zus was zonder een jongere zus, en soms had ze het gevoel dat Joanna als een geest aanwezig was – een geest met een tand waar een stukje uit was en een klagerig stemmetje dat haar vroeg om te wachten. Soms zag ze haar op straat, en dan sloeg haar hart over, maar het bleek toch altijd een onbekend kind te zijn.

Drie jaar na Joanna's verdwijning verhuisden ze naar een kleiner huis een paar kilometer verderop en dichter bij Rosies school. Het huis had drie slaapkamers, maar de derde was maar klein, een soort bergruimte. Deborah Vine wachtte tot Rosie 's ochtends naar school was vertrokken voordat ze Joanna's spullen opborg. Ze deed het methodisch, legde de stapeltjes zachte vestjes en hemdjes in dozen, vouwde de jurkjes en rokjes op en stopte die in vuilniszakken en probeerde niet naar de roze plastic poppen met hun lange nylon haren en onveranderlijk starende ogen te kijken. In het nieuwe, met het computerprogramma verbeterde portret zag Joanna er zelfverzekerd uit, alsof ze haar kinderlijke angsten achter zich had gelaten. De tand waar een stukje af was, was vervangen door een onbeschadigde.

Rosie werd ongesteld. Ze ging haar benen scheren. Ze werd voor het eerst verliefd, op een jongen die amper wist dat ze bestond. Ze hield onder de dekens een dagboek bij, dat ze met een zilveren sleuteltje kon afsluiten. Het ontging haar niet dat haar moeder een relatie kreeg met een onbekende man met een borstelige bruine baard, maar ze deed alsof het haar koud liet. Ze goot haar vaders drank door de gootsteen, hoewel ze wist dat dat niet hielp. Op de begrafenis van haar oma las ze een gedicht van Tennyson zo zachtjes voor dat niemand het kon verstaan. Ze liet haar haar kort knippen en kreeg verkering met de jongen op wie ze zo hoteldebotel was geweest, maar hij slaagde er niet in te beantwoorden aan haar verwachtingen. Ze bewaarde een stapeltje foto's in haar ondergoedlade: Joanna toen ze zes was, en zeven, acht en negen. Joanna als veertienjarige. Ze dacht dat haar zusje er precies zo uit had gezien als zíj, en om een of andere reden maakte dat alles voor haar gevoel nog erger.

'Ze is dood.' Deborah zei het met vlakke stem, heel rustig.

'Ben je hier helemaal naartoe gekomen om me dat te vertellen?'

'Ik dacht dat we elkaar dat in elk geval verschuldigd waren, Richard. Laat haar los.'

'Je weet niet of ze dood is. Je laat haar gewoon in de steek.'

'Niet waar.'

'Omdat je nu een nieuwe man hebt en...' De blik die hij op haar bolle buik wierp was vol walging. 'Nu ga je nog een gelukkig gezinnetje beginnen.'

'Richard.'

'En haar vergeet je helemaal.'

'Doe niet zo onredelijk. Het is al tien jaar geleden. Het leven gaat door, voor ons allemaal.'

'"Het leven gaat door." Wou je me vertellen dat Joanna het zo gewild zou hebben?'

'Joanna was vijf toen we haar verloren.'

'Toen jíj haar verloor.'

Deborah stond op. Ze had slanke benen, droeg hoge hakken en haar trui spande om haar bolle buik. Hij zag haar navel. Haar mond was een smalle, trillende streep. 'Schoft die je bent,' zei ze.

'En nu trek je je handen helemaal van haar af.'

'Moet ik er soms ook aan onderdoor gaan?'

'Waarom niet? Alles liever dan "het leven gaat door". Maar maak je geen zorgen. Ik blijf wachten.'

Toen Rosie naar de universiteit ging, veranderde ze haar naam in Rosalind Teale, de achternaam van haar stiefvader. Ze vertelde het niet aan haar vader. Ze hield nog altijd van hem, hoewel hij haar bang maakte met zijn verwarrende, niet-aflatende verdriet. Ze wilde niet dat iemand zou zeggen: 'Rosie Vine? Waar ken ik die naam ook alweer van?' Al was daar steeds minder kans op. Joanna hoorde langzamerhand tot het verleden, ze was nog maar een schim, een vergeten beroemdheid, een eendagsvlieg. Rosie vroeg zich weleens af of haar zusje misschien slechts een droom was geweest.

Deborah Teale – voorheen Vine – hoopte stilletjes maar vurig op een zoon, geen dochter. Maar eerst kwam Abbie en toen Lauren. Ze boog zich 's nachts over hun wiegjes om te horen of ze wel ademden, ze pakte hun handjes. Ze wilde hen niet uit het oog verliezen. Ze werden zo oud als Joanna was geweest, ze haalden haar in en lieten haar achter zich. De dozen en zakken met Joanna's kleren op zolder bleven ongeopend.

De zaak werd nooit werkelijk afgesloten. Niemand nam het besluit ermee te stoppen, maar er was steeds minder te melden. De rechercheurs kregen andere zaken toegewezen. Er werd steeds minder over gesproken, op een gegeven moment alleen nog in combinatie met andere zaken, en ten slotte viel de naam helemaal niet meer.

Rosie, Rosie. Wacht op mij!

1

Het was tien voor drie 's nachts. Er liepen vier mensen op Fitzroy Square. Een ineengedoken, tegen de wind optornend jong stel dat een club had bezocht in Soho. Voor hen kwam er langzamerhand een einde aan de zondagnacht. Ze hadden het er niet over gehad, maar ze waren bezig het moment uit te stellen waarop ze moesten kiezen of ze samen dan wel ieder apart een taxi zouden nemen. Een donkere vrouw in een bruine regenjas en een onder haar kin vastgeknoopt kapje van doorzichtig plastic schuifelde in noordelijke richting langs de oostzijde van het plein. Voor haar was het maandagochtend. Ze was op weg naar een kantoor aan Euston Road om daar 's ochtends in alle vroegte prullenbakken te legen en te stofzuigen voor mensen die ze nooit zag.

De vierde was Frieda Klein, en voor haar was het geen zondagnacht en ook geen maandagochtend, maar iets daartussenin. Toen ze het plein op liep, blies de wind met volle kracht tegen haar aan. Ze moest haar haar uit haar gezicht vegen om nog iets te kunnen zien. In de voorbije week waren de bladeren van de platanen verkleurd van rood tot goud, en nu wind en regen er vat op hadden, werden ze losgerukt en wervelden ze als woelige baren van de zee om haar heen. Eigenlijk wilde ze Londen helemaal voor zichzelf hebben. Dit was het maximaal haalbare.

Ze bleef even staan en twijfelde. Welke kant moest ze op? Naar het noorden, via Euston Road naar Regent's Park? Daar zou zeker niemand zijn, want het was nu zelfs voor joggers te vroeg. 's Zomers ging Frieda er in het holst van de nacht weleens naartoe, en dan klom ze over het hek en liep ze de duisternis in om te kijken hoe de vijver glansde en te luisteren naar de geluiden uit de dierentuin. Maar vannacht niet. Ze wilde zichzelf niet voorspiegelen dat ze niet in Londen was. Naar het zuiden wilde ze ook niet. Dan zou ze via Oxford Street in Soho terechtkomen. Soms kon ze het hebben, de vreemde sfeer die daar uitging van de gestalten die in het holst van de nacht vertrokken of juist bleven rondhangen, de sluwe snorders die je voor een habbekrats naar huis wilden rijden, de groepjes politieagenten, de leveranciers die met hun bestelwagens de ochtendspits en de bijbehorende heffing wilden ontwijken, en – steeds vaker – de mensen die nog aan het vreten of zuipen waren, hoe laat het ook was.

Vannacht niet. Vandaag niet. Niet nu de nieuwe werkweek aanstalten maakte om met tegenzin te ontwaken, al bij de aanvang getekend door vermoeidheid. Een week die duidelijk zou maken dat het november was, donker en nat, met slechts het vooruitzicht van nog meer duisternis en regen. Deze periode moest je eigenlijk slapend doorbrengen, om pas weer wakker te worden in maart, april of mei. Slapen. Frieda vond het ineens een verstikkend idee dat ze omringd was door mensen die lagen te slapen, alleen of met z'n tweeën, in appartementen en in huizen, in hotels en in jeugdherbergen, mensen die droomden, die keken naar de films die voor hun geestesoog werden afgedraaid. Ze wilde niet een van hen zijn. Ze sloeg af naar het oosten en liep langs de gesloten winkels en restaurants. Even was er bruisende activiteit toen ze Tottenham Court Road met zijn nachtbussen en taxi's overstak, maar toen werd het weer stil en hoorde ze haar eigen voetstappen weerkaatsen tegen dure maar anonieme appartementencomplexen, sjofele hotels, universiteitsgebouwen en zelfs hier en daar een woonhuis dat tegen alle verwachting in niet het veld had hoeven ruimen voor iets anders. Het was een buurt waar veel mensen woonden, maar zo voelde het niet. Had deze buurt eigenlijk wel een naam?

De twee politieagenten in een geparkeerde patrouillewagen zagen haar lopen toen ze Gray's Inn Road naderde. Ze bekeken haar met een verveeld soort bezorgdheid. Het was 's nachts bepaald geen veilige omgeving voor een vrouw alleen. Ze wisten niet wat ze ervan moesten denken. Ze was geen prostituee. Niet bepaald jong, halverwege de dertig of zo. Lang, donker haar. Gemiddelde lengte. Haar figuur werd verhuld door haar lange jas. Ze zag er niet uit als iemand die van een feestje kwam.

'Had zeker geen zin de hele nacht bij hem te blijven,' zei de ene agent.

De andere grijnsde. 'Ik zou haar op zo'n nacht niet uit bed geschopt hebben,' zei hij. Hij draaide zijn raampje omlaag toen ze dichterbij kwam. 'Alles in orde, mevrouw?' vroeg hij toen ze passeerde.

Ze duwde alleen haar handen nog wat dieper in de zakken van haar jas en liep door zonder te laten merken dat ze het had gehoord.

'Charmant,' zei de agent, waarna hij een notitie maakte van het voorval, dat eigenlijk geen voorval genoemd kon worden.

Terwijl Frieda doorliep, was het alsof ze de stem van haar moeder hoorde. Was het nou zo'n moeite geweest om wat terug te zeggen? Ach, wist zij veel! Dat was nou juist een van de redenen dat ze deze nachtelijke wandelingen maakte. Dan hoefde ze niet te praten, niets op te houden, niet bekeken en beoordeeld te worden. Dan had ze de tijd om na te denken, of niet na te denken. Gewoon maar een eind lopen in zo'n nacht dat ze de slaap niet kon vatten, en proberen de warboel in haar hoofd een beetje te ordenen. Daar was de slaap eigenlijk voor, maar bij haar lukte dat niet, zelfs niet in korte hazenslaapjes. Ze stak Gray's Inn Road over – ook hier bussen en taxi's – en liep een steegje in dat zo smal was dat het leek alsof het door God en iedereen vergeten was.

Toen ze King's Cross Road insloeg, zag ze twee jongens haar tegemoetkomen. Ze hadden capuchons op en droegen spijkerbroeken met laaghangend kruis. Een van hen zei iets tegen haar dat ze niet goed kon verstaan. Ze staarde hem aan, waarop hij wegkeek.

Stom, dacht ze bij zichzelf. Wat was dat stom. Als je in Londen liep, was het zaak om geen oogcontact te maken. Oogcontact is een uitdaging. Deze keer was het goed afgelopen, maar je kon net zo makkelijk de verkeerde treffen.

Bijna gedachteloos dwaalde Frieda van haar route af, om er dan weer naar terug te keren en er vervolgens opnieuw van af te wijken. Voor de meeste mensen die er werkten of doorheen reden, was het niet meer dan een lelijk, onopvallend stuk Londen met kantoren en flats, doorsneden door een spoorweg. Maar Frieda volgde de loop van een oude rivier. Ze had zich er altijd al toe aangetrokken gevoeld. De rivier had er ooit door landerijen en boomgaarden naar de Theems gestroomd, het was een prachtig gebied geweest om gewoon over uit te kijken of te vissen. Wat zouden ze gedacht hebben, die mannen en vrouwen die daar vroeger op zomeravonden met hun voeten in het water hadden gezeten, als ze in de toekomst hadden kunnen kijken? Het was een vuilnisbelt geworden, een open riool, een sloot vol met stront en dode dieren en alle andere rotzooi waar mensen van af wilden. Uiteindelijk had men er een stadswijk op gebouwd en de rivier vergeten. Maar hoe kon een rivier vergeten worden? Als ze hier liep, bleef Frieda altijd even staan bij een rooster waaronder je de rivier in de diepte nog kon horen stromen, als een echo uit het verleden. En als je verder liep, kon je nog steeds aan weerszijden de oevers zien oprijzen. Hier en daar zinspeelden zelfs nog straatnamen op de kades waar schepen werden gelost of op de met gras begroeide oevers van nog langer geleden, waarop mensen hadden zitten kijken hoe het kristalheldere water naar de Theems stroomde. Dat was Londen. Telkens weer nieuwe lagen bebouwing, elk op zijn beurt in het vergeetboek geraakt, maar niet helemaal zonder sporen achter te laten, al was het maar het geluid van stromend water onder een rooster.

Was het een ramp dat de stad zo'n groot deel van haar verleden had bedekt, of was dat de enige manier waarop een stad kon overleven? Ze had ooit gedroomd van een Londen waar gebouwen en bruggen waren afgebroken en wegen waren uitgegraven, zodat de oude rivieren die naar de Theems stroomden weer onder de blote hemel lagen. Maar wat zou dat voor zin hebben? De huidige toestand zou de rivieren waarschijnlijk beter bevallen: ondergronds, onopgemerkt, raadselachtig.

Toen Frieda bij de Theems kwam, boog ze zich gewoontegetrouw voorover om ernaar te kijken. Doorgaans was niet te zien waar het water uit dat beklagenswaardig kleine buisje stroomde, en vanochtend was het zeker veel te donker. Ze hoorde het water niet eens klateren. Hier bij de rivier stond een harde zuidenwind, maar hij voelde vreemd warm aan. Alsof hij niet paste bij een donkere novembernacht. Ze keek op haar horloge. Nog geen vier uur. Welke kant nu op? East End of West End? Ze koos voor West, stak de rivier over en liep stroomopwaarts verder. Nu was ze eindelijk moe, en tijdens de rest van de wandeling deed ze slechts vage indrukken op: een brug, overheidsgebouwen, parken, statige pleinen, Oxford Street oversteken, en tegen de tijd dat ze de vertrouwde kasseien van het straatje waar ze woonde onder haar voeten voelde, was het nog zo donker dat ze er met haar sleutel een paar keer naast zat voordat ze het sleutelgat vond.

2

In het laatste daglicht zag Carrie hem al van verre over het gras op zich afkomen. Hij liep iets voorovergebogen met de handen diep in zijn zakken door de opgehoopte natte, bruine bladeren. Hij zag haar niet. Hij hield zijn blik strak voor zich op de grond gericht en bewoog zich traag en moeizaam voort, als iemand die net wakker en nog sloom is en in zijn dromen verwijlt. Of in zijn nachtmerries, dacht ze, terwijl ze naar haar man keek. Toen keek hij op, zijn gezicht klaarde op en hij versnelde zijn pas.

'Bedankt dat je gekomen bent.'

Ze schoof haar arm door de zijne. 'Wat is er, Alan?'

'Ik moest weg van mijn werk. Ik kon daar niet blijven.'

'Is er iets gebeurd?'

Hij keek haar aan, haalde zijn schouders op en boog het hoofd. Wat zag hij er nog jongensachtig uit, dacht ze, al werd hij vroeg grijs. Hij had de verlegenheid en de directheid van een kind, en zijn gezicht was als een open boek. Hij leek vaak in de war, en de mensen kregen algauw de neiging hem in bescherming te nemen, vooral vrouwen. Ook zij wilde hem beschermen, alleen niet op die momenten dat ze zelf bescherming nodig had, want dan maakten haar tedere gevoelens plaats voor een soort vermoeide ergernis.

'Maandag is altijd moeilijk.' Ze liet haar stem licht en energiek klinken. 'Vooral in november, als het begint te miezeren.'

'Ik moest je spreken.'

Ze trok hem voort langs het pad. Ze hadden hier zo vaak gelopen dat het leek alsof hun voeten uitmaakten waar ze liepen. Het daglicht was aan het vervagen. Ze passeerden de speeltuin. Ze wendde haar blik af, zoals ze tegenwoordig altijd deed, maar er was niemand, alleen een paar duiven die op het rubberen plaveisel liepen te pikken. Via het hoofdpad liepen ze langs de muziektent. Jaren geleden hadden ze daar eens gepicknickt, ze wist niet waarom ze het zich zo duidelijk herinnerde. Het was lente geweest, een van de eerste warme dagen van het jaar, en ze hadden varkensvleespasteitjes gegeten, lauw bier gedronken uit flesjes en gekeken hoe kinderen op het grasveld heen en weer renden, struikelend over hun eigen schaduw. Ze herinnerde zich dat ze op haar rug had gelegen, met haar hoofd op zijn schoot, en dat hij haar haren uit haar gezicht had gestreeld en tegen haar had gezegd dat ze zoveel voor hem betekende. Hij was een man van weinig woorden, dus misschien was het haar daarom bijgebleven.

Ze liepen over de heuvel in de richting van de vijvers. Soms namen ze brood mee voor de eenden, hoewel dat eigenlijk meer iets was wat je met kleine kinderen deed. In elk geval werden de eenden nu verjaagd door Canadese ganzen, die een borst opzetten en hun nek uitstaken als ze op je afkwamen.

'Wat dacht je van een hond?' zei ze. 'Misschien moeten we een hond nemen.'

'Daar heb ik je nog nooit over gehoord.'

'Een cockerspaniël. Niet te groot, maar ook niet zo'n keffertje. Wil je praten over wat je voelt?'

'Als je een hond wilt, laten we er dan een nemen. Misschien als kerstcadeau voor elkaar?' Hij probeerde er enthousiast voor te worden.

'Of gewoon zomaar.'

'Een cockerspaniël, zei je. Prima.'

'Het was maar een idee.'

'We kunnen hem vast een naam geven. Moet het een "hem" zijn, vind je? Billy? Freddie? Joe?'

'Zo bedoelde ik het niet. Ik had niks moeten zeggen.'

'Sorry, het is mijn schuld. Ik ben niet...' Hij zweeg. Hij kon niet bedenken wat hij niet was.

'Ik wou dat je me vertelde wat er gebeurd is.'

'Zo ligt het niet. Ik kan het niet uitleggen.'

Inmiddels waren ze aanbeland op de kinderspeelplaats, alsof iets hen daarnaartoe had getrokken. De schommels en de wip waren leeg. Alan bleef staan. Hij haalde zijn arm uit de hare en pakte het hek met beide handen vast. Zo bleef hij even doodstil staan. Toen legde hij zijn hand op zijn borst.

'Voel je je niet goed?' vroeg Carrie.

'Ik heb zo'n vreemd gevoel.'

'Wat voor vreemd gevoel?'

'Ik weet het niet. Vreemd. Alsof er storm op komst is.'

'Hoezo, storm?'

'Wacht even.'

'Pak mijn arm maar. Ik hou je wel vast.'

'Wacht even, Carrie.'

'Vertel nou wat je voelt. Heb je pijn?'

'Ik weet het niet,' fluisterde hij. 'Het is iets in mijn borst.'

'Zal ik een dokter bellen?'

Hij had zich inmiddels voorovergebogen. Ze kon zijn gezicht niet zien.

'Nee. Laat me niet alleen,' zei hij.

'Ik heb mijn mobieltje bij me.' Ze stak haar hand onder haar jas en haalde hem uit haar broekzak tevoorschijn.

'Ik heb het gevoel alsof mijn hart zo hard bonst dat het zo meteen uit mijn borst barst.'

'Ik bel een ambulance.'

'Nee. Het gaat wel over. Dat doet het altijd.'

'Ik kan hier niet zomaar lijdzaam toekijken.'

Ze probeerde haar arm om hem heen te slaan, maar hij stond er zo onhandig bij, zo helemaal ineengedoken, dat ze het opgaf. Ze hoorde hem jammeren, en even had ze de neiging om weg te lopen en hem daar achter te laten – een logge, hopeloze gestalte in de schemering. Maar dat kon ze natuurlijk niet doen. En toen merkte ze dat datgene wat hem in zijn ban hield geleidelijk losliet, en ten slotte rechtte hij zijn rug weer. Ze zag zweetdruppels op zijn voorhoofd, maar toen ze zijn hand pakte, was die koud.

'Gaat het weer?'

'Een beetje. Sorry.'

'Daar moet je wat aan doen.'

'Het gaat wel weer over.'

'Dat doet het niet. Het wordt steeds erger. Denk je dat ik je 's nachts niet hoor? En je werk lijdt eronder. Ga naar dokter Foley.'

'Ik ben al bij hem geweest. Maar die geeft me alleen slaapmiddelen waar ik bewusteloos van raak en een kater aan overhoud.'

'Dan moet je nog een keer naar hem toe.'

'Ik heb alle onderzoeken gehad. Ik zag het in zijn ogen: het is met mij net als met de meeste mensen die bij hun huisarts aankloppen. Ik ben gewoon moe.'

'Dit is niet normaal. Beloof me dat je naar hem toe gaat. Alan?'

'Wat jij wilt.'

3

Vanaf de plek waar ze zat, in haar rode fauteuil midden in de kamer, kon Frieda de sloopkogel tegen de panden aan de overkant van de straat aan zien zwaaien. Hele muren wankelden en stortten in brokstukken naar beneden; binnenwanden werden ineens buitenmuren en je zag behangselpatronen, een oude poster, een stuk van een plank en een schoorsteenmantel – verborgen leven dat zich ineens openbaarde. De hele ochtend had Frieda er al naar gekeken. Zo was ze het gebeuren blijven gadeslaan terwijl haar eerste patiënt, een vrouw wier man twee jaar tevoren plotseling was overleden waar ze nog steeds even verdrietig en ontdaan over was, met een rood hoofd tegenover haar zat te snikken. En toen de tweede patiënt, die naar haar was doorverwezen vanwege een steeds erger wordende dwangstoornis, zenuwachtig in zijn stoel heen en weer schoof, opstond, weer ging zitten en toen woedend uitviel, zag Frieda de kogel in het flatgebouw inslaan. Hoe kon een gebouw waar zo lang over gedaan was om het te bouwen zo snel verdwijnen? Schoorstenen vielen om, ramen werden verbrijzeld, vloeren verdwenen en gangen vielen weg. Aan het einde van de week zou er niets meer van over zijn dan puin en stof en zou je gehelmde mannen over het met de grond gelijk gemaakte terrein zien lopen en over vergeten kinderspeelgoed en brokstukken meubilair heen zien stappen. En binnen een jaar zouden er op de plaats van de oude gebouwen nieuwe staan.

Ze vertelde de mannen en vrouwen die ze in deze kamer ontving dat ze er binnen de beperkingen van tijd en ruimte hun meest duistere angsten en meest ontoelaatbare verlangens konden onderzoeken. De kamer was koel, schoon en ordelijk. Er hing een tekening aan een muur, er stonden twee stoelen tegenover elkaar met daartussenin een laag tafeltje, er was een lamp die 's winters een zacht schijnsel verspreidde, en op de vensterbank stond een potplant. Buiten werd een hele straatwand neergehaald, maar hierbinnen, afgezonderd van de buitenwereld, waren ze veilig, al was het maar tijdelijk.

Alan wist dat dokter Foley zich aan hem ergerde. Hij zou tegen zijn collega's op de praktijk vast weleens over hem praten: 'Ik had die vervelende Alan Dekker weer met zijn gezeur dat hij niet kan slapen, het niet aankan. Kan hij niet wat flinker zijn?' Hij had wel geprobeerd flinker te zijn. Hij had de slaappillen ingenomen, had geminderd met alcohol en was meer gaan bewegen. Maar 's nachts lag hij badend in het zweet wakker met zo'n hevig bonzend hart dat hij dacht dat hij doodging. Hij had verstijfd en handenwringend achter zijn bureau naar de papieren die voor hem lagen gestaard, wachtend op het moment dat de angstaanval over zou gaan en ondertussen hopend dat zijn collega's het niet zouden merken. Het was immers vernederend om zo de controle over jezelf te verliezen. Het maakte hem bang. Carrie dacht aan een midlifecrisis. Hij was tenslotte tweeënveertig. Dat was zo'n beetje de leeftijd waarop mannen van slag raakten, aan de drank gingen, een motor kochten, vreemdgingen en er alles aan deden om weer jong te zijn. Maar hij wilde geen motor, hij wilde niet vreemdgaan, hij wilde niet jong zijn. Niet weer die onbeholpenheid en die pijn, niet weer dat gevoel in het verkeerde leven te zitten. Hij leidde nu het leven dat hij wilde, met Carrie, in het huisje waarvoor ze hadden gespaard en met nog dertien jaar hypotheek voor de boeg. Hij droomde weleens van dingen die hij graag zou bezitten, zoals iedereen zijn dromen en verwachtingen had, maar niet iedereen stortte in het park in of werd 's nachts huilend wakker. En soms had hij van die nachtmerries – hij wilde er niet eens over nadenken. Het was niet normaal. Het was beslist niet normaal. Hij wilde ervan verlost zijn. Hij wilde dat allemaal niet, wat hem door het hoofd speelde.

'De pillen die u me voorschreef helpen niet,' zei hij tegen dokter Foley. Hij zou zich eigenlijk niet steeds moeten verontschuldigen dat hij er weer was en Foleys tijd verspilde, terwijl de wachtkamer vol zat met patiënten die echt ziek waren, echt pijn hadden.

'Nog moeite met slapen?' De dokter keek hem niet aan. Hij tuurde naar zijn computerscherm en typte met gefronst voorhoofd iets in.

'Dat is het niet alleen.' Hij probeerde zijn stem evenwichtig te laten klinken. Zijn gezicht voelde aan als een masker, alsof het van iemand anders was. 'Ik voel me soms zo ellendig.'

'Alsof u pijn hebt, bedoelt u?'

'Alsof mijn hart wordt opgeblazen, en dan krijg ik zo'n metalige smaak in mijn mond. Ik weet het niet.' Hij zocht wanhopig naar de juiste woorden, maar kon ze niet vinden. Het enige dat hij kon bedenken, was: 'Ik voel me mezelf niet meer.' Hij herhaalde het zinnetje steeds weer, en elke keer als hij het zei, kreeg hij een gevoel alsof hij vanbinnen hol was. Toen hij het eens tegen Carrie uitriep – 'Ik voel me mezelf niet meer' – was het hem zelf opgevallen hoe vreemd het klonk.

Dokter Foley draaide zijn stoel en keek hem aan. 'Is er de laatste tijd iets wat u dwarszit?'

Alan hield er niet van als de dokter naar zijn computer tuurde, maar dat had hij toch liever dan dat hij hem zo aankeek – alsof hij door hem heen keek en dingen zag waar Alan niet van wilde weten. Wat zag hij?

'Toen ik een stuk jonger was, had ik van die paniekaanvallen. Het was een gevoel van eenzaamheid, als in een nachtmerrie. Dat je helemaal alleen bent op de wereld. Ik wilde iets, maar ik wist niet wat. Na een paar maanden is het overgegaan. Maar nu heb ik het weer.' Hij wachtte, maar de dokter reageerde niet, leek hem niet gehoord te hebben. 'Dat was in mijn studententijd. Ik dacht dat het erbij hoorde op die leeftijd. En nu denk ik dat ik in een midlifecrisis zit. Het klinkt stom, ik weet het.'

'Die medicijnen helpen blijkbaar niet. Ik zou u willen doorverwijzen.'

'Hoe bedoelt u?'

'Naar iemand met wie u kunt praten. Over uw gevoelens.'

'U denkt dat het allemaal tussen de oren zit?' Hij zag zichzelf ineens als een gek, met een woeste, verwrongen uitdrukking op zijn gezicht, een man bij wie al het afschuwelijks dat hij verborgen had willen houden aan de controle ontsnapte en bezit van hem had genomen.

'U kunt er veel baat bij hebben.'

'Ik hoef niet naar een psychiater.'

'Probeert u het toch maar,' zei de dokter. 'Baat het niet, dan schaadt het niet.'

'Ik kan het niet betalen.'

Dokter Foley typte iets in op zijn computer. 'Ik stuur hun een verwijsbrief, dan kost het u niets. Het is niet echt naast de deur, maar deze mensen zijn goed. Ze zullen contact opnemen en een datum met u afspreken voor de intake. En dan zien we wel hoe het verder loopt.'

Het klonk zo ernstig. Alan had eigenlijk alleen gewild dat dokter Foley hem andere medicijnen zou voorschrijven en dat de problemen dan opgelost zouden zijn, zoals je een vlek wegveegt, zonder een spoor achter te laten. Hij legde zijn hand op zijn hart en voelde het bonzen. Hij wilde niets liever dan een gewone vent zijn, met een gewoon leven.

Er is een plek waar je kunt kijken zonder zelf gezien te worden, een gaatje in de schutting waar je doorheen kunt kijken. Het is speelkwartier, ze stromen hun klaslokalen uit en lopen over het schoolplein. Jongens en meisjes in alle maten en kleuren. Zwart en bruin en roze, met blond haar en donker haar en alle schakeringen daartussen. Sommigen zijn bijna volgroeid: slungelige, puisterige jongens, meisjes met ontluikende borstjes onder hun winterkleren, en daar heb je helemaal niks aan. Maar anderen zijn nog klein; ze lijken nauwelijks groot genoeg om zonder hun mammie te kunnen, met hun iele beentjes en hun kinderstemmetjes. Die moet je in de gaten houden.

Het miezert op het schoolplein, en er liggen plassen. Een paar meter verderop springt een jochie met stekeltjeshaar keihard in een van die plassen, en hij grijnst van oor tot oor om het opspattende water. Een meisje met hoge vlechtjes in haar stroblonde haar en een bril met dikke, beslagen glazen staat in een hoek naar het gewoel te kijken. Ze stopt haar duim in haar mond. Twee piepkleine donkerbruine meisjes staan hand in hand. Een dikke blanke jongen geeft een magere zwarte jongen een schop en rent weg. Een paar meisjes fluisteren valse dingen naar elkaar, giechelen en kijken dan met vervaarlijke blikken opzij.

Maar bij elkaar is het gewoon een drukke menigte. Niemand springt eruit. Nog niet. Blijf kijken.

4

Om twee uur die middag verliet Frieda haar werkkamer, die ze huurde op de tweede verdieping van een appartementencomplex, en ging lopend naar haar huis, dat via de straatjes achter de grote verkeersaders van de stad maar zeven minuten lopen was. Op een paar honderd meter lag Oxford Street met alle drukte en lawaai, maar hier was het uitgestorven. In het zwakke novemberlicht zag alles er grijs en verstild uit, als in een potloodtekening. Ze passeerde de elektronicawinkel waar ze haar gloeilampen en zekeringen kocht, en verderop de krantenkiosk die dag en nacht open was, het schaars verlichte supermarktje en de laagbouwflats.

Bij haar huis aangekomen overviel Frieda het gevoel van opluchting dat ze altijd bij thuiskomst had, als ze de wereld buiten kon sluiten en de geur van reinheid en geborgenheid kon inademen. Vanaf het moment dat ze het huis voor het eerst had gezien, drie jaar geleden, had ze geweten dat ze daar wilde wonen, al was het door jarenlange verwaarlozing vervallen en leek het er niet op zijn plaats, ingeklemd tussen lelijke garageboxen aan de linkerkant en socialewoningbouwflats rechts. Maar nu ze thuiskwam uit haar werk, leek alles op zijn plaats. Ook met haar ogen dicht zou ze hier alles kunnen vinden, zelfs de geslepen potloden op haar bureau. In het halletje hing de grote kaart van Londen, en daarnaast de kapstok met haar trenchcoat met ceintuur. De huiskamer keek op straat uit. Er lag een hoogpolig kleed op de kale planken, en tussen de luie stoel en de bank was de open haard, die ze van oktober tot maart elke avond aanstak. Bij het raam stond een schaaktafeltje, het enige meubelstuk dat ze ooit had geërfd. Het was een smal huis, slechts één kamer breed, en de trap liep steil omhoog naar de eerste verdieping met een slaapkamer en een badkamer, en vervolgens nog steiler omhoog naar de bovenste verdieping, waar alleen haar studeerkamer was, met haar bureau met al haar tekenspullen erop onder het schuine dak, vlak bij het dakraampje. Reuben had haar huis weleens haar hok genoemd, of zelfs haar hol (met haarzelf dan als de draak die mensen wegjoeg). Het was ontegenzeglijk een donker huis. Veel mensen braken muren door en maakten de ramen groter om licht en lucht binnen te laten, maar Frieda hield meer van knusse, gesloten ruimten. Ze had de muren in donkere kleuren geverfd, matrood en flessengroen, zodat het zelfs 's zomers vrij donker in huis was, alsof het half onder de grond lag.

Ze raapte de post van de deurmat en legde die zonder ernaar te kijken op de keukentafel. Ze opende nooit haar post midden op de dag. Soms vergat ze het weleens een week of langer, en belden er mensen op om hun beklag te doen. Ook keek ze niet of er berichten op haar antwoordapparaat stonden. Het had zelfs tot vorig jaar geduurd voordat ze überhaupt een antwoordapparaat had aangeschaft, en een mobiele telefoon had ze nog altijd niet, tot verbijstering van alle mensen in haar omgeving, die niet konden geloven dat je zonder kon. Maar Frieda wilde kunnen ontsnappen aan de eisen van bereikbaarheid. Ze wilde niet te allen tijde voor iedereen beschikbaar zijn en hield ervan om zich afzijdig te houden van de dringende onbenulligheden van Jan en alleman. Als ze alleen was, wilde ze ook werkelijk op zichzelf zijn. Onbereikbaar en richtingloos.

Ze had een halfuur de tijd voordat haar volgende patiënt kwam. Vaak lunchte ze dan in Beech Street bij Number 9, de koffiebar van haar vriendin, maar vandaag niet. Ze maakte snel iets voor zichzelf klaar: een geroosterde boterham met Marmite, een paar tomaatjes, een kop thee, een haverkoek en een appel, die ze in vieren sneed en van het klokhuis ontdeed. Ze liep met haar bord naar de huiskamer en ging zitten in de stoel bij de open haard, die ze al klaar had gemaakt voor later. Ze deed even haar ogen dicht en liet de vermoeidheid wat zakken, waarna ze haar geroosterde boterham langzaam opat.

De telefoon ging. Aanvankelijk nam ze niet op, maar het antwoordapparaat was niet ingeschakeld en de beller was een volhouder. Uiteindelijk nam ze wel op.

'Frieda? Met Paz. Alles in orde? Zat je in bad?'

Frieda zuchtte. Paz was de administratrice van The Warehouse. Dat was niet, zoals je zou denken, een pakhuis, maar een instelling voor geestelijke gezondheidszorg die sinds begin jaren tachtig in een oud pakhuis was gevestigd en zich een naam had aangemeten die destijds heel trendy was. Frieda had er haar opleiding gevolgd, had er vervolgens gewerkt en zat nu in de raad van bestuur. Als Paz haar thuis opbelde, was dat niet omdat ze goed nieuws had.

'Nee, ik zat niet in bad. Het is midden op de dag.'

'Ik zou wél een bad nemen als ik midden op de dag thuis was. Vooral op maandag. Ik heb de pest aan maandagen, jij niet?'

'Niet echt.'

'Iedereen heeft een hekel aan de maandag. Het is de vervelendste dag van de week. Als op maandagochtend je wekker afgaat en het is nog donker buiten, dan besef je ineens weer dat je eruit moet, net als de rest van de week.'

'Je belt me toch niet om te vertellen hoe jij de maandag ervaart, hè?'

'Natuurlijk niet. Ik wou dat je een mobiele telefoon had.'

'Ik wil geen mobiele telefoon.'

'Je loopt hopeloos achter. Kom je donderdag nog op het instituut?'

'Ik heb er een afspraak met Jack.' Ze was Jacks supervisor bij zijn opleiding tot therapeut.

'Kun je wat eerder komen?' vroeg Paz. 'We willen je spreken.'

'Kan dat niet telefonisch? Waar gaat het over?'

'Het is beter om het persoonlijk te doen,' zei Paz.

'Het gaat zeker over Reuben?'

'Gewoon even praten. En jij en Reuben...' Ze maakte haar zin niet af, en een heel verhaal bleef daardoor onuitgesproken.

Frieda beet op haar lip en probeerde zich voor te stellen wat er gaande was. 'Hoe laat wil je dat ik kom?'

'Kun je er om twee uur zijn?'

'Ik heb tot twee uur een patiënt. Halfdrie kan wel. Is dat goed?'

'Prima.'

Ze pakte haar geroosterde boterham, die inmiddels koud was geworden. Ze wilde niet over het instituut nadenken, en ook niet over Reuben. Het was haar werk om zich bezig te houden met de chaos en de pijn in het hoofd van anderen, maar niet met zijn chaos en zijn pijn. Hij viel daarbuiten.

Joe Franklin was die dag haar laatste patiënt. De afgelopen zestien maanden kwam hij elke dinsdagmiddag om tien over vijf, al lukte dat niet altijd en arriveerde hij soms pas als zijn tijd bijna om was. Frieda wachtte dan zonder zich te ergeren en doodde de tijd met het maken van aantekeningen of gewoon maar wat droedelen op de blocnote die ze bij de hand hield. Ze ging nooit weg voordat zijn vijftig minuten helemaal voorbij waren. Ze realiseerde zich dat hun wekelijkse afspraak het enige vaste punt was in zijn woelige, chaotische leven. Hij had weleens gezegd dat het beeld van haar slanke gedaante, rechtop in haar grote, rode fauteuil, voor hem een hele steun was, zelfs als hij niet naar haar toe kon.

Vandaag was hij vijfendertig minuten te laat. Hij kwam wankelend binnen, als iemand die net bij een auto-ongeluk aan de dood was ontsnapt en nog in shock verkeerde. Hij bewoog zijn lippen, maar er kwam geen geluid uit zijn mond. Frieda zag dat zijn veters los waren en dat hij zijn overhemd verkeerd had dichtgeknoopt. Ze kon zijn buik zien, die afstotelijk wit was. Hij had lange nagels met rouwrandjes. Zijn dikke blonde haar moest nodig gewassen worden. Hij had zich niet geschoren. Frieda vermoedde dat hij een paar dagen in bed had gelegen en nu speciaal was opgestaan om naar haar toe te komen.

Hij liet zich in de stoel tegenover haar vallen, aan de andere kant van het lage tafeltje. Hij had haar nog niet aangekeken en staarde uit het raam naar de rij kranen die daar als spookgestalten in de invallende schemering stonden. Frieda vroeg zich af of hij überhaupt wel iets zag daarbuiten. Hij had iets verslagens over zich. Het was een mooie, knappe jongeman met een stralende oogopslag, maar op dit soort dagen was daar niets van te zien. Hij keek moeilijk, al het vuur in hem was gedoofd. Hij zag er gekwetst en zwaarmoedig uit.

Er heerste stilte in de kamer, geen angstige stilte, maar een rustgevende, een stilte die van hen beiden was. Dit was een veilige plek. Joe zuchtte diep en draaide zijn hoofd naar haar toe. Zijn ogen stonden vol tranen.

'Voel je je rot?' vroeg Frieda. Ze schoof de doos tissues naar hem toe.

Hij knikte.

'Maar goed, je bent er. Dat is al heel wat.'

Hij pakte een tissue uit de doos en veegde er voorzichtig mee over zijn gezicht, alsof het pijn deed, waarna hij zijn ogen ermee depte. Hij verfrommelde de tissue en legde het harde, natte balletje op het tafeltje, waarna hij nog een tissue pakte en de handeling herhaalde. Hij boog zich voorover en sloeg zijn handen voor zijn gezicht. Vervolgens keek hij op alsof hij iets wilde zeggen. Hij opende zijn mond, maar er kwam geen geluid uit. Toen Frieda vroeg of hij iets wilde vertellen, schudde hij heftig zijn hoofd, als een in het nauw gedreven dier. Om zes uur, het tijdstip van vertrek, had hij geen woord gezegd.

Frieda stond op en liet hem uit. Ze zag hem met slingerende veters de trap af strompelen, en toen ze voor het raam ging staan, zag ze hem de straat op komen. Hij passeerde een vrouw die geen speciale aandacht aan hem schonk. Frieda keek op haar horloge. Ze ging uit. Ze moest zich klaarmaken. Nou ja, er was geen haast bij.

Acht uur later zwaaide Frieda haar benen uit een bed dat niet het hare was. 'Heb je wat te drinken in huis?' vroeg ze.

'Er staat bier in de koelkast,' zei Sandy.

Frieda liep naar de keuken en pakte een flesje uit de deur van de koelkast. 'Waar ligt de opener?' riep ze.

'Als we naar jouw huis waren gegaan, zou je alles weten te vinden,' zei hij. 'De la naast het fornuis.'

Frieda wipte de dop van het bierflesje en liep terug naar de slaapkamer van Sandy's flatje in het Barbicancomplex. Ze keek uit het raam naar de lichtjes die in het donker schitterden. Ze had een droge mond en nam een slokje bier. 'Als ík op de vijftiende verdieping woonde, zou ik niks anders meer doen dan uit het raam kijken. Het is alsof je boven op een berg zit.'

Ze liep terug. Sandy lag in het rommelige bed tussen de lakens. Ze ging op de rand zitten en keek naar hem. Hij zag er niet uit als iemand die Sandy heette; hij had eerder iets mediterraans met zijn olijfkleurige huid en zijn blauwzwart glanzende haar, als de verentooi van een raaf, afgezien van een enkele zilvergrijze streep. Hij keek haar zonder te glimlachen in de ogen.

'O, Frieda,' zei hij.

Frieda had het gevoel alsof haar hart een oude kist was die van de zeebodem was opgediept en waarvan het deksel vol aangroei na oneindig lange tijd eindelijk open werd gewrikt. Wie wist welke schatten ze erin aan zou treffen? 'Wil je ook een slokje?'

'Alleen uit jouw mond.'

Ze zette het flesje aan haar mond, nam een slok, en boog zich over hem heen tot hun lippen elkaar bijna raakten. Ze voelde hoe de koele vloeistof in zijn mond sijpelde. Hij slikte, hoestte en begon te lachen.

'Je kunt geloof ik maar beter uit het flesje drinken,' zei ze.

'Nee,' zei hij. 'Beter uit jouw mond.'

Ze glimlachten naar elkaar, maar toen verdween de glimlach van hun gezicht. Frieda legde haar hand op zijn onbehaarde borst. Ze wilden tegelijkertijd iets zeggen, en nadat ze zich allebei hadden verontschuldigd, begonnen ze weer allebei tegelijk te praten.

'Zeg jij het maar eerst,' zei Frieda.

Hij streelde haar gezicht. 'Dit overvalt me,' zei hij. 'Het is zo snel gegaan.'

'Je zegt het alsof het iets verkeerds was.'

Hij trok haar naast zich op het bed, boog zich over haar heen en liet zijn hand langs haar lichaam gaan. 'O, nee hoor,' zei hij. 'Maar ik ben er onzeker over.' Er viel een korte stilte. 'Nu jij.'

'Ik denk dat ik hetzelfde wilde zeggen. Dit paste niet in mijn plannen.'

Sandy glimlachte. 'Je hebt plannen?'

'Niet echt. Ik hou me bezig met het helpen van anderen om hun leven een beetje op orde te krijgen, er wat samenhang in te brengen. Maar ik weet niet hoe dat bij mij zit. En nu heb ik het gevoel dat de ontwikkelingen met me op de loop gaan en weet ik niet goed wat ik ermee aan moet.'

Sandy kuste haar in haar hals en op haar wang, en vervolgens zoenden ze elkaar innig op de mond. 'Blijf je vannacht?'

'Een volgende keer,' zei Frieda. 'Niet nu.'

'En mag ik bij jou komen?'

'Een volgende keer.'

5

Rechercheur Yvette Long keek haar baas aan, hoofdinspecteur Malcolm Karlsson. 'Ben je er klaar voor?' vroeg ze.

'Doet dat er iets toe?' zei hij, waarna ze naar buiten liepen.

Ze verlieten de rechtbank via een zijuitgang, maar er was geen ontkomen aan de journalisten en de camera's. Hij probeerde niet met zijn ogen te knipperen bij al het geflits. Dan zou hij in het journaal een onbetrouwbare en verslagen indruk maken. Hij herkende een aantal gezichten van de perstribune in de voorbije weken. Er werd een salvo van vragen op hem afgevuurd.

'Een voor een,' zei hij. 'Carpenter?' Hij keek een kale man aan die een microfoon omklemde.

'Is deze vrijspraak voor u een nederlaag of faalt hier het systeem?'

'Ik had in overleg met het Openbaar Ministerie besloten tot vervolging. Dat is alles wat ik daarover te zeggen heb.'

Een vrouw stak haar hand op; ze werkte bij een kwaliteitskrant – hij wist niet meer welke.

'U bent ervan beschuldigd de zaak voortijdig aanhangig te hebben gemaakt. Wat is uw reactie daarop?'

'Ik had de leiding over het onderzoek. Ik neem de volle verantwoordelijkheid op me.'

'Gaat u verder met het onderzoek?'

'We zullen elke mogelijke nieuwe aanwijzing onderzoeken.'

'Denkt u dat er sprake was van verspilling van mankracht en belastinggeld?'

'Ik dacht dat we sluitend bewijsmateriaal hadden,' zei Karlsson, die een opkomende misselijkheid probeerde te onderdrukken. 'De jury was het daar blijkbaar niet mee eens.'

'Neemt u ontslag?'

'Nee.'

Later op de dag verzamelden de betrokken politiemensen zich voor de nazit traditiegetrouw in The Duke of Westminster. In een hoek van het café zat een lawaaiig groepje onder een vitrine met schiemanswerk. Rechercheur Long ging met twee glazen whisky naast Karlsson zitten, maar zag toen dat hij nog nauwelijks iets had gedronken uit het glas dat hij al in zijn hand had.

Karlsson keek naar de andere politiemensen. 'Ze zijn wel opgewekt,' zei hij, 'de situatie in aanmerking genomen.'

'Omdat jij alle schuld op je genomen hebt,' zei ze. 'Dat had je niet moeten doen.'

'Dat is mijn taak,' zei hij.

Yvette Long keek om zich heen en schoot toen overeind. 'Dat is toch niet te geloven,' zei ze. 'Crawford is hier, die lul die jou hiermee heeft opgezadeld. Hij is gewoon hier!'

Karlsson glimlachte. Hij had haar nooit eerder grove taal horen bezigen. Ze moest echt boos zijn. De commissaris hing rond bij de bar en kwam toen naar hen toe. Hij had niet in de gaten dat rechercheur Long hem aanstaarde. Hij schoof een glas whisky in Karlssons richting. 'Nog eentje voor je verzameling,' zei hij. 'Je verdient het.'

'Dank u, commissaris,' zei Karlsson.

'Je hebt het vandaag voor je team opgenomen,' zei Crawford. 'Denk niet dat het aan me voorbij is gegaan. Ik ben me ervan bewust dat ik jou hiermee heb belast. Er waren politieke redenen voor. We moesten laten zien dat we wat deden.'

Karlsson schoof zijn glazen naar elkaar toe, alsof hij probeerde te besluiten uit welk hij het eerst een slok zou nemen. 'Het was mijn beslissing,' zei hij. 'Ik had de leiding.'

'Je praat nu niet met de pers, Mal,' zei Crawford. 'Proost.' Hij dronk zijn glas leeg en stond op. 'Ik kan niet blijven,' zei hij. 'Ik heb een etentje met de minister van Binnenlandse Zaken. Je kent dat wel. Ik loop eerst nog even bij de jongens langs om mijn medeleven te betuigen.' Toen boog hij zich wat verder voorover naar Karlsson, alsof hij hem iets persoonlijks wilde toevertrouwen. 'Toch wordt er resultaat van je verwacht,' zei hij. 'Volgende keer beter.'

Reuben McGill rookte nog alsof de jaren tachtig niet allang voorbij waren. Of de jaren vijftig. Hij pakte een Gitane uit zijn pakje, stak die aan en knipte zijn aansteker dicht. Hij zei niet meteen iets, en Frieda evenmin. Ze was tegenover hem voor zijn bureau gaan zitten en keek hem aan. In zekere zin zag hij er nu beter uit dan vijftien jaar geleden, toen ze hem had leren kennen. Zijn volle haardos was inmiddels grijs geworden, zijn gezicht zat vol rimpels en hij had nu zelfs een onderkin, maar dat versterkte zijn imago van vagebond alleen maar. Hij liep nog in spijkerbroek en overhemd zonder das. Hiermee liet hij je weten – en ook zijn patiënten – dat hij een alternatieve aanpak voorstond.

'Goed je te zien,' zei hij.

'Paz belde me.'

'O, echt waar? Ben ik omringd door spionnen? Ben jij ook een spion? En, wat denk je? Jij wordt ook maar gestuurd.'

'Ik zit in het bestuur van het instituut,' zei Frieda. 'En dat betekent dat als iemand zijn zorgen uit, ik daarop moet reageren.'

'Nou, reageer dan,' zei Reuben. 'Wat moet ik doen? Mijn bureau opruimen?'

Zijn bureau ging schuil onder stapels boeken, tijdschriften, dossiers en papieren. En pennen, borden en bekers.

'Het gaat niet om de rommel,' zei Frieda. 'Het valt me trouwens wel op dat het dezelfde puinhoop is als toen ik hier drie weken geleden was. Het is me niet duidelijk waarom je niet meer rommel hebt gemaakt, waarom er geen verandering in is gekomen.'

Hij lachte. 'Je bent gevaarlijk, Frieda. Ik zou je eigenlijk alleen op neutraal terrein moeten ontmoeten. Zoals je waarschijnlijk al hebt gehoord, zijn Paz en de rest van mening dat ik niet genoeg vinkjes zet, niet voldoende de puntjes op de i zet. Het spijt me, maar ik heb het te druk met de mensen die aan mijn zorg zijn toevertrouwd.'

'Paz houdt je in de gaten,' zei Frieda. 'En ik ook. Jij hebt het over puntjes op de i zetten. Misschien moet je het zien als een waarschuwing. En misschien kun je het beter horen van degenen die om je geven dan wachten totdat de mensen die niet om je geven het merken. Naar verluidt bestaan zulke mensen.'

'Naar verluidt,' zei Reuben. 'Je weet wat je moet doen als je me echt wilt helpen, hè?'

'Wat dan?'

'Je zou hier fulltime moeten komen werken.'

'Ik weet niet of dat zo'n goed idee is.'

'Waarom niet? Je houdt gewoon je eigen patiënten. En ondertussen kun je een oogje op mij houden.'

'Ik wil geen oogje op jou houden, Reuben. Ik ben niet verantwoordelijk voor jou, en jij niet voor mij. Ik dop graag mijn eigen boontjes.'

'Wat heb ik verkeerd gedaan?'

'Hoe bedoel je?'

'Ongeveer vanaf de dag dat je hier als een enthousiaste jonge studente kwam, heb ik jou gezien als degene die het op een dag van me zou overnemen. Wat is er gebeurd?'

Frieda fronste verbaasd haar voorhoofd. 'Ten eerste ben jij nooit van plan geweest je geesteskind aan een ander over te dragen. En ten tweede wil ik helemaal niet de leiding over iets hebben. Ik wil mijn leven niet doorbrengen met controleren of de telefoonrekening al is betaald en of de branddeuren wel altijd dicht zijn.' Frieda zweeg even. 'Toen ik hier kwam, vond ik dat ik nergens ter wereld beter op mijn plaats was dan hier. Maar dat was toen. Zoiets hou je niet eeuwig vol. Ik in elk geval niet.'

'Denk je dat het bij mij anders is? Is dat wat je wilt zeggen: dat het bergafwaarts is gegaan?'

'Het is net als met een restaurant,' zei Frieda. 'Je kookt een avond fantastisch. Maar dat wordt ook de volgende en de daaropvolgende avond van je verwacht. En dat lukt de meesten niet.'

'Ik ben geen fucking pizzabakker. Ik help mensen om tegen het leven opgewassen te zijn. Wat doe ik verkeerd? Vertel me dat eens.'

'Ik heb niet gezegd dat je iets verkeerd doet.'

'Maar wel dat je je zorgen maakt.'

'Misschien zou je wat meer moeten delegeren,' zei Frieda behoedzaam.

'Vindt men dat?'

'The Warehouse is jouw creatie, Reuben. Het was iets heel bijzonders. Veel mensen hebben er wat aan gehad. Maar je moet er niet te bezitterig over doen. Doe je dat wel, dan stort het in zodra je je hielen hebt gelicht, en dat wil je toch niet. Het is nu eenmaal anders dan toen jij er in je achterkamer mee begon.'

'Natuurlijk is het anders.'

'Is het ooit bij je opgekomen dat jouw verminderde greep op de dingen een manier van loslaten zou kunnen zijn, zonder dat je hoeft toe te geven dat je dat doet?'

'Hoezo, verminderde greep? Omdat mijn bureau een puinhoop is?'

'En dat je het misschien beter rationeler zou kunnen aanpakken?'

'Fuck off. Ik ben niet in de stemming voor een therapeutisch gesprek.'

'Ik was al van plan om weg te gaan.' Frieda stond op. 'Ik heb een afspraak.'

'Dus zit ik nou in een soort proeftijd?' vroeg Reuben.

'Wat is er mis met puntjes op de i zetten? Als je dat niet doet, kun je de letters niet van elkaar onderscheiden.'

'Met wie heb je een afspraak? Heeft het met mij te maken?'

'Met mijn supervisant. Het is een gewone sessie, we zullen het niet over jou hebben.'

Reuben drukte zijn sigaret uit in de overvolle asbak. 'Je kunt je niet de rest van je leven verstoppen in je kamertje om daar met mensen te praten,' zei hij. 'Je moet eruit, onder de mensen komen, vuile handen maken.'

'Ik dacht dat het ons werk was om in een kamertje met mensen te praten.'

Toen Frieda de kamer van Reuben verliet, zag ze Jack Dargan ronddrentelen in de gang. Hij was een slungelige jongeman – gedreven, slim en ongeduldig – en in opleiding bij het instituut, net als Frieda destijds, toen ze zo oud was als hij. Hij deed als cotherapeut groepstherapieën en had één individuele patiënt. Frieda had wekelijks een afspraak met hem om de voortgang te bespreken. Op de eerste dag dat ze elkaar ontmoetten was Jack, hoewel hij wist dat het vaak zo ging en dat ook zij zich ervan bewust was en hoewel hij zichzelf erom verachtte, tot over zijn oren verliefd op haar geworden.

'Ik moet hier weg,' zei ze. 'Kom mee.'

Er liep een man op hen af met een verloren uitdrukking op zijn bolle gezicht en een verbijsterde blik in zijn hondenogen.

'Kan ik u helpen?' vroeg ze.

'Ik ben op zoek naar dokter McGill.'

'Deze kamer hier.' Ze knikte in de richting van de gesloten deur.

Toen ze het gebouw uit liepen, langs Paz, die aan de telefoon zat te rebbelen en met theatrale gebaren haar beringde handen omhoogstak, voelde ze zich ineens een soort moedereend met één enkel jonkie in haar kielzog. Toen ze op straat liepen, kwam er net een bus de heuvel op. Jack en zij stapten in. Hij was zenuwachtig. Hij wist niet of hij naast haar moest gaan zitten, of achter of voor haar. Toen hij ten slotte wel naast haar plaatsnam, ging hij op haar rok zitten en sprong hij op alsof hij zich had gebrand.

'Waar gaan we naartoe?'

'Kennissen van me zijn onlangs een koffiebar begonnen. Het is in de buurt waar ik woon, en ze zijn de hele dag open.'

'Oké,' zei Jack. 'Geweldig. Ja.' En toen wist hij het niet meer.

Frieda keek uit het raam en zei niets, en Jack wierp steelse blikken naar haar. Hij was nog nooit zo dicht bij haar geweest. Zijn dij raakte de hare en hij rook haar parfum. Toen de bus een bocht nam, werd hij tegen haar aan gedrukt. Hij wist niets van haar. Ze droeg geen ring aan haar linkerhand, dus vermoedelijk was ze niet getrouwd. Maar woonde ze met iemand samen? Had ze een vriend? Of was ze lesbisch? Hij wist het niet. Wat deed ze als ze niet op het instituut was? Wat droeg ze als ze niet zo'n mannelijk ogend pak of simpele rok aanhad? Liet ze haar haar weleens loshangen, ging ze af en toe dansen, dronk ze weleens te veel?

Toen ze uitgestapt waren, moest Jack er flink de pas in zetten om Frieda bij te benen in de doolhof van straatjes die naar Beech Street voerden. Het was een aaneenschakeling van restaurantjes, bruine kroegen, kleine galeries en winkels waar ze kaas, siertegels en briefpapier verkochten. Er was een stomerij met 24-uursservice, een ijzerwinkel en een dag en nacht geopende supermarkt met Poolse, Griekse en Engelse kranten.

Bij Number 9 was het binnen warm en simpel ingericht. Het rook er naar versgebakken brood en koffie. Er stonden maar een stuk of wat houten tafeltjes, merendeels onbezet, en bij de bar een paar krukken.

De vrouw achter de bar stak haar hand op ter begroeting. 'Hoe gaat het sinds vanmorgen?'

'Goed,' zei Frieda. 'Kerry, dit is mijn collega Jack. Jack, dit is Kerry Headley.'

Jack, die glom van voldoening omdat Frieda hem haar collega noemde, mompelde iets.

Kerry keek hem stralend aan. 'Wat wil je hebben? Ik heb niet veel gebak meer – Marcus gaat er straks wat bij maken. Hij is nu Katja van school halen. Ik heb nog wel flensjes.'

'Alleen koffie,' zei Frieda. 'Uit dat mooie nieuwe apparaat van je, graag. Jack?'

'Hetzelfde,' zei Jack, hoewel hij al veel koffie ophad en bovendien van zichzelf al zenuwachtig genoeg was.

Ze gingen tegenover elkaar aan een tafeltje bij het raam zitten. Toen Jack zijn jas uittrok, zag Frieda dat hij daaronder een bruine corduroy broek en een druk, gestreept overhemd droeg, met daaronder een limoenkleurig T-shirt. Zijn sportschoenen waren groezelig en zijn lichtblonde haar zat in de war, alsof hij er uit ergernis de hele dag met zijn handen doorheen had gestreken.

'Draag je dit ook als je je patiënt ontvangt?' vroeg Frieda.

'Niet speciaal. Dit heb ik nu toevallig aan. Is het niet goed?'

'Volgens mij moet je iets neutralers dragen.'

'Een pak met stropdas, bedoel je?'

'Nee, ik bedoel geen pak met stropdas. Iets saais, een effen overhemd met een colbertje of zo. Iets wat niet zo in het oog springt. Je patiënt moet niet al te geïnteresseerd in je raken.'

'Daar is niet veel kans op.'

'Hoezo niet?'

'Die vent die ik geacht word therapie te geven, is wel erg in zichzelf gekeerd. Dat is zijn eigenlijke probleem. En dat is niet best, hè? Dat ik mijn allereerste patiënt nu al een ontzettende eikel ga vinden.'

'Je hoeft hem niet te mogen. Je moet hem alleen helpen.'

'Hij heeft huwelijksproblemen,' vervolgde Jack. 'Maar het blijkt dat die problemen pas zijn ontstaan sinds hij met een vrouw bij hem op kantoor naar bed wil. Nu wil hij van mij horen dat ik ook vind dat zijn vrouw hem niet begrijpt en dat het oké is als hij zijn heil elders zoekt. Hij wil gewoon zijn eigen gelijk halen.'

'En?'

'Toen ik medicijnen studeerde, dacht ik dat ik werd opgeleid om mensen te genezen. Lichamelijk en geestelijk. Ik zou het niet leuk vinden als mijn werk als therapeut erop neerkomt dat ik hem maar moet laten zeggen dat hij best vreemd mag gaan.'

'Denk je dat je daarmee bezig bent?' Frieda keek hem aandachtig aan en zag zijn mengeling van nervositeit en vurig enthousiasme. Hij had eczeem aan zijn polsen en zijn nagels waren afgekloven. Hij wilde haar behagen en hij wilde haar uitdagen. Hij sprak snel en in een stortvloed van woorden, en bij het minste of geringste verschoot hij van kleur.

'Ik weet niet waar ik mee bezig ben,' zei Jack. 'Dat is wat ik zeg. Wat ik bedoel. Ik kan daar toch eerlijk over zijn, hè? Het zit me niet lekker dat ik hem zou moeten aanmoedigen om zijn vrouw te belazeren. Maar ik kan ook niet tegen hem zeggen: "Gij zult niet vreemdgaan." Dat is geen therapie.'

'Waarom zou hij niet vreemd mogen gaan?' vroeg Frieda. 'Je weet niet hoe zijn vrouw is. Misschien dwingt ze hem er wel toe. Misschien gaat ze zelf wel vreemd.'

'Ik weet van haar alleen wat hij me vertelt. Jij zegt dat mensen hun leven vorm moeten zien te geven in een verhaal. Nou, hij lijkt zijn verhaal te hebben gevonden, en het is een verhaal dat hem verdomd goed uitkomt. Hoe moeilijk hij het me ook maakt, ik probeer empathie voor hem op te brengen. Maar hij brengt geen empathie op voor zijn vrouw. Voor niemand trouwens. En dat zit me dwars. Ik weet niet wat ik moet doen. Ik heb geen zin om het helemaal met hem eens te zijn dat vreemdgaan oké is. Wat zou jij doen?'

Toen leunde hij achterover en pakte zijn koffiekopje, waar hij iets uit morste terwijl hij het naar zijn mond bracht. Achter zijn rug kwam een kleine, dikke man de zaak in met aan zijn hand een kind dat er door de grote schooltas op haar rug uitzag als een schildpad. De man knikte Frieda toe en hief zijn hand op ter begroeting.

'Je kunt de buitenwereld niet in therapie nemen,' zei Frieda. 'En die kun je ook niet naar je hand zetten. Het enige wat je kunt doen, is aandacht geven aan dat kleine stukje buitenwereld dat je patiënt in zijn hoofd heeft. Het gaat er niet om dat je hem toestemming geeft. Dat is je taak niet. Maar je wilt wel dat hij eerlijk is tegenover zichzelf. Toen ik het had over een verhaal, bedoelde ik niet dat elk verhaal goed is. Je zou kunnen beginnen met te proberen hem te laten begrijpen waaróm hij jouw goedkeuring wil hebben. Waarom hij niet gewoon zijn gang gaat.'

'Als ik het zo stel, gaat hij misschien ook wel gewoon zijn gang.'

'Dan neemt hij er tenminste zelf de verantwoordelijkheid voor, in plaats van die op jou af te schuiven.' Frieda zweeg en dacht even na. 'Kun je het in die groepssessies goed vinden met McGill?'

Jack leek op zijn hoede. 'Ik geloof niet dat hij veel tijd voor me heeft. Voor wie dan ook, trouwens. Ik had al veel over hem gehoord voordat ik bij The Warehouse begon, maar hij lijkt me een beetje gespannen en verstrooid. Volgens mij komen we bij hem niet op de eerste plaats. Maar jij kent hem toch?'

'Misschien.'

6

De laatste tijd vond Reuben McGill vijftig minuten eigenlijk te lang om niet te roken. Hij drukte op zijn kamer een sigaret uit en stopte een extra sterk wybertje in zijn mond. Het had geen zin, dat wist hij. De mensen roken toch wel dat je rookte, wat je ook deed. Twintig jaar geleden was dat anders geweest, toen iedereen naar tabak rook. Ach, wat deed het ertoe? Waarom sabbelde hij eigenlijk op een wybertje om het te verdoezelen? Het was toch niet verboden?

Even later liep hij de wachtkamer in, waar Alan Dekker in afwachting van zijn eerste gesprek zat. Hij ging hem voor naar een van de drie spreekkamers waarover het instituut beschikte. Alan keek om zich heen. 'Ik dacht dat hier een bank zou staan,' zei hij. 'Zoals je in films ziet.'

'U moet niet alles geloven wat u in films ziet. Ik denk dat het beter is om tegenover elkaar te zitten. Als gewone mensen.'

Hij wees Alan een grijze fauteuil met een harde, rechte rug, zodat hij rechtop zou zitten, met zijn gezicht naar hem toe. Reuben nam tegenover hem plaats. Ze zaten ongeveer twee meter van elkaar, ver genoeg om de nabijheid van de ander niet als drukkend te hoeven ervaren, maar niet zo ver dat ze hun stem hoefden te verheffen.

'Wat wilt u dat ik zeg?' vroeg Alan. 'Ik ben dit niet gewend.'

'Zeg maar wat u wilt,' zei Reuben. 'We hebben de tijd.'

Het was maar drie, misschien vier minuten geleden sinds Reubens laatste sigaret. Hij had hem amper voor de helft opgerookt, maar toch uitgedrukt op de reling van de brandtrap en op het betonnen plaatsje daaronder laten vallen. Hij had alweer trek in een sigaret, hij kon in elk geval de gedachte eraan niet uit zijn hoofd zetten. Het ging niet alleen om het roken op zich, een sigaret roken was ook een manier om de tijd te doden, en je had tenminste iets in je handen. Ineens wist hij ook niet meer wat hij met zijn handen moest doen. Ze op de armleuningen van de stoel leggen voelde te formeel. Op schoot was te krampachtig, alsof hij iets te verbergen had. Hij deed afwisselend het een en dan weer het ander.

Toen Reuben in 1977 The Warehouse oprichtte, was hij nog maar eenendertig en een van de bekendste analytici van het land. Het was destijds eigenlijk eerder een groep of een beweging geweest dan een instituut. Hij had een therapievorm ontwikkeld die eclectischer en minder aan regels gebonden was dan de traditionele therapieën van toen. Het hele vak zou erdoor veranderen. Hij kwam met foto en al in tijdschriften te staan. Hij werd voor de krant geïnterviewd. Hij presenteerde tv-documentaires. Hij schreef boeken met mysterieuze, enigszins erotisch klinkende titels (*Verlangen en aangeleerde hulpeloosheid*, *De speelsheid van de liefde*). Hij was begonnen in de huiskamer van zijn negentiende-eeuwse burgermanswoning in Primrose Hill, maar ook toen de National Health Service de financiering overnam en het instituut verhuisde naar Swiss Cottage, bleef de onconventionele sfeer behouden. The Warehouse werd verbouwd naar het ontwerp van een modernistische architect, die de stalen balken en ruwe bakstenen muren van het oorspronkelijke pand behield en deze combineerde met veel glas en roestvrij staal. Geleidelijk aan was er echter iets verloren gegaan. Wat Reuben maar moeilijk aan zichzelf kon toegeven, was dat er eigenlijk nooit echt sprake was geweest van een werkelijk nieuwe therapievorm. Reuben McGill was een knappe, charismatische figuur, en hij had collega's en patiënten aangetrokken als een soort goeroe. Maar gaandeweg had hij aan aantrekkelijkheid en charisma ingeboet, zijn therapeutische methoden waren lastig te formaliseren gebleken, en het aantal gevallen waarvoor ze werden geïndiceerd was steeds minder geworden. The Warehouse was een succes en genoot aanzien. Dankzij het instituut hadden sommigen hun leven kunnen veranderen, maar de wereld was niet op zijn kop gezet.

Hij was nog steeds een begenadigd analyticus, maar de afgelopen jaren was er iets gebeurd. Hij had ergens gelezen dat piloten na tientallen jaren keurig hun werk te hebben gedaan soms ineens vliegangst konden ontwikkelen. Hij had gehoord van oude acteurs die plotseling aan zo'n ernstige plankenkoorts hadden geleden dat ze niet meer konden optreden. En hij had vernomen dat analytici een soortgelijke angst konden ontwikkelen: dat ze geen echte artsen waren en geen genezing boden, zoals andere medisch specialisten, dat het allemaal niet meer was dan achteraf gepraat en gebakken lucht. Reuben had dat nooit zo ervaren. Wat was tenslotte genezing? Hij was een soort genezer, wist hij. Hij wist dat hij iets kon doen voor mensen die bij hem kwamen en die leden op een manier waaraan ze geen uitdrukking konden geven.

Maar zo ingewikkeld was het niet, het was in feite veel gênanter. Ineens – of was het er langzaam in geslopen? – was hij zijn patiënten oninteressant gaan vinden. Dat was het echte verschil tussen psychoanalyse en andere medische specialismen. Andere specialisten bekeken hun patiënten, onderzochten een arm, scanden een borst of keken onder een tong. Maar als psychoanalyticus moest je de symptomen steeds weer aanhoren, elke keer weer, dat ging maar door, uur na uur. In de beginjaren was dat anders geweest.

Reuben had vroeger wel gedacht dat hij naar een bijzonder zuivere vorm van literatuur luisterde, orale literatuur, die geïnterpreteerd en gedecodeerd moest worden. Maar langzamerhand was hij gaan denken dat het een afschuwelijk soort literatuur was, een voortdurende herhaling van voorspelbare clichés, en later was hij tot de slotsom gekomen dat het helemaal geen literatuur was, maar een ongestructureerde woordenstroom zonder reflectie. Toen was hij begonnen om die woordenstroom langs zich heen te laten gaan, als een rivier, als een verkeersstroom, zoals je op een brug over de snelweg de auto's en vrachtwagens onder je door ziet gaan, met daarin al die mensen van wie je niets weet en om wie je niets geeft. Soms, als zijn patiënten praatten en huilden, dan knikte hij en dacht hij aan heel andere dingen, in afwachting van het moment dat hij die sigaret kon opsteken, om precies negen minuten voor het hele uur.

'Die gedachten waren een soort kanker,' zei Alan. 'Weet u wat ik bedoel?'

Er viel een stilte.

'Wat zei u?' vroeg Reuben.

'Ik zei: "Weet u wat ik bedoel?"'

'Hoezo?'

'Luistert u wel naar me?'

Er viel weer een stilte. Reuben keek heimelijk op zijn horloge. Ze waren vijfentwintig minuten bezig. Hij had geen flauw idee wat er was gezegd. Hij probeerde te bedenken of hij iets kon vragen. 'Hebt u het gevoel dat er niet naar u wordt geluisterd?' vroeg hij. 'Wilt u daarover praten?'

'Daar moet u bij mij niet mee aankomen,' zei Alan. 'U hebt niet opgelet.'

'Waarom zegt u dat?'

'Herhaalt u dan eens iets van wat ik heb gezegd. Eén ding maar. Doet er niet toe wat.'

'Het spijt me, meneer... eh...'

'Weet u mijn naam niet meer? James, heet ik.'

'Het spijt me, James...'

'Het is geen James! Mijn naam is Alan. Alan Dekker. Ik ga nu weg, en ik zal een klacht tegen u indienen. Hier komt u niet mee weg. Het zou u verboden moeten worden om nog mensen te behandelen.'

'Alan, we moeten...'

Ze stonden allebei op, en even keken ze elkaar aan. Reuben stak zijn hand uit om Alans mouw te pakken, maar aarzelde, hief zijn handen op en liet hem gaan.

'Dit is niet te geloven,' zei Alan. 'Ik zei al dat het niet zou helpen. Ze zeiden dat ik het een kans moest geven. Dat ik er baat bij zou hebben. Dat ik me coöperatief moest opstellen.'

'Het spijt me,' zei Reuben zachtjes, maar Alan was al weg en hoorde het niet.

7

Vrijdagmiddag was Frieda weer op het instituut, waar ze een paar boeken uit de kleine bibliotheek had gehaald voor een lezing die ze enkele weken later zou geven. De meesten waren al naar huis, maar Paz was er nog, en zij wenkte haar.

Paz werkte nog maar een halfjaar bij The Warehouse. Ze was in Londen opgegroeid en sprak met een Londense tongval, maar haar moeder kwam uit Andalusië, en Paz had donker haar en donkere ogen. Ze was temperamentvol en zorgde bij het instituut voor een zeker melodrama, zelfs op rustige dagen. En nu moest ze nodig haar ei kwijt.

'Ik heb je geprobeerd te bellen,' zei ze. 'Heb je Reuben gesproken?'

'Ja, dat weet je. Hoezo? Wat is er met hem?'

'Ten eerste is hij vanmiddag gewoon niet komen opdagen, terwijl hij wel patiënten had. En ik kan hem maar niet te pakken krijgen.'

'Dat is niet zo mooi.'

'En dat is niet het enige. Er was hier een patiënt...' – Paz keek op de notitie die voor haar lag – '... die door zijn huisarts naar Reuben was doorverwezen omdat hij zich beroerd voelde en paniekaanvallen had. Dat is niet goed gegaan. Helemaal niet goed. Hij gaat een officiële klacht indienen.'

'Waarom?'

'Hij zegt dat Reuben geen moment naar hem heeft geluisterd.'

'En wat heeft Reuben daarop te zeggen?'

'Geen stom woord. Hij denkt zeker dat hij ermee weg kan komen. En dat is misschien ook wel zo. Maar hij heeft het bij deze patiënt echt verknald. Dus die is boos. Laaiend.'

'Het zal wel loslopen allemaal.'

'Dat is het nou juist, Frieda. Sorry dat ik je ermee lastigval. Maar ik heb hem – Alan Dekker, bedoel ik – er al min of meer van kunnen overtuigen om niks te ondernemen voordat hij jou had gesproken. Ik dacht dat jij hem misschien zelf zou kunnen overnemen.'

'Als patiënt?'

'Ja.'

'O, god,' zei Frieda. 'Kan Reuben zijn eigen puinhopen niet opruimen?' Paz antwoordde niet, maar keek haar alleen smekend aan. 'Heb je het er met Reuben over gehad? Ik kan niet zomaar zijn patiënt overnemen.'

'Min of meer wel, ja.'

'Wat betekent dat?'

'Het betekent dat hij er eigenlijk niks over zegt. Maar ik begreep dat hij wel wil dat je het overneemt. Als je dat zou willen.'

'Oké, oké. Ik kan wel een beoordelingsgesprek met hem voeren.'

'Morgen?'

'Morgen is het zaterdag. Ik kan hem maandag ontvangen. Halftwee, op mijn praktijk.'

'Bedankt, Frieda.'

'En bekijk ondertussen Reubens agenda en denk eens na over de overdracht van zijn andere patiënten.'

'Denk je dat het zo slecht met hem gesteld is?'

'Misschien was Alan Dekker alleen maar de eerste die het heeft gemerkt.'

'Dat zal Reuben niet leuk vinden.'

Elke vrijdag liep Frieda naar Islington om haar nichtje Chloë op te zoeken. Maar niet voor haar plezier: Chloë was net zestien geworden en zou in juni eindexamen doen, en Frieda gaf haar bijles in scheikunde, een vak dat Chloë (die dacht dat ze zelf ook wel arts wilde worden) met een mengeling van walging en ergernis volgde, alsof het vak was uitgevonden om haar te sarren. Die bijles was een idee van haar moeder Olivia geweest, maar Frieda had er pas mee ingestemd toen Chloë zich, met tegenzin, had verplicht er elke vrijdagmiddag een uur aan te wijden, van halfvijf tot halfzes. Ze had zich er niet altijd aan gehouden. Eén keer was ze helemaal niet komen opdagen (het was bij die ene keer gebleven omdat Frieda dat niet over haar kant had laten gaan), en vaak kwam ze te laat aankakken, gooide haar schriften met een klap tussen de vuile borden en stapels ongeopende post op de keukentafel, onderwijl woeste blikken werpend in de richting van haar tante, die haar chagrijn stelselmatig negeerde.

Vandaag zouden ze de covalente binding behandelen. Chloë had een hekel aan de covalente binding. En ook aan de ionenbinding. Ze had ook een hekel aan het periodiek systeem. En aan het opstellen van reactievergelijkingen. Ze had een afschuw van het omzetten van massa in molen en omgekeerd. Ze ging tegenover Frieda zitten, het donkerblonde haar voor haar gezicht en de mouwen van haar oversized trui met capuchon tot over haar handen, zodat alleen haar vingers met de zwartgelakte nagels te zien waren. Frieda vroeg zich af of ze iets te verbergen had. Inmiddels bijna een jaar geleden had Olivia Frieda hysterisch opgebeld om te zeggen dat Chloë zichzelf sneed. Dat deed ze met het mesje van haar puntenslijper of de punt van haar passer. Olivia had het pas ontdekt toen ze de badkamerdeur had geopend en de snijwonden zag op de armen en benen van haar dochter. Chloë had gedaan alsof het niets voorstelde, dat het ophef om niets was, dat iedereen het deed, dat het geen kwaad kon. En dat het trouwens Olivia's eigen schuld was, omdat zij niet begreep hoe het was om haar te zijn, het enig kind van een moeder die haar behandelde als een baby en een vader die ervandoor was met een vrouw die niet veel ouder was dan zijn dochter. Walgelijk. Als dat volwassenheid was, wilde zij nooit volwassen worden. Ze had zich opgesloten in de badkamer, waar ze niet meer uit wilde komen – en toen had Olivia Frieda opgebeld. Frieda was direct gekomen en was voor de badkamerdeur op de trap gaan zitten. Ze had tegen Chloë gezegd dat zij er voor haar was als ze wilde praten en dat ze een uur zou wachten. Tien minuten voordat het uur om was, was Chloë uit de badkamer gekomen, met een opgezet gezicht van het huilen en verse wonden aan haar armen, die ze boos en verontwaardigd aan Frieda had getoond – kijk eens wat ik mezelf aandoe, door hun schuld... Ze hadden gepraat, of liever gezegd, Chloë had er halve zinnen uitgeflapt over de voldoening die het gaf als je een mes over je huid haalde en zag hoe de rode bubbels zich vormden, over haar woede jegens die stumper van een vader van haar en, o god, haar altijd zo dramatische moeder, over de weerzin die ze voelde tegen haar eigen puberale lijf, dat zo aan het veranderen was. 'Waarom heb ik dit allemaal?' had ze huilend geroepen.

Frieda dacht niet dat Chloë zich nog sneed, maar ze had het niet gevraagd. Ze wendde haar blik af van de over haar handen getrokken mouwen en de norse uitdrukking op haar gezicht en concentreerde zich op de scheikunde.

'Wat gebeurt er als metalen reageren met niet-metalen, Chloë?'

Chloë sperde haar mond open en geeuwde luidruchtig.

'Chloë?'

'Kweenie. Waarom moet dat nou, op vrijdagmiddag? Ik wilde met mijn vriendinnen de stad in.'

'We hebben het al eens behandeld. Ze delen elektronen. We beginnen met de enkelvoudige covalente binding. Waterstof bijvoorbeeld. Chloë?'

Chloë mompelde iets.

'Heb je één enkel woord gehoord van wat ik zei?'

'Waterstof, zei je.'

'Juist. Pak je er een schrift bij?'

'Waarom?'

'Om aantekeningen te maken.'

'Weet je wat mama heeft gedaan?'

'Nee, weet ik niet. Papier, Chloë.'

'Ze heeft zich aangemeld bij een relatiebemiddelingsbureau.'

Frieda sloeg het leerboek dicht en schoof het van zich af. 'Wat is daarop tegen?'

'Wat denk je? Alles.'

'Waarom?'

'Het is gewoon zielig, ze is wanhopig op zoek naar seks.'

'Of ze is eenzaam.'

'Hè? Ze woont toch niet in haar uppie?'

'Ze heeft jou, bedoel je?'

Chloë haalde haar schouders op. 'Ik wil er verder niet over praten. Je bent mijn therapeut niet, weet je.'

'Oké,' zei Frieda vriendelijk. 'Laten we het dan maar weer over waterstof hebben. Hoeveel elektronen heeft waterstof?'

'Het kan je niks schelen, hè? Geen moer. Mijn vader had gelijk wat jou betreft!' Er klonk aarzeling in haar stem toen ze de uitdrukking op Frieda's gezicht zag. Ze had inmiddels geleerd dat opmerkingen over de relatie tussen Frieda en haar ouders niet op prijs werden gesteld, en ze was wel tegendraads, maar ze had ontzag voor haar tante en vreesde haar afkeuring. 'Eentje,' zei ze pruilend. 'Eén stom elektron.'

8

Tijdens haar specialisatie had Frieda bij haar assistentschap neurologie eens een man behandeld bij wie na een auto-ongeluk het gedeelte van de hersenen was beschadigd dat nodig is voor gezichtsherkenning. Hij kon mensen ineens niet meer uit elkaar houden: ze waren alleen nog maar verzamelingen uiterlijke kenmerken, patronen zonder emotionele inhoud. Zo herkende hij zijn vrouw en zijn kinderen niet meer. Toen had ze zich gerealiseerd hoe uniek elk menselijk gezicht is en hoe bijzonder het is dat we het kunnen herkennen. Thuis had ze tientallen boeken met portretten, sommige van beroemde fotografen, maar ook collecties door onbekenden genomen foto's van anonieme, reeds lang overleden mensen die ze in tweedehands boekwinkels op de kop had getikt. Als ze niet kon slapen en ook na een nachtelijke wandeling niet moe genoeg was om in de vergetelheid weg te zakken, pakte ze soms zo'n boek en bladerde het door om de gezichten van mannen en vrouwen en kinderen te bekijken en te proberen aan de uitdrukking in hun ogen te zien hoe het psychisch met ze gesteld was.

Ze herkende in Alan Dekker meteen de man die ze op de gang voor de kamer van Reuben had gezien. Zijn gezicht – ovaal en gerimpeld, met vage, vlekkerige sproeten – was niet direct knap, maar wel aantrekkelijk. Hij keek triest uit zijn bruine ogen en had iets over zich wat haar deed denken aan een hond die slaag verwacht, maar toch om genegenheid vraagt. Zijn stem trilde en terwijl hij sprak sloeg hij met zijn vuist in zijn geopende handpalm. Het viel haar op dat zijn nagels tot aan de nagelriemen waren afgekloven.

'Je denkt... je denkt... je denkt...' zei hij. Hij was gewend dat mensen hem in de rede vielen en probeerde aan het woord te blijven totdat hij de juiste woorden had gevonden. 'Je denkt zeker dat het voor mij makkelijk was om naar die man te stappen.'

'Het is nooit makkelijk,' zei Frieda. 'Daar is moed voor nodig.'

Alan zweeg even en leek verward. 'Ik deed het voor Carrie, mijn vrouw. Zij heeft me ertoe aangezet. Ik denk dat ik het anders niet zou hebben gedaan. Hij heeft me voor de gek gehouden.'

'Hij heeft je in de kou laten staan.'

'Hij luisterde niet. Hij kon zich mijn naam niet eens herinneren.'

Hij keek Frieda aan, maar zij knikte alleen maar, wachtte af en boog zich iets voorover in haar stoel.

'En dat terwijl hij wordt betaald met geld van de belastingbetaler. Hij is nog niet van me af.'

'Dat is aan jou,' zei Frieda. 'Maar ik wil wel duidelijk stellen dat de manier waarop hij je heeft behandeld absoluut niet door de beugel kan.' Ze zweeg, dacht even na en vloekte toen in stilte. Een andere aanpak leek eigenlijk niet mogelijk. 'Wat je ook gaat doen, ik hoop dat jij en ik erover zullen kunnen praten.'

'Probeer je me op andere gedachten te brengen?'

'Ik wilde over je gevoelens praten, over je lijden. Want je lijdt, is het niet?'

'Daar gaat het niet om,' zei Alan. Zijn ogen stonden ineens vol tranen, die hij weg probeerde te knipperen. 'Dat is niet de reden dat ik hier ben.'

'Hoe zou je die dan omschrijven?'

Alan keek haar aan. Frieda zag iets in zijn uitdrukking veranderen dat haar het idee gaf dat hij zich overgaf.

'Ik praat niet zo makkelijk,' zei hij. 'Ik heb zo'n gevoel alsof alles verkeerd zit. Ik ben met ziekteverlof. Het is alsof mijn hart te groot is voor mijn borst. Ik heb een rare smaak in mijn mond, metaal lijkt het wel. Of bloed. En wat er allemaal door mijn hoofd spookt, al die beelden. Ik word er 's nachts wakker van. Het lukt me niet om... Het is alsof het niet mijn eigen leven is. Ik voel me gewoon mezelf niet, en ik ben bang. Ik kan niet...' Hij zweeg even en slikte. 'Ik kan niet met mijn vrouw naar bed. Ik hou van haar, maar het lukt me niet.'

'Die dingen gebeuren soms,' zei Frieda. 'Je moest eens weten hoe vaak dat voorkomt.'

'Ik vind het vreselijk,' zei Alan. 'Alles is vreselijk.'

Ze keken elkaar aan.

'Toen je een afspraak maakte met dokter McGill, was dat een eerste stap. Het is misgegaan. Dat is jammer. Maar denk je dat je het opnieuw kunt proberen? Met mij?'

'Dat is niet de reden dat ik hier ben. Ik...' Hij zweeg en gaf het op, alsof het hem te veel inspanning kostte. 'Denk je dat je mij kunt helpen?'

Frieda keek naar hem – naar zijn afgekloven nagels en zijn angstige ongeschoren gezicht vol sproeten, zijn smekende ogen. Ze knikte naar hem. 'Ik stel voor dat we drie keer per week afspreken,' zei ze. 'En dan wil ik dat je zo nodig dingen opzijzet voor de behandeling. Elke sessie duurt vijftig minuten, en ook als je te laat bent, stoppen we toch op dezelfde tijd. Denk je dat je dat kunt opbrengen?'

'Ik denk het wel, ja.'

Ze haalde haar agenda uit de la.

9

Ze stonden met z'n tweeën op Waterloo Bridge. Frieda keek niet naar de parlementsgebouwen, de London Eye, de Saint Paul of de glinsterende, massieve weerspiegeling van de stad in het bruine water. Ze keek naar het stromende water van de rivier dat om een brugpijler wervelde. Ze was bijna vergeten dat Sandy er was, totdat hij iets zei.

'En wat vind je van Sydney?'

'Sydney?'

'Of Berlijn?'

'Nee. Ik geloof dat ik nu aan het werk moet, Sandy.'

'New York dan?'

'Je kunt maar van één stad echt houden. En voor mij is dat Londen.'

'Is dat Essex?' vroeg Alan, met een blik op de foto aan de muur.

'Nee,' zei Frieda.

'Waar is het dan?'

'Ik weet het niet.'

'Waarom heb je die foto daar dan hangen?'

'Ik wilde iets neutraals aan de muur hebben, dat niet al te veel afleidt.'

'Ik hou van afbeeldingen waar echt iets op te zien is, ouderwetse zeilschepen in een storm bijvoorbeeld, waarop je alle details ziet, de touwen en de zeilen. Dit soort foto's is me te vaag, te gevoelig.'

Frieda wilde zeggen dat daar niks mee mis was, omdat ze hier niet zaten om over foto's te praten, maar ze hield zich in. 'Is "gevoelig" altijd verkeerd?'

Alan knikte. 'Ik snap het,' zei hij. 'Je denkt dat alles iets te betekenen heeft. Je vat alles wat ik zeg op een bepaalde manier op.'

'Waarover zou je dan willen praten?'

Alan leunde achterover en sloeg zijn armen over elkaar, alsof hij Frieda wilde afweren. Maandag was hij angstig geweest en had hij behoefte aan steun gehad, maar nu was hij assertief, defensief. Nou ja, hij was tenminste gekomen.

'Jij bent de dokter. Een soort dokter dan. Zeg jij het maar. Moet je niet naar mijn dromen vragen? Of moet ik over mijn kindertijd praten?'

'Oké,' zei Frieda. 'Ik ben arts. Vertel mij maar wat je mankeert. Leg eens uit waarom je hier bent.'

'Voor zover ik het begrijp ben ik hier zodat ik geen klacht zal indienen tegen die andere dokter. Het is een grof schandaal. Ik weet dat jullie elkaar graag de hand boven het hoofd houden, maar die klacht dien ik misschien toch in.'

Alan ging telkens verzitten. Hij haalde zijn armen van elkaar en streek met zijn handen door zijn haar, keek Frieda aan en wendde toen zijn blik af.

'Je kunt zeker een klacht indienen,' zei ze, 'als je daartoe zou besluiten. Maar niet hier. Hier kom je om over jezelf te praten, in alle openheid. En dat kan met mij op een manier zoals je het waarschijnlijk met niemand anders kunt, niet met goede vrienden, niet met je vrouw en niet met de mensen van je werk. Je zou het kunnen beschouwen als een kans.'

'Voor mij is het probleem met dit hele gedoe…' – Alan gebaarde om zich heen – 'dat jij denkt dat je problemen kunt oplossen door er alleen maar over te praten. Ik heb mezelf altijd gezien als een man van de praktijk. Problemen moet je aanpakken, je moet ze oplossen. Daar geloof ik in. Geen woorden maar daden.'

Aan Frieda's gelaatsuitdrukking was niets te zien, maar ze voelde bij zichzelf een vertrouwd soort vermoeidheid opkomen. Krijgen we dit weer. Het was vaak zo dat de eerste sessie iets weg had van een moeizame eerste date. Op een eerste sessie zeggen mensen vaak dat ze niet echt hulp nodig hebben, dat ze niet weten wat ze eigenlijk bij haar doen, dat het geen zin heeft om alleen maar over dingen te praten. Soms duurt het weken voordat je door deze fase heen bent. En soms lukt het nooit.

'Zoals je zelf al zei, ik ben de dokter,' zei Frieda. 'Beschrijf je symptomen eens.'

'Die zijn hetzelfde als vroeger.'

'Vroeger? Wanneer was dat?' Frieda boog zich wat verder voorover.

'Wanneer dat was? Weet ik niet precies. Ik was nog jong. Begin twintig – het zal zo'n eenentwintig, tweeëntwintig jaar geleden zijn. Hoezo?'

'Hoe ben je er toen mee omgegaan?'

'Het ging vanzelf over.' Alan zweeg en trok een vreemde, angstige grimas. 'Na verloop van tijd.'

'Dus zo'n twintig jaar lang heb je die gevoelens helemaal niet gehad, en nu zijn ze er weer.'

'Eh, ja. Maar dat betekent niet dat ik bij jou aan het goede adres ben. Volgens mij heeft mijn huisarts me alleen maar doorverwezen om van me af te zijn. Ik heb een theorie dat artsen in feite alleen maar willen dat hun patiënten zo snel mogelijk weggaan en ook weg blijven. Dat doen ze voornamelijk door pillen voor te schrijven, maar als dat niet werkt, sturen ze je naar een andere arts. Wat ze natuurlijk echt willen, is...'

Ineens zweeg hij. Er viel een stilte.

'Is alles in orde met je?' vroeg Frieda.

Alan draaide langzaam zijn hoofd. 'Hoor je dat?'

'Wat?'

'Een soort gekraak,' zei hij. 'Het komt van die kant.' Hij wees naar de andere kant van de kamer, tegenover het raam.

'Zal wel van het sloopwerk zijn,' zei Frieda. 'Aan de overkant...'

Ze fronste haar wenkbrauwen. Er klonk echt gekraak, en het kwam niet van de overkant. Het was binnen, in huis. En toch niet echt binnen. Het werd steeds luider. Het kraken ging over in het geluid van brekend hout, en vervolgens hoorden ze het niet alleen, maar voelden ze het ook. En toen klonk er iets als een explosie in het plafond en stortte er van alles naar beneden: gips en stukken hout en... ook een mens. De gestalte belandde met een dreun op het tapijt en werd overdekt met brokstukken pleisterwerk. De kamer was plotseling gehuld in een wolk van wit stof. Frieda bleef zitten. Het was zo onverwacht gebeurd dat ze niet wist wat ze ermee aan moest. Ze staarde er alleen maar naar, alsof er voor haar ogen een toneelstuk werd opgevoerd. Alsof ze afwachtte wat er vervolgens zou gebeuren.

Alan sprong ondertussen op en rende naar het lichaam dat naar beneden was gevallen. Was hij of zij dood, vroeg Frieda zich af. Hoe kon iemand door haar plafond heen dood neervallen? Alan raakte de persoon aan, waarop deze zich bewoog. Langzaam kwam hij overeind, ging op zijn knieën zitten en stond op. Het was een man. Hij was fors van postuur, had een warrige haardos en droeg een overall, maar verder viel er niet veel over hem te zeggen, want hij was geheel bedekt met een laagje grijs stof. Alleen liep er een straaltje bloed over zijn gezicht, naast een van zijn wenkbrauwen en vandaar over zijn jukbeen naar beneden. Hij keek naar Alan en vervolgens naar Frieda, alsof hij iets niet begreep.

'Welke verdieping is dit?' vroeg hij. Hij had een buitenlands accent, Oost-Europees.

'Welke verdieping?' zei Frieda. 'De tweede. Mankeert u niets?'

De man keek door het gat naar boven en toen weer naar Frieda. Hij klopte op zijn armen en de rest van zijn lichaam, waardoor nieuwe stofwolken oprezen. 'Excuseer me even,' zei hij, en liep de kamer uit.

Frieda en Alan keken elkaar aan. Alan wees naar de stoel waarop hij had gezeten. 'Mag ik?'

'Wat wil je doen?'

Hij sleepte de stoel tot onder het gat in het plafond en ging erop staan. Frieda keek naar hem en vervolgens, zonder te weten wat ze moest zeggen, naar zijn schoenen, waarmee hij op haar stoel stond. Alans hoofd verdween in het gat. Ze hoorde hem gedempt 'Hallo' roepen, gevolgd door iets wat ze niet kon verstaan. Toen hoorde ze een andere stem, van verder weg. Ten slotte stapte Alan weer van de stoel af.

'Wat een ravage,' zei Frieda.

Alan trok een gezicht. 'Ik ben blij dat ik nu niet aan het werk ben.'

'Werk je in de bouw?'

'Ik werk bij de dienst huisvesting,' zei hij. 'En als ik in functie was, zou ik hier wel iets van te zeggen hebben.'

'Ik zal het moeten laten repareren. Is dat veel werk, denk je?'

Alan keek omhoog naar het gat, schudde bedenkelijk zijn hoofd en zoog met een sissend geluid lucht tussen zijn tanden naar binnen. 'Ik ben blij dat ik niet in jouw schoenen sta,' zei hij. 'Stelletje beunhazen. Als hij zijn nek had gebroken, wie zou daar dan voor opgedraaid zijn? Ellendige Polen.'

'Oekraïne,' zei een stem uit het gat.

'Luistert u mee?' zei Frieda.

'Wat?' vroeg de stem.

'Hebt u iets gebroken?'

'Jouw plafond is gebroken,' zei Alan.

'Ik kom zo,' zei de stem.

Frieda liep weg van het puin. 'Het spijt me,' zei ze, 'maar ik denk dat we voor nu moeten stoppen.'

'Heb jij dit zo geregeld?' vroeg Alan. 'Om het ijs te breken?'

'We zullen iets anders moeten afspreken. Als je het goedvindt.'

Alan keek omhoog naar het gat. 'Wat hier zo verontrustend aan is,' zei hij, 'afgezien van de schrik, is dat het laat zien hoe dicht we op elkaars lip leven. We zijn net dieren in gestapelde kooien.'

Frieda trok haar wenkbrauwen op. 'Je praat als een analyticus. Als er iemand door je plafond komt vallen, betekent dat gewoon niet meer dan dat. Niets, eigenlijk. Het is een ongeluk.' Ze keek naar het puin en het stof dat alles bedekte. 'Een uiterst irritant ongeluk.'

Alan keek weer serieus. 'Ik moet me nog verontschuldigen,' zei hij. 'Ik was onbeschoft tegen je. Dat van die collega van je, daar kon je niks aan doen. En dat mijn huisarts me heeft doorverwezen, is ook niet jouw schuld. Er zijn dingen waar ik graag met je over wil praten. Dingen die ik denk. Zomaar. Misschien kun je zorgen dat ik die gedachten niet meer heb.'

'Je was niet onbeschoft, niet echt. Dus ik zie je vrijdag weer. Ervan uitgaande dat de boel hier dan is opgeruimd.'

Ze liet Alan uit en ging toen, zoals ze altijd deed, aan haar bureau zitten om wat aantekeningen over de sessie te maken, maar dat duurde amper tien minuten. Ze werd gestoord door een klop op de deur. Omdat er was geklopt en niet aangebeld, vanaf de straat, dacht ze dat het Alan zou zijn, maar het was de man van boven, die nog onder het stof zat.

'Vijf minuten,' zei hij.

'Hoezo, vijf minuten?' vroeg Frieda.

'U blijft hier,' zei hij. 'Ik kom terug na vijf minuten.'

Frieda belde twee mensen op om afspraken voor later op de dag af te zeggen, en ze was nog niet gaan zitten om haar aantekeningen af te maken toen er weer werd geklopt. Het duurde even voordat ze de man die voor haar stond herkende, die nu schoongewassen was, naar zeep rook en gekleed was in een spijkerbroek, een T-shirt en sportschoenen zonder sokken. Zijn donkerblonde haar had hij achterovergekamd. Hij stak zijn hand uit. 'Mijn naam is Josef Morozov.'

Bijna als in een droom stak Frieda haar hand uit om de zijne te schudden en stelde zich voor, hoewel ze even dacht dat hij haar vingers naar zijn lippen zou brengen om haar een handkus te geven.

In zijn andere hand had hij een pak chocoladekoekjes. 'Houdt u van koekjes?'

'Nee, sorry, daar hou ik niet van.'

'Wij moeten praten. Hebt u thee?'

'We moeten zeker praten.'

'Wij moeten thee drinken. Ik maak thee voor u.'

Frieda had bijna niets op voorraad in het flatje waar ze haar patiënten ontving, maar zo nu en dan zette ze wel thee of koffie. Dus ging ze hem voor naar het keukentje en keek hoe hij daar rondscharrelde. Omdat ze hem moest zeggen waar alles stond, duurde het theezetten al met al langer dan wanneer ze het zelf had gedaan. Ze pakten allebei een beker en liepen naar de spreekkamer.

'U had wel dood kunnen zijn,' zei Frieda. 'Gaat het weer een beetje?'

Hij tilde zijn linkerarm op en keek ernaar alsof die van iemand anders was. Aan de binnenkant zat een enorme rode schram. 'Ik ben van ladder gevallen,' zei hij, 'en door raam. En één keer heb ik been gebroken toen...' Hij gebaarde vaag. 'Ik zat klem. Met muur achter me. Dit is niets.'

Hij nam een slok thee en keek naar het sloopwerk aan de overkant. 'Dat is grote klus,' zei hij.

'Zullen we het over de grote klus hier hebben?'

Josef draaide zich om en keek naar het puin op de vloer en toen omhoog naar het gat. 'Niet goed,' zei hij.

'Dit is mijn werkruimte,' zei Frieda.

'Niet goed, u kan hier niet werken,' zei Josef.

'Wat moet ik dan doen?' vroeg Frieda. 'En dan bedoel ik: wat gaat u doen?'

Josef keek weer op naar het gat en glimlachte vervolgens melancholiek. 'Is mijn schuld,' zei hij. 'Maar degene die vloer heeft gemaakt is echte schuldige.'

'Ik zit eigenlijk niet zo in over uw vloer,' zei Frieda. 'Wat belangrijker voor mij is, is mijn plafond.'

'Is niet mijn vloer. Ik werk hier terwijl mensen in hun buitenhuis zitten. Dit is hun stadsappartement. U werkt elke dag?'

'Elke dag. Behalve in het weekend.'

Hij draaide zich naar haar toe en legde zijn vrije hand op zijn hart met een gebaar dat een zekere zwierigheid bezat. Hij maakte er zelfs een klein buiginkje bij. 'Ik repareer alles voor u.'

'Wanneer?'

'Het wordt beter dan voor ik door gat viel.'

'U bent niet door het gat gevallen. U hebt het gat gemaakt.'

Hij trok een nadenkende frons. 'Wanneer moet u hier werken?'

'Morgen weer, maar dat zal wel niet kunnen.'

Josef keek om zich heen. Toen glimlachte hij. 'Ik heb hier scheidingswand,' zei hij. 'Ik werk zonder dat u mij ziet. U hebt gewoon uw werkruimte. Als u er niet bent, zal ik opnieuw behangen. En schilderen. In goede kleur.'

'Dit is een goede kleur.'

'U geeft mij sleutel, en vandaag maak ik scheidingswand nog, zodat u morgen weer werkruimte hebt. Alleen wat kleiner.'

Hij stak zijn hand uit. Frieda hoefde er niet lang over na te denken. Haar sleutel afstaan aan een man die ze nooit eerder had gezien. Maar wat moest ze? Een aannemer zoeken? Wat kon er nou gebeuren? Een vraag die je nooit moet stellen. Ze trok een la open, vond een reservesleutel en gaf die aan Josef. 'U bent Oekraïner?' zei ze.

'Geen Pool.'

De besten zijn degenen die verlegen zijn, met een angstig lachje en een pruillip. Die hun moeder missen en bij koud en regenachtig weer op de stoep gaan zitten wachten tot hun juffrouw komt, die dan zegt dat ze op moeten staan en rond moeten rennen. Ze moeten willen behagen, graag gehoorzaam zijn. Kneedbaar.

Er zit een jongetje op het houten wipje te wachten totdat er iemand tegenover hem komt zitten. Maar er komt niemand, en hij blijft maar zitten. Eerst glimlacht hij nog hoopvol, maar gaandeweg verstart de glimlach op zijn gezicht. Hij kijkt om zich heen. Hij ziet de andere kinderen naar hem kijken en besluiten om niet naar hem toe te gaan. Hij doet zijn best om een ander jongetje te wenken, maar het andere jongetje negeert hem.

Hij zou in aanmerking kunnen komen. Je moet weten wat je zoekt, maar je moet ook oppassen. Het maakt niet uit hoe lang het duurt. Tijd is geen probleem.

10

‘Dat was leuk,’ zei Sandy.

Ze liepen hand in hand door de City naar zijn appartement, een paar honderd meter verderop. Aan weerszijden verhieven zich imposante gebouwen, die door hun grote hoogte de hemel bijna verduisterden – banken, andere financiële instellingen en chique advocatenkantoren met hun naam boven de deur. De wereld van het grote geld. De straten waren schoon en verlaten. Verkeerslichten sprongen van rood op groen en weer terug, maar slechts af en toe passeerde er een taxi.

Ze waren naar het afscheidsfeestje geweest van een arts met wie Sandy had samengewerkt en die Frieda ook al jaren kende. Ze waren er apart van elkaar naartoe gegaan, en tegen het einde van de avond was Sandy bij het groepje komen staan waarmee Frieda in gesprek was en had zijn hand op haar rug gelegd. Ze had hem aangekeken, en hij had zich voorovergebogen en een kus op haar wang gedrukt, die te lang duurde en te dicht bij haar mond was voor een gewone begroeting tussen kennissen. Het was een statement, en het was natuurlijk ook zijn bedoeling geweest dat iedereen het zou zien. Toen ze zich weer naar de anderen keerde, had ze de nieuwsgierige blikken gezien. Niemand had echter iets gezegd. En toen waren ze samen vertrokken, zich ervan bewust dat velen hen nakeken en dat ze allerlei speculaties opriepen. Frieda en Sandy, Sandy en Frieda – wist jij dat, wie had dat nou gedacht?

'Straks ga je me nog voorstellen aan je baas. O, dat was ik vergeten – jij bent zelf de baas, hè?'

'Vind je het vervelend?'

'Vervelend?'

'Dat iedereen nu weet dat we iets met elkaar hebben.'

'Is dat zo?' vroeg ze spottend, hoewel haar hart heftig tekeerging.

Ze waren inmiddels bij het Barbican aangekomen. Hij draaide zich om en pakte haar bij de schouders. 'Kom nou, Frieda. Waarom zo moeilijk doen? Zeg het nou eens.'

'Wat moet ik zeggen?'

'Dat het een punt is, dat we een stel zijn. We vrijen, we ondernemen dingen samen, we vertellen elkaar wat we overdag gedaan hebben. Ik denk steeds aan je. Ik zie je steeds voor me, ik denk aan wat je zegt, hoe je je voelt. Mijn god, hoor mij nou eens: een specialist van in de veertig. Ik begin al grijs te worden en ik voel me als een tiener. Waarom vind je het zo moeilijk om het te zeggen?'

'Ik vond het leuk toen het geheim was,' zei Frieda. 'Toen niemand ervan wist behalve wij.'

'Het kon niet eeuwig geheim blijven.'

'Natuurlijk niet.'

'Je lijkt wel een wild dier. Ik ben bijna bang dat je wegrent als ik een plotselinge beweging of een raar geluid maak.'

'Je zou een labrador moeten nemen,' zei Frieda. 'Ik had er een toen ik klein was. Elke keer als je de deur uit ging, jankte hij. En elke keer als je thuiskwam, was hij zo blij dat het leek alsof je tien jaar was weggeweest.'

'Ik wil geen labrador,' zei Sandy. 'Ik wil jou.'

Ze ging dichter bij hem staan en stak haar armen onder zijn jas en zijn colbertje. Ze voelde zijn lichaamswarmte door zijn dunne overhemd. Zijn kin rustte op haar hoofd. 'Ik wil jou ook.'

Zwijgend liepen ze de flat in. Zodra de liftdeuren dichtgingen, drukten ze zich tegen elkaar aan en zoenden ze elkaar zo heftig dat ze zijn bloed op haar lippen proefde, en pas toen ze op zijn verdieping aankwamen, maakten ze zich van elkaar los. Binnen trok hij haar jas uit en liet die op de grond vallen. Hij ritste haar jurk open, tilde haar haren op en maakte de sluiting van haar zilveren kettinkje los, ving het op in de palm van zijn hand en legde het op het tafeltje in de hal. Hij knielde neer, trok eerst haar ene schoen uit en toen de andere. Hij keek omhoog. Ze probeerde te glimlachen. Gelukkig zijn maakte haar bijna bang.

'Ik kom niet uit Polen,' zei Josef nogmaals tegen de enige andere man in de sjofele pub, waar het warm en gezellig was en waar hij eigenlijk niet weg wilde.

'Dat maakt me niks uit, hoor. Ik hou van Polen. Ik heb niks tegen ze.'

'Ik kom uit Oekraïne. Daar is het heel anders. In de zomer hebben we daar...'

'Ik ben buschauffeur.'

'Ah.' Josef knikte. 'Goede bussen hier. Ik zit graag boven, voorin.'

'Het is jouw beurt.'

'Pardon?'

'Nog een keer hetzelfde, maat.' Hij hield zijn glas op.

Josef dacht dat hij het laatste rondje had betaald. Hij stak zijn hand in de zak van zijn jas, die te dun was om de winter goed door te komen, en betastte zijn munten. Hij wist niet of hij genoeg had voor nog een rondje, maar wilde niet onbeleefd zijn tegen zijn nieuwe vriend, Ray, een bolrond, blozend type.

'Ik zal voor jou een biertje halen, maar ik denk niet voor mezelf,' zei hij ten slotte. 'Ik moet weg. Morgen begin ik aan klus voor een vrouw.'

Ray keek hem aan met een samenzweerderige glimlach, die verdween toen hij Josefs gelaatsuitdrukking zag.

Ze hield ervan de wind op haar gezicht te voelen. En ze hield van de kou en het donker en de verlaten straten, waar alleen het geluid van haar voetstappen en het geritsel van dorre bladeren de stilte verstoorden, al hoorde ze in de verte nog wel het gebrom van het verkeer. Ze liep onder het bruggetje door waar al zo lang als ze deze route nam een paar schoenen over de balustrade hing en in de wind heen en weer zwaaide. Bij Waterloo Bridge bleef ze altijd staan om een tijdje naar de grote, massieve gebouwen aan weerszijden van de rivier te kijken en naar het zachte kabbelen van het water tegen de kademuren te luisteren. Hiervandaan kon je heel Londen overzien. Van hieraf spreidde de stad zich in elke richting kilometers ver uit, totdat hij overging in buitenwijken en vervolgens in een bedwongen soort landschap waar Frieda niet kwam als het niet hoefde. Ze draaide haar rug naar de rivier. Niet ver hiervandaan wachtte haar smalle huisje op haar, met de donkerblauwe deur, de stoel bij het vuur en het bed dat ze die ochtend had opgemaakt.

Toen ze thuiskwam was het al over drieën, maar al was ze lichamelijk moe, haar hoofd zat vol gedachten en beelden, en ze wist dat ze de slaap niet zou kunnen vatten. Een collega die slaapexpert was, had haar verteld dat het vaak hielp als je je concentreerde op een rustig beeld – een meertje of een weiland met hoog gras, had ze geopperd – en dat deed Frieda nu, liggend in haar bed, met de gordijnen half open zodat ze de maan kon zien. Ze probeerde zich voor te stellen dat ze zich in het landschap bevond dat in haar praktijk aan de muur hing, en dat ze door de warme, stoffige kleuren liep. Maar in plaats daarvan merkte ze dat ze zich de afbeelding voorstelde waar Alan Dekker over had gesproken, van een zeilschip in een storm, met zwiepende touwen, alles een en al beweging. Zo moest het er bij hem vanbinnen uitzien, dacht ze. En toen ze aan Alan dacht, herinnerde ze zich ook weer haar openbarstende plafond en het lichaam dat te midden van een regen van stof en brokken gips naar beneden viel. Ze vroeg zich af of haar kamer morgen klaar zou zijn – maar morgen was natuurlijk nu, vandaag. Over een uur of drie zou ze opstaan.

Toen Josef bij de flat aankwam, kon Frieda hem aanvankelijk amper zien achter het grote stuk spaanplaat dat hij droeg. Hij zette het in de spreekkamer tegen de muur en keek omhoog naar het gat.

'Ik verwacht over een halfuur een patiënt,' zei Frieda.

'Dit duurt tien minuten,' zei Josef. 'Vijftien, misschien.'

'Ga je hiermee het gat dichtmaken?'

'Voordat ik gat dichtmaak, moet ik het eerst groter maken. Ik ga losse stukken weghalen. Daarna maak ik het goed dicht.' Hij wees naar het spaanplaat. 'Hiermee ga ik muur maken, zodat u weer kamer hebt. Ik heb twee stukken afgemeten en afgezaagd, en dat past precies.'

Frieda had zoveel vragen en bedenkingen, dat ze niet wist waarmee ze moest beginnen. 'Hoe kom jij eruit?' vroeg ze van haar stuk gebracht.

'Door gat,' zei Josef. 'Ik laat ladder zakken, en na afloop trek ik die omhoog.'

Hij liep naar buiten, en een paar minuten later kwam hij terug met twee tassen, een met gereedschap en een met stukken hout in verschillende maten. Met verbazingwekkende snelheid klemde hij het eerste stuk spaanplaat op zijn plaats, en toen hoorde Frieda een paar harde klappen uit het nu voor haar niet meer zichtbare deel van de kamer. Ze keek om het hoekje van de afscheiding. 'Ik ben benieuwd hoe het eruitziet als je klaar bent,' zei ze.

Josef gaf een roffel op het spaanplaat om te kijken of het stevig vastzat. Hij leek tevreden te zijn. 'Ik maak gat dicht,' zei hij. 'En dan spaanplaat eruit. En op een middag ga ik plafond stuken en schilderen. En als u wilt, schilder ik ook nog rest van kamer. Zelfde middag nog.' Hij keek om zich heen. 'En in goede kleur.'

'Dit is de goede kleur.'

'U mag zelf zeggen. Saaie kleur, als u wilt. De mensen boven betalen. Ik schrijf het gedeeltelijk op hun rekening.'

'Is dat wel in orde, om dat te doen?' zei Frieda.

Josef haalde zijn schouders op. 'Zij laten mij werken op gevaarlijke plek, waar je door vloer kunt zakken. Ze mogen best meebetalen.'

'Ik weet het niet, hoor,' zei Frieda.

'Ik zet nu tweede stuk spaanplaat erin, en dan hebt u uw kamer terug. Alleen tijdelijk wat kleiner.'

'Oké.'

Frieda keek op haar horloge. Zo meteen zou ze in deze kleinere kamer zitten luisteren naar Alans relaas van zijn akelige dromen en verdrietige leven.

11

'Ik begrijp eerlijk gezegd niet waarom je ineens zo geheimzinnig doet, Alan.'

Ze hadden gegeten, en nadat Carrie wat had zitten zappen, had ze de televisie uitgezet, haar armen over elkaar geslagen en hem aangekeken. Ze was de hele avond al pinnig en lichtgeraakt. Alan had al zien aankomen dat het hierop zou uitdraaien.

'Ik doe niet geheimzinnig.'

'Je vertelt me niets van wat daar gebeurt. Ik heb je nota bene gestimuleerd om ernaartoe te gaan, en nu hou je mij erbuiten.'

'Dat is niet zo.' Alan probeerde te bedenken hoe Frieda het eerder die dag ook alweer had gezegd. 'Het is een veilige plek,' zei hij, 'waar ik alles kan zeggen.'

'Ben je hier dan niet veilig? Kun je tegen mij dan niet alles zeggen?'

'Dat is niet hetzelfde. Zij is een vreemde.'

'Dus jij kunt dingen tegen een vreemde zeggen die je niet tegen je eigen vrouw kunt zeggen?'

'Ja,' zei Alan.

'Wat voor dingen? O sorry, ik vergat het even: dat kun je niet zeggen, want die zijn geheim, hè?' Ze was het niet gewend om sarcastisch te doen. Haar wangen gloeiden ervan.

'Het zijn geen slechte dingen, het is niet op die manier geheim. Ik vertel haar niet dat ik vreemdga of zo, als je dat soms denkt.'

'Als je dat wilt...' Carries stem klonk hoog en gespannen. Ze haalde haar schouders op en zette de televisie weer aan.

'Doe nou niet zo.'

'Hoe?'

'Zo beledigd. Alsof ik eropuit ben om jou te kwetsen.'

'Ik ben niet gekwetst,' zei ze met dezelfde afgeknepen stem.

Hij pakte de afstandsbediening uit haar hand en zette de televisie weer uit. 'Als je het echt wilt weten, we hebben het er vandaag over gehad dat het ons niet lukt om een kind te krijgen.'

Ze draaide zich om en keek hem aan. 'Voel je je daarom niet goed?'

'Dat weet ik niet,' zei hij. 'Ik vertel gewoon waar we het vandaag over gehad hebben.'

'Ik kan toch ook geen kind krijgen.'

'Dat is zo.'

'Ik ben toch degene die geprikt en opgepord moet worden en die elke maand maar moet afwachten of ze niet ongesteld wordt.'

'Dat is zo.'

'En is het soms mijn...' Ze zweeg.

'Nee, het is niet jouw schuld.' Vermoeid maakte Alan de zin voor haar af. 'Het is míjn schuld. Ik heb toch te weinig zaadcellen? Ik ben van ons tweeën toch degene die impotent is.'

'Dat had ik niet moeten zeggen.'

'Het geeft niet. Het is tenslotte wel zo.'

'Dat bedoelde ik niet. Het is geen kwestie van schuld. Kijk niet zo.'

'Hoe?'

'Alsof je in huilen gaat uitbarsten.'

'Wat is er mis met huilen?' vroeg Alan tot zijn eigen verbazing. 'Waarom zou ik niet huilen? Waarom zou jij niet huilen?'

'Ik huil echt wel, als je het weten wilt. Als ik alleen ben.'

Hij pakte haar hand en frunnikte aan de trouwring aan haar vinger. 'Dus jij hebt ook geheimen voor mij.'

'We zouden er meer over moeten praten. Maar ik denk nog steeds dat het wel goed komt. Veel vrouwen zijn er jarenlang mee bezig. En als het niet gebeurt, kunnen we misschien adopteren. Ik ben nog best jong.'

'Ik wilde een zoon van mezelf,' zei Alan zacht, bijna alsof hij in zichzelf sprak. 'Daar heb ik het vandaag over gehad. Dat ik geen kinderen heb, maakt me niet alleen verdrietig, het geeft me het gevoel dat ik faal, dat ik een misbaksel ben. Alsof ik vanbinnen onaf ben, en die leegte wordt dan met al dat soort dingen gevuld.' Hij zweeg. 'Het klinkt stom.'

'Nee,' zei Carrie, al had ze willen uitschreeuwen: *En ik dan? Mijn zoon, mijn dochter? Ik zou een goede moeder zijn geweest.* 'Ga door.'

'Het is niet eerlijk. Ook niet tegenover jou. Ik heb jou teleurgesteld en ik kan het niet goedmaken. Je zou vast willen dat je me nooit had ontmoet.'

'Nee.' Hoewel er natuurlijk wel momenten waren geweest dat ze een ander soort man had gewenst, zelfverzekerd en met zaad dat bij haar naar boven zou zwemmen als zalm stroomopwaarts in een rivier. Ze huiverde. Het leek verband met elkaar te houden, maar het klopte niet, wist ze. Het was niet Alans schuld.

'Het kwam er ineens allemaal uit, dingen waarvan ik niet eens wist dat ik ze in me had. Het is best een eng mens, maar op de een of andere manier kun je goed met haar praten. Na een tijdje was het zelfs alsof ik niet eens met iemand anders praatte. Het was alsof ik rondliep in een huis waar ik nooit eerder was geweest, maar waar ik dingen vond, dingen oppakte en bekeek en het mezelf kon toestaan om in mezelf rond te dwalen. En toen zei ik ineens iets...' Hij zweeg en streek met zijn hand over zijn voorhoofd. Hij voelde zich plotseling een beetje misselijk, enigszins buiten adem.

'Wat?' vroeg Carrie. 'Wat zei je?'

'Ik heb zo'n beeld voor ogen... Het klinkt gek, maar het lijkt zo echt, alsof ik ernaar kijk of het me herinner of zo, het me niet alleen verbeeld. Bijna alsof het me overkomt.'

'Wát gebeurt er dan? Wat is dat voor beeld, Alan?'

'Dat ik samen ben met mijn zoon. Een jongetje van vijf met vuurrood haar, sproeten en een brede grijns. Ik zie hem duidelijk voor me.'

'Zie je hem?'

'En ik leer hem voetballen.' Hij wees naar het achtertuintje, dat hij de laatste tijd had verwaarloosd. 'Hij doet het goed, hij heeft een goed balgevoel, en ik ben erg trots op hem. Trots ook op mezelf, dat ik als een goede vader doe wat vaders doen met hun zonen.' Hij voelde een beklemming op zijn borst, alsof hij net had hardgelopen. 'Jij staat bij het raam naar ons te kijken.'

Carrie zei niets. Tranen rolden over haar wangen.

'Ik kan dat beeld de laatste tijd maar niet van me afzetten. Soms wil ik er niets van weten, en andere keren denk ik dat ik er gek van word. Ze vroeg me of ik dacht dat hij de jongen is die ik zelf was, of de jongen in mezelf of zo, en of ik die dan op de een of andere manier wilde redden. Maar dat is het niet. Ik zie mijn zoon. Onze zoon.'

'O god.'

'De zoon op wie we wachten.'

Zo gaat het altijd. Er komt een moment dat je het gewoon weet. Zo simpel is het. Na al die maanden van kijken en wachten tot je beethebt, van geduld hebben en voorzichtig zijn, van je afvragen of het misschien die ene is of juist die andere, van nooit opgeven en nooit ontmoedigd raken, dan gebeurt het ineens. Je moet alleen zorgen dat je er klaar voor bent.

Hij is klein en mager, misschien gedraagt hij zich jong voor zijn leeftijd, maar dat is moeilijk te zeggen. Hij blijft eerst op een afstandje van zijn klasgenoten, zijn ogen schieten heen en weer om te zien waar hij terechtkan. Hij draagt een spijkerbroek die hem een beetje te groot is en een dikke jas die bijna tot zijn knieën reikt. Hij komt dichterbij. Hij heeft grote blauwe ogen en koperkleurige sproeten. Hij draagt een grijze wollen muts met een pompon erop, maar als hij die afdoet, blijkt hij vuurrood haar te hebben. Het is een teken, een meevaller, het is fantastisch.

Tja, verder is het gewoon een kwestie van tijd. Je moet het goed doen. Er komt nooit een tweede die zo volmaakt is.

12

Josef werkte graag op deze manier. Zijn opdrachtgevers waren er niet en kwamen misschien eens in de twee weken langs. Het grootste deel van de tijd kon hij in de flat wonen. Hij kon er ook eten als hij wilde. Vroeger had hij vooral samen met anderen gewerkt, en dat was ook goed geweest: ieder had zijn eigen specialiteit – stukadoor, timmerman, elektricien – en je leek net één grote familie, met ruzie en strijd, terwijl je toch probeerde goed met elkaar om te gaan. Maar dit was bijna vakantie. Hij kon werken wanneer hij wilde, zelfs in het holst van de nacht, als het buiten donker was en stiller dan ooit. En als hij zich soms overdag om een uur of twee 's middags loom begon te voelen, zoals vandaag bijvoorbeeld, dan kon hij de boel de boel laten en even gaan liggen. Hij deed zijn ogen dicht en dacht eerst na over het probleem van het gat – tot hoe ver hij het zou moeten verbreden, hoeveel hout en gips hij nog weg zou moeten halen – en toen dacht hij zonder enige aanleiding aan zijn vrouw Vera en zijn jongens. Hij had ze al sinds de zomer niet meer gezien. Hij vroeg zich af wat ze op dat moment zouden doen, en toen vervaagden ze, alsof ze in een mist verdwenen, maar heel langzaam, zodat er geen duidelijk moment was waarop hij hen niet meer zag – en toen viel hij in slaap en droomde hij dingen die hij zich niet zou herinneren wanneer hij wakker werd, omdat hij zich zijn dromen nooit herinnerde.

Eerst dacht hij dat het een stem in zijn droom was. Het was een mannenstem, en al voordat de betekenis van de woorden tot hem doordrong, voelde hij het onderliggende verdriet, een rauw verdriet dat vreemd klonk uit de mond van een man. Daarna volgde een stilte, en toen klonk er een andere stem, een die hij kende. Het was de stem van de vrouw van beneden, de dokter. Josef stak zijn hand uit en voelde het ruwe spaanplaat. Hij zag het licht in het gat in het plafond boven zich, en langzaam maar zeker drong het tot hem door waar hij lag: op de vloer in haar kamer. De beide stemmen – de man trillerig, de vrouw helder en rustig – maakten hem steeds onrustiger. Hij lag te luisteren naar een bekentenis, iets wat niet voor andermans oren bestemd was. Hij keek naar de ladder. Als hij naar boven klom, zouden ze hem horen. Hij kon beter gewoon blijven liggen waar hij lag en maar hopen dat het gauw afgelopen zou zijn.

'Mijn vrouw was boos op me,' zei de man. 'Alsof ze jaloers was. Ze wilde dat ik haar vertelde wat ik jou heb verteld.'

'En heb je dat gedaan?' vroeg Frieda.

'Min of meer,' zei de man. 'Ik heb haar een deel ervan verteld. Maar toen kreeg ik het gevoel dat ik jou niet alles heb verteld.'

'Leg eens uit.'

Er viel een lange stilte. Josef hoorde zijn hart bonzen. Hij rook zelf dat zijn adem naar alcohol stonk. Hoe kon het dat ze hem niet hadden gehoord of geroken?

'Kan ik hier echt alles zeggen?' vroeg de man. 'Ik vraag het omdat ik, toen ik met Carrie zat te praten, me realiseerde dat er altijd een grens is aan wat ik kan zeggen. Ik bedoel, ik zeg tegen haar alleen maar dingen die mannen tegen hun vrouw zeggen, terwijl ik met een vriend weer over heel andere dingen praat.'

'Op deze plek mag je alles zeggen. Er zijn geen grenzen.'

'Je zult het wel belachelijk vinden allemaal...'

'Niets is belachelijk.'

'En je vertelt niemand wat ik tegen jou zeg?'

'Waarom zou ik dat doen?'

'Beloof je het?'

'Alan, ik heb mijn beroepsgeheim en moet jouw privacy beschermen. Tenzij je opbiecht dat je een ernstig misdrijf hebt gepleegd of dat van plan bent.'

'Mijn probleem is dat ik slechte dingen denk.'

'Wat voor slechte dingen?'

Josef bedacht dat hij eigenlijk zijn vingers in zijn oren zou moeten stoppen. Het was niet de bedoeling dat hij dit zou horen. Het was de bedoeling dat hij het níét zou horen. Maar hij deed het niet. Hij kon zichzelf er niet toe brengen. Hij wilde het weten. Wat maakte het tenslotte uit?

'Ik heb nagedacht,' zei de man. 'Ik zei dat ik een kind wilde. Een zoon. Maar waarom vraag ik dan geen vruchtbaarheidsbehandeling aan en waarom slik ik geen viagra? Het is een medisch probleem, niet iets psychisch.'

'Nou, waarom niet?'

'Ik had een gevoel hoe het zou zijn om een zoon te hebben, zo'n jongetje dat op mij lijkt. Een soort honger, leek het wel. Maar die aanvallen van me, waarbij ik bijna instort, flauwval en me volstrekt belachelijk gedraag, die hebben niets te maken met die honger. Die hebben ook te maken met iets anders.'

'Waarmee dan?'

'Met schuldgevoel.'

Weer viel er een stilte.

'Wat voor schuldgevoel?' vroeg Frieda.

'Daar heb ik over nagedacht,' zei de man. 'En ik zie het zo. Ik wil die zoon. Ik wil een balletje met hem trappen. En ik zit zo in elkaar dat ik zou willen dat hij bij mij is. Maar hij zit niet zo in elkaar dat hij bij mij zou willen zijn. Snap je dat?'

'Niet helemaal,' zei Frieda. 'Nog niet.'

'Het spreekt vanzelf. Zij vragen er niet om geboren te worden. Wij willen kinderen. Dat zal wel instinctmatig zijn. Maar wat is dan het verschil tussen instinct en verslaving? Je gebruikt heroïne om niet meer te hunkeren naar heroïne. Je wilt een kind, dus neem je een kind om een einde te maken aan het verlangen naar een kind.'

'Dus je denkt dat het krijgen van kinderen egoïstisch is?'

'Natuurlijk is het dat,' zei de man. 'Het kind vraagt er toch niet om.'

'Dus jij voelt je schuldig omdat je kinderwens egoïstisch is?'

'Ja.' Lange stilte. 'En bovendien...' Hij zweeg. Josef was het met Frieda eens – hier was meer aan de hand. 'En bovendien heeft dat verlangen iets dringends. Misschien is het dat wat vrouwen voelen.'

'Hoe bedoel je?'

Wat hij zei klonk niet luider dan geprevel. Josef moest zich inspannen om hem te kunnen verstaan.

'Ik heb weleens gehoord dat vrouwen het gevoel hebben niet compleet te zijn totdat ze een kind hebben. Zo is het bij mij ook, maar dan sterker. Ik heb zo'n gevoel... Ik heb altijd zo'n gevoel gehad alsof er iets aan me ontbreekt, alsof er een leemte in me is, een gat.'

'Een gat? Ga door.'

'En dat als ik een kind had, dat gat opgevuld zou zijn. Of vind je dat eng?'

'Nee. Maar ik zou wat dieper in willen gaan op dat gevoel van urgentie en die honger. Wat zou je vrouw zeggen als je haar dat vertelde?'

'Ze zou zich afvragen met wat voor man ze getrouwd was. Ik vraag me dat ook weleens af.'

'Misschien hoort het wel bij het huwelijk, dat we bepaalde dingen voor onszelf houden.'

'Ik heb gedroomd over mijn zoon.'

'Zoals je het zegt, lijkt het alsof hij echt bestaat.'

'In die droom was dat ook zo. Ik zag hem voor me, net zoals ik was op die leeftijd. Roodharig, een schooluniformpje. Maar hij was ver weg, met iets groots tussen ons in, zoiets als de Grand Canyon. Alleen was die ruimte tussen ons in volstrekt donker en ongelooflijk diep. Ik stond aan de rand en keek naar hem aan de overkant. Ik wilde naar hem toe, maar ik wist dat als ik één stap zou zetten, ik in de duisternis zou storten. Het is niet echt een leuke droom.'

Toen dacht Josef aan zijn eigen zoontjes, en hij schaamde zich oprecht. Hij stopte de knokkels van zijn hand in zijn mond en beet erop. Hij wist eigenlijk niet waarom. Misschien bij wijze van straf, of ter afleiding van wat hij hoorde. Hij hield niet werkelijk op te luisteren naar wat er gezegd werd, maar hij hield wel op alles te vertalen. Hij probeerde ernaar te luisteren als naar muziek, en die langs zich heen te laten gaan. Uiteindelijk hoorde hij dat er een einde kwam aan de sessie. De stemmen veranderden van toon en klonken van verder weg. Hij hoorde de deur opengaan. Dit was zijn kans. Zo stil als hij kon, stond hij op en begon de ladder op te klimmen, heel voorzichtig om te voorkomen dat deze zou kraken. Plotseling hoorde hij gebons.

'Ben jij daar?' vroeg een stem. Geen twijfel mogelijk: het was haar stem. 'Ben je daar?'

Even overwoog Josef in zijn paniek om te blijven zwijgen, zodat ze misschien weg zou gaan.

'Ik weet heus wel dat je er bent. Hou me niet voor de gek. Kruip door dat gat heen en kom hier.'

'Ik heb niets gehoord,' zei Josef. 'Niks aan de hand.'

'Nu meteen.'

'Hoe lang was je daar al?' vroeg Frieda, wit van woede, toen ze tegenover elkaar stonden.

'Ik sliep,' zei Josef. 'Ik was aan het werk, het gat aan het dichtmaken. Ik was in slaap gevallen.'

'In mijn kamer.'

'Achter muur.'

'Ben je helemaal gek geworden?' zei Frieda. 'Deze gesprekken zijn privé. Zo privé als maar zijn kan. Wat zou hij denken als hij erachter kwam?'

'Ik vertel het hem niet.'

'Je vertelt het hem niet? Natuurlijk vertel je het hem niet! Je weet niet eens wie hij is. Maar wat deed je daar in godsnaam?'

'Ik sliep, en toen werd ik wakker van jullie stemmen.'

'Sorry dat we je gestoord hebben.'

'Ik probeerde niet te luisteren. Het spijt me. Ik zal het niet weer doen. U moet me zeggen wat uw werktijden zijn, dan zal ik gat dichtmaken.'

Frieda haalde diep adem. 'Ik kan het nauwelijks geloven, dat ik een therapiesessie heb gedaan met een klusjesman in dezelfde ruimte. Maar goed. Nou ja, niet goed. Maak dat ellendige gat dicht.'

'Nog een dagje. Of twee dagjes. Of misschien iets langer. Verf droogt langzaam nu het koud is.'

'Doe het alsjeblieft zo snel als je kunt.'

'Maar één ding begrijp ik niet,' zei Josef.

'Wat dan?'

'Als een man een kind wil, doet-ie daar iets aan. Dan praat hij daar niet alleen over. Hij probeert probleem op te lossen. Hij gaat naar dokter en doet wat nodig is om een zoon te krijgen.'

'Ik dacht dat je zei dat je sliep,' zei Frieda met afgrijzen in haar blik.

'Ik sliep en werd wakker van geluid. Ik hoorde mensen praten. Een man die zoon wil hebben. Hij deed me denken aan mijn eigen zoons.'

De boze blik op Frieda's gezicht maakte langzaam plaats voor een glimlach. Onwillekeurig. 'Wil je dat ik mijn patiënt met je bespreek?' vroeg ze.

'Niet goed om alleen maar te praten, dacht ik. Hij moet leven veranderen. Een zoon zien te krijgen. Als het kan.'

'Toen je ons afluisterde, heb je toen ook gehoord dat ik zei dat het echt tussen ons zou blijven? Dat niemand ooit zou weten wat hij me vertelde?'

'Maar heeft toch geen zin om alleen te praten, als hij niets doet?'

'Het is net zoiets als slapen in plaats van het gat repareren waar je doorheen bent gevallen, bedoel je?'

'Ik zal repareren. Is bijna klaar.'

'Ik weet niet waarom ik hier met je over praat,' zei Frieda. 'Maar ik ga het je toch zeggen. Ik kan Alans leven niet veranderen of hem een zoon met rood haar bezorgen. Het leven is chaotisch en onvoorspelbaar. Maar misschien, heel misschien kan ik, door alleen met hem te praten zoals jij het noemt, hem leren er een beetje beter mee om te gaan. Het is niet veel, ik weet het.'

Josef wreef in zijn ogen. Hij was nog steeds niet helemaal wakker. 'Mag ik om goed te maken u glas wodka aanbieden?' vroeg hij.

Frieda keek op haar horloge. 'Het is drie uur,' zei ze. 'Je mag me om het goed te maken een kopje thee aanbieden.'

Toen Alan bij Frieda wegging, begon het al donker te worden. De wind voerde regen met zich mee en rukte met heftige windstoten dode bladeren van de bomen. De hemel was somber en grijs. Op het plaveisel glinsterden donkere plassen. Alan wist niet waar hij naartoe liep. Hij dwaalde door straatjes langs onverlichte huizen. Hij kon niet terug naar huis, nog niet. Niet naar Carrie met haar waakzame blik, haar angstige bezorgdheid. In de warme, lichte kamer had hij zich wat beter gevoeld. Het onvaste, zweverige gevoel dat hij had gehad, was verminderd en hij was zich er even van bewust geweest hoe moe hij was, dat hij zichzelf uitgeput voortsleepte. Het had niet veel gescheeld of hij was er in slaap gevallen, tegenover haar op dat grijze bankje, toen hij dingen vertelde die hij nooit tegen Carrie zou kunnen zeggen, omdat Carrie van hem hield en omdat hij haar niet wilde verliezen. Hij kon zich voorstellen hoe zijn vrouw zou kijken, hoe ze een rilling van afschuw zou onderdrukken. Maar de gelaatsuitdrukking van deze vrouw veranderde niet. Niets van wat hij zei kwetste haar of riep walging bij haar op. Als een vrouw op een schilderij, zo stil zat ze erbij. Dat was hij niet gewend. De meeste vrouwen knikten en mompelden instemmend, maar tegelijkertijd probeerden ze je in het gareel te houden en te voorkomen dat je te ver zou gaan. Zijn moeder was in elk geval zo geweest, en Lizzie en Ruth op het werk ook. En Carrie natuurlijk.

Maar sinds hij daar weg was voelde hij zich minder goed. De angst benauwde hem weer, dreigde in elk geval weer de kop op te steken – waar kwam die toch vandaan? Hij wilde terug naar die kamer, tenminste tot het moment dat de angst weer zakte, maar hij dacht niet dat ze dat op prijs zou stellen. Ze had immers 'precies vijftig minuten' gezegd, herinnerde hij zich. Ze was streng, dacht hij, en hij vroeg zich af wat Carrie van haar zou vinden. Ze zou denken dat Frieda een harde was. Een keiharde.

Links van zich zag Alan een omheind parkje, waarin een paar alcoholisten blikjes bier zaten te drinken. Alan wankelde het parkje in en ging even verderop op een bankje zitten. De motregen veranderde langzaam in gewone regen: hij voelde de druppels op zijn hoofd en hoorde ze vallen op de natte bladeren die in vochtige hoopjes op de grond lagen. Hij deed zijn ogen dicht. Nee, dacht hij, Carrie begreep hem niet. En Frieda ook niet, niet werkelijk. Hij stond er alleen voor. Dat was het wrede. Hij was alleen en onaf. Na een tijdje stond hij weer op.

Het was alsof het zo moest gebeuren. Je mag het noemen zoals je wilt: het lot, het noodlot, de stand van de sterren. Het jongetje met het rode haar en de sproeten was helemaal alleen. Zijn moeder was weer te laat. Wat denkt ze eigenlijk wel? Nu keek hij om zich heen. Hij keek naar het openstaande hek en de straat daarachter. Kom maar. Kom maar, mijn kleintje. Loop het hek door. Goed zo. Goed gedaan. Pas nu op. Niet achterom kijken. Kom naar mij toe. Kom maar. Nu ben je van mij.

Zijn moeder had een lichtblauwe regenjas en rood haar, ze was gemakkelijk te herkennen. Maar vandaag stond ze niet bij de andere moeders bij het hek, en de meeste kinderen waren al weg. Hij wilde niet dat mevrouw Clay hem in de klas liet wachten, niet nog eens. Het mocht niet, maar hij wist de weg naar huis, en hij zou haar trouwens voordat hij thuis was onderweg wel tegenkomen, met wapperende haren omdat ze te laat was. Hij drentelde naar het hek. Mevrouw Clay keek naar hem, maar toen moest ze haar neus snuiten. Haar hele gezicht met al die rimpels ging schuil achter de grote witte zakdoek, en toen glipte hij weg. Niemand zag hem weggaan. Er lag een muntstuk van een pond in een ondiepe plas op straat. Hij keek om zich heen om er zeker van te zijn dat niet iemand een grap met hem wilde uithalen, raapte de munt op en wreef hem met een punt van zijn overhemd droog. Als hij zijn moeder niet tegenkwam, zou hij snoep kopen bij de winkel op de hoek, of anders een zakje chips. Hij keek de straat in, maar zag haar nog niet aankomen.

13

Lang geleden al had Frieda geleerd haar leven zo in te richten dat het kalm en voorspelbaar verliep – als de omwentelingen van een waterrad, waarvan elke schoep routineus onderduikt en omhoogkomt. De dagen kregen daardoor iets vertrouwds en verstreken voor haar gevoel met een welomschreven doel: haar patiënten kwamen op de afgesproken tijdstippen, ze zag Reuben af en toe, ze sprak af met vrienden en vriendinnen, ze gaf Chloë bijles in scheikunde, ze las bij de open haard of maakte tekeningen in haar studeerkamer op zolder. Voor Olivia waren orde en regelmaat een gevangenis, die verhinderde dat ze nieuwe dingen beleefde, terwijl spontaniteit en chaos vrijheid betekenden, maar voor Frieda gaf ordelijkheid juist de vrijheid om na te denken, om je gedachten los te laten en de ruimte te geven, om de juiste vorm en benaming te vinden voor de ideeën en gevoelens die door de dag heen als slib omgewoeld werden. In dat benoemen school rust. Maar natuurlijk kwam niet alles tot rust. Er waren altijd troebele modderwolken in het water, die onder de oppervlakte in beweging waren en haar vervulden met onbehagen.

Daar was bijvoorbeeld Sandy. Ze aten en praatten samen en gingen met elkaar naar bed, maar Frieda bleef nooit bij hem slapen. Het was ingewikkeld en verontrustend, maar ook spannend hoe ze in elkaars netten verstrikt raakten, elkaar leerden kennen, elkaar verkenden en elkaar in vertrouwen namen. In hoeverre wilde ze hem toelaten in haar leven? Ze probeerde het zich voor te stellen. Wilde ze dat ze een stel werden, samen met hem optrekken, als bergbeklimmers altijd aan elkaar vastzitten?

Gisteravond was Sandy voor het eerst bij haar gebleven. Frieda had hem niet verteld dat sinds ze het huis had gekocht, niemand anders er nog de nacht had doorgebracht. Ze waren naar de film geweest, hadden na afloop gegeten in een Italiaans restaurantje in Soho en waren toen naar haar huis gegaan. Dat lag vanwege de nabijheid het meest voor de hand, had ze gezegd, alsof het maar een terloops besluit was en niet een gedenkwaardige stap. En nu was het zondagochtend. Frieda was vroeg wakker geworden, terwijl het nog helemaal donker was. Heel even, voordat ze het zich herinnerde, was ze geschrokken toen ze de gestalte naast zich zag. Ze was voorzichtig uit bed gestapt, had een douche genomen en was toen naar beneden gegaan om de open haard aan te maken en koffie voor zichzelf te zetten. Het gaf een vreemd gevoel, een soort ontregeling, om samen met een ander de dag te beginnen. Wanneer zou hij naar huis gaan? En stel dat hij niet ging, wat dan?

Toen Sandy beneden kwam was Frieda bezig rekeningen en andere zakelijke post af te handelen die ze altijd tot het weekend liet liggen.

'Goedemorgen!'

'Hoi.' Het klonk kortaf, en Sandy keek haar met opgetrokken wenkbrauwen aan.

'Ik kan nu meteen weggaan,' zei hij. 'Maar ik kan ook eerst een kopje koffie drinken en dan weggaan.'

Frieda keek op met een zuinig glimlachje. 'Sorry. Ik zal verse koffie zetten. Of...'

'Ja?'

'Meestal ga ik op zondagochtend bij een zaakje hier om de hoek ontbijten en de kranten lezen, en daarna ga ik naar de markt op Columbia Road om bloemen te kopen of gewoon wat rond te kijken. Je kunt meegaan als je wilt.'

'Ja, dat wil ik wel.'

Frieda nam op zondag als ontbijt bijna altijd hetzelfde – een geroosterde kaneelbagel en een kopje thee. Sandy bestelde havermoutpap en een dubbele espresso bij Kerry, die moeite moest doen om normaal te blijven kijken. Toen haar blik die van Frieda kruiste, negeerde ze de frons op Frieda's gezicht en trok goedkeurend haar wenkbrauwen op. Maar het begon al drukker te worden bij Number 9, en Kerry en Marcus hadden niet veel tijd voor hen. Alleen Katja, die tussen de tafeltjes door drentelde, bleef af en toe bij dat van Frieda en Sandy staan om haar wijsvinger in de suikerpot te steken en dan af te likken.

Op de bar lagen altijd kranten. Frieda pakte er een paar en legde ze op een stapeltje tussen hen in. Ze had ineens het onrustige gevoel dat ze in de afgelopen dagen veranderd waren in een echt stel – een stel dat samen naar officiële gelegenheden ging, bij elkaar sliep en op zondagochtend na het opstaan in een vredig samenzijn de zondagskranten doornam. Ze nam een hap van haar bagel en een slok thee. Maar was dat nou zo verkeerd?

Het was vaak de enige keer in de week dat Frieda de kranten van voor naar achteren las, en de afgelopen weken was ze erg in beslag genomen geweest door Sandy en was haar wereldje zo klein geworden dat eigenlijk alleen haar werk en Sandy er nog toe deden. Dat zei ze nu ook tegen hem. 'Het is misschien niet zo erg om af en toe niet te weten wat er in de wereld om je heen gebeurt, maar nu heb ik het gevoel alsof alles buiten me om gaat. Alsof het ertoe doet dat de aandelen een puntje gestegen zijn of niet. Of dat...' – ze pakte een van de opengeslagen kranten en wees naar een kop – 'iemand die ik niet ken iemand anders die ik evenmin ken iets vreselijks heeft aangedaan. Of dat een beroemdheid van wie ik nooit heb gehoord de relatie heeft verbroken met een andere beroemdheid van wie ik ook nooit heb gehoord.'

'Ik hou juist zo van dat geroddel,' zei Sandy. 'Ik... Wat is er?'

Frieda had geen aandacht meer voor hem. Ze was ineens in beslag genomen door het bericht in de krant voor haar.

Sandy boog zich voorover en las de kop: *Kleine Mattie nog vermist – smeekbede van moeder.* 'Daar had je toch wel over gehoord? Het is nog maar net gebeurd. De kranten stonden er gisteren vol van.'

'Nee,' mompelde Frieda.

'Denk je eens in wat die ouders moeten doormaken.'

Frieda keek naar de foto over drie kolommen van een jongetje met vuurrood haar, sproeten en een scheve grijns op zijn gezicht. Hij keek met zijn blauwe ogen opzij, naar degene die de foto nam. 'Dat was vrijdag,' zei ze.

'Hij zal inmiddels wel dood zijn. Ik heb medelijden met dat mens, die onderwijzeres die hem heeft laten gaan. Zij krijgt nu alles over zich heen.'

Frieda hoorde niet echt wat hij zei. Ze las snel het verhaal over Matthew Faraday, die vrijdagmiddag van zijn basisschool in Islington was weggeglipt en voor het laatst gezien was toen hij op weg ging naar de snoepwinkel daar vlakbij. Ze pakte een andere krant en las hetzelfde verhaal nog eens, nu iets kleurrijker en met een omkaderd artikeltje ernaast met de mening van een ervaren opsteller van daderprofielen. Ze pakte alle andere kranten erbij. De zaak leek van alle kanten belicht, met stukjes over de lijdensweg van de ouders, het politieonderzoek, de basisschool, reacties uit de buurt en de veiligheid van onze kinderen in het algemeen.

'Wat raar is dit,' zei Frieda, alsof ze in zichzelf sprak.

Het regende en er waren niet veel mensen op de bloemenmarkt. Frieda was blij met de regen. Ze vond het lekker om de druppels op haar hoofd te voelen en genoot ervan dat er maar zo weinig mensen op straat waren. Ze liep met Sandy langs de stalletjes met planten en grote bossen bloemen. Het was nog maar half november, maar de verkoop van kerstartikelen was al begonnen – cyclamen, hulsttakjes, hyacinten in aardewerken schalen, kransen voor aan de voordeur en zelfs bosjes mistletoe. Frieda negeerde het allemaal. Ze had een hekel aan Kerstmis en vooral aan de aanloop ernaartoe, aan de gretige shoppers, de rotzooi in de winkels, de feestverlichting die veel te vroeg in de straten werd opgehangen, de kerstliedjes die dag in dag uit uit oververhitte winkels schalden, de reclamefolders die in haar brievenbus vielen en die linea recta in de vuilnisbak verdwenen, en bovenal aan de nadruk die werd gelegd op het belang van het familieleven. Frieda had niets op met haar familie, en haar familie had niets op met Frieda. Een grote kloof scheidde hen van elkaar, een onoverbrugbare tegenstelling.

De luifels van de stalletjes klapperden in de wind. Frieda bleef staan om een grote bos bronskleurige chrysanten te kopen. Alan Dekker had gedroomd over een zoon met rood haar. De roodharige Matthew Faraday was verdwenen. Luguber, maar zonder betekenis. Ze duwde haar neus in de vochtige, geurige bos bloemen en haalde diep adem. Einde verhaal.

Toch kon ze het niet uit haar hoofd zetten. En die avond – een onstuimige avond: de wind deed de ramen rammelen, rukte aan de bomen en joeg de wolkenmassa's voort aan de hemel – zei ze tegen Sandy dat ze alleen wilde zijn. Ze ging de deur uit om een wandeling te maken en liep onwillekeurig in de richting van Islington, langs de grote huizen en mooie pleinen naar de armere buurten. Ze had niet veel tijd nodig om er te komen, amper een kwartier of zo, en uiteindelijk stond ze bij de bloemenzee voor de school waar Matthew op zat. Sommige bloemen waren in de cellofaanverpakking al verlept, en ze rook een zoete geur van verrotting.

Walvissen zijn geen vissen. Spinnen hebben acht poten. Vlinders komen uit rupsen, kikkers ontstaan uit kikkervisjes en kikkervisjes uit van die dikke gelei met zwarte puntjes die mevrouw Hyde soms in een jampotje mee naar school brengt. Twee plus twee is vier. Twee plus twee is vier. Twee plus twee is vier. Hij wist niet meer hoe het verder ging. Hij kon het zich niet herinneren. Mama komt zo. Als hij zijn ogen stijf dichtknijpt en heel langzaam tot tien telt – één nijlpaard, twee nijlpaarden – dan zal ze voor hem staan als hij ze weer opendoet.

Hij deed zijn ogen stijf dicht, telde, en opende ze weer. Het bleef donker. Ze was boos op hem, dat was het. Het was een les. Hij was naar buiten gegaan zonder haar stevige, warme hand te voelen. Nooit doen, had ze gezegd, dat moet je beloven, Matthew, en hij had het beloofd. Ik beloof het echt, mama. En hij had snoepjes gegeten. Neem nooit iets aan van een vreemde, Matthew. Want dan werd je betoverd. Met toverdrankjes veranderen ze je in iets wat je niet bent. Dan maakten ze hem klein, bijvoorbeeld, zodat hij als een torretje in de hoek van de kamer zat, en dan kon mama hem niet zien, misschien stapte ze dan wel op hem. Of hij kreeg een ander gezicht, een ander lijf, het lijf van een eng beest of een monster, waar hij dan in gevangenzat. Als ze hem zag, zou ze niet weten dat hij het was, Matthew, haar knulletje, haar snoesje. Maar zijn ogen zouden dan toch nog hetzelfde zijn? Hij zou toch nog uit zijn eigen ogen de wereld in kijken. Of hij zou moeten roepen en schreeuwen om haar duidelijk te maken wie hij in werkelijkheid was. Maar zijn mond was dichtgeplakt, en als hij riep, hoorde hij alleen maar een galmend gebrom in zijn hoofd, net als van zo'n hoorn die hij hoorde op vakantie met papa en mama toen ze met de auto op een boot de zee op gingen. Eenzaam en ver weg klinkt het, en er ging een rilling van angst door hem heen, al wist hij niet waarom. Hij wilde geknuffeld worden en thuis zijn, omdat de wereld zo groot en uitgestrekt was en vol verrassingen, waardoor zijn hart te groot was voor zijn lichaam.

Hij moest plassen. Hij concentreerde zich op het gevoel niet te hoeven plassen. Hij was te groot om het in zijn broek te doen. Dan lachten de mensen je uit, wezen ze je na en knepen ze hun neus dicht. Het is warm en nat, dan koeler, dan koud, het prikt in zijn dij, en dan die vieze lucht in zijn neus. Zijn ogen werden ook nat, ze prikten ervan. Hij kon ze niet afvegen. Mama. Papa. Het spijt me erg dat ik stout ben geweest. Als jullie me nu naar huis brengen, zal ik lief zijn. Dat beloof ik.

Of ze hadden hem veranderd in een slang, want zijn armen waren geen armen meer, maar zaten vastgeplakt aan zijn lijf, al kon hij zijn vingers nog wel bewegen. Zijn voeten waren geen voeten meer, maar ook aan elkaar geplakt. Er was eens een jongetje dat Matthew heette, die niet deed wat hij had beloofd en van de toverdrank dronk, waardoor hij voor straf in een slang veranderde. Onderuit en op de grond. Hout onder zijn wang. Hij voelde en rook het. Kon hij zich kronkelend als een slang voortbewegen? Hij boog zijn lichaam en strekte het, en zo schoof hij over de vloer. Plotseling kwam hij met zijn gezicht tegen iets koels en hards aan, uitlopend in een punt. Hij tilde zijn hoofd op en stootte ertegenaan, maar het bewoog niet. Toen rekte hij zich uit en legde zijn wang erop om te voelen wat het was. Ooit was hij bij het verstoppertje spelen in de klerenkast van zijn ouders gekropen. Hij had zich klein gemaakt in het donker, had gegiecheld en was een beetje bang geweest, er kwam maar een smal streepje licht tussen de deuren door, en hij zou wachten totdat ze hem vonden. Hij hoorde ze in het huis rondlopen en op stomme plekken zoeken, zoals achter de gordijnen. Toen had hij zijn hoofd ook op zoiets als dit gelegd. Nu voelde hij tegen zijn natte wang een stuk touw met een knoop erin.

De schoen ging opzij, en zijn hoofd viel met een dreun weer op de vloer. De schoen prikte in zijn zij. Te hard. Er ging een fel lampje aan, en hij werd omgedraaid zodat hij erin keek, maar hij zag niets anders dan alleen dat felle licht. Het spatte in zijn ogen uit elkaar en verspreidde zich door zijn hoofd, en rondom de pulserende kern werd de duisternis nog donkerder.

Het licht ging uit. De schoen duwde hem opzij. Ineens zag hij in de duisternis een grijze rechthoek, die verdween toen er iets klikte.

14

Frieda belde aan bij de vertrouwde deur. Er klonk geen geluid, dus ze wist niet of de bel kapot was of misschien ergens ver weg in het huis rinkelde. Ze drukte er nog eens op. Weer geen geluid. Ze liet de klopper een paar keer op de deur neerkomen. Ze deed een stap achteruit en keek naar de ramen. Er was geen licht te zien en ook geen beweging, niets wees erop dat er iemand thuis was. Zou hij weg zijn? Ze klopte nog eens, harder deze keer, zodat de deur trilde. Ze bukte, deed de brievenbus open en keek erdoorheen. Er lagen brieven op de mat. Ze wilde net weggaan, toen ze binnen iets hoorde. Ze klopte nog eens. Nu hoorde ze duidelijk iemand aankomen. Voetstappen naderden, een ratelend geluid, er werd een grendel opengeschoven, en toen ging de deur open.

Reuben kneep zijn ogen half dicht, alsof zelfs het grauwe novemberlicht die ochtend te schel voor hem was. Hij droeg een groezelige spijkerbroek en een half dichtgeknoopt overhemd. Het was niet meteen duidelijk of hij Frieda wel herkende. Hij keek verbaasd en verward. Frieda rook een mix van alcohol, tabak en zweet. Hij was duidelijk minstens één nacht niet uit de kleren geweest.

'Hoe laat is het?' vroeg hij.

'Kwart over negen,' zei Frieda.

'Ochtend of avond?'

'Het lijkt mij dat het nu overdag is.'

'Ingrid is weg,' zei Reuben.

'Waar is ze naartoe?'

'Ze heeft me verlaten. Ze is weggegaan en zei dat ze niet meer terugkomt. Ze wou niet zeggen waar ze naartoe ging.'

'Dat wist ik niet. Mag ik binnenkomen?'

'Beter van niet.'

Frieda baande zich een weg langs hem heen. Ze was hier meer dan een jaar niet geweest, en het zag er verwaarloosd uit. In een raam zat een barst, de plafonnière in de gang was losgeraakt van zijn ophangpunt, zodat je de kale draden zag. Ze keek om zich heen en zag dat de telefoon schuilging onder een krant. Ze pakte een papiertje uit haar zak en toetste een nummer in. Na een kort gesprek verbrak ze de verbinding.

'Waar hoort de telefoon te liggen?'

'Die heeft geen vaste plek,' zei Reuben. 'Ik kan hem nooit vinden.'

'Ik zal koffie voor je zetten.'

Toen Frieda Reubens keuken in liep, moest ze een hand voor haar mond houden om niet te kokhalzen van de stank. Ze keek naar de chaos van vuile borden, pannen en glazen, met daartussen de verpakkingen van half opgegeten afhaalmaaltijden.

'Ik verwachtte geen bezoek,' zei Reuben. Zijn toon was bijna uitdagend, als van een kind dat dwars doet. 'Er zou eens een vrouw doorheen moeten. Maar het is hier beter dan boven.'

Frieda had de neiging om de smeerboel zo snel mogelijk te ontvluchten en alles aan hemzelf over te laten. Had Reuben jaren geleden niet eens zoiets tegen haar gezegd? 'Je moet ze de kans geven hun eigen fouten te maken. Het enige wat je kunt doen, is erbij blijven en ervoor zorgen dat ze de paarden niet op hol laten slaan, niet gearresteerd worden en niet iedereen in hun omgeving schade berokkenen.' Ze kon het niet. Opruimen deed ze niet, maar ze kon wel een beetje orde op zaken stellen, besloot ze. Ze duwde Reuben op een stoel, waarop hij, nadat hij was gaan zitten, over zijn gezicht wreef en iets mompelde. Ze zette de waterkoker aan. Verspreid over de keuken stonden diverse nog voor de helft of een kwart gevulde flessen: whisky, Cinzano Bianco, wijn, Drambuie. Ze goot ze allemaal in de gootsteen leeg. Ze ging op zoek naar een vuilniszak en gooide daar de etensresten in. Daaruit bleek in elk geval dat hij niet alleen maar dronk. Ze stapelde de vuile vaat op in de gootsteen en toen die vol stond, ook op het aanrecht. Ze opende kastjes en vond ergens bovenin een onaangebroken en vergeten pot oploskoffie. Met het achtereinde van een lepel prikte ze het papier van de afsluiting door. Ze spoelde twee bekers om en goot die allebei vol met hete, zwarte koffie. Reuben keek ernaar, kreunde en schudde toen zijn hoofd. Frieda bracht de beker naar zijn mond. Hij nam een paar slokjes en kreunde toen weer. 'Tong verbrand.'

Maar ze hield de beker aan zijn mond en dwong hem eruit te drinken totdat hij voor de helft leeg was.

'Je bent hier zeker uit leedvermaak, hè?' zei Reuben. 'Dat het zover met hem is gekomen. Zo liep het af met Reuben McGill. Of ga je je medeleven betuigen? Ga je zeggen hoe heel, heel erg je het vindt? Of ga je me de les lezen?'

Frieda pakte haar koffiebeker, keek ernaar en zette hem weer op tafel. 'Ik kwam je advies vragen,' zei ze.

'Laat me niet lachen,' zei Reuben. 'Kijk eens om je heen. Ziet het er hier naar uit dat ik in staat ben om advies te geven?'

'Over Alan Dekker,' zei Frieda, 'die patiënt die ik van je heb overgenomen – herinner je je hem nog?'

'Overgenomen? Die je me hebt afgenomen, zul je bedoelen. Die aanleiding was om mij te schorsen, op mijn eigen instituut. Die patiënt. Ik kan me alleen niet veel van hem herinneren, want mijn vroegere leerling en protégee heeft me die patiënt afgenomen. Wat is het probleem? Heeft hij zich ook over jou beklaagd?'

'Het probleem is dat hij een obsessie voor me wordt.'

'Nee toch?'

'De laatste paar dagen heb ik niet goed kunnen slapen.'

'Je hebt nooit goed kunnen slapen.'

'Maar het lag nu aan de dromen die ik had. Alsof ik door hem ben besmet. Ik vroeg me af of jij iets bijzonders bij hem hebt gevoeld. Ik dacht dat het de reden kon zijn geweest waarom het misging tussen jou en hem.'

Reuben nam een slok koffie. 'Jezus, wat heb ik toch de pest aan dit spul,' zei hij. 'Herinner jij je Schoenbaum nog?'

'Een van jouw opleiders, hè?'

'Dat klopt. Hij was in analyse geweest bij Richard Steiner. En Richard Steiner was in analyse geweest bij Thomas Bayer, en Thomas Bayer bij Sigmund Freud. Via Schoenbaum had ik als het ware een direct lijntje naar God zelf, en van hem heb ik geleerd dat je als analyticus eigenlijk geen mens bent, maar meer een soort totempaal.'

'Een totempaal?'

'Je bent er alleen maar. Als je patiënt bij binnenkomst vertelt dat zijn vrouw net is overleden, condoleer je hem zelfs niet. Je analyseert enkel waarom hij de behoefte had om dat te vertellen. Schoenbaum was een briljante, charismatische figuur, maar ik dacht: je kan me wat! Ik wilde voor mijn patiënten alles zijn wat hij niet was. Ik was van plan mijn patiënten bij de hand te nemen, en in ons kamertje zou ik alles doen wat zij deden, alles meemaken wat zij meemaakten en alles voelen wat zij voelden.' Reuben boog zich over tafel naar Frieda toe, waardoor ze zijn ogen van heel dichtbij zag – gelig, en in de hoeken rood dooraderd. Zijn adem was zuur en rook naar koffie, alcohol en junkfood. 'Je wilt niet weten wat ik allemaal heb meegemaakt. Je zou niet geloven wat voor een shit er door het menselijk brein gaat, en ik heb daar tot aan mijn nek in gezeten. Ik heb van mannen verhalen gehoord over hun vrouw en van kinderen over hun vader en hun ooms, waardoor ik dacht: ik snap niet dat ze zich niet een kogel door het hoofd schieten zodra ze hier de kamer uit gaan. En ik dacht dat als ik die zoektocht samen met hen ondernam, als ik hun liet zien dat ze er niet alleen voor stonden, dat ze het met iemand konden delen, dat ze dan misschien toch nog iets van hun leven zouden kunnen maken. En weet je, na vijfentwintig jaar heb ik het gehad. Weet je wat Ingrid tegen me zei? Ze zei dat ze me zielig vond, dat ik te veel dronk en dat ik saai was geworden.'

'Je hebt echt mensen geholpen,' zei Frieda.

'Vind je?' zei Reuben. 'Het zou hun waarschijnlijk net zo goed zijn vergaan als ze wat pillen hadden geslikt, wat aan sport waren gaan doen of gewoon niks hadden gedaan. Maar wat ik ook voor hén betekend mag hebben, het heeft mij geen goed gedaan. Kijk maar naar die fucking rotzooi. Zo gaat het er bij je uitzien als je die mensen bezit van je laat nemen. Dus als je hier bent voor een advies, kan ik je dit zeggen: als een patiënt een obsessie voor je begint te worden, laat hem dan door een ander behandelen. Je zult hém niet helpen, en jezelf doe je er ook geen goed mee. Zo. En ga nou maar weg.'

'Het is niet alleen dat hij een obsessie voor me wordt, tenminste niet op de manier die jij bedoelt. Er is gewoon iets... nou, iets merkwaardigs. Hij is merkwaardig.'

'Hoe bedoel je?'

Frieda vertelde hem van haar sessies met Alan en hoe ze was geschrokken toen ze de krant opensloeg en het bericht over Matthew las. Reuben onderbrak haar niet. Even vergat Frieda bijna waar ze was. Het was alsof alle tussenliggende jaren verdwenen waren en ze weer de studente was die haar angsten besprak met haar mentor Reuben. Hij kon goed luisteren als hij wilde. Hij boog zich iets voorover en hield zijn blik op haar gezicht gericht.

'Dat was het,' zei ze ten slotte. 'Snap je nou wat ik bedoel?'

'Herinner je je nog die patiënte die je jaren geleden had – hoe heette ze ook weer? Melody of zoiets.'

'Melanie, bedoel je?'

'Ja, die. Een klassiek somatiserend geval – prikkelbaredarmsyndroom, aanvallen van duizeligheid, flauwvallen, noem maar op.'

'En?'

'Haar angsten en repressies kregen vorm in haar fysieke symptomen. Ze kon er niet aan toegeven, maar haar lichaam had een manier gevonden om ze uit te drukken.'

'Dus jij denkt...'

'Mensen zijn vreemd, en de menselijke geest is nog vreemder. Denk eens aan die vrouw die allergisch was voor de twintigste eeuw. Waar ging dat over? Ik zou denken dat Alan misschien net zoiets doet. Paniek kan soms objectloos zijn, weet je, en zich verbinden met alles wat voorbijkomt.'

'Ja,' zei Frieda, nadenkend, 'maar hij dacht al voor Matthews verdwijning aan een roodharig jongetje.'

'Hmm. Nou ja, het was een aardig idee. Het is trouwens nog steeds een aardig idee – het is alleen van toepassing op jou in plaats van op je patiënt.'

'Slim hoor.'

'Het is niet helemaal onzin. Je bent ongerust over Alan, je krijgt niet goed hoogte van hem, en daarom verbind je zijn gefantaseerde zoon met iets wat daar symbool voor staat.'

'Een vermist kind is toch geen symbool?'

'Waarom niet? Alles is een symbool.'

'Onzin,' zei Frieda, maar ze lachte erbij. Haar stemming was verbeterd. 'En hoe is het met jou?'

'O, oké,' zei Reuben. 'Jouw beurt om advies te geven. Kijk nou eens naar me. Geen vrouw, geen werk, ik drink gin uit koffiekopjes. Wat raadt u me aan, dokter? Heeft het allemaal te maken met mijn moeder?'

Frieda keek om zich heen. 'Volgens mij moet je opruimen,' zei ze.

'Je lijkt wel een gedragstherapeut,' zei Reuben sarcastisch.

'Ik hou niet van rommel. Je zou je beter voelen.'

Reuben sloeg zo hard op zijn voorhoofd dat Frieda ineenkromp. 'Het heeft geen enkele zin om je huis op te ruimen als het hierboven een chaos is,' zei hij.

'Och, dan zit je met je chaos tenminste in een opgeruimd huis.'

'Je lijkt mijn moeder wel.'

'Ik mocht je moeder graag.'

Er werd hard op de deur geklopt.

'Fuck, wie kan dat nou zijn?' zei Reuben geïrriteerd. Hij schuifelde de keuken uit. Frieda pakte haar koffie en goot die uit over het aardewerk in de gootsteen. Toen Reuben weer in de keuken kwam, zei hij: 'Er is een vent die naar jou vraagt.'

Hij werd op de voet gevolgd door Josef.

'Dat is snel,' zei Frieda.

'Is hij schoonmaker?' zei Reuben.

'Ik ben bouwvakker,' zei Josef. 'Had u een feestje?'

'Wat doet hij hier?'

'Ik heb hem gevraagd om te komen,' zei Frieda. 'Het is een gunst van mij. En jij betaalt hem ervoor. Wees dus beleefd. Josef, ik zou je willen vragen om hier wat dingen te repareren. De deurbel, bijvoorbeeld, er is een ruit kapot en de ganglamp is losgeraakt.'

'En de boiler doet het niet goed,' zei Reuben.

Josef keek om zich heen. 'Geen vrouw in huis?' zei hij.

'Nee, geen vrouw in huis,' zei Reuben. 'En ja. Zoals je ziet. Ik heb dit allemaal zelf gedaan.'

'Heel spijtig,' zei Josef.

'Ik heb jouw medeleven niet nodig,' zei Reuben.

'Ja, dat heb je wel,' zei Frieda. Ze raakte even Josefs schouder aan. 'Dank je wel. En je hebt gelijk: praten is niet altijd voldoende.'

Josef boog zijn hoofd op zijn karakteristieke hoofse manier bij wijze van dank.

15

'Frieda?'

'Sorry.'

'Je was heel ver weg. Waar dacht je aan?'

Frieda had er een hekel aan als mensen dat vroegen. 'O, niks bijzonders,' zei ze. 'De dag die ik voor de boeg heb. Het werk en zo.' Ze had zo slecht geslapen dat haar ogen prikten. Ze voelde zich onzeker en lichtgeraakt en had geen zin in een gesprek met Sandy, die naast haar had geslapen en in zijn dromen af en toe iets had gemompeld wat ze niet kon verstaan.

'Er zijn een paar dingen die we moeten bespreken.'

'Dingen?'

'Ja.'

'Is dit zo'n gesprek van "met hoeveel mannen heb jij het gedaan?"'

'Nee. Dat kunnen we voor later bewaren, als we genoeg tijd hebben. Ik wou het hebben over onze plannen.'

'Wat ik van de zomer wil gaan doen, bedoel je? Ik moet je waarschuwen dat ik een hekel heb aan vliegen. En aan bakken op het strand.'

'Hou eens op.'

'Sorry. Let maar niet op mij. Het is halfacht 's ochtends en ik heb een groot deel van de nacht liggen piekeren. De enige plannen die ik op dit moment kan maken zijn die voor de komende dag.'

'Kom vanavond naar mij toe. Dan zal ik wat simpels te eten maken en kunnen we praten.'

'Het klinkt onheilspellend.'

'Dat is het niet.'

'Ik heb nog een patiënt om zeven uur.'

'Kom dan daarna.'

Frieda maakte nooit aantekeningen tijdens een sessie. Dat deed ze na afloop, en in de avonduren of in het weekend zette ze die aantekeningen in de computer. Wat ze soms wel deed, was wat schetsen of droedelen op de blocnote die ze bij de hand hield. Dat hielp haar om zich te concentreren. Ze deed het nu ook, zittend in haar opgeknapte kamer, die opnieuw geschilderd was in de kleur 'ivoor', die duidelijk niet Josefs goedkeuring kon wegdragen. Ze maakte een schetsje van Alans linkerhand, die op dit moment op de armleuning van zijn stoel rustte. Handen waren moeilijk. Bij hem lagen de aderen er duidelijk zichtbaar bovenop, hij had een dikke gouden ring om zijn ringvinger en de huid rond zijn duimnagel was afgekloven. Zijn wijsvinger was langer dan zijn ringvinger, wat iets moest betekenen, maar ze kon zich niet herinneren wat. Hij was vandaag onrustiger dan gewoonlijk, zat te draaien in zijn stoel, schoof naar voren en dan weer naar achteren en wreef met zijn wijsvinger langs zijn neus. Het viel haar op dat hij uitslag had in zijn hals en een tandpastavlek op zijn overhemd. Hij praatte in rap tempo over de zoon die hij zo innig wenste. Gedachten die jarenlang verboden waren geweest en die hij had onderdrukt, werden nu verwoord en stroomden uit zijn mond. Terwijl ze de knokkel van zijn pink tekende en aandachtig luisterde, probeerde ze de onrust te dempen die ze voelde en die haar kippenvel bezorgde.

'Hij zegt papa tegen me,' zei hij. 'Hij vertrouwt me. En ik zal hem nooit teleurstellen. Hij voetbalt en houdt van spelletjes. Hij vindt het fijn als je hem 's avonds voorleest uit boeken over dinosaurussen en treinen.'

'Je doet alsof hij echt bestaat.'

'Dat geeft toch niet?'

'Alsof je hem zo mist dat je hem in gedachten als echt ervaart.'

Alan wreef over zijn vermoeide gezicht, alsof hij het grondig waste. 'Ik wil met anderen over hem praten,' zei hij. 'Ik wil zijn naam luid en duidelijk kunnen noemen. Net als toen ik verliefd werd op Carrie. Ik had vóór haar natuurlijk ook wel vriendinnen gehad, maar dat had nooit zo'n gevoel gegeven. Ik was bevrijd van mezelf, leek het.' Hij keek Frieda aan, en zij sloeg de zin op in haar geheugen om er later op terug te kunnen komen. 'De eerste maanden wilde ik niets liever dan haar naam hardop uitspreken, tegen wie dan ook. Ik bedacht mogelijkheden om haar naam te kunnen noemen. "Mijn vriendin Carrie", zei ik dan te pas en te onpas. Het leek alsof het echter werd als ik het tegen iemand anders zei. En zo is het nu ook een beetje, alsof door er met een ander over te praten de spanning bij mij vermindert. Als je begrijpt wat ik bedoel.'

'Zeker. Maar ik ben er niet voor om wat niet echt is wel echt te laten schijnen, Alan,' zei Frieda.

'Je zei dat iedereen een verhaal moet maken van zijn leven.'

'En wat wil je met dit verhaal?'

'Carrie zegt dat we een kind kunnen adopteren. Dat wil ik niet. Ik wil niet allerlei formulieren invullen en anderen laten beslissen of ik geschikt ben om een kind op te voeden. Ik wil een eigen zoon, geen zoon van iemand anders. Kijk.' Alan pakte zijn portemonnee uit zijn jaszak. 'Ik wil je iets laten zien.'

Hij haalde een oude foto tevoorschijn. 'Hier. Zo stel ik me voor dat mijn zoon eruitziet.'

Frieda pakte hem met tegenzin aan. Even was ze sprakeloos.

'Ben jij dit?' vroeg ze ten slotte, terwijl ze naar een foto staarde van een wat mollig jochie, dat in een blauwe broek en met een voetbal onder zijn arm bij een boom stond.

'Ja, toen ik een jaar of vijf, zes was.'

'Juist, ja.'

'Waar kijk je naar?'

'Je had vuurrood haar.'

'Het begon al voor mijn dertigste grijs te worden.'

Rood haar, een bril, sproeten. Er ging een rilling door haar heen, en deze keer sprak ze haar zorg uit. 'Je lijkt erg op dat jongetje dat vermist is.'

'Dat weet ik. Natuurlijk weet ik dat. Hij is mijn droom.'

Alan keek haar aan en probeerde te glimlachen. Eén enkele traan rolde over zijn gezicht, zijn lachende mond in.

Hij moest niks eten, dat wist hij. Water drinken was goed – warm, verschaald water uit een fles – maar eten moest hij niet. Als hij at, zou hij nooit meer naar huis kunnen. Dan bleef hij hier vastzitten. Harde vingers wrikten zijn mond open. Stopten er van alles in, en hij spuugde het telkens weer uit. Een keer gleden er wat erwten in zijn keel, en toen had hij gehoest en gekokhalsd om ze weer omhoog te laten komen, maar hij had ze naar beneden voelen gaan. Telde dat, een paar erwten? Hij kende de regels niet. Hij had in de hand gebeten, maar de hand had hem geslagen, en toen hij huilde, had de hand hem nog een keer geslagen.

Hij was een vieze jongen. Zijn broek was stijf van de plas en rook vies, en gisteren had hij een drukje gedaan in de hoek. Hij kon het niet helpen. Hij had zo'n branderig gevoel in zijn buik dat hij dacht dat hij dood zou gaan. Hij was aan het veranderen in vloeistof en vuur. Alles in hem was vloeibaar. Warm en rillerig. Alles deed pijn en voelde raar aan. Maar hij was nu wel schoon. Borstel en heel heet water. Pijnlijke rode huid. Borstelharen op zijn tanden en over zijn tandvlees. Een van zijn tanden zat los. De tandenfee zou langskomen. Als hij wakker bleef, zou hij haar zien en haar vragen hem naar huis te brengen. Maar als hij wakker bleef, zou ze niet komen, wist hij.

En er zat iets vies op zijn haar. Zwart en kleverig en met een sterke geur, zoals wanneer je langs mannen loopt die aan de weg werken met drilboren die zo'n zwaar, dreunend geluid maken dat in je hoofd gaat zitten. Zijn haar voelde nu vreemd aan. Hij werd langzamerhand iemand anders. Als er een spiegel hing, zou hij er nu iemand anders in zien. Wie zou hij zien? Iemand met een woest, boosaardig gezicht. Straks was het te laat. Hij kende de woorden niet om de betovering ongedaan te maken.

Kale planken. Lelijke, gebarsten groene muren. Dichte jaloezieën voor het raam. Aan het plafond een kaal peertje aan een rafelig snoer. Een witte radiator waar hij zich aan brandde als hij die aanraakte en die 's nachts kreunende geluiden maakte, als een dier dat op straat lag dood te gaan. Een wit plastic potje met een barst. Hij schaamde zich als hij ernaar keek. Een matras met donkere vlekken op de vloer. Eén vlek was een draak en eentje was een land, maar hij wist niet welk land. Eén vlek was een gezicht met een haakneus, het gezicht van een heks, dacht hij, en één vlek was van hem. Er was een deur, maar die zou voor hem dicht blijven. Ook als hij zijn handen had kunnen gebruiken. En al ging hij open, Matthew wist dat hij niet over de drempel kon gaan. Want daar waren wezens die hem te pakken zouden nemen.

Rechercheur Yvette Long keek rond in de huiskamer van de Faradays. Over de vloer verspreid lag speelgoed: een grote rode plastic bus en een aantal autootjes, lees- en prentenboeken, een handpop in de vorm van een aap. Op de koffietafel lag een grote blocnote met gelinieerd papier met daarop Matthews schrijfprobeersels – met rode viltstift nauwgezet overgenomen scheve letters, de b's en d's verkeerd om. Andrea Faraday zat tegenover haar. Haar lange rode haar vettig en in de war, haar gezicht opgezet van het huilen. Yvette dacht dat ze misschien dagenlang aan één stuk door had gehuild.

'Wat kan ik u verder nog vertellen?' zei ze. 'Er valt niks te zeggen. Niets. Ik weet niks. Denkt u dat ik iets zou verzwijgen? Alles gaat steeds weer door mijn hoofd.'

'Kunt u zich iets verdachts herinneren, een vreemde figuur die ergens rondhing bijvoorbeeld?'

'Nee! Niets. Als ik niet te laat was geweest... O god, als ik niet te laat was geweest. Breng hem terug, alstublieft. Mijn kleine jongen. Hij plast nog steeds af en toe in zijn bed.'

'Ik weet hoe erg dit voor u is. We doen wat we kunnen. Ondertussen...'

'Ze weten natuurlijk niets van hem. Hij is allergisch voor noten. Stel je voor dat ze hem noten geven...'

Rechercheur Long probeerde vriendelijk te blijven kijken en

legde een hand op Andrea's arm. 'Probeer iets te bedenken waar we wat aan hebben.'

'Hij is nog zo'n baby, echt waar. Hij zal om me huilen, en ik kan niet naar hem toe. Weet u hoe dat voelt? Ik had de bus gemist en was te laat.'

Jack had Frieda's advies ter harte genomen. Hij droeg nu een zwarte broek, een lichtblauw overhemd met het bovenste knoopje los en een grijs wollen colbertje waarvan de zakken nog dichtgenaaid waren, zag Frieda. Aan zijn voeten had hij goedkoop ogende, glanzend zwarte brogues – waarschijnlijk met het prijsje nog op de zolen. Hij had zelfs zijn haar gekamd en zich geschoren, al was hij daarbij een stukje onder aan zijn kaak vergeten. Hij zag er niet meer uit als een verfomfaaide student, maar eerder als een boekhouder in spe of een aspirant-lid van een religieuze sekte. Jack had met zijn notitieboekje voor zich zijn patiënten met Frieda besproken. Het was een onsamenhangend gesprek geweest. Frieda had zich moeilijk kunnen concentreren. Ze keek op haar horloge. Ze waren klaar. Ze keek Jack aan en vroeg: 'Stel dat een patiënt een misdaad bekent, wat doe je dan?'

Jack ging wat rechter zitten. Hij keek achterdochtig. Probeerde Frieda hem er op de een of andere manier in te laten lopen? 'Wat heeft hij gedaan? Te hard gereden? Winkeldiefstal?'

'Iets ernstigs. Moord of zo.'

'Alles blijft toch binnen de muren van de spreekkamer?' zei Jack weifelend. 'Zo zijn de regels toch.'

'Je bent geen priester die de biecht afneemt,' zei Frieda met een lachje. 'Je doet gewoon je burgerplicht. Als iemand een moord bekent, bel je de politie.'

Jack kreeg een rood hoofd – hij had de test niet doorstaan.

'Maar hoe zit het als je alleen maar vermoedt dat een patiënt een misdaad heeft begaan? Wat doe je dan?'

Jack aarzelde. Hij knabbelde aan het topje van zijn duim.

'Er is geen goed of fout antwoord; daar gaat het me niet om.'

'Hoe kom je aan dat vermoeden?' zei hij uiteindelijk. 'Ik bedoel, is het alleen intuïtief? Je stapt toch niet op basis van je intuïtie naar de politie? Intuïtieve aannamen zitten er vaak helemaal naast.'

'Ik weet het niet.' Frieda sprak eigenlijk meer tegen zichzelf dan tegen hem. 'Ik weet eigenlijk niet hoe het zit.'

'Wat ik wil zeggen,' zei Jack, 'is dat als ik niet uitkijk, ik veel mensen zou kunnen verdenken van een misdaad. Ik sprak gisteren een man die bijzonder grof gebekt was. Alleen al door de taal die hij uitsloeg voelde ik me bedreigd. Ik moest steeds denken aan wat jij ooit zei: dat er een verschil is tussen denken en doen.'

Frieda knikte naar hem. 'Dat klopt.'

'En jij hebt ons altijd verteld dat het niet onze taak is om iets te doen aan de chaos in de buitenwereld, maar enkel aan de chaos in het hoofd van de patiënt.' Hij zweeg even. 'Je hebt het nu over een van je patiënten?'

'Niet precies. Nou ja, misschien wel.'

'Het makkelijkst zou zijn om het hem gewoon te vragen.'

Frieda keek hem aan en glimlachte. 'Zou jij dat doen?'

'Ik? Nee, ik zou naar jou toestappen en doen wat jij zei.'

Toen haar patiënt vertrokken was, ging Frieda lopend naar het Barbican, zodat ze daar niet voor halfacht arriveerde. Het regende, aanvankelijk was het maar een lichte motregen geweest, maar tegen de tijd dat ze haar bestemming bereikte, was die overgegaan in een plensbui, zodat er plassen stonden op het trottoir en de passerende auto's glinsterende waterfonteinen opwierpen.

'Wacht, ik pak een handdoek voor je,' zei Sandy toen hij haar binnenliet. 'En een overhemd.'

'Dank je.'

'Waarom heb je geen taxi genomen?'

'Ik had er behoefte aan om te lopen.'

Hij zocht een zacht wit overhemd voor haar uit, trok haar schoenen en panty uit, wreef haar haar met een handdoek droog en droogde ook haar voeten. Ze nestelde zich op de sofa en pakte het glas wijn aan dat hij haar aanreikte. In de flat was het warm en licht, buiten was het donker, onstuimig en nat, en telkens begonnen de lichtjes van Londen te glinsteren en verdwenen dan weer.

'Hm, lekker,' zei ze. 'Wat ruik ik?'

'Knoflookgarnalen met rijst en een salade. Is dat goed?'

'Meer dan goed. Ik ben zelf niet zo'n keukenprinses.'

'Daar kan ik mee leven.'

'Goed om te weten.'

Ze aten aan de kleine tafel. Sandy stak een kaars aan. Hij droeg een donkerblauw overhemd en een spijkerbroek. Hij keek haar met zo'n intense blik aan dat ze van haar stuk werd gebracht. Ze was eraan gewend dat haar studenten en patiënten meer van haar wilden weten, maar dit was anders.

'Hoe zou het komen dat ik eigenlijk maar zo weinig van je weet?'

'Is dit ons ernstige gesprek?'

'Niet echt. Maar je houdt iets achter.'

'O ja?'

'Ik heb het idee dat jij veel meer van mij weet dan ik van jou.'

'Alles op zijn tijd.'

'Dat weet ik. En we hebben de tijd, hè?'

Ze bleef hem aankijken. 'Ik dacht het wel, ja.'

'Wat er gebeurt, verrast me,' zei hij.

'Zo gaat het nou eenmaal in de liefde.' Het woord was haar ontsnapt voordat ze het had kunnen tegenhouden – het zou wel aan de wijn liggen.

Sandy legde zijn hand op de hare. Hij keek ernstig. 'Ik moet je iets vertellen.'

'Je gaat toch niet zeggen dat je getrouwd bent, hè?'

Hij glimlachte. 'Nee,' zei hij. 'Dat niet. Maar ik heb een nieuwe baan aangeboden gekregen.'

'O.' Een gevoel van opluchting ging door haar heen. 'Ik dacht dat je iets afschuwelijks ging zeggen. Maar dat is mooi, toch? Wat voor baan?'

'Een hoogleraarschap.'

'Sandy, dat is fantastisch.'

'Aan Cornell University.'

Frieda legde haar mes en vork neer, schoof haar bord van zich af en zette haar ellebogen op tafel. 'Maar dat is bij New York.'

'Ja,' zei Sandy. 'Dat klopt.'

'Dus je verhuist naar de Verenigde Staten?'

'Dat is de bedoeling.'

'O.' Ze had het ineens koud en was op slag broodnuchter. 'Wanneer heb je daar ja op gezegd?'

'Een paar weken geleden.'

'Dus je wist het al die tijd al.'

Hij draaide zijn hoofd opzij. Hij leek in verlegenheid gebracht, maar dat irriteerde hem ook. 'Toen ik die baan aangeboden kreeg, had ik je nog niet eens ontmoet.'

Frieda pakte haar glas en nam een slok wijn. Hij smaakte zuur. Het was alsof het licht van kleur was veranderd en alles er anders uitzag.

'Ga met me mee,' zei hij.

'Zoals het een goede vrouw betaamt?'

'Je hebt je contacten. Je kunt daar hetzelfde werk doen als hier. We kunnen allebei opnieuw beginnen, samen.'

'Ik wil niet opnieuw beginnen.'

'Ik had het je moeten zeggen.'

'Ik heb me blootgegeven,' zei Frieda. 'Ik heb je in mijn huis en in mijn leven gelaten. Ik heb je dingen verteld die ik tegen niemand anders zeg. En al die tijd was je dit al van plan.'

'Met jou.'

'Je kunt voor mij geen plannen maken. Je wist iets wat ons aanging wat ik niet wist.'

'Ik wilde je niet verliezen.'

'Wanneer ga je?'

'In het nieuwe jaar. Over een paar weken. Ik heb de flat verkocht. Ik heb er eentje gevonden in Ithaca.'

'Je hebt er geen gras over laten groeien, zeg.' Ze hoorde hoe haar stem klonk – kil, verbitterd en beheerst – en wist niet of ze dat wel prettig vond. Eigenlijk had ze het vooral warm en voelde ze zich ontredderd.

'Ik wist niet wat ik moest doen,' zei hij. 'Alsjeblieft, lieve Frieda, ga met me mee. Kom mee.'

'Vraag je me om hier alles op te geven en in Amerika opnieuw te beginnen?'

'Ja.'

'En als ik jou nou zou vragen om je hoogleraarschap daar op te geven en hier bij mij te blijven?'

Hij stond op, liep naar het raam en bleef met zijn rug naar haar toe staan. Hij keek een paar seconden naar buiten en draaide zich toen om. 'Dat zou ik niet doen,' zei hij. 'Dat kan ik niet.'

'Dus...' zei Frieda.

'Trouw met me.'

'Fuck off.'

'Ik doe je een aanzoek, het is geen belediging.'

'Ik zou eigenlijk gewoon weg moeten gaan.'

'Je hebt geen antwoord gegeven.'

'Meen je het?' zei Frieda. Ze had het gevoel alsof de alcohol ineens hard toesloeg.

'Ja.'

'Ik moet hier eens diep over nadenken.'

'Je bedoelt dat je het overweegt?'

'Je hoort het morgen.'

16

Toen Tanner opendeed, keek hij verbaasd. Hoofdinspecteur Malcolm Karlsson stelde zich aan hem voor.

'Mijn assistent had je gebeld,' zei Karlsson.

Tanner knikte en liep met hem naar de groezelige voorkamer. Het was koud. Tanner hurkte neer en prutste wat aan een straalkacheltje dat in de open haard stond. Terwijl hij bezig was met het zetten en inschenken van thee, liet Karlsson zijn blik door de kamer gaan en dacht terug aan de tijd dat hij als kind met zijn grootouders bij vage familieleden en kennissen van hen op visite ging. Het was meer dan dertig jaar geleden, maar zelfs nu nog riep de herinnering bij hem een gevoel van saaiheid en plichtsbetrachting op.

'Ik heb jouw oude baan,' zei Karlsson, en terwijl hij het zei, vond hij het klinken als een berisping. Tanner zag er niet uit als een politieman. Hij zag er niet eens uit als een gepensioneerde politieman. Hij droeg een oud vest en een glimmende grijze broek en had zich onhandig geschoren, waardoor hier en daar nog stoppels te zien waren.

Tanner schonk thee in mokken van verschillend formaat in en schoof Karlsson de grootste toe. 'Ik was nooit van plan om in Kensal Rise te blijven wonen,' zei hij. 'Toen ik met vervroegd pensioen zou gaan, waren we van plan om te verhuizen en ergens aan de oostkust te gaan wonen, in Clacton of Frinton of zo. We hebben mogelijkheden onderzocht, maar toen werd mijn vrouw ziek en werd het allemaal te ingewikkeld. Ze is boven. U zult haar straks wel horen roepen.'

'Jammer,' zei Karlsson.

'Eigenlijk hoor je als man meteen na je pensionering ziek te worden. Maar mij mankeert niks. Ik ben alleen doodmoe.'

'Ik heb een paar dagen mijn moeder verzorgd toen ze net geopereerd was,' zei Karlsson. 'Dat is zwaarder dan het werk van een politieman.'

'Je klinkt niet als een smeris,' zei Tanner.

'Hoe klink ik dan?'

'Anders. Je zult wel op de universiteit hebben gezeten.'

'Ja, dat is zo. Maar ben ik daardoor niet meer "een van de jongens"?'

'Waarschijnlijk niet, nee. Wat heb je gestudeerd?'

'Rechten.'

'Goh, wat een tijdverspilling.'

Karlsson nam een slok thee. Hij zag aan het oppervlak wat melkdeeltjes drijven en proefde een lichtzure smaak.

'Ik weet waarom je hier bent,' zei Tanner.

'We zijn op zoek naar een vermist kind. We hebben wat parameters op een rijtje gezet – leeftijd van het kind, moment van vermissing, aard van de locatie, gang van zaken en omstandigheden – en toen kwam onze computer met een naam op de proppen. Eén naam. Joanna Vine. Of is het Jo?'

'Joanna.'

'Het gaat mij om Matthew Faraday. In de kranten wordt hij Mattie genoemd. Dat zal wel beter in de koppen passen. "Kleine Mattie". Maar hij heet eigenlijk Matthew.'

'Joanna is twintig jaar geleden verdwenen.'

'Tweeëntwintig.'

'En ze werd ontvoerd in Camberwell. Dit jongetje in Hackney, toch?'

'Je hebt het verhaal gevolgd.'

'Je kunt er niet omheen.'

'Dat is waar. Nou, ga verder.'

'Joanna's ontvoering was in de zomer, deze in de winter.'

'Dus je gelooft er niet in?'

Tanner dacht even na voordat hij antwoordde en leek nu voor het eerst wat meer de ervaren politieman die hij was geweest. 'Of ik erin geloof?' zei hij. En hij telde de punten op zijn vingers af. 'Meisje, jongen. Noord-Londen, Zuid-Londen. Zomer, winter. En dan is er nog dat gat van tweeëntwintig jaar. Wat moet je daar nou van denken? De dader ontvoert een kind, wacht een half leven, en doet het dan nog eens. En jij denkt dat er een verband is? Of is er een aanwijzing die voor de pers is verzwegen?'

'Nee,' zei Karlsson. 'Je hebt gelijk. Er is geen enkele duidelijke reden. Maar ik benader het van de andere kant. Er worden elk jaar duizenden kinderen vermist, maar als je de weggelopen tieners, de kinderen die door familieleden worden ontvoerd en de ongelukken buiten beschouwing laat, hou je nog maar een heel klein aantal over. Hoeveel kinderen worden er per jaar door een onbekende om het leven gebracht? Vier, vijf?'

'Zoiets.'

'Dan lijken deze twee vermissingen ineens erg op elkaar. Je weet hoe moeilijk het is om een kind te ontvoeren. Je moet het mee zien te krijgen zonder toestanden en zonder gezien te worden, en dan... Wat dan? Ontdoe je je van het lichaam, zodat het nooit wordt gevonden, gaat het kind naar het buitenland, of wat?'

'Heeft de pers lucht gekregen van deze theorie van jou?'

'Nee. En ik ben niet van plan om dit naar buiten te brengen.'

'Het is geen vaststaand feit,' zei Tanner. 'Je kunt er niet het hele onderzoek op baseren. Dat was ons probleem. Wij waren ervan overtuigd dat we het in de familie moesten zoeken. Want dat blijkt uit de statistieken. Het is altijd familie. Als de ouders gescheiden zijn, is het de vader of een oom. Zoals ik het me herinner, had hij in het begin geen sluitend alibi, en daardoor hebben we te veel tijd aan hem besteed.'

'Had hij uiteindelijk wel een sluitend alibi?'

'Sluitend genoeg,' zei hij mistroostig. 'We dachten dat het een kwestie was van hem tot een bekentenis dwingen en maar hopen dat hij zijn dochter niet al om het leven had gebracht. Want zo gaat het altijd. Behalve wanneer het niet zo gaat. Maar dat hoef ik je allemaal niet te vertellen. Je hebt het dossier gelezen.'

'Dat heb ik, ja. Het heeft me een hele dag gekost, en er stond eigenlijk niks in. Ik wilde je vragen of er dingen waren die je buiten het dossier hebt gehouden – verdenkingen misschien, ingevingen, vermoedens.'

Tanner leunde achterover op de bank. Hij haalde diep adem. 'Wil je van mij horen dat deze zaak me achtervolgt? Dat ik daarom met vervroegd pensioen ben gegaan?'

'Is dat zo?'

'Die lijken, dat kon ik wel hebben. Ik kon het zelfs wel hebben dat verdachten van wie ik zeker wist dat ze schuldig waren in vrijheid werden gesteld. En ik kon het ook hebben dat een advocaat vervolgens op de stoep voor de rechtbank stond te oreren dat zijn cliënt van alle blaam gezuiverd was en dat hij blij was dat het gezonde verstand uiteindelijk had gezegevierd. Maar uiteindelijk was het alleen nog maar papierwerk en targets halen. En dat heeft mij de das omgedaan.'

'Joanna Vine,' zei Karlsson zacht. 'Wat is er met het onderzoek gebeurd?'

'Niets. Helemaal niets. Ik zal je vertellen hoe het is gegaan. Ik heb hier in de keuken een kastdeur waar geen deurknop op zit. Om die kast te openen moet je je vingers in de kier tussen de deur en de kast wurmen om de deur open te wrikken. Bij de zaak van Joanna Vine hebben we het hele onderzoek volgens het boekje gedaan. We hebben er een commandopost voor opgezet, we hebben honderden getuigenverklaringen afgenomen, rapporten geschreven, persconferenties gegeven en briefings gehouden om onze vorderingen te bespreken. Maar er was geen enkel aanknopingspunt. We hadden niets waar we onze vingers tussen konden wurmen om kracht te zetten.'

'En wat is er toen gebeurd?'

'Toen konden we voor de persconferenties met steeds kleinere ruimten toe. We hadden steeds minder te doen. En ineens was er een jaar verstreken. Er was geen enkele aanwijzing. En er had niemand bekend.'

'Wat dacht je toen?'

'Wat ik dacht? Ik heb je net verteld wat ik dacht.'

'Ik bedoel, hoe voelde het? Instinctief?'

Tanner lachte zuur. 'Ik kon er kop noch staart aan ontdekken. Na een tijdje dacht ik dat we haar in een sloot of een kanaal zouden vinden, of ergens begraven. Dit soort zieke smeerlappen handelt meestal in een impuls. En dan proberen ze zich te ontdoen van het lijk. Zo'n gevoel had ik hier niet over, maar wat ik wel voelde wist ik ook niet. We hadden gewoon niks. En wat concludeer je dan, als je niks hebt? Misschien heeft hij – of zij – haar gewoon op een onvindbare plek begraven. En hoe verloopt jouw onderzoek?'

'Het doet denken aan het jouwe. Een paar uur lang hebben we gehoopt dat hij wel weer boven water zou komen, dat hij verdwaald was, in een kast opgesloten had gezeten of bij een vriendje was blijven slapen. We hebben de ouders ondervraagd. Ze waren niet gescheiden. We hebben een tante gesproken. De broer van de moeder woont in de buurt; hij is werkloos en aan de drank. We hebben ons erg op hem geconcentreerd. En nu wachten we af.'

'Zijn er nog opnamen van bewakingscamera's?'

'De dader is slim, of hij heeft veel geluk gehad. De camera op de school bleek het niet te doen. Het is een goed bewaard geheim dat ongeveer een kwart van de camera's ofwel defect is ofwel niet ingeschakeld is. Maar we weten dat Matthew lopend van school is weggegaan. Er hangen een paar camera's aan winkelpuien en aan een café vlak bij zijn huis. Daar staat hij niet op, maar ik heb gehoord dat de opnamen onder een ongunstige hoek zijn gemaakt, dus dat is niet overtuigend. Maar op weg naar huis komt hij langs een park, en daar hangen helemaal geen camera's.'

'Kun je de kentekens controleren van de auto's die in de wijk rijden?'

'Wat? Van en naar Hackney? Dat is niet de rosse buurt om twee uur 's nachts. Ik zou niet weten hoe we dat zouden moeten doen.'

'Misschien moet je een jaar of twintig wachten.'

Karlsson stond op. Hij haalde zijn kaartje uit zijn portefeuille en gaf het aan Tanner, die hem met grimmige spot aankeek. 'Je weet al wat ik wil zeggen,' zei Karlsson. 'Als er iets is, wat dan ook, één telefoontje is genoeg.'

'Onbevredigend, hè, als je met mensen als ik moet gaan praten?' zei Tanner.

'Het was wel nuttig,' zei Karlsson. 'Het is bijna een opluchting dat het er bij jou net zo beroerd voor stond als bij mij.'

Samen liepen ze naar de deur.

'Wat naar te horen over je vrouw,' zei Karlsson. 'Gaat ze vooruit?'

'Achteruit,' zei Tanner. 'Het zal lang duren, zeggen de artsen. Wil je een taxi?'

'Mijn chauffeur staat voor de deur.'

Karlsson liep de deur uit en bedacht toen iets – iets wat hij niet had willen zeggen. 'Ik droom over hem,' zei hij. 'Ik kan me die dromen niet herinneren als ik wakker word, maar ik weet dat ze over hem gaan.'

'Dat had ik ook,' zei Tanner. 'Ik probeerde het te voorkomen met een paar borrels voor het slapengaan. Dat hielp soms.'

'Ik heb je vannacht gemist,' zei Sandy.

Frieda keek rond in de keuken. Het was al vreemd terrein, leek het.

'Ik zat net aan het ontbijt. Wil je...'

'Nee, dank je.'

'Het regent in elk geval niet meer. Je ziet er mooi uit. Is dat een nieuw jasje?'

'Nee.'

'Ik zit te kakelen als een kip zonder kop. Het spijt me van gisteravond. Het spijt me echt. Je had reden om boos te zijn.'

'Ik ben niet boos meer.'

'Nee,' zei Sandy, 'want je hebt besloten om niet met me mee te gaan. Klopt dat?'

'Ik kan hier niet alles in de steek laten,' zei ze. 'Zelfs niet om bij jou te zijn.'

'Maar ben je niet bang om dat wat we met elkaar hebben te verliezen?'

Het was niet haar bedoeling geweest, maar ineens begonnen ze elkaar te zoenen, en even later trok hij haar jasje uit en vervolgens haar shirt, en toen lieten ze zich samen op de bank vallen en drukte hij zijn mond op de hare. Ze streek met haar handen over zijn blote rug en trok hem voor de laatste keer tegen zich aan. Hij riep haar naam, telkens weer, en ze wist dat als ze na zijn vertrek 's nachts wakker zou worden, ze dat roepen zou horen.

Naderhand zei ze: 'Dat was een vergissing.'

'Niet voor mij. Ik vertrek pas na Kerstmis. Laten we die tijd samen ten volle benutten. Proberen een oplossing te bedenken.'

'Nee. Ik neem nooit langdurig afscheid.'

'Je kunt toch niet zomaar weggaan, na dit?'

'Dag, Sandy.'

Toen ze de deur uit was, ging hij bij het raam staan en keek naar het plein waar ze zo meteen zou verschijnen. En na een paar minuten zag hij haar, een slanke, kaarsrechte gestalte, die snel doorliep naar de rijweg. Ze keek niet op.

17

'De baas zal woest zijn,' zei rechercheur Foreman somber.

Ze zaten met een stel rechercheurs in de meldkamer, maar Karlsson was de deur uit en werd pas later verwacht. Ze keken de ochtendkranten door, waarin niets erop wees dat de Matthewkoorts afnam. Een van de sensatiebladen had maar liefst negen pagina's aan Matthew gewijd – een paar foto's, interviews met mensen die hem kenden of beweerden hem te kennen, stukjes over psychologische profielschetsen, een lang artikel over Matthews dagelijks leven. Er werd verondersteld dat het huwelijk van de Faradays niet goed was, op basis van informatie 'uit betrouwbare bron'.

'Fuck, wie is dat dan?'

'Ze schrijven maar wat. Ze weten dat de dader vaak de vader of stiefvader is.'

'Hij was mijlenver uit de buurt. Er is geen enkele verdenking tegen hem. Waarom drukken ze zoiets af?'

'Waarom denk je? Matthew betekent hoge oplagecijfers. Ik las ergens dat er tienduizenden extra kranten verkocht worden als hij op de voorpagina staat. Dat kan nog heel lang zo doorgaan.'

'Bloedgeld.'

'Kan jij makkelijk zeggen. Misschien hebben ze onze mensen hier ook al geld geboden.'

'Waarvoor? Voor het lekken van informatie?'

'Ze komen heus wel. Wacht maar af.'

'Daar zal de baas niet blij mee zijn.'

'En zijn baas ook niet. Ik weet toevallig dat de commissaris bijzondere interesse heeft in de zaak.'

'Crawford is gewoon een klootzak.'

'Een klootzak die je het leven behoorlijk zuur kan maken.'

'Karlsson is een echte smeris. Als iemand deze zaak kan oplossen, is hij het.'

'Dan lijkt het er blijkbaar op dat niemand het kan, vind je ook niet?'

Het was tweeëntwintig jaar geleden, maar toen Karlsson tegen Deborah Teale zei wie hij was, zag hij hoop in haar ogen opflakkeren, en ook angst. Ze sloeg haar hand voor haar mond en leunde tegen de deurpost alsof ze houvast zocht.

'Er is echt geen nieuws over uw dochter, hoor,' zei hij snel.

'Nee, natuurlijk niet,' zei ze. Ze produceerde een trillerig lachje en legde haar hand op haar borst. 'Dat zei u al toen u belde. Het is alleen dat...' Haar stem stierf weg, want wat viel er tenslotte te zeggen? Maar je houdt niet op met hopen en vrezen. Karlsson bleef zich onwillekeurig afvragen hoe het voor haar moest zijn, zelfs na al die jaren. De vondst van een lijkje ergens in een greppel zou een opluchting voor haar betekenen. Dan had ze zekerheid, dan zou ze bloemen op een graf kunnen leggen.

'Mag ik binnenkomen?' vroeg hij. Ze knikte en deed een stapje opzij om hem door te laten.

Ieder huis heeft een andere geur. In dat van Tanner had het muf en een beetje ranzig geroken, alsof de ramen maandenlang niet open waren geweest, een geur als van oud bloemenwater, die in je neus bleef hangen. In Deborah Teales huis rook het naar Flash en Ajax en boenwas met nog een zweempje baklucht. Ze ging hem voor naar de huiskamer en verontschuldigde zich voor rommel die er niet was. Links en rechts in de kamer stonden foto's, maar niet een van Joanna.

'Ik wilde u wat vragen stellen.' Hij liet zich zakken in een stoel die te laag voor hem was en waarin hij zich in zachtheid gevangen voelde.

'Vragen? Wat valt er nog te vragen?'

Daar had Karlsson geen antwoord op. Hij vroeg zich ineens af wat hij daar deed, waarom hij een tragedie oprakelde die vrijwel zeker niets te maken had met Matthew Faraday. Hij keek naar de vrouw tegenover hem, naar haar smalle gezicht en tengere schouders. Hij had opgezocht wat er over haar in het dossier stond. Ze moest zesenvijftig zijn. Sommige mensen – de nieuwe vriend van zijn ex bijvoorbeeld – dijden bij het klimmen der jaren uit en oogden als een welgedane versie van hun vroegere zelf, maar bij Deborah Teale hadden de jaren hun sporen achtergelaten en alle jeugdigheid en zachtheid uitgewist.

'Ik heb de zaak weer eens doorgenomen.'

'Waarom?'

'Omdat we 'm nooit hebben opgelost,' zei hij. Het was niet onwaar, maar ook niet de hele waarheid.

'Joanna is dood,' zei Deborah Teale. 'O, ik stel me nog steeds weleens voor dat ze nog leeft, ergens, maar eigenlijk weet ik wel zeker dat ze dood is, en dat is bij jullie ongetwijfeld niet anders. Ze zal waarschijnlijk op dezelfde dag dat we haar kwijtraakten aan haar einde zijn gekomen. Waarom moet u zo nodig wonden openrijten? Als u haar lichaam vindt, komt u me dat dan vertellen. Maar haar moordenaar vindt u vast niet meer, of wel?'

'Ik weet het niet.'

'U zult om de zoveel tijd de onopgeloste misdaden nog weleens tegen het licht houden, want dat zal wel voorschrift zijn. Maar ik heb alles gezegd wat er te zeggen is. Telkens weer heb ik het gezegd. Totdat ik dacht dat ik er gek van werd. Hebt u er enig idee van hoe het voelt om een kind te verliezen?'

'Nee, dat heb ik niet.'

'Dat valt me mee,' zei ze. 'U zegt tenminste niet dat u weet hoe ik me voel.'

'U hebt Joanna beschreven als een wat bangig meisje.'

'Ja.' Deborah Teale keek hem fronsend aan.

'En ze wist dat ze niet met vreemden mocht meegaan?'

'Natuurlijk.'

'Maar ze is op klaarlichte dag in een drukke straat als bij toverslag verdwenen.'

'Ja. Alsof haar leven niet meer was dan een droom.'

Of omdat ze degene die haar meenam vertrouwde, dacht Karlsson.

'Op een gegeven moment moet je aanvaarden dat het voorbij is. Snapt u? Je kunt niet anders. Ik zag u naar de foto's kijken toen u binnenkwam. Ik weet natuurlijk wat u dacht: geen foto's van Joanna. U dacht waarschijnlijk dat dat een beetje ongezond was.'

'Helemaal niet,' zei Karlsson naar waarheid. Hij was een groot voorstander van de ontkenning. Naar zijn ervaring bleven mensen daar gezond bij.

'Dat is Rosie, en dat is mijn man, George. En mijn twee jongste kinderen, Abbie en Lauren. Ik heb gehuild en gebeden en gerouwd, en uiteindelijk heb ik afscheid van Joanna genomen en mijn leven weer opgepakt. En nu wil ik daar niet opnieuw mee beginnen. Dat ben ik aan mijn nieuwe gezin verplicht. Klinkt dat ongevoelig?'

'Nee.'

'Andere mensen vinden van wel.' Haar mond kreeg iets verbitterds.

'U bedoelt uw ex-man?'

'Richard vindt me een monster.'

'Spreekt u hem nog weleens?'

'Gaat het u daarom? Denkt u nog steeds dat hij het gedaan heeft?'

Karlsson keek naar het uitgemergelde gezicht en de heldere ogen van de vrouw tegenover zich. Hij mocht haar. 'Ik denk eigenlijk niets. De zaak is alleen nooit opgelost.'

'Het lijkt bij hem thuis wel alsof hij haar vereert. De heilige Joanna met de whiskyflessen. Maar ik geloof niet dat dat iets te betekenen heeft.'

Inderdaad niet. Naar Karlssons ervaring waren moordenaars vaak sentimentele of narcistische figuren. Hij kon zich voorstellen dat een vader die zijn dochter vermoord had vervolgens in een geest van allesoverheersend sentimenteel zelfbeklag hete tranen over haar schreide.

'Spreekt u hem nog weleens?'

'Al jaren niet meer. In tegenstelling tot die arme Rosie. Ik raad haar telkens aan niet naar hem toe te gaan, maar op de een of andere manier voelt ze zich verantwoordelijk voor hem. Ze is veel te lief voor hem. Ik zou willen...' Ze zweeg.

'Ja?'

Maar ze schudde heftig haar hoofd. 'Ik weet niet wat ik wilde zeggen. Ik zou gewoon willen. Verder niks.'

Richard Vine stond erop om zelf naar het politiebureau te komen in plaats van Karlsson in zijn flat te ontvangen. Hij had een pak aangetrokken dat glom van slijtage en dat strak om zijn middel en borst zat, en een wit overhemd dat tot bovenaan was dichtgeknoopt, waardoor zijn adamsappel in het gedrang kwam. Zijn gezicht was opgezwollen en zijn ogen waren enigszins bloeddoorlopen. Zijn handen trilden toen hij de beker koffie aannam. Hij nam er een grote slok van.

'Als er geen nieuwe aanwijzingen zijn, waar hebben we het dan over?'

'Ik heb de zaak in revisie genomen,' zei Karlsson behoedzaam. Hij wenste dat hij Richard Vine in zijn eigen leefomgeving had kunnen spreken: je kunt uit hun huis veel over mensen afleiden, ook als ze zich op je bezoek hebben voorbereid. Hij zou zich wel schamen om onbekenden een blik in zijn huis te gunnen.

'Het hele onderzoek lang hebben jullie geprobeerd mij tot een bekentenis te krijgen. En ondertussen is de schoft die het echt gedaan heeft jullie ontglipt.' Hij zweeg even en streek met de rug van zijn hand over zijn mond. 'Hebt u háár ook gesproken, of gaat het alleen om mij?'

Karlsson gaf geen antwoord. Alle verdriet en mislukking in het leven van de mensen die hij sprak deprimeerde hem. Wat verwachtte hij hiervan? In feite had hij in een opwelling contact gezocht, op basis van een vage intuïtie, uit een gevoel van hopeloosheid en omdat hij niet over reële aanwijzingen beschikte. Matthew Faraday en Joanna Vine: twee zaken, van elkaar gescheiden door een periode van tweeëntwintig jaar en slechts met elkaar verbonden door het feit dat de kinderen van dezelfde leeftijd waren en midden op de dag in de buurt van een snoepwinkel spoorloos waren verdwenen.

'Zij is haar kwijtgeraakt. Zij had op haar moeten letten, en dat heeft ze aan een kind van negen overgelaten. En toen heeft ze het er gewoon bij laten zitten. Ze heeft al haar foto's in een doos gestopt, ze is verhuisd en met een nette meneer getrouwd, en ze heeft Joanna en mij vergeten. "Het leven gaat door," zei ze tegen me. "Het leven gaat door." Nou, ik laat onze dochter niet in de steek.'

Karlsson luisterde, zijn hoofd met één hand ondersteunend, terwijl hij met zijn potlood nutteloze krabbels maakte op zijn opengeslagen blocnote. Het klonk alsof hij dit alles te vaak had gezegd, tegen wie er aan de bar ook maar naar hem wilde luisteren.

'Zou u Joanna omschrijven als een kind dat anderen blindelings vertrouwde?' vroeg hij, zoals hij het in andere bewoordingen ook aan Deborah Teale had gevraagd.

'Ze was een prinsesje.'

'Maar had ze blindelings vertrouwen in mensen?'

'Je kunt in deze wereld niemand vertrouwen. Dat had ik haar moeten leren.'

'Zou ze een onbekende hebben vertrouwd?'

Er verscheen een vreemde uitdrukking op het gezicht van Richard Vine – op zijn hoede en achterdochtig. 'Ik weet het niet,' zei hij ten slotte. 'Misschien wel, misschien niet. Mijn god, ze was pas vijf. Het heeft mijn leven vergald, weet u. De ene dag loopt alles nog op rolletjes, en dan... Nou, het gaat net als met zo'n breiwerkje, waar Rosie altijd mee bezig is als ze bij mij langskomt. Als je het uittrekt, is er een paar tellen later niks meer van over.' Hij keek Karlsson aan, en even zag de politieman de man die hij vroeger geweest moest zijn. 'Dat is de reden waarom ik het haar niet kan vergeven. Haar leven is niet zo verwoest als het mijne. Ze had net zo moeten lijden als ik. Ze is er te makkelijk van afgekomen.'

En aan het eind van het gesprek, toen hij al stond en aanstalten maakte om de deur uit te gaan, zei hij: 'Als u Rosie ziet, zegt u dan tegen haar dat ze me gauw weer moet komen opzoeken. Zij heeft haar oude vader tenminste niet in de steek gelaten.'

De eerste uithaal schoot rakelings langs zijn onderkaak en belandde in zijn nek. De tweede stomp was in zijn maag. Al terwijl hij zijn handen voor zijn gezicht sloeg en achteruit wankelde, viel het Alec Faraday op hoe stil alles in zijn werk ging. Hij hoorde een vliegtuig hoog in de lucht en het verkeer op de doorgaande weg rechts van hem, en hij dacht zelfs dat hij in de verte een radio hoorde, maar de mannen maakten geen enkel geluid, afgezien van hun zware ademhaling, die elke keer dat ze hem een slag toedienden bijna als een gegrom klonk.

Ze waren met z'n vijven. Ze hadden capuchons op, en een van hen droeg een bivakmuts. Hij viel op zijn knieën en vervolgens op de grond en dook in elkaar om zichzelf tegen hun uithalen te beschermen, om zijn gezicht te beschermen. Hij kreeg een harde schop tussen zijn ribben, en toen nog een op zijn dijbeen. Iemand trapte hem venijnig in zijn lies. Hij hoorde iets kraken. Zijn mond stroomde vol vloeistof, en hij spuugde een paar tanden uit. De pijn gutste door hem heen. Hij zag het ijzige asfalt onder zich glinsteren en deed toen zijn ogen dicht. Het had geen enkele zin om zich te verzetten. Snapten ze dan niet dat de dood een bevrijding zou betekenen?

Eindelijk zei iemand iets. 'Vuile kinderlokker.'

'Vieze pedo.'

Hij hoorde een gerochel en er belandde iets nats in zijn nek. Er volgde nog een schop, maar nu leek het alsof het iemand anders overkwam. Toen hoorde hij voetstappen die zich van hem verwijderden.

Hij had wat geprakte aardappel met jus doorgeslikt omdat hij het niet meer in zijn mond kon houden, al had hij het wel grotendeels weer uitgespuugd, zodat het op de vloer terechtkwam, waar het nu nog lag, als braaksel. Er lag ook een kippenbotje op de vloer, en dat rook nu een beetje vreemd. Hij had wat slierten spaghetti binnengekregen toen hij aan het huilen was en ze zonder dat hij er wat aan kon doen naar beneden gleden. De hele kamer stonk naar rottend eten en naar zijn eigen lijf. Hij stak zijn hoofd omlaag en snuffelde aan zijn huid – zuur rook die. Hij likte eraan en vond dat hij vies smaakte.

Maar hij had ontdekt dat als hij op zijn tenen op de matras ging staan, hij zijn hoofd onder de jaloezieën kon wurmen en uit het raam kon kijken. Alleen bij het onderste hoekje. Het was er vies en plakkerig, en dan besloeg het raam ook nog door zijn adem. Als hij zijn voorhoofd tegen het glas hield, voelde het zo koud dat het pijn deed. Hij kon de lucht zien. Vandaag was die staalblauw, zodat het pijn deed aan zijn ogen. Tegenover hem was een wit dak dat glinsterde en daarop stond een duif die naar hem keek. Met wat moeite kon hij net op straat kijken. Het was niet de straat waar hij woonde toen hij Matthew was. Alles was kapot. Er was niemand. Iedereen was weg, omdat ze wisten dat er slechte dingen gingen gebeuren.

'Ik kan het me niet herinneren. Ik kan het me echt niet herinneren. Snapt u het dan niet? Ik kan niet onderscheiden wat ik uit mezelf weet, wat ze me hebben verteld, wat ik heb verzonnen om mezelf te troosten en wat ik heb gedroomd. Het is één grote warboel. Het heeft geen zin om het me te vragen. Aan mij hebt u niets, het spijt me.'

Ze deed verontschuldigend. Karlsson had foto's van Rosie Teale als kind gezien, en nu zat ze als vrouw van eenendertig tegenover hem. Het heeft iets vreemds om zo snel vooruit te spoelen van kindertijd naar volwassenheid: haar donkere haar zat strak achterover en ze had een mager, driehoekig gezicht zonder een spoortje make-up, met donkere ogen die te groot voor haar gezicht leken en bleke lippen met kloofjes. Haar benige handen zonder ringen hield ze gevouwen in haar schoot. Ze leek zowel jonger als ouder dan haar werkelijke leeftijd, en iets te mager, dacht Karlsson. 'Ik weet het. U was negen jaar. Maar ik vroeg me af of u misschien nog iets hebt bedacht, wat dan ook, sinds u voor het laatst met de politie hebt gesproken. Het kan van alles zijn, iets wat u – ik zeg maar wat – toen geroken of gevoeld hebt. Het maakt niet uit wat. Het ene moment was ze er nog, en toen ineens niet meer. In die paar seconden moet er toch íéts zijn geweest.'

'Tja. Soms denk ik...' Ze zweeg.

'Ja?'

'Soms denk ik dat ik wat weet, maar dat ik niet weet dát ik het weet – als dat niet stom klinkt.'

'Nee, helemaal niet.'

'Maar het levert niks op. Ik weet niet wat het is, en al doe ik nog zo mijn best om het te pakken te krijgen, het ontsnapt me telkens weer. Het zal trouwens toch wel een illusie zijn. Ik probeer iets terug te vinden dat er sowieso nooit geweest is, alleen omdat ik het zo ontzettend graag wil. En als het al ooit realiteit was, dan is die allang verleden tijd. Ik zie mezelf eigenlijk een beetje als een rechercheur die zijn vak niet verstaat en de sporen uitwist: eerst wilde ik de realiteit niet zien – ik kon het letterlijk niet verdragen – en toen ben ik er zo vaak overheen gelopen dat er niets meer te zien valt.'

'U vertelt het mij wel als er iets bij u opkomt?'

'Natuurlijk.' En toen zei ze: 'Heeft het te maken met dat vermiste jongetje, Matthew Faraday?'

'Waarom vraagt u dat?'

'Waarom zou u anders hier zijn gekomen, na al die jaren?'

Karlsson voelde ineens dat hij iets moest zeggen. 'U was nog maar negen jaar. Niemand die bij zijn volle verstand is, zou u ooit iets kwalijk nemen.'

Ze glimlachte naar hem. 'Dan ben ik zeker niet bij mijn volle verstand.'

18

Karlsson was al in een slecht humeur toen Yvette Long zijn kamer binnenkwam en zei dat een vrouw hem wilde spreken. Nerveus peilde ze de uitdrukking op het gezicht van haar baas.

'Hoe gaat het met Faraday?' vroeg Karlsson.

'Niet goed. Kaakfractuur, gebroken ribben. Je hebt over ongeveer een halfuur een persconferentie. Ze zitten al te wachten.'

'Het is hun schuld,' zei Karlsson. 'Zij hebben het vuurtje opgestookt. Wat hadden ze dan gedacht? Ze zullen wel geschrokken zijn. Zijn er aanwijzingen wie het gedaan kan hebben?'

'Geen enkele.'

'Hoe is het met zijn vrouw?'

'Zoals valt te verwachten.'

'Wie is er nu bij haar?'

'Een paar mensen van slachtofferhulp. Ik zal later weer bij haar langsgaan.'

'Mooi.'

'En de commissaris wil je spreken zodra je de pers te woord hebt gestaan.'

'Dat is minder mooi.'

'Sorry.' Even overwoog Yvette Long om haar hand op zijn schouder te leggen – hij zag er zo moe uit.

'Weet je wie ik net heb gesproken?'

'Nee.'

'Brian Munro.' Yvette Long keek onaangedaan. 'Hij gaat over de beveiligingscamera's op straat.'

'Heeft hij iets gevonden?'

'Hij heeft auto's gevonden. Heel veel auto's. Auto's met één inzittende, auto's met meerdere inzittenden, auto's met een onbekend aantal inzittenden. Maar als je je gegevens niet tegen iets anders kunt afzetten, zegt hij, is het niet eens zoeken naar een speld in een hooiberg; dan heb je wel een hooiberg, maar weet je niet wat je zoekt.'

'Je zou kunnen kijken of er bekenden van de politie bij zijn. Of figuren die in het register van zedendelinquenten staan.'

'Ja, dat idee kwam bij ons ook op, en Brian heeft me omstandig uitgelegd wat een lang en ingewikkeld proces dat zal worden. En ik heb dat proces wat kunnen verkorten door extra mankracht in te schakelen, agenten die buurtonderzoek kunnen doen, mensen ondervragen en verklaringen opnemen.'

'Eh, die vrouw,' zei Yvette Long.

'Wie is het?'

'Ze zegt dat ze je wil spreken over het onderzoek.'

'Laat iemand van de recherche maar met haar praten.'

'Ze zei dat ze het hoofd van het opsporingsonderzoek wil spreken.'

Karlsson fronste zijn wenkbrauwen. 'Waarom verspil je mijn tijd hiermee?'

'Ze noemde je met naam en toenaam. Zo te horen is ze goed op de hoogte.'

'Het kan me niet schelen of ze...' Karlsson kreunde. 'Het gaat waarschijnlijk sneller als ik haar gewoon te woord sta, maar ze heeft niet bepaald de beste dag uitgekozen om mijn tijd te verdoen. Hoe heet ze?'

'Weet ik niet. Ze is arts.'

'Arts? Nou, in godsnaam dan. Laat maar binnen.'

Karlsson had een grote blocnote op zijn bureau liggen waar hij notities op maakte en poppetjes op tekende. Hij sloeg een lege pagina op. Hij pakte een pen en klikte er meerdere malen op. Toen de deur openging, liep Yvette Long een stukje de kamer in.

'Dit is dokter Frieda Klein,' zei ze. 'Ze... eh... wilde niet zeggen waar het over ging.'

De vrouw liep langs haar heen, en Yvette Long ging de kamer uit en deed de deur dicht. Karlsson was enigszins van zijn stuk gebracht. Mensen gedroegen zich meestal een beetje vreemd tegenover de politie. Ze werden nerveus of deden al te braaf. Ze hadden vaak het gevoel dat ze iets verkeerd hadden gedaan. Bij deze vrouw was dat anders. Ze keek zichtbaar nieuwsgierig de kamer rond, en toen ze hem vervolgens aankeek, had hij het gevoel dat ze hem beoordeelde. Ze trok haar jas uit en gooide die op een stoel bij de muur. Ze pakte een andere stoel en ging voor zijn bureau zitten. Hij had ineens het ergerlijke gevoel dat híj bij háár op bezoek was.

'Ik ben hoofdinspecteur Malcolm Karlsson,' zei hij.

'Ja, dat weet ik.'

'Ik begrijp dat u mij persoonlijk wilde spreken.'

'Dat klopt.'

Karlsson schreef de naam Frieda Klein op zijn blocnote en zette er een streep onder.

'Heeft het te maken met de verdwijning van Matthew Faraday?'

'Het zou kunnen.'

'Dan kunt u maar beter van wal steken, want ik heb niet veel tijd.'

Even leek ze niet op haar gemak. 'Ik aarzel een beetje,' zei ze. 'Omdat ik er vrij zeker van ben dat u zult vinden dat ik uw tijd ermee verdoe.'

'Als u daar zo zeker van bent, dan kunt u beter weggaan.'

Voor het eerst keek Frieda Klein hem nu met haar grote, donkere ogen aan. 'Ik kan niet anders,' zei ze. 'Ik denk er de hele week al aan. Ik zal het u vertellen, en dan ga ik weg.'

'Zegt u het dan maar.'

'Oké.' Ze haalde diep adem. Karlsson zag even een klein meisje voor zich dat een podium op ging om iets voor te dragen. Diep ademhalen voor de grote sprong.

'Ik ben psychoanalytica,' begon ze. 'Weet u wat dat is?'

Karlsson glimlachte. 'Ik mag dan een smeris zijn,' zei hij, 'maar ik heb af en toe toch wat opgestoken in mijn leven.'

'Weet ik,' zei ze. 'U hebt rechten gestudeerd in Oxford – ik heb het opgezocht.'

'Ik hoop dat ik daardoor wat in uw aanzien stijg.'

'Ik heb sinds kort een nieuwe patiënt. Hij heet Alan Dekker, tweeënveertig jaar, en hij is naar me toe gekomen omdat hij regelmatig ernstige angstaanvallen heeft.' Ze zweeg. 'Ik geloof dat u met hem moet gaan praten.'

Karlsson schreef de naam op – Alan Dekker. 'In verband met de vermissing van Matthew Faraday?' vroeg hij.

'Ja,' zei ze.

'Heeft hij bekend?'

'Als hij bekend had, had ik het alarmnummer gebeld.'

'Wat dan?'

'Alan Dekkers angst komt voort uit zijn fantasie een zoon te hebben – of niet te hebben. Die fantasie uit zich in een droom waarin hij een jongen ontvoert, en het viel me op dat dit alles veel overeenkomsten vertoont met de ontvoering van Matthew Faraday. En voordat u gaat zeggen dat de droom kan zijn ingegeven door de nieuwsberichten: hij droomde het al vóórdat Matthew verdween.'

'Verder nog iets?' zei Karlsson.

'Ik had het gevoel dat Dekkers verlangen naar een zoon een narcistische fantasie was. Dat wil zeggen dat die eigenlijk over hemzelf ging.'

'Ik weet wat "narcistisch" betekent.'

'Maar toen ik een foto van mijn patiënt als jongetje zag, bleek hij in veel opzichten, in verbazend veel opzichten, erg op Matthew Faraday te lijken.'

Karlsson was opgehouden met het maken van aantekeningen. Hij liet zijn pen tussen twee vingers heen en weer wiebelen. Toen schoof hij zijn stoel achteruit. 'Aan de ene kant zitten we met het probleem dat we geen concrete aanwijzingen hebben. Niemand heeft gezien dat Matthew ontvoerd werd. Misschien is hij niet eens ontvoerd, maar is hij weggelopen. Met de muziek mee. Of misschien is hij in een put gevallen. Aan de andere kant krijgen we zoveel reacties dat we die amper aankunnen. Tot nu toe hebben vijf mensen bekend hem te hebben ontvoerd, maar in alle vijf gevallen is dat onmogelijk. En sinds er in een televisieprogramma aandacht aan werd besteed, hebben we zo'n dertigduizend telefoontjes te verwerken gehad. Hij is gesignaleerd op verschillende plaatsen in het land, maar ook in Spanje en in Griekenland. Mensen verdenken echtgenoten, vriendjes, buren. Die arme stakker van een vader van hem is gisteravond in elkaar geslagen omdat zijn uiterlijk de sensatiepers niet aanstaat. Ik word opgebeld door types die me vertellen dat de dader een eenling is die moeite heeft met relaties, dat hij door een stel ontvoerd is, of door een bende die op internet in kinderen handelt. Ik heb van een medium gehoord dat Matthew zich in een afgesloten ruimte ergens onder de grond bevindt, wat goed is om te weten, want dan hoeven we tenminste niet op Piccadilly Circus te gaan zoeken. En ondertussen schrijven journalisten dat het is gebeurd doordat er onvoldoende blauw op straat is of omdat we te weinig beveiligingscamera's hebben. Maar ook wel dat het allemaal de schuld is van de jaren zestig.'

'De jaren zestig?' zei Frieda.

'Dat is de oorzaak die mij het best uitkomt, want het is de enige die mij niet rechtstreeks als schuldige aanwijst. Dus u zult het me niet kwalijk nemen dat ik niet automatisch dankbaar ben nu u komt aanzetten met iemand van wie u denkt dat hij op de een of andere onduidelijke wijze met deze vermissing te maken heeft. Het spijt me zeer, mevrouw Klein, maar wat u me hebt verteld klinkt me niet veel anders in de oren dan het relaas van iemand die beweert dat zijn buurman de laatste tijd wel erg veel tijd in zijn schuur doorbrengt.'

'U hebt gelijk,' zei Frieda. 'Dat zou ik zelf ook hebben gezegd.'

'Waarom bent u me dit dan komen vertellen?'

'Omdat het me van het hart moest toen het eenmaal bij me was opgekomen. En bij de juiste persoon.'

Karlssons gezicht verstrakte. 'U wilt het zwart op wit hebben?'

zei hij. 'Zodat als er iets misgaat, het mijn schuld is en niet de uwe?'

'Omdat het het enige juiste is wat ik kon doen.' Frieda stond op en pakte haar jas. 'Ik wist wel dat het niets te betekenen had; ik wilde er alleen zeker van zijn.'

Karlsson stond op en liep om zijn bureau heen om haar uit te laten. Hij had het gevoel dat hij te hard tegen haar was geweest. Hij had zijn frustraties van een vervelende ochtend afgereageerd op een vrouw die alleen maar probeerde te helpen. Ook al had het geen zin. 'Misschien kunt u het vanuit mijn standpunt bekijken,' zei hij. 'Ik kan geen mensen gaan verhoren op grond van wat ze gedroomd hebben. U bent analyticus en ik niet, ik weet het, maar mensen dromen aan de lopende band dit soort dingen. Het heeft niets te betekenen.'

Toen was het haar beurt om scherp te reageren. 'Een politieman hoeft mij niet te vertellen wat dromen betekenen. Als u het niet erg vindt.'

'Ik wilde alleen maar zeggen...'

'Maakt u zich geen zorgen,' zei Frieda. 'Ik zal u niet langer ophouden.' Ze begon haar jas aan te trekken. 'Dit was niet zomaar een droom die hij aan de lopende band had, zoals bij de meeste angstdromen het geval is. Dit heeft hij lang geleden gedroomd, als jongeman, en nu droomt hij het ineens weer.'

Karlsson had op het punt gestaan afscheid van haar te nemen maar hij bleef staan. 'Wat bedoelt u met "weer"?' zei hij.

'U wilde er verder niets over horen,' zei Frieda. 'Maar goed dan. In het verleden ging zijn verlangen duidelijk uit naar een dochter, en nu naar een zoon. Een van de dingen die hem zorgen baarde, was die verandering van dochter naar zoon.'

'Verandering?' Frieda zag dat Karlssons interesse was gewekt. 'U zei dat hij die droom eerder heeft gehad? Lang geleden?'

'Doet dat ertoe?'

Er viel een stilte.

'Ik ben alleen nieuwsgierig,' zei Karlsson. 'Daar heb ik mijn redenen voor. Hoe oud was hij toen?'

'Het was vlak na zijn tienertijd, heeft hij me verteld. Hij was twintig of eenentwintig. Lang voordat hij zijn vrouw ontmoette. En toen hielden de dromen ineens op.'

'Doe uw jas uit en ga zitten,' zei Karlsson. 'Alstublieft, bedoel ik. Wilt u alstublieft weer gaan zitten.'

Enigszins op haar hoede legde Frieda haar jas weer op de andere stoel en ging zitten. 'Ik snap eigenlijk niet...' begon ze.

'Die patiënt van u, hoe oud is hij? Drieënveertig?'

'Tweeënveertig, dacht ik.'

'Dus die vorige droom zou tweeëntwintig jaar geleden zijn geweest?'

'Zoiets.'

Karlsson ging op de rand van zijn bureau zitten. 'Dit wil ik even duidelijk krijgen. Tweeëntwintig jaar geleden droomde hij over een meisje. Over het ontvoeren van een meisje. Dan een hele tijd niets. En nu droomt hij dat hij een jongetje ontvoert.'

'Dat klopt.'

Plotseling vernauwden Karlssons ogen zich tot spleetjes. Achterdochtig vroeg hij: 'U speelt toch wel open kaart met me, hè? U hebt het met niemand over deze kwestie gehad? U hebt geen eigen onderzoek ingesteld?'

'Waar hebt u het over?'

'Niemand heeft u dit ingegeven?'

'Wat bedoelt u?'

'Ik heb hier wel journalisten gehad die doen alsof ze een getuigenverklaring komen afleggen, maar die er alleen achter proberen te komen wat wij weten. Als u mij iets voorspiegelt, hoop ik dat u zich ervan bewust bent dat dat strafbaar is.'

'Ik was bezig mijn jas aan te trekken, en nu word ik ineens beschuldigd?'

'U weet verder niets, alleen van de verdwijning van Matthew Faraday?'

'Zo vaak lees ik de kranten niet. Ik weet nauwelijks iets over de zaak-Faraday. Is er een probleem dan?'

Karlsson wreef over zijn gezicht, alsof hij probeerde wakker te worden. 'Ja, er is een probleem,' zei hij. 'Het probleem is dat ik niet weet wat ik ervan moet denken.' Hij mompelde iets wat

Frieda niet kon verstaan. Het klonk alsof hij het niet eens was met zichzelf, wat ook inderdaad het geval was. 'Ik denk dat ik eens met die patiënt van u ga praten.'

19

Met een zucht van verlichting ging Frieda haar huis binnen, zette haar boodschappentas op de grond en ontdeed zich van haar jas en sjaal. Het was koud en donker buiten, er zat vorst in de lucht en de winter rukte voelbaar op, maar binnen was het behaaglijk. In de huiskamer brandde licht. De open haard was klaar om aangestoken te worden, en voordat ze met haar tas de keuken in ging, stak ze er de brand in. Reuben had altijd gezegd dat er twee soorten koks waren: de kunstenaar en de wetenschapper. Hij was duidelijk een kunstenaar, die wist te schitteren met zijn improvisaties, en zij was een wetenschapper, die heel precies, op het pietluttige af, elk recept naar de letter volgde. Een afgestreken theelepel moest ook echt plat afgestreken worden, als het recept rode wijnazijn voorschreef, dan voldeed niets anders, en deeg moest echt een heel uur in de koelkast liggen. Ze kookte maar zelden. Sandy was van hen tweeën de kok geweest, en nu... Nou ja, ze wilde niet aan Sandy denken, want dat voelde als kiespijn: hij kon er ineens inschieten en haar de adem benemen, zo doordringend en snerpend pijnlijk. Ze zocht de ingrediënten bij elkaar en probeerde niet te denken aan de manier waarop Sandy, ook als hij alleen voor zichzelf kookte, met potten, pannen en pollepels in de weer ging. Ze beperkte zich vandaag tot een simpel recept voor kerriebloemkool en kikkererwtensalade dat Chloë haar zomaar had gemaild met de warme aanbeveling het eens te proberen. Ze bekeek het nadenkend.

Ze deed haar schort voor, waste haar handen, liet de jaloezieën zakken en was net bezig de uien te hakken toen er werd aangebeld. Ze verwachtte niemand. Zo vaak kwam het niet voor dat er iemand onaangekondigd aanbelde, afgezien van af en toe eens een jongeman die haar met een lepe blik in de ogen poetsdoeken probeerde aan te smeren, twintig voor vijf pond. Zou het misschien Sandy zijn? Wilde ze dat dan? Maar meteen wist ze weer dat hij het niet kon zijn. Hij was immers die ochtend met de Eurostar vertrokken naar een congres in Parijs. Dit soort dingen wist ze nu nog, en ze had nog een voorstelling van wat hij deed in het leven waar zij geen deel meer van uitmaakte. Maar dat zou binnenkort anders zijn. Dan zou hij dingen doen waar ze niets van wist, mensen spreken die ze nog nooit had ontmoet of van wie ze zelfs nog nooit had gehoord, kleren dragen die ze nooit had gezien en boeken lezen die hij niet met haar zou bespreken.

De bel ging nog een keer. Ze legde het mes neer, spoelde haar handen af onder de koude kraan en deed open.

'Stoor ik?' vroeg Karlsson.

'Natuurlijk.'

'Het is een beetje koud hierbuiten.'

Frieda ging opzij en liet hem het halletje in. Het viel haar op dat hij op de deurmat zijn schoenen veegde – tamelijk elegante zwarte, met blauwe veters – voordat hij zijn zwarte jas, die doornat was van de regen, naast de hare aan de kapstok hing.

'U bent aan het koken.'

'Heel goed. Het is wel duidelijk waarom u bij de politie bent gegaan.'

'Ik zal u maar heel even ophouden.'

Ze ging hem voor naar de huiskamer, waar het vuur nog maar zwak brandde en weinig warmte gaf. Ze knielde neer en blies voorzichtig de vlammen op, waarna ze tegenover Karlsson plaatsnam en haar handen behoedzaam in haar schoot vouwde. Het viel hem op dat ze zo rechtop zat, en het viel haar op dat er een stukje miste van een van zijn voortanden. Het verbaasde haar: Karlsson leek verder zo zorgvuldig wat zijn uiterlijk betrof, bijna dandyachtig: hij droeg een zacht antracietgrijs colbertje, een wit overhemd en een rode das, die smal als een streep was – een parodie op een das.

'Gaat het over Alan?' zei ze.

'Ik dacht dat u het wel zou willen weten.'

'Hebt u met hem gepraat?'

Ze zat rechtop in haar stoel. Er veranderde niets in haar gelaatsuitdrukking, maar toch had Karlsson de indruk dat ze moeite deed om niet te laten zien hoe bang ze was voor slecht nieuws. Ze was bleker dan de vorige keer dat hij haar had gesproken en maakte een vermoeide indruk. Hij vond haar er ongelukkig uitzien.

'Ja. En ook met zijn vrouw.'

'En?'

'Hij had niets te maken met de verdwijning van Matthew Faraday.'

Hij voelde hoe ze zich ontspande.

'Daar bent u zeker van?'

'Matthew is op vrijdag 13 november verdwenen. Ik geloof dat meneer Dekker die middag bij u was?'

Frieda dacht even na.

'Ja. Hij zal om tien voor drie vertrokken zijn.'

'En zijn vrouw zegt dat ze hem kort daarna tegenkwam. Ze zijn samen naar huis gegaan. Toen ze net thuis waren, kwam er een buurman langs die een kopje thee is blijven drinken. Dat hebben we gecheckt.'

'Nou, dat is dan dat,' zei Frieda. Ze beet op haar onderlip en slikte de volgende vraag in.

'Ze vonden het schokkend om te worden ondervraagd,' zei hij.

'Dat kan ik me voorstellen.'

'U vraagt zich waarschijnlijk af wat ik heb gezegd.'

'Het doet er niet toe.'

'Ik heb gezegd dat het een routineonderzoek was.'

'Wat betekent dat?'

'Ach, dat is zo'n standaardzinnetje.'

'Ik zal het hem zelf wel vertellen.'

'Dat hoopte ik al.' Karlsson strekte zijn benen voor de open haard, waarin het vuur inmiddels knapperde. Hij hoopte eigenlijk dat Frieda hem een kopje thee of een glas wijn zou aanbieden, zodat hij nog even in deze schemerige, warme cocon kon blijven zitten, maar ze leek het niet van plan te zijn. 'Hij is een vreemde kerel, hè? Erg in de knoop met zichzelf. Maar wel aardig. Ik mocht zijn vrouw ook wel.'

Frieda haalde haar schouders op. Ze wilde niet over hem praten. Ze had waarschijnlijk al genoeg schade aangericht. 'Sorry dat ik uw tijd heb verspild,' zei ze neutraal.

'Geeft niets.' Hij trok zijn wenkbrauwen op en zei: '"Dromen zijn vaak het diepzinnigst als ze ons krankzinnig lijken."'

'Citeert u Freud voor mij?'

'Ook smerissen lezen weleens een boek.'

'Ik denk niet dat dromen diepzinnig zijn. Meestal vind ik het vervelend als patiënten me een droom vertellen alsof het een sprookje is. In dit geval...' Ze onderbrak zichzelf. 'Nou ja, ik had het mis. En gelukkig maar.'

Karlsson stond op, en zij ook.

'U kunt weer verder met kokkerellen.'

'Mag ik u nog wat vragen?'

'Wat dan?'

'Heeft dit met Joanna Vine te maken?'

Karlsson leek verrast en vervolgens op zijn hoede.

'Kijkt u niet zo verbaasd. Het is tweeëntwintig jaar geleden. Dat was een schok voor u. Ik had het al na vijf minuten gevonden op internet, en ik ben niet eens zo handig op de computer.'

'Het is waar,' zei hij. 'Het leek me... ik weet het niet, wel erg toevallig.'

'Maar het was dus loos alarm?'

'Het lijkt erop.' Hij aarzelde. 'Maar mag ik u nu iets vragen?'

'Zeker.'

'U weet ongetwijfeld dat we in een tijdperk leven waarin bijna alles wordt uitbesteed.'

'Daar ben ik me van bewust.'

'U weet wel, uit het oogpunt van kostenbesparing, ook al ben je uiteindelijk duurder uit. En ook wij moeten dingen uitbesteden.'

'En wat wilt u mij nou vragen?'

'Ik zou u om een second opinion willen vragen. Tegen betaling natuurlijk.'

'Een second opinion waarover?'

'Zou u met de zus van Joanna Vine willen gaan praten, die negen was toen haar zusje zoekraakte en die bij haar was toen ze verdween?'

Frieda keek Karlsson onderzoekend aan. Hij keek wat beschaamd. 'Waarom ik? U weet niets van mij, en u hebt vast zelf wel mensen die dit kunnen.'

'Dat is natuurlijk zo. Eerlijk gezegd was het maar een ingeving. Een ideetje, zeg maar.'

'Een ingeving!' Frieda lachte. 'Dat klinkt niet erg rationeel.'

'Het is ook niet rationeel. En u hebt gelijk dat ik niets van u weet, maar u zag een verband...'

'Een verband dat er blijkbaar niet is.'

'Ja, nou ja, zo lijkt het, ja.'

'U moet wel wanhopig zijn,' zei Frieda, niet onvriendelijk.

'De meeste zaken zijn tamelijk rechttoe rechtaan. Je doet onderzoek volgens het boekje, en dat levert wat op. Je beschikt over bloedvlekken, vingerafdrukken, DNA-sporen, opnamen van beveiligingscamera's, getuigenverklaringen. Dat is allemaal vrij duidelijk. Maar eens in de zoveel tijd heb je een zaak waarin je gewoon niks kunt met de standaard onderzoeksmethoden. Matthew Faraday was ineens weg, verdwenen zonder een spoor achter te laten. We staan met lege handen. En dan moet je alles onderzoeken – elk gerucht, elk idee, elk mogelijk verband met een ander delict, hoe onbetekenend ook.'

'Ik zie nog steeds niet wat ik zou kunnen doen dat een ander niet kan.'

'Waarschijnlijk helemaal niets. Zoals ik al zei, het was maar een ideetje, en waarschijnlijk ben ik straks de gebeten hond wegens verspilling van belastinggeld aan onnodig dubbel werk. Maar het zou kunnen – je weet het nooit – dat u de zaak op een manier bekijkt waar een ander niet opkomt. En daarbij komt nog dat u een buitenstaander bent. Misschien merkt u dingen op waar wij geen oog meer voor hebben, omdat we ons er al zo lang op blindgestaard hebben.'

'Die ingeving van u...'

'Ja?'

'Die zus.'

'Ze heet Rosie Teale. Haar moeder is hertrouwd.'

'Heeft zij iets gezien?'

'Ze zegt van niet. Maar ze lijkt verlamd door schuldgevoel.'

'Ik weet het niet,' zei Frieda.

'U bedoelt dat u niet weet of het wat zou kunnen opleveren?'

'Het hangt ervan af wat u met "opleveren" bedoelt. Als ik dit hoor, dan zou ik iets willen doen aan dat schuldgevoel van haar, haar helpen om weer verder te kunnen. Maar of ik denk dat ze er een herinnering aan kan hebben die ergens verborgen is? Ik geloof niet dat het geheugen zo simpel in elkaar zit. En trouwens, het is mijn vak niet.'

'Wat is uw vak dan wel?'

'Mensen helpen met hun angsten, verlangens, jaloezie, met alle ellende die hen bezighoudt.'

'En wat vindt u ervan om te helpen bij het zoeken naar een vermiste jongen?'

'Wat ik mijn patiënten bied, is een veilige plek.'

Karlsson keek om zich heen. 'U hebt een leuk huis,' zei hij. 'Ik zou het best kunnen begrijpen als u geen zin hebt u in de chaos van de boze buitenwereld te begeven.'

'De chaos van de geest is niet bepaald veilig, weet u.'

'Wilt u erover nadenken?'

'Zeker. Maar gaat u niet zitten wachten tot ik bel.'

Bij de deur zei hij: 'Ons werk heeft veel overeenkomsten.'

'Vindt u?'

'Symptomen, aanwijzingen, al dat soort dingen.'

'Ik vind het helemaal niet hetzelfde.'

Toen hij weg was, ging Frieda weer de keuken in. Ze was net bezig om, volgens de instructies van het recept van Chloë, de bloemkool in roosjes te snijden toen de bel opnieuw ging. Ze hield op en luisterde. Het zou toch niet weer Karlsson zijn? En Olivia zou het ook niet zijn, want Olivia belde meestal niet alleen aan, maar bonsde ook met de klopper op de deur, en soms riep ze daarbij nog opdringerig 'joehoe' door de brievenbus. Ze tilde de pan uien van de kookplaat met de gedachte dat ze toch niet veel honger had en enkel een paar crackers met kaas wilde. Of helemaal niets, alleen een kop thee en dan naar bed. Maar ze wist dat ze niet zou kunnen slapen.

Ze maakte de ketting niet los en opende de deur op een kier.

'Wie is daar?'

'Is mij.'

'Wie is mij?'

'Is mij, Josef.'

'Josef?'

'Is koud.'

'Wat kom je doen?'

'Heel koud.'

Frieda's eerste gedachte was om tegen hem te zeggen dat hij weg moest gaan, en de tweede was om de deur dicht te slaan. Wat dacht hij wel, zomaar bij haar langs te komen? Toen voelde ze iets wat ze al als klein meisje had gevoeld. Ze stelde zich voor dat er iemand naar haar keek, over haar oordeelde, commentaar op haar had. Hoe zou dat klinken? 'Kijk die Frieda nou eens. Ze belt hem op, vraagt hem een gunst waar hij meteen en zonder verder te vragen op ingaat. En als hij dan een keer verkleumd en eenzaam bij haar langskomt, slaat ze de deur in zijn gezicht dicht.' Soms wenste Frieda dat die denkbeeldige persoon zou ophoepelen.

'Nou, kom dan maar binnen,' zei ze.

Frieda schoof de ketting eraf en opende de deur. Duisternis en een snijdende wind drongen haar huis binnen, en daarmee ook Josef.

'Hoe wist je waar ik woon?' vroeg ze achterdochtig, nog voordat ze hem in het gezicht had gekeken. Haar adem stokte. 'Wat is er met jou gebeurd?'

Josef antwoordde niet meteen. Hij hurkte neer en probeerde

zijn veters los te maken, die in een ingewikkelde, doorweekte knoop zaten.

'Josef?'

'Ik moet jouw mooie huis niet vies maken.'

'Dat doet er niet toe.'

'Zo.' Hij trok een schoen uit, de schoen waarvan de zool was losgeraakt. Hij droeg rode sokken met een rendierpatroontje. Toen begon hij aan de andere. Frieda bekeek zijn gezicht. De linkerwang was opgezet en er zat een blauwe plek op, en hij had een snee in zijn voorhoofd. Toen hij ook de tweede schoen had uitgetrokken, zette hij ze netjes naast elkaar tegen de muur, waarna hij overeind kwam.

'Deze kant op,' zei Frieda, en liep met hem naar de keuken. 'Ga zitten.'

'Je bent aan het koken?'

'Begin jij nu ook al!'

'Sorry?'

'Ja, min of meer.' Ze hield een opgevouwen handdoek onder de koude kraan en gaf die aan hem. 'Druk die tegen je wang, en laat me eens naar je voorhoofd kijken. Ik zal het eerst schoonmaken. Dat gaat prikken, hoor.'

Terwijl ze het bloed afveegde, staarde Josef alleen maar voor zich uit. Hij had een wat verwilderde blik in zijn ogen. Waar dacht hij aan? Hij rook naar zweet en whisky, maar leek niet echt dronken.

'Wat is er gebeurd?'

'Er waren een paar mannen.'

'Heb je gevochten?'

'Ze scholden en duwden me. Ik duwde terug.'

'Duwen?' zei Frieda. 'Josef, dat moet je niet doen. Op een dag trekt iemand een mes.'

'Ze noemden me een achterlijke Pool.'

'Het is de moeite niet waard,' zei Frieda. 'Het is nooit de moeite waard.'

Josef keek om zich heen. 'Londen,' zei hij. 'Niet overal zo mooi als in jouw huis. Nu kunnen wij samen wodka drinken.'

'Ik heb geen wodka.'
'Whisky? Bier?'
'Ik zal je een kopje thee geven voor je weggaat.' Ze keek naar de snee, waar nog steeds bloed uit sijpelde. 'Maar eerst een pleister op de wond. Ik denk dat je het zonder hechtingen redt. Misschien hou je er een klein litteken aan over.'
'Wij helpen elkaar,' zei hij. 'Wij vrienden.'
Frieda overwoog om daartegen in te gaan, maar dat leek haar al met al te ingewikkeld.

Hij wist dat de kat geen echte kat was. Het was een heks die deed alsof ze een kat was. Het was een grijze kat, geen zwarte zoals meestal in boeken, en de lappen vacht hingen erbij, wat bij katten doorgaans niet zo was. Zijn ogen waren geel en staarden hem zonder te knipperen aan. Hij had een ruwe tong en nagels die prikten. Soms leek het alsof de kat sliep, maar dan deed hij een van zijn gele ogen open en keek hij hem de hele tijd aan. Als Matthew op zijn matras lag, ging hij op zijn blote rug staan en groef hij met zijn klauwen in zijn huid, en dan kreeg hij jeuk van zijn vette grijze vacht. En dan lachte het beest naar hem.
Als de kat er was, kon Matthew niet uit het raam kijken. Het was al moeilijk om naar buiten te kijken, want zijn benen trilden te veel en zijn ogen deden pijn van het licht achter de jaloezieën, licht uit een andere wereld. Dat kwam doordat hij in iets anders aan het veranderen was. Hij veranderde in Simon. Hij had rode vlekken op zijn huid. En in zijn mond had hij plekjes die prikten als hij water dronk. Hij was voor de ene helft Matthew en voor de andere helft Simon. Hij had het eten opgegeten dat ze in zijn mond hadden geduwd. Koude witte bonen in tomatensaus en vette friet zo zacht als wormen.
Als hij zijn oor vlak naast zijn matras tegen de vloer hield, hoorde hij geluiden. Zacht bonzen. Nare stemmen. Geroezemoes. Even deed het hem aan vroeger denken, toen hij nog heel was en zijn mama – toen ze nog zijn mama was, voordat hij haar hand had losgelaten – het huis schoonmaakte en zorgde dat het veilig voor hem was.

Als hij nu door het hoekje onder aan het raam keek, was alles buiten weer anders: wit en glanzend. Het zou mooi moeten zijn, maar hij had pijn in zijn hoofd en wat mooi was, was alleen maar gemeen.

20

Er zaten bijna geen mensen in het haveloze treintje. Piepend en knarsend reed het door verborgen stukken Londen – achter langs huizenrijen met zompige winterse tuinen en donkere muren van verlaten fabrieken, waar brandnetels en wilgenroosjes in de scheuren van het metselwerk groeiden, en waarvandaan af en toe een stukje kanaal zichtbaar was. Frieda zag de gebogen gestalte van een man in winterjas die in het bruine, olieachtige water zat te hengelen. Verlichte ramen flitsten voorbij, en af en toe ving ze een glimp op van iemand in de omlijsting van zo'n raam: een man die televisie zat te kijken, een oude vrouw die een boek las. Vanaf een brug keek ze in een winkelstraat met lantaarnpalen waar kerstverlichting omheen was gedrapeerd; de mensen zeulden er met tassen of met kinderen aan de hand, en de auto's spatten water op. Londen trok als in een film aan haar voorbij.

Ze stapte uit bij Leytonstone. Het schemerde en alles was grijs en wat wazig. De oranje straatverlichting weerkaatste op het natte wegdek. Bussen slingerden voorbij. Aan de straat waar Alan woonde stonden lange rijen laatvictoriaanse huizen, met langs de rijweg dikke platanen, die in dezelfde tijd geplant moesten zijn als waarin de huizen gebouwd waren. Alan woonde op nummer 108, aan het andere eind. Onder het lopen, waarbij ze haar pas iets vertraagde om het ogenblik uit te stellen dat ze oog in oog met hem zou staan, keek ze bij andere huizen via de erkers naar binnen in grote huiskamers die doorliepen tot aan achtertuinen in winterslaap.

Frieda had zich op het moment voorbereid. Toch voelde ze een beklemming op de borst toen ze het hekje openduwde en bij de donkergroene deur aanbelde. In de verte hoorde ze een zwierige dingdong. Ze had het koud en was moe. Haar gedachten dwaalden even af naar haar eigen huis met de open haard die ze straks zou aansteken, als dit afgehandeld was. Toen hoorde ze voetstappen en zwaaide de deur open.

'Ja?'

De vrouw in de deuropening was klein en stevig gebouwd. Ze stond met haar benen iets uit elkaar en de voeten stevig op de grond geplant, alsof ze op een gevecht was voorbereid. Ze had donkerblond, kortgeknipt haar, grote, vrij mooie grijze ogen, een lichte, gladde huid met een moedervlek net boven haar mond, en een stevige onderkaak. Ze droeg een spijkerbroek, een grijs flanellen overhemd dat tot aan de ellebogen was opgerold, en geen make-up. Ze keek Frieda aan met half toegeknepen ogen. Haar mond stond grimmig.

'Ik ben Frieda. Ik geloof dat Alan mij verwacht.'

'Zeker. Kom binnen.'

'Dan ben jij zeker Carrie.'

Ze liep de hal in en voelde iets tegen haar kuit. Toen ze naar beneden keek, zag ze een grote kat, die zich luidkeels spinnend om haar been kronkelde. Ze bukte zich en liet haar wijsvinger langs zijn vibrerende ruggengraat gaan.

'Dat is Hansel,' zei Carrie. 'Gretel moet hier ook ergens rondhangen.'

Binnen was het warm en donker, en er hing een aangename houtlucht. Frieda had het gevoel alsof ze een andere wereld betrad dan de voorgevel suggereerde. Ze had verwacht dat het huis er vanbinnen uit zou zien als de andere huizen waar ze langs was gelopen, met doorgebroken muren en openslaande deuren; één grote, open ruimte. Maar hier was het een wirwar van gangen en kamertjes, met kasten en planken die vol stonden met van alles. Carrie liep met haar naar de voorkamer, maar Frieda zag in het voorbijgaan een knusse kamer met een houtkachel en een kast met glazen deuren vol eieren, vogelveren, nesten van mos en twijgjes en, vlak voor het raam, een opgezette, ietwat kalende ijsvogel. De kamer daarachter, die de meeste mensen zouden hebben doorgebroken, was nog kleiner en werd gedomineerd door een groot bureau met modelvliegtuigjes van balsahout erop, van het soort dat Frieda's broer in zijn jeugd ook had gemaakt. Bij de aanblik alleen al rook ze weer de geur van lijm en vernis, voelde ze de lijmblaasjes op haar vingertoppen en herinnerde ze zich de potjes grijze en zwarte verf.

Naast de keukendeur hingen ingelijste familiekiekjes aan de muur, waaronder van Carrie als kind, ingeklemd tussen twee zusjes op een tuinbank en staande naast haar ouders, en weer andere van Alan. Op een foto poseerde hij samen met zijn ouders: een mollig knulletje tussen twee lange, slanke figuren, die ze beter had willen bekijken dan in het voorbijgaan mogelijk was.

'Ga zitten,' zei Carrie. 'Ik zal Alan even roepen.'

Frieda trok haar jas uit en ging aan het tafeltje zitten. Het kattenluikje in de achterdeur klepperde, en een andere kat glipte naar binnen – een lapjeskat die eruitzag als een leuk soort legpuzzel. Ze sprong bij Frieda op schoot, maakte het zich gemakkelijk en begon behoedzaam aan een van haar poten te likken.

De keuken bestond uit twee verschillende helften, wat Frieda interpreteerde als een manifestatie van de scherp afgebakende interessesferen van Alan en Carrie: de vrouw kookt, de man knutselt en repareert. Aan de ene kant alles wat je gewoonlijk in een keuken aantreft: fornuis, magnetron, waterkoker, weegschaal, keukenmachine, blok met keukenmessen, kruidenrekje, gestapelde potten en pannen, een schaal met appels, een plankje kookboeken, sommige oud en veel gebruikt, andere blijkbaar onaangeroerd, een schort aan een haak. Aan de andere kant hing een ladekast aan de muur. Elk laatje had een etiket, waarop in grote, keurige hoofdletters stond wat erin zat: SPIJKERS, KOPSPIJKERS, SCHROEVEN 4,2 X 65 MM, SCHROEVEN 3,9 X 30 MM, BOUTJES, LEERTJES, ZEKERINGEN, RADIATORSLEUTELTJES, PLUGGEN, SCHUURPAPIER – RUW, SCHUURPAPIER – FIJN, BOORTJES, BATTERIJEN – AA. Tientallen van dat soort laatjes, honderden misschien; de kast deed Frieda denken aan een bijenkorf. Ze bedacht wat een werk erin zou zitten – hoe Alan, met een voldane blik op zijn kinderlijke gezicht, met zijn dikke vingers alles in de juiste laatjes had gestopt. Het beeld was zo levensecht dat ze met haar ogen moest knipperen om het weg te krijgen. In een andere situatie zou ze er een grapje over hebben gemaakt, maar ze was zich ervan bewust dat Carrie haar nauwlettend in de gaten hield en dat er tussen hen een bijzondere dynamiek bestond. Carrie zei alleen droogjes: 'Hij is in de tuin een schuur aan het bouwen.'

'Ik dacht dat ík alles goed had georganiseerd,' zei Frieda, 'maar dit is wel wat anders.'

'De tuinspullen liggen allemaal daar.' Carrie knikte in de richting van een smalle deur naast het raam, waarachter waarschijnlijk een bijkeuken was. 'Maar hij heeft de laatste tijd niet veel aan tuinieren gedaan. Ik zal eens kijken waar hij blijft. Misschien is hij in slaap gevallen. Hij is steeds zo moe.' Ze aarzelde even en zei toen ineens: 'Ik wil niet dat hij in de war is.'

Frieda zei maar niets. Ze had op vele manieren kunnen reageren, maar geen enkele reactie kon ervoor zorgen dat Carrie haar niet als een bedreiging bleef zien.

Frieda luisterde hoe Carrie de trap op ging. Haar stem, die kortaangebonden was geweest toen ze met Frieda sprak, klonk teder als die van een moeder toen ze haar man riep. Enkele ogenblikken later hoorde ze hen de trap af komen, Carrie met lichte, stevige tred, Alan met tragere, zwaardere stappen, alsof het hem telkens moeite kostte om zijn lome lijf te verplaatsen. Toen hij in zijn ogen wrijvend de kamer binnenkwam, viel het haar op hoe moe en verslagen hij eruitzag.

Ze duwde de poes van haar schoot en stond op. 'Sorry dat ik je wakker heb gemaakt.'

'Ik weet niet of ik sliep,' zei hij. Hij keek verbouwereerd. Frieda zag hoe Carrie haar hand op zijn rug legde om hem met zachte drang de kamer in te laten lopen, waarna ze zich achter zijn stoel opstelde, als een schildwacht. Hij bukte zich en pakte Gretel op, hield haar tegen zijn borst en duwde zijn gezicht in haar vacht.

'Ik moest je even spreken,' zei Frieda.

‘Zal ik weggaan?’ vroeg Carrie.

‘Dit is geen therapiesessie, hoor.’

‘Ik weet het niet,’ zei Alan. ‘Je kunt blijven als je wilt.’

Carrie begon in de keuken te rommelen, vulde de waterkoker en opende en sloot kastdeurtjes.

‘Je weet waarom ik hier ben,’ zei Frieda uiteindelijk.

De manier waarop hij de poes op zijn schoot streelde herinnerde Frieda eraan dat hij tijdens de therapiesessies steeds over zijn broek wreef, alsof hij zijn handen niet stil kon houden. Ze haalde diep adem.

‘In onze gesprekken viel het me op dat jouw verhaal zo doet denken aan het geval van dat jongetje dat vermist wordt. Matthew Faraday heet hij. Daarom heb ik met de politie gepraat.’

Achter haar was Carrie driftig met bestek in de weer, waarna ze met een klap een kopje voor haar neerzette. De thee gutste over de rand.

‘Ik had het mis. Het spijt me enorm dat ik je daardoor in de problemen heb gebracht.’

‘Ach,’ zei Alan traag, alsof hij het woord oprekte. Hij leek er niets aan toe te voegen te hebben.

‘Ik heb immers tegen je gezegd dat je in mijn kamer veilig was en dat je alles kon zeggen,’ vervolgde Frieda. Door Carries aanwezigheid lette ze extra op haar woorden. Ze sprak eigenlijk niet met Alan, maar lepelde een tekst op die ze van tevoren had ingestudeerd, en ze hoorde zelf hoe hoogdravend en onoprecht ze klonk. ‘Jouw fantasieën en dat wat nu speelt in de echte wereld leken zo op elkaar dat ik geen andere keus had.’

‘Dus het spijt je niet echt,’ zei Carrie.

Frieda keek haar aan. ‘Waarom zeg je dat?’

‘Je denkt dat je in de omstandigheden juist hebt gehandeld. Wat je deed, vind je gerechtvaardigd. Volgens mijn maatstaven heb je dan geen spijt. Weet je, mensen zeggen “het spijt me áls…” wanneer ze het niet kunnen opbrengen om “het spijt me dát…” te zeggen. Zoiets doe jij ook. Je verontschuldigt je zonder je echt te verontschuldigen.’

‘Zo bedoelde ik het niet,’ zei Frieda behoedzaam. Carries

strijdlust maakte indruk op haar, en haar hartstochtelijk beschermende houding ten opzichte van Alan ontroerde haar. 'Ik had het mis. Ik heb me vergist. Ik heb de politie op jou opmerkzaam gemaakt, en dat moeten jullie allebei als schokkend en kwetsend hebben ervaren.'

'Alan heeft hulp nodig, hij zit niet te wachten op beschuldigingen. Zo'n arme jongen ontvoeren! Kijk nou eens naar hem! Zie je hem zoiets doen?'

Frieda kon zich moeiteloos voorstellen dat wie dan ook wat dan ook zou doen.

'Ik neem het je niet kwalijk,' zei Alan. 'Ik denk zelfs dat ze misschien wel gelijk hebben.'

'Dat wie gelijk hebben?' vroeg Carrie.

'Frieda en die politieman. Misschien héb ik hem wel ontvoerd.'

'Zeg niet zulke rare dingen.'

'Misschien ben ik gek aan het worden. Ik voel me een beetje gek.'

'Zeg dat hij niet gek is,' riep Carrie. Haar stem haperde.

'Het is alsof ik een nachtmerrie meemaak waarin alles misloopt,' zei Alan. 'De ene waardeloze dokter stuurt me door naar de andere. En ten slotte krijg ik iemand te spreken die ik vertrouw. Ze laat me dingen zeggen waarvan ik niet eens wist dat ik ze dacht, en dan geeft ze me daarvoor aan bij de politie. En die komt dan bij me langs om te vragen wat ik deed op de dag dat dat jongetje vermist raakte. Terwijl het mij er alleen maar om te doen was om 's nachts te kunnen slapen. Ik wilde alleen maar rust.'

'Alan,' zei Frieda. 'Luister naar me. Veel mensen denken dat ze gek worden.'

'Dat betekent niet dat het bij mij niet het geval is.'

'Nee, dat is waar.'

Ineens begon hij te glimlachen, en met die grijns op zijn gezicht leek hij plotseling een stuk jonger. 'Waarom voel ik me, nu je dat zegt, ineens beter in plaats van beroerder?'

'Ik ben gekomen om je te vertellen wat ik heb gedaan en om te zeggen dat het me spijt. Maar ik zou het goed kunnen begrijpen als je mij niet meer als therapeut wilt. Ik kan je doorverwijzen naar iemand anders.'

'Niet weer iemand anders.'

'Bedoel je dat je met mij wilt doorgaan?'

'Kun je me helpen?'

'Dat weet ik niet.'

Alan zweeg even. 'Ik kan me geen alternatief voorstellen dat niet nog erger zou zijn,' zei hij.

'Alan!' riep Carrie, alsof hij haar in de steek liet. Frieda leefde ineens met haar mee. Haar patiënten spraken regelmatig over hun partner en hun gezin, maar ze was het niet gewend hen te ontmoeten en bij hen betrokken te raken.

Ze stond op, pakte haar regenjas van de rugleuning van de stoel en trok die aan. 'Jullie moeten er samen over praten,' zei ze.

'Daar hoeven we niet over te praten,' zei Alan. 'Ik zie je dinsdag.'

'Als je het zeker weet.'

'Ja.'

'Oké. Ik kom er wel uit.'

Frieda deed de keukendeur achter zich dicht en voelde zich een spion in hun huis. Ze hoorde hun stemmen achter de keukendeur aanzwellen en zachter worden, maar ze kon niet horen of ze ruzie hadden of niet. Ze bekeek de foto's van Alan en zijn ouders in de gang nu wat beter. Hij was een mollig en ernstig jongetje, met dezelfde angstige glimlach en dezelfde blik van ontzetting die hij nu ook nog had. Een foto van de ouders leek door een echte fotograaf te zijn genomen. Waarschijnlijk ter gelegenheid van een verjaardag. Ze waren op hun paasbest en droegen kleren in schreeuwerige kleuren. Frieda glimlachte, maar even later bevroor die glimlach. Ze bekeek de foto van dichterbij en mompelde iets, als een soort geheugensteuntje.

Hansel liep met haar mee naar de voordeur en keek zonder met zijn goudgele ogen te knipperen hoe ze naar buiten ging.

'Fuck, waarom heb je het uitgemaakt?'

'Ik zei niet dat ik het uitgemaakt heb. Ik zei dat het voorbij was.'

'Ach, kom op, Frieda.' Olivia beende struikelend over rondslingerende kledingstukken en andere troep achter haar aan door haar huiskamer, met een tot de rand gevuld glas rode wijn in de ene hand en een sigaret in de andere. De wijn gutste telkens over de rand van het glas, zodat ze een rood druppelspoor achterliet, terwijl de as van haar sigaret om de zoveel tijd ook op de vloer viel, waar die door Olivia in het groezelige tapijt werd gewreven. Ze droeg een gouden glittervestje dat haar eigenlijk te klein was en dat strak over haar borsten zat, een blauwe joggingbroek met een bies aan de zijkant en sandalen met naaldhakken. Frieda vroeg zich af of ze niet alleen praatziek, maar misschien langzamerhand zelfs aan een zenuwinzinking ten prooi was. Soms kwam het haar voor alsof de helft van alle mensen om haar heen een instorting nabij was. 'Hij zou het nooit hebben uitgemaakt,' zei Olivia. 'Dus waarom is het voorbij?'

Frieda wilde het helemaal niet over Sandy hebben. En zeker niet met Olivia. Maar het leek er nu op dat ze zelf niet al te veel zou hoeven zeggen en daar dus niet bang voor hoefde te zijn.

'Ten eerste is hij een lekker ding. Mijn god, als je de mannen had gezien met wie ik de laatste tijd uitging... Ik snap soms niet dat ze het lef hebben om zichzelf aan te prijzen als "aantrekkelijke man". Bij de eerste aanblik krijg ik al een hartverzakking. Ze willen een mooie blonde vrouw, maar ze schijnen niet te bedenken dat ze zelf ook weleens wat moeite mogen doen. Ze denken zeker dat we ten einde raad zijn. Nou, ik zou het wel weten met een man als Sandy.'

'Je hebt hem anders nooit gezien...'

'En waarom niet? Waarom heb je hem van me weggehouden? En punt twee: hij is rijk. Hij moet echt heel rijk zijn – hij is toch medisch specialist in het een of ander? Denk eens aan zijn pensioen. Kijk me niet zo aan. Mijn god, dat is belangrijk. Fucking belangrijk, neem dat van mij aan. Het valt niet mee om als vrouw alleen door het leven te gaan, kan ik je zeggen. En jij hebt geen vangnet, nu je onterfd bent door die klotefamilie van je. Oeps, ik hoop dat je dat wist... Of heb ik me nou versproken?'

'Het is niet echt een verrassing,' zei Frieda grimmig. 'Maar ik wil hun geld niet, en ik denk trouwens dat ze niet eens wat na te laten hebben, denk je ook niet?'

'Nou, vooruit dan maar. Waar was ik gebleven?'

'Bij punt twee,' zei Frieda. 'Maar verder dan twee wilde je niet gaan, toch?'

'Ja, rijk. Alleen daarom al zou ik met hem trouwen. Alles om uit die misère te raken.' Ze gaf een venijnige schop tegen een wijnfles die naast de bank op de grond lag en die daardoor, rode vloeistof druppelend, wegrolde. 'En ten derde, ik wed dat hij van je houdt. Dat is dus eigenlijk punt drie, vier en vijf tegelijk, want het komt maar weinig voor dat iemand van je houdt.' Ze hield ineens op en liet zich op de bank vallen. De wijn die nog in haar glas zat vloog eruit en kwam in een karmozijnrode plens op haar schoot terecht. 'Ten vierde, of ten zesde, hij is leuk. Ja toch? Maar misschien is hij niet leuk, want volgens mij val jij op enge mannen, meen ik me te herinneren. Oké, oké, zo bedoelde ik het niet. Vergeet het maar. Ten zevende...'

'Hou hiermee op. Dit is niet leuk.'

'Niet leuk? Ik zal je eens laten zien wat niet leuk is.' Ze maakte een armzwaai. De as van haar sigaret wervelde als poeder om haar heen. 'En ten vijfde, of ten tiende of wat dan ook: je wordt er niet jonger op.'

'Olivia. Hou nou je mond! Je bent te ver gegaan, en als je doorgaat, ga ik weg. Ik ben hiernaartoe gekomen om Chloë te helpen met scheikunde.'

'Maar Chloë is er nog niet, dus je zit zolang met mij opgescheept, en misschien komt ze helemaal niet. Straks ben je te oud om nog kinderen te krijgen, weet je. Hoewel, als je het mij vraagt mag je misschien wel blij zijn dat je daaraan ontsnapt bent. Heb je daarover nagedacht? Oké, oké – je mag me best boos aankijken, maar ik heb nu twee, nee, drie glazen wijn op...' – en in een dramatisch gebaar nam ze een laatste slok uit haar glas – '... maar mij maak je niet bang. Ik ben daar immuun voor. Ik kan in mijn eigen huis zeggen wat ik wil, en ik vind jou een stomme idioot, dokter Frieda Klein, met al je titels. Zo, nu heb ik drie glazen op. Of misschien vier. Ja, dat moet haast wel. Jij zou meer moeten drinken, weet je. Je mag misschien slim zijn, maar je bent ook ontzettend dom. Misschien zit dat bij de Kleins in de genen. Wat zei Freud ook weer? Ik zal je vertellen wat hij zei. Hij zei: "Wat wil de vrouw?" En weet je wat hij daarop antwoordde?'

'Ja.'

'Ik zal het je zeggen. Hij zei: "Ze wil liefde en werk."'

'Nee. Hij kwam min of meer tot de conclusie dat vrouwen man willen zijn. Volgens hem moeten meisjes in het reine zien te komen met het feit dat ze mislukte jongens zijn.'

'Die ouwe rukker. Maar hoe dan ook... waar was ik gebleven?'

'Wat hoor ik voor een geluid?'

Olivia ging de kamer uit, riep iets en kwam terug met een glazige blik in haar ogen. Ze zei: 'Dat geluid, dat is Chloë die in de gang staat te kotsen.'

21

Terwijl Frieda afrekende bij de taxichauffeur zag ze Josef voor haar deur staan.

'Wat doe jij hier?' zei ze. 'Het is hier geen zoete inval, hoor. Je kunt hier niet zomaar langskomen als je gezelschap wilt.'

Bij wijze van verklaring hield hij een fles omhoog. 'Goede wodka,' zei hij. 'Mag ik binnenkomen?'

Frieda maakte de deur open. 'Hoe lang sta je hier al?'

'Ik heb gewacht. Ik dacht je komt misschien zo wel.'

'Ik ga niet met je naar bed. Ik heb een rotdag achter de rug.'

'Niet slapen,' zei Josef met een verwijtende blik. 'Alleen borrel.'

'Nou, ik ben wel aan een borrel toe,' zei Frieda.

Terwijl Josef het vuur aanmaakte, rommelde Frieda wat in een keukenkastje en vond daar een zakje chips, die ze in een schaaltje deed, waarna ze met twee borrelglazen en de chips de huiskamer in liep. Het vuur knisperde al. Josef had eerst niet in de gaten dat ze er alweer was. De glimlach waarmee hij haar had begroet was weg, en hij staarde met een heel andere gelaatsuitdrukking in de vlammen.

'Ben je verdrietig, Josef?'

Hij keek haar aan. 'Ver van huis,' zei hij.

'Waarom ga je niet naar huis?'

'Volgend jaar, misschien.'

Frieda ging zitten. 'Moet er niet een sapje bij die wodka?'

'Goed op zichzelf,' zei hij. 'Voor de smaak.'

Hij schroefde de dop los en vulde beide glazen voorzichtig tot enkele millimeters onder de rand. Hij reikte Frieda er een aan. 'De eerste in één keer leegdrinken,' zei hij.

'Lijkt me lekker.'

Beiden sloegen hun glas achterover. Langzaam verscheen er een grijns op Josefs gezicht. Frieda pakte de fles en keek naar het etiket. 'Jezus,' zei ze. 'Wat is dit?'

'Is Russisch,' zei hij. 'Maar goed.' Hij vulde hun glazen bij. 'Waarom had jij rotdag?'

Frieda nam nog een slokje wodka. Het prikte achter in haar keel en vervolgens verspreidde de warmte zich door haar lichaam. Ze vertelde Josef hoe ze bij Olivia op de badkamervloer had gezeten terwijl Chloë op haar knieën voor de toiletpot zat te kotsen en nog kokhalsde toen er niets meer te braken viel. Ze had niet veel gezegd, zich alleen af en toe over haar heen gebogen en haar hoofd vastgehouden. Naderhand had ze Chloës gezicht met een koud washandje afgeveegd.

'Ik wist niet wat ik moest zeggen. Ik dacht steeds maar hoe het zou zijn om, als je misselijk bent en zit te braken, van je tante te moeten horen dat je niet zoveel moet drinken. Daarom heb ik mijn mond maar gehouden.'

Josef gaf geen antwoord. Hij keek alleen naar zijn glas, alsof er een lichtje in brandde en hij zich erg moest inspannen om het te kunnen zien. Frieda vond het plezierig om tegen iemand aan te praten die niet probeerde slim of gevat te zijn of haar gerust te stellen. Daarom vertelde ze hem vervolgens van haar bezoek aan Alan. Tot haar eigen verbazing hoorde ze zichzelf tegen Josef zeggen dat ze eerder bij de politie over haar patiënt had gesproken.

'Wat denk jij ervan?' vroeg Frieda.

Langzaam, met een voorzichtigheid die nu een overdreven indruk maakte, vulde Josef haar glas weer. 'Ik denk,' zei hij, 'dat jij niet te veel na moet denken. Nooit te veel over dingen nadenken.'

Frieda nam een slokje. Was dit nou het derde glas? Of het vierde? Of al het vijfde? Of had Josef haar glas steeds bijgevuld, zodat je eigenlijk niet kon spreken van het zoveelste glas, maar eerder van één steeds groter wordende borrel? Ze begon zich net te verzoenen met het idee dat je niet te veel moet nadenken toen haar telefoon ging. Ze was zo verbaasd over de dingen die ze van plan was geweest te vertellen dat ze hem een paar keer over liet gaan.

Josef keek verbaasd. 'Je neemt niet op?'

'Jawel, jawel.' Frieda haalde diep adem. Ze was niet helemaal helder. Ze pakte de telefoon. 'Hallo.'

'Ik hou van je.'

'Met wie spreek ik?'

'Hoeveel vrouwen bellen jou op om te zeggen dat ze van je houden?'

'Chloë?'

'Ik hou van je, al ben je streng en kil.'

'Ben je nog dronken?'

'Moet ik dronken zijn om je te zeggen dat ik van je hou?'

'Luister, Chloë, je moet naar bed gaan en je roes uitslapen.'

'Ik lig al in bed, en ik voel me afschuwelijk.'

'Gewoon blijven liggen. En de hele nacht door veel water drinken, ook al ga je je nog zo beroerd voelen. Ik bel je morgen.' Ze legde de telefoon neer en trok een bedenkelijk gezicht toen ze Josef aankeek.

'Is goed,' zei hij. 'Jij maakt de dingen. Jij bent net als ik. Twee dagen geleden belde een vrouw op, vrouw voor wie ik heb gewerkt. Ze schreeuwt. Ik ga naar haar huis. Water spuit als fontein uit leiding. In keuken water vijf centimeter hoog. Ze schreeuwt nog steeds. Maar er zit afsluiter op. Ik draai kraan dicht en laat water weglopen. Dat doe jij ook. Bij noodsituatie, ze bellen je, jij verliest geen tijd en helpt ze.'

'Dat zou ik wel willen,' zei Frieda. 'Ik zou best iemand willen zijn die weet wat er gedaan moet worden als iemands verwarmingsketel kapot is of als zijn auto het niet meer doet. Als je dat soort dingen kunt, kun je echt iets voor elkaar krijgen. Jij bent iemand die een lekkende waterleiding repareert, ik ben meer iemand die door de huisbaas wordt gestuurd om te voorkomen dat het schreeuwende slachtoffer er een rechtszaak van maakt.'

'Nee, nee,' zei Josef. 'Dat moet jij niet zeggen. Wat jij doet, is jezelf...'

'Afkraken.'

'Nee.'

'Ondermijnen.'

'Nee,' zei Josef, wapperend met zijn handen, alsof hij de woorden die hij niet kon vinden in gebaren kon uitdrukken. 'Jij zegt: "Ik ben slecht," zodat ik dan zeg: "Nee, jij bent goed, jij bent erg goed."'

'Zou kunnen,' zei Frieda.

'Niet zomaar met me eens zijn,' zei Josef. 'Tegenspreken.'

'Daar ben ik te moe voor. En ik heb te veel wodka op.'

'Ik werk bij jouw vriend Reuben,' zei Josef.

'Ik weet niet of hij echt mijn vriend is.'

'Vreemde man. Maar hij praat over jou. Hij leert mij jou kennen.'

Frieda rilde. 'Reuben kende mij tien jaar geleden het beste. Ik was toen anders. Hoe is het met hem?'

'Ik maak zijn huis beter.'

'Dat is goed,' zei Frieda. 'Dat is wat hij nodig heeft.'

'Wil je me vertellen waarom je me zo dringend moest spreken?'

Sasha Wells was midden twintig. Ze droeg een donkere broek en een jasje waarmee ze haar contouren leek te willen verhullen. Maar al zat haar donkerblonde haar in de war en streek ze er voortdurend met haar vingers doorheen, al streek ze het haar uit haar ogen ook wanneer dat niet voor haar gezicht hing, al was ze net een beetje te mager, al zaten de vingers van haar linkerhand onder de nicotinevlekken, en al keek ze Frieda niet in de ogen, maar wierp ze alleen af en toe een vage, beminnelijke glimlach in haar richting, ze was onmiskenbaar een schoonheid. Maar ze leek zich er met haar grote donkere ogen voor te verontschuldigen. Ze deed Frieda denken aan een gewond dier, een dier dat niet terugvecht, maar zich klein maakt en zich terugtrekt. Allebei zwegen ze geruime tijd. Sasha zat met haar handen te friemelen. Frieda voelde de neiging haar dan maar een sigaret te laten opsteken – het was duidelijk dat ze daarnaar snakte.

'Mijn vriend Barney is bevriend met ene Mick, en die zegt dat je heel goed bent. Dat ik je kan vertrouwen.'

'Je kunt hier alles zeggen wat je wilt,' zei Frieda.

'Oké,' zei Sasha, maar zo zacht dat Frieda zich voorover moest buigen om haar te verstaan.

'Ik neem aan dat je al eerder in therapie bent geweest.'

'Ja, bij James Rundell. Volgens mij is hij heel bekend.'

'Ja,' zei Frieda, 'ik heb wel van hem gehoord. Hoe lang was je bij hem?'

'Een halfjaar ongeveer. Misschien iets langer. Vanaf vlak nadat ik mijn baan kreeg.' Ze veegde de haren uit haar gezicht die vervolgens meteen weer naar voren vielen. 'Ik ben wetenschapper, geneticus. Ik hou van mijn werk en ik heb goede vrienden, maar ik zat in een sleur die ik niet kon doorbreken.' Ze trok een grimas die haar alleen maar mooier maakte. 'Ik kon slecht opschieten met andere mensen, weet je. Ik had het allemaal niet meer zelf in de hand.'

'En waarom ben je naar mij toe gekomen?'

Er viel een lange stilte.

'Moeilijk uit te leggen,' zei ze. 'Ik weet niet hoe ik het moet zeggen.'

Ineens voelde Frieda wat er zou komen. Zoals je op het perron voelt dat er een metro aankomt. Voordat je iets hoort, voordat je de koplampen van de metro ziet, voel je een vlaag warme lucht op je gezicht en zie je een papiertje opwaaien. Frieda wist wat Sasha zou gaan zeggen. En toen deed ze iets wat ze nog nooit in een therapiesessie had gedaan. Ze stond op, liep naar Sasha toe en legde haar hand op de schouder van de jonge vrouw.

'Het is oké,' zei ze, en toen ging ze weer zitten. 'Je kunt hier alles zeggen. Alles.'

Toen de vijftig minuten om waren, maakte Frieda een nieuwe afspraak met Sasha. Ze noteerde telefoonnummers en e-mailadres en bleef na haar vertrek een paar minuten stil voor zich uit kijken. Toen pakte ze de telefoon. Na het eerste gesprek belde ze

– langer – met nog iemand, en vervolgens nog met een derde persoon. Toen ze klaar was, trok ze haar leren jasje aan en liep met kordate pas naar Tottenham Court Road. Ze hield een taxi aan en gaf een adres dat ze achter op een envelop had neergekrabbeld. De taxi reed door de straten ten noorden van Oxford Street, vervolgens over Bayswater Road en zuidwaarts door Hyde Park. Frieda keek uit het raampje, maar was er met haar hoofd niet bij. Toen de taxi tot stilstand kwam, besefte ze dat ze niet had opgelet en geen idee had waar ze was. Het was een deel van Londen dat ze nauwelijks kende. Ze rekende af en stapte uit. Ze stond voor een bistroachtig restaurantje in een straat met verder voornamelijk witgepleisterde woonhuizen. Aan de overhangende dakrand van het restaurantje hingen manden met bloemen. 's Zomers zouden mensen hier buiten eten, maar daarvoor was het nu te koud, zelfs voor Londenaren.

Frieda liep naar binnen, waar de warmte haar tegemoet sloeg en een zacht geroezemoes van stemmen klonk. Het was een klein zaakje met niet meer dan een tiental tafeltjes. Een man met een gestreept schort kwam op haar af.

'Madame?' zei hij.

'Ik heb hier met iemand afgesproken,' zei ze, om zich heen kijkend. Stel dat hij er niet was. Stel dat ze hem niet herkende? O, daar zat hij. Ze had hem een paar keer op een congres gezien en op foto's bij een interview in een vakblad. Hij zat achter in het restaurant, in het gezelschap van een vrouw. Zo te zien zaten ze aan hun hoofdgerecht en waren ze diep in gesprek. Frieda liep het vertrek door en bleef bij hun tafeltje staan. Hij keek op. Hij droeg een donkere broek en een mooi overhemd met een glimmend zwart-wit motief. Hij had heel kortgeknipt donker haar en een lichte stoppelbaard.

'Dokter Rundell?' zei Frieda.

Hij stond op van zijn stoel. 'Ja?' zei hij.

'Mijn naam is Frieda Klein.'

Hij keek verbaasd. 'Frieda Klein. Ja, ik heb van u gehoord, maar...'

'Ik sprak net een voormalige patiënt van u. Sasha Wells.'

Hij leek nog steeds verbaasd, maar was ook op zijn hoede. 'Hoe bedoelt u?'

Frieda had nog nooit iemand geslagen. Niet echt. Niet met haar vuist, en niet met volle kracht. Ze raakte hem midden op zijn onderkaak. Hij viel achterover, nam in zijn val het tafeltje mee, dat boven op hem terechtkwam, met eten, wijn, water en al. Frieda, die hijgend en met suizende oren van opwinding over hem heen gebogen stond, schrok zelf van de ravage die ze had aangericht.

Terwijl hij de verhoorkamer binnenliep, probeerde hoofdinspecteur Karlsson een frons op zijn gezicht tevoorschijn te toveren.

'Als arrestanten mogen telefoneren, bellen ze doorgaans een advocaat,' zei hij. 'Of hun moeder.'

Frieda keek nors naar hem op. 'Ik kon niemand anders bedenken,' zei ze. 'Op dat moment.'

'In de hitte van de strijd, bedoelt u,' zei Karlsson. 'Hoe is het met uw hand?'

Frieda hield haar rechterhand omhoog. Er zat een verbandje om, maar hier en daar kwam het bloed erdoorheen.

'Anders dan in de film, hè? Daar staan de slachtoffers gewoon weer op als ze neergeslagen zijn. Uw slachtoffer is er niet zonder kleerscheuren afgekomen, en u ook niet.'

'Hoe is hij eraan toe?' vroeg Frieda.

'Niets gebroken,' zei Karlsson. 'Maar niet dankzij u. Hij heeft er fikse blauwe plekken aan overgehouden, die er morgen erger uit zullen zien, en overmorgen waarschijnlijk nog veel erger.' Hij boog zich voorover en pakte Frieda's rechterhand. Ze kromp even ineen. 'Kunt u uw vingers bewegen?' Ze knikte. 'Je kunt je knokkels breken met zo'n stomp.' Hij klopte even op haar hand, waardoor ze weer ineenkromp, en liet toen los. 'En wist u dat je een man die al gevloerd is niet nog eens moet natrappen? Ik begrijp dat dokter Rundell een collega-psychoanalyticus van u is. Is dit de manier waarop men in uw vak verschillen van inzicht afhandelt?'

'Als u hier bent om me in staat van beschuldiging te stellen, doet u dan uw werk,' zei Frieda.

'Het is mijn wijk niet,' zei Karlsson. 'Maar ik neem aan dat u normaal gesproken aangeklaagd zou worden voor het toebrengen van lichamelijk letsel en vernieling van andermans eigendommen. Ervan uitgaande – God mag weten waarom – dat u geen strafblad hebt, zou u er af kunnen komen met een maand of zo in Holloway.'

'Ik heb het er graag voor over,' zei Frieda.

'Nou, u hebt deze keer geluk. Ik heb net gesproken met de agent die u heeft aangehouden, en het blijkt dat dokter Rundell nadrukkelijk heeft gezegd geen aanklacht te willen indienen. En daar is mijn collega niet blij mee, helemaal niet blij zelfs.'

'En het restaurant?'

'Daar zegt u wat,' zei Karlsson. 'Ik heb de foto's gezien. Weet u, als ik in het verleden weleens meemaakte dat het slachtoffer weigerde om aangifte te doen, was er meestal sprake van intimidatie door een of andere bende. Verzwijgt u misschien iets voor ons?' Zijn poging om een glimlach te onderdrukken mislukte dit keer. 'Onenigheid over een drugsdeal?'

'Het is een privékwestie.'

'Dat kan zijn, maar ik heb nog nooit gehoord dat het slachtoffer per se de schade wil vergoeden,' zei Karlsson. Hij zweeg even. 'U lijkt me niet het type voor openbare geweldpleging. En nu lijkt u er niet erg blij om te zijn dat u iets bespaard wordt waar de meeste mensen tegen opzien, u weet wel, voor de rechter moeten verschijnen, veroordeeld en naar de gevangenis gestuurd worden, van die dingen.'

'Dat kan me niets schelen,' zei Frieda.

'U bent een harde,' zei hij. Toen veranderde zijn gelaatsuitdrukking. 'Is er iets wat ik zou moeten weten? Een misdaad?'

Frieda schudde haar hoofd.

'Wat heeft hij dan gedaan?' zei Karlsson. 'Met zijn patiënten gerommeld?'

Frieda gaf geen krimp.

'Ik kan dit niet zonder meer laten passeren,' zei Karlsson. 'We zijn hier niet op Sicilië.'

‘Het kan me niet schelen of u het laat passeren of niet.’

‘U belde anders wel mij op.’

Frieda keek wat vriendelijker. ‘U hebt gelijk,’ zei ze. ‘Het spijt me. En bedankt.’

‘Ik kwam zeggen dat u kunt gaan, en ik wilde u een lift terug aanbieden – maar u moet één ding bedenken,’ zei hij, enigszins zorgelijk. ‘Hoe zou de wereld eruitzien als iedereen zo deed?’

Frieda stond op. ‘Hoe ziet de wereld er nu dan uit?’ zei ze.

22

Op dinsdagmiddag zei Frieda tegen Alan: 'Vertel eens wat over je moeder.'

'Mijn moeder?' Hij haalde zijn schouders op. 'Ze was...' – hij zweeg, fronste zijn wenkbrauwen en keek in zijn handpalmen alsof daar het antwoord te vinden was – '... een mooie vrouw,' besloot hij, weinig overtuigend. 'Ze is nu dood.'

'Je andere moeder, bedoel ik.'

Alsof ze hem een stomp in zijn maag had gegeven. Ze hoorde zelfs de zucht van pijn en schrik die hem ontsnapte, en hij boog zich met een verkrampt gezicht voorover. 'Wat bedoel je?' wist hij met moeite uit te brengen.

'Je biologische moeder, Alan.'

Hij maakte een zwak, kreunend geluid.

'Je was een adoptiekind, toch?'

'Hoe weet je dat?' fluisterde hij.

'Het is niks magisch. Ik zag bij jou thuis die foto van je ouders hangen.'

'En?'

'Zij hebben allebei blauwe ogen, en de jouwe zijn bruin. Dat is genetisch niet mogelijk.'

'O,' zei hij.

'Wanneer was je van plan het me te vertellen?'

'Weet ik niet.'

'Nooit?'

'Het heeft hier niks mee te maken.'

'Meen je dat?'

'Ik ben als kind geadopteerd. Einde verhaal.'

'Je verlangt naar een kind van jezelf, en wel zo sterk dat je er levendige fantasieën over hebt en lijdt aan angstaanvallen. En dan zou het feit dat je geadopteerd bent daar geen rol bij spelen?'

Alan haalde weer zijn schouders op. Hij sloeg zijn ogen naar haar op, en sloeg ze toen weer neer. De bak van de graafmachine buiten ging omhoog, verder de staalblauwe lucht in. Grote kluiten modder vielen van de getande kaken. 'Ik weet het niet,' mompelde hij.

'Je wilt een zoon die sprekend op jou lijkt. Je wilt geen kind adopteren. Je wilt een kind van jezelf – met jouw genen, met rood haar en sproeten. Alsof je jezelf wilt adopteren, jezelf wilt redden en jezelf wilt verzorgen.'

'Hou op.' Alan keek alsof hij zijn vingers in zijn oren zou willen stoppen.

'Is het zo geheim?'

'Carrie weet het natuurlijk. En ik heb het na een paar borrels weleens aan een vriend van me verteld. Maar waarom zou ik er met iedereen over praten? Het is privé.'

'Privé bij je therapeut?'

'Ik dacht dat het niet belangrijk was.'

'Ik geloof je niet, Alan.'

'Het kan me niet schelen wat je denkt. Zo is het.'

'Ik denk dat je wel weet dat het belangrijk is. Het is zo belangrijk dat je het niet kunt opbrengen om erover te praten of er zelfs over na te denken.'

Hij schudde zijn hoofd traag van links naar rechts, als een vermoeide oude stier die wordt gesard.

'Sommige geheimen geven een soort vrijheid,' zei Frieda. 'Een eigen ruimte, voor jou alleen. Dat is goed. Iedereen moet dat soort geheimen hebben. Maar andere geheimen kunnen duister en beklemmend zijn, een bedompte kelder waar je niet in durft, maar waarvan je je altijd bewust bent dat hij er is, vol enge, ondergrondse wezens, vol met je eigen nachtmerries. Dat zijn de geheimen die je onder ogen moet zien, die aan het licht gebracht moeten worden, zodat je kunt zien wat ze werkelijk voorstellen.'

Terwijl ze het zei, dacht ze aan alle geheimen die ze door de jaren heen te horen had gekregen, al die ongeoorloofde gedachten, verlangens, angsten die haar waren toevertrouwd. Reuben had zich er uiteindelijk vergiftigd door gevoeld, maar zij voelde zich altijd bevoorrecht dat mensen haar hun angsten vertelden en het haar toestonden hun gids te zijn.

'Ik weet het niet,' zei Alan. 'Misschien zijn er dingen waar je beter niet bij stil kunt staan.'

'Want anders?'

'Anders raak je alleen maar van streek, terwijl er toch niets aan te doen is.'

'Ben je misschien bij mij gekomen omdat er zoveel is waar je niet bij hebt stilgestaan en dat je te veel is geworden?'

'Dat weet ik niet. Er werd gewoon nooit over gesproken,' zei Alan. 'Op de een of andere manier wist ik dat het onbespreekbaar zou blijven. Ze wilde dat ik haar als mijn moeder beschouwde.'

'En deed je dat?'

'Ze wás mijn moeder. Mama en papa, zo kende ik ze. Die andere vrouw, die had niks met mij te maken.'

'Je kende je biologische moeder niet?'

'Nee.'

'Je hebt geen herinneringen aan haar?'

'Geen enkele.'

'Weet je wie ze was?'

'Nee.'

'Heb je het nooit willen weten?'

'Al had ik het gewild, het zou geen zin hebben gehad.'

'Hoe bedoel je?'

'Niemand wist het.'

'Ik begrijp het niet. Daar kun je altijd achter komen, Alan. Dat is echt vrij eenvoudig.'

'Dat heb je mis. Daar had ze wel voor gezorgd.'

'Hoe?'

'Ze had me achtergelaten in een parkje bij een nieuwbouwproject in Hoxton. Een krantenjongen heeft me gevonden. Het was winter en erg koud, en ik was in een handdoek gewikkeld.' Hij keek Frieda aan. 'Net als in een sprookje. Alleen was dit echt. Waarom zou ik iets om haar geven?'

'Wat een manier om je leven te beginnen,' zei Frieda.

'Ik kan het me niet herinneren, dus het maakt niet uit. Het is maar een verhaal.'

'Een verhaal over jou.'

'Ik heb haar nooit gekend, zij heeft mij nooit gekend. Ze heeft geen naam, geen stem, geen gezicht. Ze weet mijn naam ook niet.'

'Het valt niet mee om na een voldragen zwangerschap en een bevalling van je baby af te zien en nooit ontdekt te worden,' zei Frieda.

'Het is haar gelukt.'

'Dus je was een baby toen je ouders je adopteerden. Je wist niet beter?'

'Precies. En daarom heeft het niks te maken met wat ik nu voel.'

'Bijvoorbeeld met wat je zei over een kind van jezelf hebben, en daarna over de mogelijkheid van adoptie.'

'Ik zei het al. Ik wil niet adopteren. Ik wil een kind van mezelf, niet van iemand anders.'

Frieda bleef hem aankijken. Hij keek een paar seconden terug en sloeg toen zijn ogen neer, als een jongen die op een leugen betrapt wordt.

'Onze tijd zit erop. We zien elkaar donderdag weer. Ik zou graag willen dat je hierover nadenkt.'

Ze stonden allebei op. Hij schudde weer langzaam met zijn hoofd, alsof hij zichzelf met die doelloze, trieste handeling helderheid wilde verschaffen.

'Ik weet niet of ik dit kan,' zei hij. 'Ik ben hier niet geschikt voor.'

'We doen het stapje voor stapje.'

'De duisternis in,' zei Alan, en door die woorden voelde Frieda zich uit evenwicht gebracht, zodat ze hem alleen maar kon toeknikken.

Toen Frieda thuiskwam, vond ze een pakje op haar deurmat, en meteen herkende ze Sandy's handschrift op de envelop. Ze bukte en raapte het voorzichtig op, alsof het bij een plotselinge beweging zou kunnen ontploffen. Ze maakte het echter niet onmiddellijk open. Ze nam het mee naar de keuken en zette eerst thee. Ze bleef bij het raam staan terwijl de waterkoker pruttelde en keek door haar spiegelbeeld heen de duisternis in, naar de heldere, koude nachthemel.

Pas toen ze met een mok thee aan tafel was gaan zitten, opende ze het pakje en haalde er een zilveren armband, een schetsboekje met tekeningen van haarzelf en vijf haarklemmen bij elkaar gehouden met een dunne bruine haarband uit tevoorschijn. Dat was alles. Ze schudde de envelop heen en weer, maar er zat geen brief of kattebelletje in. Ze keek naar de schamele voorwerpen die voor haar op tafel lagen. Was dit echt alles wat ze bij Sandy had laten liggen? Hoe was het mogelijk dat een mens zo weinig sporen achterliet?

De telefoon ging en ze nam op hoewel ze tegelijkertijd wenste dat ze het antwoordapparaat zijn gang had laten gaan.

'Frieda, je moet me helpen. Ik ben aan het einde van mijn Latijn, en aan die stomme zak van een vader van haar heb ik ook geen bal.'

'Hé, ik ben er ook, hoor,' zei Chloë. 'Ook al wil je dat niet.'

Frieda hield de hoorn iets van haar oor af. 'Hallo?' zei ze. 'Met wie van jullie tweeën spreek ik eigenlijk?'

'Met mij,' zei Olivia met schrille stem. 'Ik bel je omdat ik nou echt aan het einde van mijn Latijn ben. En als iemand zo onbeschoft is om de telefoon in de andere kamer op te nemen en voor luistervink te spelen, dan heeft die persoon het helemaal aan zichzelf te wijten als ze dingen hoort die ze liever niet zou horen.'

'Bla-bla-bla-bla-bla,' zei Chloë smalend. 'Ze wil me huisarrest geven omdat ik dronken was. Ik ben zestien. Ik was misselijk. Vergeet het. Laat ze zichzelf huisarrest geven.'

'Chloë, luister...'

'Ik zou niet eens tegen een hond praten zoals zij tegen mij praat.'

'Ik ook niet. Ik hou van honden. Honden schreeuwen en zeuren niet en kennen geen zelfmedelijden.'

'Je broer zei net dat het bij het volwassen worden hoort,' zei Olivia, eindigend in een snik. Ze noemde David altijd Frieda's broer of Chloës vader als ze bozer dan anders op hem was. 'Hij zou zelf eens een beetje volwassen moeten worden. Tenslotte ben ik niet degene die er met een jonge sloerie met geverfde haren vandoor is gegaan.'

'Pas op je woorden, Olivia,' zei Frieda scherp.

'Als je mij hier probeert op te sluiten, trek ik bij hem in.'

'Prima plan, maar hoe kom je erbij dat hij dat zou willen? Hij heeft jou toch ook in de steek gelaten?'

'Houden jullie nou eens op met dat gekibbel,' zei Frieda.

'Hij heeft míj niet in de steek gelaten, maar jóú. En ik kan het hem niet kwalijk nemen.'

'Ik leg nu de telefoon neer,' zei Frieda heel hard, en dat deed ze.

Ze stond op en schonk een glas witte wijn in, waarna ze weer ging zitten. Ze liet de dingen die Sandy had teruggestuurd door haar vingers gaan. De telefoon ging weer.

'Hallo,' klonk het stemmetje van Olivia.

'Hoi.' Frieda wachtte.

'Ik trek het niet meer.'

Frieda nam een slok en liet de koele wijn rondgaan in haar mond. Ze dacht aan haar bad, haar boek, de open haard die klaar was om aangestoken te worden en aan het denkwerk dat ze te verrichten had. Buiten was het winter, en een gure wind blies door de donkere straten. 'Wil je dat ik kom?' zei ze. 'Want dat is prima wat mij betreft.'

23

De middag daarop belegde Karlsson een persconferentie waarbij de Faradays voor een batterij fotografen en journalisten de vrijlating van hun zoon zouden bepleiten, waardoor de publieke belangstelling voor de zaak weer zou worden gewekt.

Karlsson, die de ochtend had doorgebracht met het doornemen van honderden zogenaamde getuigenverklaringen en in frequentie afnemende meldingen van mogelijke signaleringen die zijn team had verzameld, volgde het gebeuren van opzij. In het licht van de flitslampen keek hij naar hun gezichten – gezichten die sinds Matthews verdwijning zo'n verandering hadden ondergaan. Dag na dag had hij gezien hoe er door alle verdriet steeds nieuwe groeven in verschenen, hoe ze bleker en bleker werden en hoe hun ogen doffer en doffer werden. Alec Faradays gezicht was nog opgezwollen en vol blauwe plekken van de molestatie, en hij bewoog zich stram door zijn gebroken rib. Ze zagen er allebei mager en gespannen uit, en haar stem brak toen ze het over hun lieve jongen had, maar ze wisten het tot een goed einde te brengen. Ze zeiden de gebruikelijke hartverscheurende dingen. Ze smeekten de samenleving in het algemeen om te helpen zoeken en de dader in het bijzonder om hun lieve jongen te laten gaan.

Het was natuurlijk zinloos. Dit soort manifestaties was voornamelijk bedoeld om de ouders onder druk te zetten, om te zien of zij niet de schuldigen waren. Maar iedereen wist dat de Faradays het niet gedaan konden hebben. Zelfs de kranten die de vader hadden beschuldigd, hadden een ommezwaai gemaakt en schilderden hem nu af als een heilige. Hij was op het accountantskantoor waar hij werkte in gesprek geweest met een cliënt, wat door tientallen getuigen werd bevestigd. Zij had zich van haar werk als doktersassistente naar de school gehaast om hem op tijd op te halen. En het idee dat degene die Matthew had ontvoerd ineens van gedachten zou veranderen nu hij hen hoorde spreken en zag hoe ze leden, was absurd, niet in het minst omdat het kind vrijwel zeker dood was, inmiddels zelfs al wekenlang. Dus werd het aan het grote publiek overgelaten om te reageren. En reageren zou men zeker – de stortvloed aan desinformatie en valse hoop die godzijdank langzamerhand was opgedroogd zou weer over hen heen spoelen.

Die avond bleef hij nog tot laat op zijn werk. Hij staarde naar de foto's van de jongen, van de plek waar hij voor het laatst was gezien en naar de grote stadskaart in de meldkamer, die bezaaid was met punaises en vlaggetjes. Hij las processen-verbaal door. Hij pijnigde zijn hersens en kreeg het er benauwd van.

Hij staarde naar hem, en de andere jongen staarde terug. Het was Simon. Hij stak zijn hand op naar Simon om te zien of hij aardig was, en Simon stak op hetzelfde moment ook zijn hand op, maar hij lachte niet. Hij was erg mager en erg bleek, op zijn schouders en zijn heupen zag je zijn botten uitsteken, en zijn piemel was net een roze slakje. Toen hij een stap in de richting van Simon zette, deed Simon een stap naar hem. Een schokkerig stapje, en toen zakte Simon als een marionet op de vloer in elkaar en zakte ook Matthew in elkaar en bleven ze elkaar aanstaren. Matthew stak zijn vinger uit naar het jongetje, naar zijn gezichtje, zijn kaboutergezichtje met kuiltjes in de wangen, gaatjes op de plaats van de ogen en de mond met het verband erom, en toen raakte hij de koude, gespikkelde spiegel aan en keek hij naar de tranen die zich vormden op de huid.

Hij voelde handen achter zich, voelde dat hij werd vastgehouden. Zachte woordjes, adem tegen hem aan.

'Jij wordt onze kleine jongen,' zei de stem. 'Maar niet ons stoute jongetje, hoor. Wij houden niet van stoute jongetjes.'

Toen Frieda de deur voor Karlsson opendeed, leek het alsof hij meteen naar binnen wilde stappen, alsof hij ervan uitging dat zij hem al verwachtte. Ze wist wel dat de zaak van Matthew Faraday nog niet afgelopen was.

'Kom binnen,' zei ze.

Ze gingen naar de voorkamer, waar de open haard brandde en op de arm van haar stoel een stapel wetenschappelijke tijdschriften lag.

'Ik stoor toch niet?'

'Niet echt. Ga zitten.' Hij droeg een leren schoudertas, die hij op de vloer zette, waarna hij zijn jas uittrok. Hij ging zitten. Ze aarzelde en zei toen: 'Wil je wat drinken? Koffie?'

'Misschien iets sterkers.'

'Wijn? Whisky?'

'Whisky, denk ik. Daar is het wel een avond voor.'

Frieda schonk voor hen allebei een klein whiskyglas in, deed er een scheutje water bij en ging toen tegenover hem zitten. 'Wat kan ik voor je doen?'

Ze was vriendelijker dan hij van haar gewend was, en dat gaf haar iets vertrouwds.

'Ik denk aan niets anders dan die jongen. Ik sta ermee op en ik ga ermee naar bed, en ik droom over hem. Als ik met mijn vrienden in het café over van alles en nog wat sta te kletsen, hoor ik mezelf praten. Het is raar dat je blijkbaar kunt doen alsof er niks aan de hand is, terwijl er wel degelijk van alles mis is. Als ik mijn kinderen aan de telefoon heb en vraag wat ze die dag gedaan hebben en hun vertel over de stomme en grappige dingen die ik heb meegemaakt, zie ik de hele tijd alleen Matthew voor me. Hij is dood. Dat hoop ik tenminste, want als hij dat niet is... Wat zou het beste zijn dat er kan gebeuren? Dat we zijn lichaam vinden en die schoft te pakken krijgen die het heeft gedaan. Dat is het beste.'

'Is het echt zo hopeloos?'

'Over tien, twintig jaar zal ik nog steeds de smeris zijn die

Matthew Faraday niet heeft weten te vinden. Als ik met pensioen ben – net als die oude smeris die de leiding had in de zaak-Joanna Vine en die ik laatst heb opgezocht – zal ik thuis aan Matthew zitten denken en me afvragen wat er is gebeurd, waar hij begraven ligt, wie het gedaan heeft en waar de dader op dat moment is.'

Hij liet zijn whisky rondgaan in zijn glas en nam toen een slok. 'Ik denk dat jij de helft van de tijd bezig bent met mensen die onder een schuldgevoel gebukt gaan, maar mijn ervaring is dat mensen zich veel te weinig schuldig voelen. Ze voelen zich dan wel beschaamd als ze betrapt worden, maar ze voelen zich niet schuldig als dat niet gebeurt. Overal ter wereld heb je mensen die de meest verschrikkelijke dingen hebben gedaan, maar een heel tevreden leven leiden met hun familie en vrienden.'

Hij sloeg zijn whisky achterover, en Frieda vulde zonder te vragen zijn glas weer. Ze had het hare nog niet aangeraakt.

'Als ik me al zo voel,' zei hij, 'hoe moeten die ouders zich dan niet voelen?' Ongeduldig trok hij zijn stropdas los. 'Zal dit me nou mijn hele leven blijven achtervolgen?'

'Heb je nooit eerder zo'n zaak gehad?'

'Ik heb wat moorden, zelfmoorden en huiselijk geweld betreft mijn portie wel gehad. Het valt niet mee om je vertrouwen in de mens te blijven houden. Misschien ben ik daarom wel gescheiden en stort ik mijn hart uit bij een vrouw die ik maar een paar keer eerder gesproken heb, in plaats van bij mijn eigen vrouw. Hij is nog maar vijf jaar, net zo oud als mijn jongste.'

'Aan wat je voelt is niets te doen,' zei Frieda. Er hing een vreemde sfeer in de kamer waar ze zaten – dromerig en triest.

'Weet ik. Ik moest het alleen aan iemand kwijt. Sorry.'

'Je hoeft je niet te verontschuldigen.'

Ze zei verder niets en keek in haar glas. Karlsson bekeek haar ineens met andere ogen. Na een tijdje zei hij: 'Vertel eens over jouw werk.'

'Wat wil je weten?'

'Ik weet het niet. Ben je arts?'

'Ja. Hoewel dat niet per se hoeft. Voordat ik aan de opleiding als analyticus begon had ik me gespecialiseerd in de psychiatrie.

Het is alles bij elkaar een hele lange, zware opleiding. Ik mag een hele serie letters achter mijn naam zetten.'

'Juist, ja. En behandel je alleen particuliere patiënten? Hoeveel mensen spreek je per dag? Wat voor mensen zijn het? Waarom doe je het? En helpt het? Dat soort dingen.'

Frieda lachte even en telde toen zijn vragen punt voor punt op haar vingers af. 'Punt een, mijn patiënten zijn deels particulier en deels van de National Health Service. Er worden mensen naar me doorverwezen door The Warehouse, het instituut waar ik ben opgeleid en jaren heb gewerkt, en door huisartsen en ziekenhuizen, maar er komen ook mensen uit eigen beweging naar me toe, meestal omdat iemand die ze kennen me heeft aanbevolen. Ik vind het van belang om niet alleen mensen te behandelen die het zich kunnen veroorloven, want dan zou ik uitsluitend de kwalen van de rijken behandelen. Voor particulieren is een therapie tamelijk duur.'

'Hoe duur?'

'Ik hanteer als vuistregel dat ik per keer twee promille van het jaarinkomen in rekening breng, dus bij een inkomen van dertigduizend pond betalen de mensen me zestig pond voor elke sessie van vijftig minuten. Ik heb weleens een patiënt gehad die zei dat hij me in dat geval vijfhonderdduizend pond per uur zou moeten betalen. Hij had het geluk dat ik nooit meer vraag dan honderd pond. Ik sta erom bekend dat ik ook weleens mensen voor een habbekrats behandel, maar daar hebben mijn collega's hun bedenkingen over. Maar goed, ik zou zeggen dat ik zo'n zeventig procent van mijn patiënten krijg doorverwezen van de NHS, misschien iets minder.

Goed. En dan punt twee. Ik zie mijn patiënten doorgaans drie keer per week, en ik heb meestal zeven patiënten, dus alles bij elkaar heb ik per week ongeveer twintig afspraken. Ik ken therapeuten die acht afspraken per dag hebben, wat neerkomt op veertig per week. Als de ene patiënt weggaat, komt de volgende al. Dat verdient goed, maar ik zou het niet kunnen, en ook niet willen.'

'Waarom niet?'

‘Ik moet het allemaal in me opnemen, nadenken over iedereen die ik heb gesproken, mijn aantekeningen goed bijhouden. En ik heb ook niet meer geld nodig dan ik nu verdien. Meer tijd vind ik belangrijker. Wat was het volgende punt ook weer?’

‘Wat voor mensen zijn je patiënten?’

‘Daar zou ik geen antwoord op weten. Ze hebben niet veel met elkaar gemeen.’

‘Behalve dat het niet goed met ze gaat.’

‘De meeste mensen hebben in hun leven weleens een periode dat het ze niet goed gaat, variërend van niet lekker in je vel zitten tot ondraaglijke ellende.’ Ze keek hem langdurig en met een onderzoekende blik aan. ‘Denk je ook niet?’

‘Ik weet het niet.’ Karlsson fronste wat ongemakkelijk. ‘Weiger je weleens mensen?’

‘Als ik vind dat ze geen therapie nodig hebben, of als ik denk dat ze beter af zijn bij iemand anders. Ik neem alleen mensen aan van wie ik denk dat ik ze kan helpen.’

‘En waarom heb je voor dit vak gekozen?’ Dit was de vraag die hem het meest bezighield, maar waarop hij eigenlijk geen antwoord van haar verwachtte. Ze hadden samen gezellig zitten praten, maar hij was haar niet veel beter gaan begrijpen en had evenmin meer vat kunnen krijgen op haar kwetsbaarheden of twijfels. Ze liet zich niet in de kaart kijken, dacht hij. Haar zelfbeheersing verloor ze niet snel, wat hem al bij hun eerste ontmoeting was opgevallen.

‘Dat zijn nou wel genoeg vragen voor een avond. Hoe zit het met jou?’

‘Hoezo?’

‘Waarom ben je bij de politie gegaan?’

Karlsson haalde zijn schouders op en staarde in zijn whisky. ‘Al sla je me dood. Laatst vroeg ik me nog af waarom ik geen advocaat ben geworden, zoals de bedoeling was – veel geld verdienen en ’s nachts goed slapen.’

‘En wat was het antwoord?’

‘Er is geen antwoord. Ik werk te hard, krijg er te weinig voor betaald en kom om in het papierwerk. Ik hoor alleen maar iets als er wat misgaat, dan krijg ik op m'n kop van de pers en van mijn baas, en de mensen wantrouwen me. En nu ik hoofd van de afdeling moordzaken ben, heb ik veel te maken met moordenaars, vrouwenmeppers, perverse types en drugshandelaren. Dus wat zal ik ervan zeggen? Het leek me destijds wel een aardig idee.'

'Je houdt dus van je werk.'

'Of ik ervan hou? Het is mijn werk, en ik denk dat ik het best goed doe, doorgaans. Hoewel je dat in deze zaak niet kan zeggen.'

Hij leek zich ineens iets te herinneren, opende zijn tas en haalde er twee stevige dossiermappen uit. 'Dit zijn verklaringen van Rosalind Teale, de zus van Joanna Vine. De eerste verklaring is van vlak na de verdwijning van haar zusje, en de tweede van toen we haar kortgeleden weer spraken.'

'En staan er opmerkelijke dingen in?'

'Ik weet dat je ertegen bent, maar ik zou graag willen dat je ze las.'

'Waarom?'

'Ik zou graag weten wat jij erover te zeggen hebt.'

'Nu?'

'Graag.'

Karlsson vulde zijn glas maar deed er geen water bij. Hij stond op en liep de kamer rond als door een galerie. Frieda hield er niet van om bekeken te worden terwijl ze aan het lezen was. En ze had ook niet graag dat hij haar spullen bekeek, omdat hij dan dingen van haar aan de weet zou komen. Maar hoe eerder ze de verklaringen had gelezen, hoe eerder hij daarmee op zou houden. Ze sloeg het oudste dossier open en dwong zich om secuur te lezen, woord voor woord.

'Heb je al die boeken gelezen?' vroeg Karlsson.

'Ssst,' zei Frieda zachtjes, zonder zelfs maar op te kijken. Bij het openslaan van het tweede, recentere dossier was ze zich ervan bewust dat Karlsson buiten haar gezichtsveld rondliep. Toen ze het ten slotte dichtsloeg, bleef ze stil voor zich uit kijken, hoewel ze wist dat Karlsson stond te wachten.

'En?' zei hij. 'Als ze jouw patiënte was, wat zou je haar dan vragen?'

'Als ze mijn patiënte was, zou ik haar niets vragen. Ik zou proberen haar zover te krijgen zich niet meer schuldig te voelen over haar zusje. En verder vind ik dat ze met rust gelaten moet worden.'

'Ze is de enige getuige,' zei Karlsson.

'Maar ze heeft niets gezien. En het is meer dan twintig jaar geleden. Elke keer dat je erover begint, beschadig je haar opnieuw.'

Karlsson liep terug naar zijn stoel en ging weer tegenover Frieda zitten. Hij keek peinzend naar zijn whiskyglas. 'Dit is goed spul,' zei hij. 'Waar heb je het vandaan?'

'Gekregen.'

'Wat vind je van die verklaringen?' zei Karlsson. 'Je bent slim. Zie je het niet als een uitdaging?'

'Wil je me niet in de maling nemen,' zei Frieda.

'Ik neem je niet in de maling. Mijn onderzoek zit vast, dus elke nieuwe invalshoek is welkom. En ik hoor graag de mening van iemand die verstand heeft van dingen waar ik niets van weet.'

Frieda zweeg even. 'Heb je weleens gedacht dat Joanna door een vrouw ontvoerd zou kunnen zijn, en niet door een man?'

Karlsson zette zijn glas zachtjes neer op het tafeltje naast zijn stoel. 'Waarom zeg je dat?'

'De verdwijning ging heel snel,' zei Frieda. 'Rosie heeft haar zusje niet langer dan een minuut of zo uit het oog verloren. Het lijkt erop dat er geen gedoe is geweest, geen lawaai, niks. Het meisje bevond zich niet op een stil weggetje waar ze in een busje is getrokken. Het gebeurde in een winkelstraat, waar mensen liepen. Ik kan me best voorstellen dat een klein meisje met een vrouw meeloopt. Dat ze haar hand pakt.' Frieda stelde zich voor hoe het meisje vol vertrouwen meeloopt. En daarna probeerde ze het zich niet voor te stellen.

'Heel interessant,' zei Karlsson.

'Doe niet zo flauw,' zei Frieda. 'Het is niet heel interessant. Het ligt voor de hand, en je moet die mogelijkheid zelf toch ook hebben overwogen.'

'Het is wel bij ons opgekomen,' zei hij. 'Het is een mogelijkheid. Maar je moet nu toch toegeven dat je geïnteresseerd bent, hè?'

‘Hoezo?’ zei Frieda. ‘Wat wil je daarmee zeggen?’

‘Ik zou graag willen dat je met Rose Teale gaat praten. Misschien kun jij iets uit haar krijgen wat ons niet lukt.’

‘Maar wat zou er uit haar te krijgen moeten zijn?’ Ze pakte het dossier en bladerde het door.

‘Frustrerend, hè?’ zei Karlsson. ‘Als ik die verklaring lees, zou ik in een tijdmachine willen stappen om daar maar één minuut, of zelfs nog minder ter plekke te zijn, om te weten wat er werkelijk is gebeurd.’ Hij glimlachte wrang. ‘Maar zo wordt een politieman niet geacht te praten.’

Frieda bekeek de verklaring nog eens: het meisje sprak over haar zusje. Karlsson had haar gevraagd mee te helpen zoeken, en als ze daar ja op zei, zat ze eraan vast. Waren er mogelijkheden? Kon ze het onderzoek verder helpen? Tja, misschien. Maar als het kon, moest het ook.

‘Oké,’ zei ze.

‘Echt waar?’ zei Karlsson. ‘Dat is geweldig.’

‘En dan zou ik hulp willen hebben,’ zei Frieda, ‘van die tekenaars die jullie bij de politie hebben, die van die portretten maken. Die hebben jullie toch?’

Karlsson glimlachte en schudde zijn hoofd. ‘Nee,’ zei hij. ‘We hebben iets veel beters.’

24

Tom Garret was zichtbaar blij iemand te ontmoeten die wist waar het over ging toen hij over de neurologische aspecten van gezichtsherkenning sprak.

'Vroeger meende men dat een compositiefoto geconstrueerd moest worden op basis van de primitieve theorie dat mensen een gezicht zien als het geheel van de samenstellende delen – blauwe ogen, borstelige wenkbrauwen, grote neus, scherpe kin – en dat als we die delen samenvoegen, we een gezicht krijgen dat te herkennen is. Maar zo kijken we eigenlijk niet naar gezichten, en daarom zien compositiefoto's er zo belachelijk uit.'

'Belachelijk is niet het goede woord,' zei Karlsson.

'Komisch dan. En je hebt er bijna niets aan. Zoals u weet' – hij keek Frieda doordringend aan – 'wordt het proces van gezichtsherkenning gelokaliseerd in dat deel van de hersenen dat *gyrus fusiformis* heet. Als dat beschadigd is, kan de persoon helemaal geen gezichten herkennen, zelfs niet die van zijn naaste familieleden. Met deze kennis hebben we ons programma gebaseerd op holistische gezichtsherkenning.'

'Heel goed.'

Frieda boog zich wat verder voorover naar Garrets monitor.

Garret vertelde verder over de evolutie van systemen van gezichtsherkenning en genetische algoritmen totdat Karlsson kuchte en hen eraan herinnerde dat Rosalind Teale buiten zat te wachten. 'Kunnen wij erbij blijven?' vroeg hij.

'Ja hoor,' zei Frieda. 'Maar laat het alsjeblieft aan mij over.'

Frieda had het dossier gelezen en de foto's gezien, maar toen ze Rose Teale zag, schrok ze toch nog. Ze zag eruit alsof haar trauma van gisteren dateerde, en niet van meer dan twintig jaar geleden. Had deze vrouw dan helemaal geen hulp gehad? Had niemand zich om haar bekommerd? Rose keek om zich heen, naar Garret, die op zijn toetsenbord tikte en niet naar haar keek; naar Karlsson, die met zijn armen over elkaar tegen de muur geleund stond. Toen Frieda naar haar toe liep en zich voorstelde, vroeg ze niets, maar liet ze zich gewillig meevoeren en een stoel toewijzen. Frieda ging tegenover haar zitten. Karlsson had gezegd dat het Rose misschien een goed gevoel zou geven als ze zich nuttig kon maken, maar nu Frieda deze passieve, verslagen uitziende vrouw voor zich zag, betwijfelde ze dat.

'Ik heb gedaan wat ik kon,' zei ze. 'Ik heb geprobeerd het me te herinneren. Telkens weer. Ik weet niks meer.'

'Ik weet het,' zei Frieda. 'Je hebt alles gedaan wat je kon.'

'Wat moet ik dan hier?'

'Er zijn methoden waarmee je toegang kunt krijgen tot herinneringen waarvan je niet wist dat je ze had. Het is geen tovenarij, het is eerder te vergelijken met het openen van een oude archiefkast waar je nooit meer aan dacht. Ik zal je geen vragen stellen,' zei Frieda, 'en niemand van ons verwacht iets van je. Ik wil alleen dat je me even mijn gang laat gaan. Wil je dat doen?'

'Wat bedoelt u?'

'Ik zou iets willen proberen. Ik wil niet dat je gaat nadenken. Doe alleen wat ik zeg.' Frieda begon zachter te praten. 'Ik snap dat je misschien gespannen bent, nu je in een politiebureau zit te praten met mensen die je niet kent, maar ik zou graag willen dat je het je gemakkelijk maakt en je ontspant, alsof iemand je een verhaal gaat voorlezen. Doe je ogen dicht, alsjeblieft.'

Rose keek wantrouwig. Ze keek opzij naar Karlsson, die stoïcijns voor zich uit bleef kijken. 'Oké.' Ze deed haar ogen dicht.

'Denk nu terug aan die dag,' zei Frieda. 'Verplaats je weer in die situatie en stel je voor hoe je de school uit gaat, over het trottoir loopt, de straat oversteekt, kijkt naar de etalages, de mensen, de auto's. Je hoeft niks te zeggen. Zie het alleen voor je.'

Frieda keek naar het gezicht van de jonge vrouw, de dunne lijntjes in haar ooghoeken, de trillende oogleden. Ze wachtte een minuut. Twee minuten. Toen boog ze zich voorover en zei nog zachter, bijna fluisterend: 'Niets zeggen, Rose. Doe geen moeite om je dingen te herinneren. Ik wil dat je iets voor me doet. Stel je alleen een vrouw voor. Jong of van middelbare leeftijd, dat mag je zelf weten.' Frieda zag een frons op het gezicht van Rose verschijnen. 'Doe het maar gewoon,' zei ze. 'Maak je er niet druk om. Denk er zelfs niet over na. Denk gewoon aan een vrouw. Een willekeurige vrouw, wie er maar bij je opkomt. Misschien staat ze op de rand van het trottoir, aan de rijweg. Ze is net uit een auto gestapt en kijkt om zich heen. Ze staat daar niet ver van jou af. Kijk naar haar. Lukt je dat?'

'Oké.'

'Heb je het gedaan?'

'Ja.'

'Stop,' zei Frieda. 'Wacht en kijk haar aan. Kijk naar de vrouw die je je hebt voorgesteld. Onthoud hoe ze eruitziet.'

Er verstreek een minuut. Frieda zag dat Karlsson haar fronsend aankeek. Ze negeerde hem. 'Oké,' zei ze. 'Je kunt je ogen nu weer opendoen.'

Rose knipperde met haar ogen als iemand die net wakker is en verblind wordt door het licht.

'En ga nu bij Tom zitten, dan zal hij je iets laten zien.'

Tom Garret stond op en gebaarde naar Rose dat ze op zijn stoel moest gaan zitten. Terwijl ze plaatsnam, keek hij Frieda vragend aan, om te checken of dit alles serieus bedoeld was.

'Toe maar,' zei Frieda.

Hij haalde zijn schouders op. Op het scherm was een reeks van achttien vrouwengezichten te zien.

'Geen van hen lijkt op haar,' zei Rose.

'Het zijn willekeurige gezichten,' zei Tom. 'Het is niet de bedoeling dat ze op haar lijken. Ik wil je vragen om zes gezichten aan te klikken die volgens jou nog het meeste op haar lijken. Doe het snel en zonder er al te veel over na te denken. Maak je geen zorgen. Er zijn geen goede of foute keuzes. Het is geen test.'

'Wat is het nut hiervan?'

'Het is maar een oefening,' zei Frieda. 'Ik wil zien wat er gebeurt.'

Rose zuchtte alsof ze zich er met tegenzin bij neerlegde. Ze legde haar hand op de muis en schoof de cursor heen en weer.

'Ze lijken geen van allen,' herhaalde ze.

'Kies de gezichten die het beste lijken,' zei Tom. 'Of die het minst van haar verschillen.'

'Oké.' Ze klikte met de cursor op een gezicht, het smalste, en toen op een ander en op nog andere, totdat er zes oplichtten. 'Is dat alles?'

'Nu op "gereed" klikken,' zei Tom.

Ze deed het, waarna het scherm werd gevuld met achttien nieuwe gezichten.

'Wat nu weer?' vroeg Rose.

'Deze gezichten zijn gegenereerd op basis van de zes die je had aangeklikt,' zei Tom. 'Kies er nu weer zes.'

Het hele proces werd herhaald, en nog eens en nog eens, telkens op dezelfde manier. Af en toe hield ze op en deed ze haar ogen dicht voordat ze verderging. Frieda, die over haar schouder meekeek, zag hoe geleidelijk een verandering zichtbaar werd. De vele gezichten begonnen steeds meer op elkaar te lijken zoals gezichten van familieleden op elkaar lijken. Het hoofd werd smaller, de jukbeenderen geprononceerder, de ogen steeds meer amandelvormig. Na twaalf generaties leken de gezichten niet alleen op elkaar zoals die van familieleden, maar als die van broers en zussen, en nog twee generaties later waren ze bijna identiek.

'Kies er een uit,' zei Tom.

'Ze zijn bijna allemaal hetzelfde.' Rose aarzelde. De cursor dwaalde over het scherm voordat ze een van de gezichten aanklikte. 'Die is het.'

'Dat is het gezicht dat je hebt gezien?' vroeg Frieda.

'Ik heb het niet gezíén, maar gefantaseerd.'

Karlsson kwam erbij staan en keek naar het scherm. 'Wat voor haar had ze?' vroeg hij.

'Ik heb geen haar gezien. Degene die ik voor me zag droeg een hoofddoek.'

'Oké, een hoofddoek.' Tom klikte op een dropdown-menu iets aan, waarna het gezicht met achttien verschillende hoofddoeken op het scherm verscheen. Rose wees er een aan.

'Is het die?' vroeg Frieda.

'Lijkt erop,' zei Rose. 'Ja, lijkt eigenlijk heel behoorlijk, denk ik.'

'Heel goed, Rose,' zei Frieda. 'Dat heb je goed gedaan. Dank je wel.'

'Wat bedoelt u, dat ik het goed heb gedaan?'

'Het moet moeilijk voor je zijn geweest om weer aan die situatie te denken. Daar was moed voor nodig.'

'Ik heb niet aan die situatie gedacht. Ik kan me daar niets van herinneren. Ik heb me alleen een gezicht voorgesteld, en toen hebben jullie daar een afbeelding van gemaakt. Het is knap gedaan, maar ik kan me niet voorstellen dat jullie er iets aan hebben.'

'We zullen zien. Kun je even buiten wachten?'

Karlsson wachtte tot Rose goed en wel de kamer uit was en de deur dicht was. 'Wat moet dat nou voorstellen?'

'Vertrouw je je eigen computerprogramma niet?'

'Ik heb het niet over het computerprogramma. Ik heb je erbij gehaald omdat ik dacht dat je haar zou kunnen hypnotiseren, door een slinger voor haar ogen heen en weer te bewegen of zo. Ik dacht dat jij met je psychologische kennis verborgen herinneringen naar boven kon halen. Maar in plaats daarvan laat je haar fantaseren over een gezicht.'

'Ik heb een paar jaar geleden een onderzoekje gedaan bij mensen die blind waren in een deel van hun gezichtsveld,' zei Frieda. 'We hebben hun toen in het gebied waar hun gezichtsveld niet functioneerde een verzameling punten laten zien. Die konden ze niet zien, maar we hebben ze gevraagd om het aantal punten te raden, en in de meeste gevallen bleken ze dat goed te doen. Het beeld was niet tot hun bewustzijn doorgedrongen, maar was toch geregistreerd. Het had geen zin om Rose nog eens te vragen naar haar bewuste herinneringen. Daar is ze haar hele leven mee bezig geweest, en die zijn nu volstrekt onbetrouwbaar geworden, zelfs als ze iets zou hebben gezien. Ik dacht dat dit misschien een manier zou kunnen zijn om dat alles te omzeilen.'

Karlsson keek Tom Garret aan. 'Wat denk jij? Dit is toch allemaal onzin?'

'U hebt het over blindzien, hè?' zei Tom tegen Frieda.

'Dat klopt,' zei Frieda.

'Bullshit,' zei Karlsson. Hij was duidelijk boos.

'Ik heb niet gehoord dat het toepasbaar zou zijn op het geheugen,' zei Tom.

'Het leek me het proberen waard.'

Karlsson ging voor de pc zitten en keek naar de vrouw van middelbare leeftijd met het hoofddoekje die hem vanaf het scherm aanstaarde. 'Meen je dat nou?' zei hij. Hij legde zijn scepsis er dik bovenop. 'Dit zijn stomme spelletjes. Blindzien!'

'Kunnen we dit plaatje printen?' vroeg Frieda aan Tom, Karlsson nadrukkelijk negerend, maar deze pakte het vel papier toen het uit de printer kwam en zwaaide het voor haar neus heen en weer.

'Wat een onzin allemaal. Rose heeft het gewoon verzonnen. Om behulpzaam te zijn. Ze is het behulpzame type. Wil ons niet teleurstellen.'

'Oké,' zei Frieda. 'Dat is waarschijnlijk zo, ja.'

'En als ze het niet heeft verzonnen, als je echt een herinnering aan die dag hebt aangeboord, dan is dit misschien gewoon het gezicht van een vrouw die daar boodschappen deed.'

'Zeker.'

'En áls – en dit is zo'n beetje het grootste "als" dat ik ooit heb uitgesproken – áls deze vrouw erbij betrokken was, dan hebben we alleen het portret van een vrouw zoals ze er tweeëntwintig jaar geleden uitzag. We hebben geen verdachte die op haar zou kunnen lijken en geen getuigen die we ernaar zouden kunnen vragen.'

'Je zou het portret kunnen tonen aan anderen die op dat moment in de buurt waren, om te zien of die zich iets herinneren.'

'En dan? Als ze zich iets herinneren – wat niet het geval zal zijn – wat hebben we daar dan aan? Kun je ze dan hier mee naartoe nemen, onder hypnose brengen en ze zover krijgen dat ze een adres bedenken?'

'Dat is jouw afdeling,' zei Frieda. 'Jij bent politieman.'

'Nou, zo denk ik erover.' Karlsson verfrommelde de afdruk tot een prop en gooide die naar de prullenbak, maar miste.

'Dat is tenminste duidelijk,' zei Frieda.

'Je verspilt gewoon onze tijd.'

'Nee, jij verspilt de mijne, hoofdinspecteur Karlsson. En onbeschoft ben je ook nog.'

'Ga nou maar. Er zijn hier mensen die echt werk te doen hebben.'

'Graag,' zei Frieda. Ze bukte zich en pakte de papierprop.

'Wat moet je daar nou mee?'

'Als aandenken bewaren, misschien.'

Rose zat in de gang op een stoel met de handen op schoot in de verte te staren.

'We zijn klaar,' zei Frieda. 'En we zijn je erg dankbaar.'

'Ik denk niet dat ik veel geholpen heb.'

'Wie weet? Het was het proberen waard. Heb je haast?'

'Ik weet het niet.'

'Heb je tien minuten?' Frieda pakte haar bij de arm en trok haar mee, het politiebureau uit. 'Verderop zit een koffiebar.'

Ze bestelde een pot thee voor twee en een muffin voor het geval Rose honger had, maar die bleef onaangeroerd tussen hen in liggen.

'Heb je ooit begeleiding gehad?'

'Ik? Waarom? Denkt u dat ik dat nodig heb? Is het zo duidelijk?'

'Ik denk dat iedereen het nodig heeft die zoiets heeft meegemaakt als jij. Heb je nooit enige hulp gehad na de verdwijning van je zusje?'

Rose schudde haar hoofd. 'Ik heb alleen even met een politieagente gepraat toen het net gebeurd was. Ze was aardig.'

'En verder niets?'

'Nee.'

'Je was negen jaar. Je zusje verdween waar je bij was. Jij zou op haar letten – althans dat dacht je. Ik vind dat een kind van negen niet verantwoordelijk kan zijn voor een ander. Je zusje is nooit teruggekomen, en jij hebt je altijd schuldig gevoeld. Je denkt dat het jouw schuld was.'

'Dat was het ook,' zei Rose op fluistertoon. 'Dat vond iedereen.'

'Dat betwijfel ik zeer, maar waar het nu om gaat, is dat je dat dacht. En je vindt het nog steeds. Het lijkt erop dat jouw leven draait om dat overweldigende verlies. Maar het is niet te laat, weet je. Je kunt het jezelf vergeven.'

Rose keek haar aan en schudde langzaam haar hoofd. Haar ogen stonden vol tranen.

'Ja, het kan. Maar daar heb je hulp bij nodig. Ik kan ervoor zorgen dat het je niets kost. Het zal alleen wel tijd vergen. Je zusje is dood, en het is tijd om afscheid van haar te nemen en je eigen leven op te bouwen.'

'Ze achtervolgt me,' fluisterde Rose.

'Ja?'

'Het is alsof ze altijd bij me is. Als een spookje. Een spook dat altijd klein is gebleven. Iedereen is ouder geworden, maar zij is nog een klein meisje. Ze was altijd zo'n angstig kind. Ze was voor zoveel dingen bang – het strand, spinnen, harde geluiden, koeien, donker, vuurwerk, liften, de straat oversteken. Ze was alleen niet bang als ze sliep – ze sliep altijd met samengevouwen handen onder haar wang, als in een gebed. Ze zal trouwens bij het slapengaan ook gebeden hebben – om God te vragen de monsters weg te houden waarschijnlijk.' Ze lachte even en kromp toen ineen.

'Je mag best om haar lachen, en je mag je haar ook herinneren als iemand die niet volmaakt was.'

'Mijn vader heeft haar tot een heilige gemaakt, weet u. Een engel.'

'Dat moet hard voor je zijn.'

'En mijn moeder praat nooit over haar.'

'Dan is het hoog tijd dat je iemand anders zoekt met wie je over je zusje kunt praten.'

'Kan dat met u?'

Frieda aarzelde. 'Ik weet niet zeker of dat een goed idee is. Ik ben door de politie bij de zaak betrokken geraakt, en dan kunnen de dingen door elkaar gaan lopen. Maar ik weet wel iemand anders die goed is.'

'Dank u.'

'Afgesproken dus?'

'Oké.'

25

Over acht dagen zou het de kortste dag van het jaar zijn. The Warehouse zou sluiten en pas begin volgend jaar weer opengaan. De patiënten moesten hun problemen maar zolang opschorten. En bij terugkeer zouden ze waarschijnlijk Reuben weer tegen het lijf lopen, tenminste als Frieda tegen Paz zou zeggen dat hij zijn werk kon hervatten. Daarom wandelde ze nu op een zondagmiddag naar zijn huis, zogenaamd om hem een paar dossiers te brengen die hij op zijn kamer had laten liggen, al dacht ze niet dat hij zich lang voor de gek zou laten houden. Het bleef tenslotte Reuben, met zijn koele, taxerende blik en zijn spottende glimlach.

Voordat ze haar hand kon opheffen om aan te kloppen, vloog de deur al open en stormde Josef naar buiten met zijn armen vol afvalhout. Hij schoot langs haar heen naar de overvolle vuilcontainer die, zag ze nu, op straat stond. Hij wierp zijn vrachtje erin en liep terug terwijl hij het stof van zijn handen klopte.

'Wat doe jij hier? Het is zondag.'

'Zondag, maandag, wie weet wat voor dag het is?'

'Ik weet het. En Reuben ook, hoop ik.'

'Kom binnen. Hij ligt in keuken.'

Niet wetend wat ze na haar laatste bezoek kon verwachten, liep Frieda de voordeur door. Ze was onder de indruk. Josef had niet stilgezeten. Niet alleen was de stank van verwaarlozing verdwenen en hing er nu de scherpe lucht van terpentijn en verf, ook de flessen, blikjes en aangekoekte borden waren opgeruimd, en de gordijnen waren open. De gang was geschilderd. De keuken verkeerde in een staat van ontmanteling – de kasten waren weggebroken en voor de toegang naar de tuin was een nieuwe sponning aangebracht. Buiten op het reepje gras smeulden nog de resten van een vuurtje waarin afval was verbrand. En jawel, daar lag Reuben op de vloer, half verscholen onder een nieuwe porseleinen gootsteen.

Frieda was zo verbaasd dat ze stil bleef staan en keek hoe zijn mooie linnen overhemd over zijn buik naar boven was gekropen, terwijl zijn hoofd helemaal uit het zicht was.

'Reuben, ben jij het echt, daarbeneden?' vroeg ze ten slotte.

De in paarse sokken gestoken voeten gingen heen en weer, en het lichaam wurmde zich onder het aanrecht uit. Reubens hoofd kwam tevoorschijn. 'Het is minder erg dan het lijkt,' zei hij.

'Op heterdaad betrapt. Aan het klussen? En op zondagmiddag nog wel. Straks ga je je auto nog wassen.'

Hij ging rechtop zitten en trok zijn overhemd naar beneden. 'Het is niet echt klussen. Zo kun je het niet noemen. Je kent me: als het erop aankomt, kan ik niet eens een lampje vervangen. Ik help Josef alleen maar.'

'Dat is wel het minste, als je hem in het weekend voor je laat werken. Betaal je hem dubbel?'

'Ik betaal hem helemaal niet.'

'Reuben?'

'Reuben is mijn huisbaas,' zei Josef. 'Hij geeft me een dak boven mijn hoofd, en in ruil daarvoor...'

'... repareert hij het,' viel Reuben in, terwijl hij enigszins wankel overeind kwam. Beide mannen lachten en keken hoe Frieda zou reageren. Dit grapje hadden ze duidelijk al eerder gemaakt.

'Ben je hier ingetrokken?'

Josef wees naar de koelkast, waaraan met een magneetje een foto met ezelsoren was bevestigd. Er stond een vrouw met donker haar op, geflankeerd door twee formeel poserende jongetjes, zag Frieda. 'Mijn vrouw, mijn zoons.'

Frieda keek weer naar Josef. Hij legde een hand op zijn hart en wachtte.

'Je bent een gelukkig man,' zei ze.

Hij haalde een pakje sigaretten uit het borstzakje van zijn overhemd, gaf Reuben er eentje en nam er zelf ook een. Reuben haalde zijn aansteker tevoorschijn en stak ze allebei aan. Frieda was geïrriteerd. Die twee straalden een heimelijk soort triomfantelijkheid en ondeugendheid uit, alsof ze twee kleine jongens waren, en zij de bazige volwassene.

'Thee, Frieda?' vroeg Reuben.

'Ja, graag. Al kon je me ook wat van die wodka aanbieden die je onder de gootsteen verstopt hebt.'

De twee mannen keken elkaar aan.

'Je controleert me,' zei Reuben. 'Je komt kijken of ik weer aan het werk kan.'

'En, kun je dat?'

'Het is vadermoord,' zei Reuben. 'Wat je altijd al wilde.'

'Wat ik wil is dat de vader weer komt werken als hij daar klaar voor is, en niet eerder.'

'Het is zondag. Ik kan op zondag drinken en maandag evengoed gaan werken. Ik kan trouwens ook op maandag drinken en maandag toch nog gaan werken. Jij bent mijn baas niet.'

'Ik ga thee zetten,' zei Josef ongemakkelijk.

'Ik wil geen thee,' zei Reuben. 'Engelsen denken altijd dat met thee alles beter zal gaan.'

'Ik ben niet Engels,' zei Josef.

'Ik had niet bepaald zin om hierheen te gaan,' zei Frieda.

'Waarom ben je dan gekomen? Omdat het je opgedragen was? Ben je gestúúrd? Nou? Door de onstuimige jonge Paz? Dat is niet Frieda Klein zoals ik haar ken. Die Frieda Klein doet wat ze wil.' Hij liet zijn sigaret op de grond vallen en drukte hem uit met zijn hak. Josef bukte zich, raapte de peuk op en liep er zorgvuldig mee in zijn handpalm naar de vuilnisbak.

'Hoe jij wilt leven, moet je helemaal zelf weten, Reuben. Voor mijn part drink je de hele dag wodka en breek je je hele huis af, prima. Maar je bent arts. Het is je taak om mensen te genezen. De mensen die naar het instituut komen, zijn soms heel kwetsbaar en zwak en stellen vertrouwen in ons. Jij komt niet terug voordat we zeker weten dat je het vertrouwen van de patiënten niet beschaamt. En het kan me niet schelen of je boos op me bent.'

'Boos ben ik zeker, ja.'

'Je hebt zelfmedelijden. Ingrid is bij je weggegaan, en je vindt dat je slecht behandeld bent door je collega's. Maar Ingrid is bij je weggegaan omdat je al jarenlang vreemdgaat met de een na de ander, en je collega's hebben op jouw gedrag op het instituut gereageerd op de enige manier die ze konden. Dáárom ben je boos. Omdat je weet dat je fout zit.'

Reuben opende zijn mond om iets te zeggen, maar zweeg. Hij kreunde, stak een sigaret op en ging aan de keukentafel zitten. 'Jij gunt iemand ook totaal geen plek om zich te verstoppen, hè Frieda?'

'Wil je een plek om je te verstoppen?'

'Natuurlijk. Dat wil toch iedereen?' Hij streek met zijn handen door zijn haar, dat tijdens zijn gedwongen verlof tot over zijn schouders was gegroeid en dat hem nog meer het aanzien gaf van een dichter na een wilde nacht. 'Niemand schaamt zich graag.'

Frieda ging tegenover hem zitten. 'Nu we het er toch over hebben,' zei ze, 'er zijn een paar dingen waar ik het met je over wil hebben.'

Hij glimlachte quasizielig. 'Moet ik me hierdoor beter voelen? Jouw schaamte versus de mijne?'

'Ik wil iets met je bespreken,' zei Frieda, 'als je het goedvindt.'

'Ik vind het goed,' zei Reuben. 'Het is alleen wel erg onverwacht.'

De dinsdag daarop vertelde Alan Frieda een verhaal. Hij praatte anders dan anders, verbeterde zichzelf voortdurend, sprong heen en weer in de tijd en kwam terug op zaken die hij had overgeslagen. Hij praatte aan één stuk door, en zijn verhaal was duidelijk en coherent. Frieda nam aan dat hij het een paar keer had gerepeteerd, erover had nagedacht en alles wat onduidelijk of tegenstrijdig was eruit had gehaald voordat hij er bij haar over was begonnen.

'Gisterochtend,' zei hij, nadat hij bij wijze van voorbereiding zijn benen een paar keer over elkaar had geslagen en weer naast elkaar had gezet, met zijn handen over zijn broekspijpen had gestreken en een paar keer had gehoest, 'gisterochtend moest ik een bouwplan controleren. Ik ben met ziekteverlof, maar af en toe ga ik nog wel langs bij de afdeling om de voortgang te bewaken. Er zijn zaken waar alleen ik verstand van heb. Nu ging het om de verbouwing van een kantoorpand in Hackney, in de buurt van Eastway. Ken je die buurt?'

'Het is niet echt mijn favoriete stadsdeel,' zei Frieda.

'Het is er een beetje chaotisch met al die bouwprojecten voor de Olympische Spelen. Het is alsof er op de ruïnes van de oude stad een nieuwe stad wordt gebouwd. En omdat ze de opleveringsdatum niet halen, zetten ze steeds meer mensen aan het werk. Maar goed, toen ik daar klaar was, ben ik een wandeling gaan maken. Het was koud, maar ik had behoefte aan frisse lucht om een helder hoofd te krijgen. Eerlijk gezegd voel ik me op het moment altijd een beetje opgejaagd als ik aan het werk ga.

Ik ben langs het kanaal gelopen en toen Victoria Park in gegaan. Het voelde als een bevrijding om eens ergens anders heen te lopen. Er waren nogal wat mensen in het park, maar niemand liep daar voor zijn plezier. Alle mensen leken haast te hebben – keken strak voor zich uit, zetten er flink de pas in. Iedereen was op weg ergens naartoe behalve ik; zo leek het tenminste. Maar eigenlijk keek ik niet naar de mensen. Ik ben bij de *bowling green* even op een bankje gaan zitten, waar ik heb zitten nadenken over de afgelopen weken en me afvroeg wat er voor me in het verschiet ligt. Ik was behoorlijk moe – ik ben tegenwoordig altijd moe. Alles was een beetje wazig. In de verte, richting Stratford en Lee Valley Park, zag ik een stel hijskranen. Toen ik opstond, ben ik tussen de vijvers door gelopen. Er is daar een muziektent en een fontein. Alles zag er verlaten uit; 's winters is dat allemaal buiten bedrijf. Aan de andere kant ben ik het park uit gelopen en de straat overgestoken. Daar heb ik etalages bekeken. Ik zag een antiekwinkel – nou ja, antiek is een groot woord: een rommelwinkeltje was het meer. Vroeger kocht ik veel oude meubels. Ik dacht dat ik er oog voor had. Carrie heeft er een hekel aan. Ze wil dat ik de spullen die ik heb wegdoe, niet dat ik er nog meer bijkoop. Toch vind ik het leuk om rond te neuzen en te kijken wat voor prijzen ze vragen. Er waren daar een paar leuke adresjes. Er was bijvoorbeeld een winkel in huishoudelijke artikelen, dweilen en emmers en zo, en een winkel in rare kleren, waar ze van die spullen verkopen die oude vrouwen dragen: vesten en tweedjassen. Je zult je wel afvragen waarom ik dit vertel, hè?' Frieda reageerde niet. 'Nou, op een gegeven moment stond ik voor weer een ander bric-à-bracwinkeltje vol met spullen waarvan je je niet kunt voorstellen dat iemand die koopt of verkoopt. Ik weet nog dat ik naar een opgezette uil stond te kijken die op een soort namaaktak zat en dat ik me stond af te vragen of Carrie ook nog een dode vogel in huis zou tolereren.

Terwijl ik daar stond, kwam er een vrouw naar me toe. Eerst besteedde ik geen aandacht aan haar. Ze liep naar me te lonken, als je snapt wat ik bedoel. Ze droeg een feloranje jasje, een kort strak rokje en laarzen met hoge hakken.'

Alan schoof zenuwachtig heen en weer en sloeg zijn ogen neer. Hij praatte door, maar keek Frieda niet meer aan.

'Ineens drong het tot me door dat ze tegen mij sprak. Ze zei: "Hé, jij!" en duwde zich dicht tegen me aan.' Alan zweeg even en ging toen door. 'Ze sloeg haar armen om me heen en kuste me. Ze... Het was een echte zoen, een tongzoen. Je weet, als je droomt en er overkomt je iets vreemds, dan accepteer je dat gewoon en laat je het gebeuren. Nou, zo verging het mij toen ook. Ik heb haar niet weggeduwd. Ik had het gevoel dat ik in een film speelde of zo, dat dit alles mij niet overkwam, maar iemand anders.' Hij slikte. 'Er zat bloed op mijn lip. Nou, in elk geval, na een tijdje maakte ze zich van me los. Ze zei: "Bel me. Het is al een tijdje geleden. Heb je me niet gemist?" En toen liep ze weg. Ik stond als aan de grond genageld en kon alleen maar kijken hoe ze wegliep in dat oranje jasje.'

Er viel een stilte.

'En verder?' vroeg Frieda.

'Is dit niet genoeg?' zei Alan. 'Dat een wildvreemde vrouw op me afkomt en me begint te zoenen? Wat wil je nog meer?'

'Ik bedoel: wat heb je gedaan?'

'Ik wilde haar achterna. Ik wilde niet dat het zou eindigen. Maar ik ben blijven staan, en pas toen ze weg was, werd ik weer de oude, als je snapt wat ik bedoel – de saaie, oude Alan, die eigenlijk nooit iets meemaakt.'

'Hoe zag die vrouw eruit?' vroeg Frieda. 'Of heb je alleen haar jas, rok en laarzen gezien?'

'Ze had lang haar, een soort rossig blond. Van die rinkelende oorbellen.' Alan streek langs zijn eigen oorlelletjes. Hij hoestte en kreeg een kleur. 'Grote borsten. En ze rook naar sigaretten en nog iets anders.' Hij snoof. 'Gist of zoiets.'

'En haar gezicht?'

'Weet ik niet.'

'Heb je haar gezicht niet gezien?'

Hij keek verward. 'Ik kan het me niet herinneren. Volgens mij was ze...' – hij hoestte – '... je weet wel, knap. Het ging allemaal zo snel. En ik had de meeste tijd mijn ogen dicht.'

'Je had dus op straat een opwindende erotische ervaring met een vrouw die je niet kende en wier gezicht je nauwelijks gezien hebt.'

'Ja,' zei Alan. 'Maar daar ben ik eigenlijk helemaal het type niet voor.'

'Is het echt gebeurd?'

'Soms denk ik van niet – dat ik op dat bankje in het park in slaap ben gevallen en het gedroomd heb.'

'Vond je het plezierig?'

Alan dacht even na en grijnsde bijna, maar leek zichzelf te corrigeren. 'Ik was opgewonden, als je dat bedoelt. Ja. Als het echt gebeurd is, deugt het niet, en als ik het heb verzonnen, deugt het ook niet. Maar op een andere manier.' Hij trok een grimas. 'Wat zou Carrie ervan zeggen?'

'Je hebt het haar niet verteld?'

'Nee! Nee, natuurlijk niet. Ik kan haar toch niet vertellen dat, hoewel we nu al maandenlang niet met elkaar naar bed zijn geweest, ik me door een mooie vrouw met grote borsten heb laten kussen, maar dat ik niet weet of het echt is gebeurd of dat ik het alleen maar wilde?'

'Wat denk je zelf?' vroeg Frieda.

'Ik heb al eens gezegd dat ik mezelf onzichtbaar voel. De mensen zien me niet staan, en als ze het wel doen, verwarren ze me met iemand anders. En toen dit gebeurde, was ik in de verleiding om met die vrouw mee te gaan, om te doen alsof ik degene was voor wie ze me aanzag. Het leek me dat mijn dubbelganger meer plezier had dan ik.'

'En wat wil je dat ik ervan zeg?'

'Toen het gebeurd was, was ik totaal in de war, en toen bedacht ik dat dokter Klein graag wil dat ik dit soort dingen vertel. Meestal vind ik wat ik je vertel tamelijk saai, maar dit vond ik zo vreemd en zelfs een beetje griezelig dat ik het per se met je wilde bespreken.'

Frieda moest hier onwillekeurig om glimlachen. 'Je denkt dat ik speciale interesse heb in vreemde, griezelige ervaringen?'

Hij sloeg zijn handen voor zijn gezicht. Tussen zijn vingers door zei hij: 'Alles was altijd zo eenvoudig, en nu is niets meer eenvoudig. Ik weet niet eens meer wie ik ben, en het verschil tussen de realiteit en wat alleen maar in mijn gedachten leeft weet ik ook niet meer.'

26

'Wat vind jij ervan?' vroeg Frieda.

Jack trok een grimas. 'Het is een klassieke erotische fantasie,' zei hij.

Ze zaten bij Number 9, dat hun vaste stek was geworden voor Jacks supervisiesessies, en Jack zat inmiddels aan zijn tweede cappuccino. Hij vond het er plezierig: Kerry – moederlijk en flirterig tegelijk – had aandacht voor hem, Marcus kwam af en toe de keuken uit om hem zijn nieuwste baksel te laten proeven (vandaag was dat een Bakewell-taart met marmelade, waar Jack een hapje van nam, hoewel hij eigenlijk niet van marmelade hield), en Katja kwam soms bij Frieda op schoot zitten. Volgens Jack vond Katja het prettig bij Frieda, zoals katten een voorkeur hebben voor mensen die geen aandacht aan ze besteden. Frieda negeerde haar, en soms haalde ze haar gewoon van haar schoot en zette haar op de grond.

'Hoe bedoel je?'

'Voor mannen, tenminste. Je wordt benaderd door een vrouw die je seksueel provoceert, die je uit je saaie, alledaagse leven trekt en je in een vreemd, spannender bestaan binnenvoert.'

'En waar staat deze vrouw dan voor?'

'Voor jou, misschien,' zei Jack, en nam snel een slok koffie.

'Voor mij?' zei Frieda. 'Grote borsten, oranje jasje, strak kort rokje en rossig blond haar?'

Jack kreeg een kleur en keek om zich heen of iemand anders in de zaak het had gehoord. 'Zij is voor hem een geseksualiseerde versie van jou,' zei hij. 'Een klassiek voorbeeld van overdracht. Jij komt als vrouw in zijn gewone leven. Hij kan met jou praten zoals hij dat met zijn eigen vrouw niet kan. Maar dat moet hij wel verbergen, en doet dat door middel van de overdreven seksualiteit van deze vrouwenfiguur.'

'Interessant,' zei Frieda. 'Lijkt een beetje op theorie uit een leerboek, maar wel interessant. Nog andere theorieën?'

Jack dacht even na. 'Wat mij interesseert, is dat hij telkens weer begint over zijn anonimiteit, dat hij het gevoel heeft dat hij met anderen wordt verward. Het zou een geval kunnen zijn van het solipsismesyndroom. Je weet wel, waarbij iemand in een toestand van dissociatie terechtkomt en denkt dat alleen hijzelf een echt mens is en dat alle anderen zijn vervangen door acteurs of robots of zo.'

'In dat geval zou er bij hem een MRI-scan moeten worden gedaan.'

'Het is maar een theorie,' zei Jack. 'Ik zou het niet aanbevelen, tenzij er andere symptomen van cognitieve stoornissen zijn.'

'Nog andere mogelijkheden?'

'Ik heb geleerd om te luisteren naar de patiënt. Het kan natuurlijk best zijn dat die vrouw hem gewoon heeft aangezien voor iemand anders en dat het voorval niet veel te betekenen heeft.'

'Kun jij je voorstellen dat je naar een meisje toe loopt en haar per vergissing zoent?'

Jack kon zich wel een paar situaties voorstellen, maar noemde ze niet. 'Hij moet veel geleken hebben op degene die zij dacht dat hij was,' zei hij. 'Als het tenminste echt is gebeurd. Maar als ik van jou iets heb geleerd, is het dat we ons steeds moeten richten op wat zich in het hoofd van de patiënt afspeelt, en dat het irrelevant is of datgene wat de patiënt vertelt echt gebeurd is of niet. We moeten ons concentreren op de betekenis die het voor Alan heeft en op de vraag waarom hij het jou vertelde.'

Frieda fronste haar voorhoofd. Het was raar om haar eigen woorden zo terug te horen. Het klonk dogmatisch en niet overtuigend. 'Nee,' zei ze. 'Er is een groot verschil tussen iemand die wordt aangezien voor iemand anders, om wat voor reden dan ook, en iemand die alleen maar dénkt dat hij voor een ander wordt aangezien. Zou het niet interessant zijn om te proberen te achterhalen of die ontmoeting echt heeft plaatsgevonden?'

'Interessant wel, ja,' zei Jack, 'maar het is ondoenlijk. Je zou bij dat winkeltje moeten gaan rondhangen in de hoop iemand te zien die daar twee dagen geleden ook in de buurt is geweest en die je niet eens zou herkennen, omdat je immers niet weet hoe ze eruitziet.'

'Ik hoopte dat jij het zou willen proberen,' zei Frieda.

'O,' zei Jack.

Jack had de neiging hier een paar dingen op te zeggen: dat het niets te maken had met zijn opleiding, dat het onprofessioneel van haar was om hem dit te vragen, dat de kans de vrouw te vinden nihil was, en dat zelfs als hij haar wel vond, het niet de moeite waard zou zijn. Hij vroeg zich bovendien af of er niet een regel bestond die het verbiedt om zonder toestemming van de patiënt diens gangen na te gaan. Maar dit zei hij allemaal niet. Hij was eigenlijk wel blij dat Frieda hem dit vroeg, en merkwaardigerwijs was hij helemaal blij dat ze hem zoiets buitenissigs vroeg te doen. Een normale extra opdracht zou hij zonder meer hebben gedaan. Maar dit was eigenlijk een beetje ongepast, het had iets intiems. Of hield hij zichzelf voor de gek?

'Oké,' zei hij.

'Mooi.'

'Frieda!'

De stem kwam van achteren, en nog voordat hij zag wie het was, zag hij Frieda's gezicht betrekken.

'Wat doe jij hier?'

Jack draaide zich om en zag een meisje met lange benen, donkerblond haar en een gezicht dat er jong en kinderlijk uitzag onder de dikke laag make-up.

'Ik kom voor mijn bijles. Je zei dat we voor de verandering hier zouden afspreken.' Ze keek Jack even aan, die voelde dat hij een kleur kreeg.

'Je bent te vroeg.'

'Daar zou je juist blij om moeten zijn.' Ze ging aan hun tafeltje zitten en trok haar handschoenen uit. Haar vingernagels waren afgekloven en donkerpaars gelakt. 'Het is koud buiten. Ik wil iets waar ik warm van word. Stel je ons niet aan elkaar voor?'

'Jack wilde net weggaan,' zei Frieda kortaf.

'Ik ben Chloë Klein.' Hij schudde haar uitgestoken hand. 'Haar nichtje.'

'Jack Dargan,' zei hij.

'Waar kennen jullie elkaar van?'

'Doet er niet toe,' zei Frieda haastig. 'Scheikunde.' Ze knikte Jack toe. 'Bedankt voor je hulp.'

Hij kon gaan, dat was duidelijk. Hij stond op.

'Was leuk je te ontmoeten,' zei Chloë. Ze keek alsof ze vond dat ze het goed met zichzelf had getroffen.

Toen Jack het station Hackney Wick verliet, keek hij op zijn stadsplattegrond. Hij liep in de richting van het punt waar het Grand Union Canal zich in oostelijke richting aftakt van de rivier de Lea. Hij droeg een sweatshirt, een trui, een lichte parka, fietshandschoenen en een wollen muts met oorbeschermers, maar toch rilde hij nog van de kou. Het kanaal zag er zanderig uit; er lag een smurrie op die nog geen echt ijs was. Hij liep langs het jaagpad tot hij aan zijn rechterhand het hek van het park zag. Hij bekeek de aantekeningen van de sessie met Alan die hij had meegenomen. Verderop zag hij de speeltuin. Er stond een ijskoude wind, die zo venijnig in zijn wangen prikte dat hij niet kon zeggen of ze koud of warm waren. Toch zag hij in de speeltuin buggy's met dik ingepakte figuurtjes, en op de tennisbaan stonden zelfs twee in trainingspakken gehulde figuren. Jack bleef staan en keek door het gaas. Het waren twee oudere, grijze mannen, die de bal hard en laag heen en weer sloegen. Jack was onder de indruk. Een van de mannen schoot op het net af, en de ander sloeg een lob. De eerste rende terug. De bal kwam net binnen de lijn neer.

'Uit!' riep de man hard. 'Pech!'

Jack voelde hoe ijskoud zijn vingers in zijn handschoenen waren. Terwijl hij van de tennisbaan wegliep, deed hij zijn rechterhandschoen uit en stopte zijn hand onder zijn shirt tegen zijn borst om weer wat gevoel in zijn vingers te krijgen. Hij ging linksaf het hoofdpad op. Rechts zag hij de bowling green en, even verderop, de muziektent en de fontein. Hij keek om zich heen. Er was bijna niemand. Hier en daar liep iemand met een hond. In de verte was een stel tieners aan het dollen en elkaar aan het duwen. Dit was geen weer om buiten te zijn als het niet hoefde. Hij dacht eraan hoe Alan Dekker hier had gelopen om een beetje helder van geest te worden, als hij er tenminste echt was geweest. Maar nu Jack hier liep, begon hij te geloven dat Alan toch wel in zekere zin de waarheid had gesproken. Daarvoor was zijn beschrijving van het kanaal, de speeltuin en de muziektent te gedetailleerd. Waarom zou je je daar druk om maken als het maar een droom was geweest? Ook voelde hij zich, hier in de snijdende noordenwind lopend, helderder van geest worden. Hij was ontevreden over het hele begrip therapie als zodanig. Was het echt zo belangrijk om over alles te praten? Kwam je door dat praten niet met je patiënt in een wirwar van gevoelens terecht, terwijl je hem eigenlijk moest genezen? Misschien was dat een extra reden voor hem geweest om dit voor Frieda te willen doen. Het gaf een goed gevoel om erop uit te gaan en te kijken of Alan de waarheid had gesproken of niet. Maar hoe groot was de kans dat hij iets zou ontdekken?

Jack verliet het park in de zuidhoek, stak de straat over en liep langs de winkels. Ze zagen er precies zo uit als Alan had beschreven. Bij de winkel in huishoudelijke artikelen ging hij naar binnen; zo'n zaak waarvan hij eigenlijk had gedacht dat die niet meer bestond. Er was zo ongeveer alles te vinden wat hij eigenlijk voor thuis nog nodig had, maar aan de aanschaf waarvan hij nooit was toegekomen: afwasteiltjes, trapleren, schroevendraaiers, zaklampen. Hij zou hier met een geleende auto nog eens naartoe moeten rijden en die helemaal vol laden. Een paar meter verder was het tweedehands winkeltje met de opgezette uil in de etalage. De vogel zag er sjofel uit, zijn veren vielen uit en hij leek hem met zijn grote poppenogen aan te staren. Jack probeerde zich voor te stellen hoe het zou zijn om een uil af te schieten en op te zetten.

Er hing geen prijskaartje aan. Hij was misschien niet eens te koop.

Hij keek om zich heen. Dit was de plek waar Alan de vrouw had ontmoet. Als het waar was. Hij had gezegd dat er niemand op straat was en dat hij haar ineens op zich af had zien komen. Zou ze hier ergens wonen? Jack liep achteruit en keek boven de winkels. Daar woonden inderdaad mensen, en tussen de winkels waren voordeuren, waarvan er een aantal dichtgetimmerd waren, met erboven een bord TE KOOP. Maar hij kon niet lukraak aanbellen en kijken of er misschien open werd gedaan door een vrouw met grote borsten. De volgende winkel in de straat was een wasserette met een barst in het raam. Alan had niet gezegd dat ze wasgoed bij zich had gehad, maar hij had ook niet gezegd dat ze niets in haar handen had. Jack liep naar binnen en ademde dankbaar de warme lucht in. Helemaal achterin was een vrouw bezig wasgoed op te vouwen. Toen ze Jack zag, liep ze naar hem toe. Ze had zwart haar en een moedervlek boven haar mond.

'Komt u was ophalen?' vroeg ze.

'Een paar dagen geleden is hier een kennis van me geweest,' zei Jack. 'Een vrouw in een feloranje jasje.'

'Heb ik nooit gezien.'

Jack vond dat hij het daar niet bij kon laten, maar besloot dat wel te doen, waarna hij ineens iets anders bedacht. 'Overigens, ik ben arts, en u zou misschien eens naar die moedervlek moeten laten kijken.'

'Hè?'

Jack tikte met zijn vinger op zijn eigen gezicht, net boven zijn mond. 'Daar moet misschien eens iemand naar kijken.'

'Rot op, bemoei je met je eigen zaken,' zei de vrouw.

'Sorry, u hebt gelijk. Neem me niet kwalijk,' zei Jack, en hij droop af.

Ernaast was een eethuisje, een echte ouderwetse gaarkeuken. Hij liep naar binnen. Er was niemand, op een tandeloze oude man na, die in een hoek luidruchtig thee zat te slurpen. Hij keek Jack met waterige ogen aan. Jack keek op zijn telefoon: tien voor halftwee. Hij ging aan een tafeltje zitten, waarna een vrouw in een blauw nylon schort naar hem toe kwam. Ze slofte op pantoffels over de niet al te schone vloer. Jack keek op het menubord en bestelde gebakken eieren met bacon, worstjes, gebakken tomaat en patat, en een kop thee.

'Verder nog iets?' zei de vrouw.

'Ik ben op zoek naar een vrouw met een feloranje jasje en blond haar en veel sieraden. Kent u haar?'

'Wat moet u?' zei de vrouw met een sterk accent. Ze keek hem achterdochtig aan.

'Ik vroeg me af of ze weleens hier kwam.'

'U zegt dat u haar hier hebt ontmoet?'

'Haar ontmoet?'

'Niet hier.'

Er volgden nog enkele vragen en antwoorden over en weer, maar uiteindelijk wist Jack nog niet of de serveerster de vrouw kende en of ze zijn vragen zelfs maar begrepen had. Toen het eten gebracht werd, voelde Jack zich vreemd blij. Hij had het gevoel dat dit een soort voedsel was dat hij alleen maar kon eten als hij alleen was, op een plek waar niemand hem kende en met slechts onbekenden als gezelschap. Hij was net bezig met een patatje het laatste eigeel op te vegen en bedacht zich wat hij hierna zou doen, toen hij haar zag. Of liever gezegd: hij zag een vrouw in een feloranje jasje met lang blond haar en een strakke zwarte legging op hoge hakken voor het raam langslopen. Even bleef hij als versteend zitten. Was het een hallucinatie of had hij haar zojuist werkelijk gezien? En zo ja, wat moest hij dan nu doen? Hij kon haar niet laten gaan. Dit was de realiteit. Hij moest haar aanspreken. Maar wat moest hij in godsnaam zeggen? Hij sprong op, morste thee over zijn vettige bord en graaide in zijn zak naar kleingeld. Hij gooide veel te veel munten op tafel, waarvan er verscheidene wegrolden en op de grond vielen. Het geroep van de serveerster negerend rende hij de deur uit. Hij zag haar nog, haar jasje was als een baken te midden van alle gradaties van bruin en grijs van de andere voetgangers.

Hij rende naar haar toe en was meteen buiten adem. Voor iemand op hoge hakken liep ze verrassend snel. Ze heupwiegde.

Toen hij dichterbij kwam zag hij dat ze op blote voeten in kennelijk een maatje te kleine sandalen liep, waardoor haar voeten opgezet waren. Toen hij naast haar liep, legde hij zijn hand op haar arm. 'Neem me niet kwalijk,' zei hij.

De vrouw draaide zich naar hem toe, en hij voelde een rilling van schrik door zich heen gaan. Hij had gedacht dat ze jong, mooi en sexy was – dat had Alan tenminste gesuggereerd – maar de vrouw was niet jong, en ze had hangborsten. Haar huid was deegachtig en zat vol rimpels en groeven onder de dikke laag makeup. Ze had uitslag op haar voorhoofd, en haar met donkere eyeliner en overdadige mascara aangezette ogen vertoonden rode vlekjes. Ze zag er uitgeput, ziek en ellendig uit. Ze trok haar gezicht in een plooi die een glimlach moest voorstellen, zag hij. 'Wat kan ik voor je doen, schat?'

'Sorry dat ik u stoor. Ik wilde alleen iets vragen.'

'Ik heet Heidi.'

'Nou... Heidi... Ik... Het is moeilijk uit te leggen, maar...'

'Je bent verlegen, hè? Dertig pond voor een Frans nummertje.'

'Ik wilde met u praten.'

'Praten?' Ze keek onverschillig, en hij moest blozen. 'Natuurlijk kunnen we praten. Wat jij wilt. Kost je ook dertig pond.'

'Het gaat alleen over...'

'Dertig pond.'

'Ik weet niet of ik zoveel bij me heb.'

'Je sprak me in een opwelling aan, hè? Hier verderop is een geldautomaat.' Ze wees. 'En dan kun je bij me langskomen, als je nog wilt praten. Ik woon op 41B. Bovenste bel.'

'Maar u begrijpt het niet.'

Ze haalde haar schouders op. 'Voor dertig pond begrijp ik zoveel als je wilt.'

Jack keek haar na terwijl ze overstak. Even overwoog hij om linea recta naar huis te gaan. Hij schaamde zich een beetje. Maar hij kon niet zomaar weggaan, nu hij haar had gevonden. Hij ging naar de geldautomaat, haalde er veertig pond uit en liep toen naar nummer 41B. Het was boven een winkel waar volgens het bord een islamitische slagerij in had gezeten, maar die nu leegstond. De ijzeren rolluiken stonden vol graffiti. Jack haalde diep adem. Toen hij op de bovenste bel drukte, had hij het gevoel dat alle voorbijgangers naar hem keken en in zichzelf lachten. Heidi drukte op de zoemer, en de deur ging open.

Ze droeg een laag uitgesneden, limoengroen topje. Alan had gezegd dat ze naar gist rook, maar nu had ze duidelijk een parfumverstuiver gebruikt. Ze had haar lippen opnieuw gestift en haar haar geborsteld.

'Kom maar binnen dan.'

Jack ging naar binnen en betrad een kleine zitkamer, waar het halfdonker en drukkend warm was. Voor het raam hingen dunne paarse gordijnen. Op de muur ertegenover, boven de grote, lage bank, hing een reproductie van de *Mona Lisa*. Elk vrij plekje in het vertrek was ingenomen door aardewerken snuisterijen.

'Ik zeg maar meteen dat ik niet ben wat u denkt.' Zijn stem klonk te hard. 'Ik ben arts.'

'Dat geeft niet.'

'Ik wilde u iets vragen.'

Haar glimlach verdween, haar ogen stonden waakzaam en argwanend. 'Je bent geen hoerenloper?'

'Nee.'

'Arts? Ik ben schoon, hoor, als het je daarom te doen is.'

Jack was enigszins wanhopig. 'Het gaat om een man die u kent,' zei hij. 'Met grijs haar.'

Heidi liet zich op de bank zakken. Jack zag hoe moe ze was. Ze pakte een fles Dubonnet die voor haar op de grond stond, vulde een glaasje tot aan de rand en sloeg de inhoud in één teug naar binnen, waardoor ze hevig moest hoesten. Een sliertje kwijl liep langs haar kin naar beneden. Toen haalde ze een sigaret uit het pakje op tafel, stak hem in haar mond, stak hem aan en inhaleerde gulzig. De rook bleef hangen in de bedompte lucht.

'U hebt hem laatst gezoend.'

'Je méént het!'

Jack dwong zichzelf om door te gaan. Hij voelde zich erg ongemakkelijk en schoof heen en weer op zijn stoel. Hij zag zichzelf zoals de vrouw – Heidi – hem moest zien: een wellustige, puriteinse viespeuk, een onbeholpen jongeman die ondanks zijn leeftijd en zijn beroep nooit zijn adolescente angst voor vrouwen te boven was gekomen. Hij voelde dat het zweet op zijn voorhoofd stond. Onder zijn kleren jeukte het.

'Ik bedoel, u bent op straat op hem afgestapt en u hebt hem gezoend. Vlak bij het eethuisje en de winkel met de uil in de etalage.'

'Is dit een zieke grap of zo?'

'Nee.'

'Wie heeft je gestuurd?'

'Nee, eerlijk, u begrijpt me verkeerd. Mijn vriend, de man met het grijze haar, verbaasde zich erover, en ik wilde alleen maar weten of...'

'Smeerlap.'

'Pardon?'

'Die vriend van je. Vreemde vrienden hou jij erop na, moet ik zeggen. Maar betalen doet hij tenminste wel. Hij betaalt graag. Dat geeft hem het recht om ons zo smerig te behandelen als hij wil.'

'Alan?'

'Wat zei je?'

'Hij heet Alan.'

'Nee, zo heet hij niet.'

'Hoe heet hij dan volgens u?'

Heidi vulde haar glas nog eens tot de rand met Dubonnet en dronk het op.

'Hier, alstublieft,' zei hij. Hij pakte het geld uit zijn achterzak, haalde er een briefje van tien af en gaf de rest aan haar.

'Dean Reeve. En als je tegen hem zegt dat je het van mij hebt, zal je dat bezuren. Dat zweer ik.'

'Ik zal niks zeggen. Weet u toevallig waar hij woont?'

'Ik ben er één keer geweest, toen zijn vrouw weg was.'

Jack tastte in zijn zak en haalde een pen en een oud receptbriefje tevoorschijn, die hij haar aanreikte. Ze schreef iets op de achterkant van het briefje en gaf het aan hem terug.

'Wat heeft hij gedaan?'

'Dat weet ik niet precies,' zei Jack.

Toen hij wegging, gaf hij haar ook het laatste tienpondbiljet. Hij wilde zich verontschuldigen, maar hij wist niet waarvoor.

Jack ging in de metro tegenover een man met een kaal hoofd en een martiale snor zitten die een tijdschrift over wapens zat te lezen. Toen Jack Frieda had verteld dat hij de mysterieuze vrouw van Alan daadwerkelijk had ontmoet, stond ze erop bij hem thuis langs te komen. Jack had zwakjes geprotesteerd: hij wilde niet dat ze zou zien waar hij woonde, en zeker niet in de staat waarin hij zijn huis die ochtend had achtergelaten. Hij was bezorgd wie van zijn huisgenoten er zouden zijn en wat ze zouden zeggen. En om alles nog erger te maken, kreeg de metro terug naar huis vertraging – iemand onder de trein, werd er omgeroepen. Hij wilde net zijn sleutel in het slot steken toen hij haar zag aankomen. Het begon al donker te worden, en ze had zich dik ingepakt tegen de kou, maar hij zou haar overal herkend hebben aan haar manier van lopen – snel en kaarsrecht. Ze was altijd zo doelgericht, dacht hij, en hij was opgetogen omdat hij succes had gehad en iets voor haar had.

Ze kwam aanlopen toen hij de deur openduwde. De gang lag vol reclamefolders, hier en daar lagen schoenen, en er stond een fiets tegen de muur waar ze zich langs moesten wurmen. Van boven klonk harde muziek.

'Het is misschien een beetje rommelig,' zei hij.

'Geeft niks.'

'Ik weet niet of er melk is.'

'Ik hoef geen melk.'

'De verwarming doet het niet goed.'

'Ik ben warm aangekleed.'

'In de keuken is het wel warm.' Maar toen hij de keukendeur had geopend, deed hij die onmiddellijk weer dicht. 'De huiskamer is wat comfortabeler, denk ik,' zei hij. 'Ik zet het straalkacheltje wel aan.'

'Prima, Jack,' zei Frieda. 'Ik wil alleen precies horen wat er gebeurd is.'

'Het was ongelooflijk,' zei Jack.

Het zag er in de huiskamer niet veel beter uit dan in de keuken. Hij probeerde met Frieda's ogen te kijken: de bank was een afschuwelijk leren geval dat ze ooit van de ouders van een vriend hadden gekregen toen ze hier kwamen wonen. In de armleuning zat een grote scheur, waar witte pluisjes uit kwamen. De muren waren in een gemene groene kleur geschilderd, en overal stonden en lagen flessen, bekers, borden en kledingstukken. Op de vensterbank stonden dode bloemen. Zijn squashtas stond open op de grond, met een vuil hemd en een samengebald paar sokken erbovenop. Het anatomisch verantwoorde skelet dat hij sinds zijn eerste studiejaar bezat, stond midden in de kamer, behangen met knipperende kerstverlichting en met een paar hoofddeksels op de schedel, terwijl aan een van de vingers een kanten slipje bungelde. Hij veegde de tijdschriften van tafel en gooide er de jas overheen die op de bank lag. In een therapiesessie bij Frieda had hij kunnen zeggen dat hij in een chaos leefde en dat hij daardoor weleens het idee had dat hij zijn eigen leven ook niet helemaal op orde had. Als hij degene was geweest die die tijdschriften las (wat niet het geval was, al keek hij er weleens in), had hij ook daarover kunnen praten. Hij had kunnen vertellen dat hij het idee had dat hij in een soort niemandsland verkeerde, tussen zijn oude studentenleven en de wereld van de volwassenen, die altijd een wereld van anderen had geleken, niet van hem. Hij had een beschrijving kunnen geven van de chaos in zijn innerlijk. Het enige wat hij niet wilde, was dat ze daar zo direct getuige van zou zijn.

'Ga zitten. Sorry, ik zal dat ook even weghalen.' Hij pakte de laptop en de ketchupfles van de stoel. 'Het is niet altijd zo'n troep, hoor,' zei hij. 'Mijn huisgenoten zijn soms een beetje slordig.'

'Ik ben ook student geweest,' zei Frieda.

'Maar we zijn geen studenten,' zei Jack. 'Ik ben arts, min of meer. En Greta is accountant, al zou je dat niet geloven.'

'Je hebt haar gevonden.'

'Ja,' zei Jack, ineens opgelucht. 'Niet te geloven, hè? Ik had het net zo'n beetje opgegeven, en toen was ze er ineens. Het was alleen wel een beetje verwarrend. Een beetje raar allemaal – ze was wel de vrouw die Alan beschreef, maar... nou ja, tegelijkertijd was ze het ook niet. Niet echt.'

'Begin maar bij het begin,' gebood Frieda.

Terwijl ze geconcentreerd luisterde, vertelde Jack haar alles wat er gebeurd was. Hij gaf zo goed als hij kon een woordelijk verslag van zijn gesprek met de vrouw. Toen hij klaar was, viel er een stilte.

'Nou?' zei hij.

Frieda zag de kamerdeur opengaan, waarna iemand de kamer in keek, Frieda zag, haar een boze blik toewierp en zich vervolgens terugtrok. Jack kreeg een rood hoofd, tot aan zijn haarwortels.

'Smeerlap?'

'Ja, dat zei ze van Alan. Alleen heette hij volgens haar Dean.'

'Alles wat Alan vertelde was waar.' Frieda leek in zichzelf te praten. 'Alles waarvan wij dachten dat hij het misschien had gefantaseerd, heeft zich echt afgespeeld. Hij heeft niets verzonnen. Maar die vrouw – van wie hij zei dat hij haar nog nooit had gezien – kende hem.'

'Ze kende Dean Reeve,' verbeterde Jack haar. 'Dat zei ze tenminste.'

'Waarom zou ze liegen?'

'Ik denk niet dat ze loog.'

'Ze wist precies waar ik het over had, ze zei alleen dat het om iemand anders ging.'

'Ja.'

'Spiegelt hij ons dan maar wat voor? En als dat zo is, waarom dan?'

'Ze was niet de aantrekkelijke vrouw die ik had verwacht,' zei Jack. Hij vond het lastig om over Heidi te praten, maar hij wilde Frieda wel vertellen hoe hij zich had gevoeld in die warme, misselijkmakend zoet ruikende kamer, en hij deed zijn best om niet te denken aan alle mannen die de smalle trap op gesjokt waren. Hij dacht terug aan haar ogen met de rode vlekjes en voelde zich enigszins misselijk worden, alsof hij daar schuld aan had.

'Ik heb collega's gehad die met prostituees werken,' zei Frieda. Ze keek naar hem alsof ze zijn gedachten kon lezen. 'Ze zijn vaak verslaafd, misbruikt en arm. Veel aantrekkelijks hebben ze dan niet.'

'Dus Alan bezoekt prostituees onder de naam Dean. En hij kan het niet opbrengen om daar rond voor uit te komen, maar moet het verpakken in dit vreemde verhaal, waarin hij er geen enkele verantwoordelijkheid voor heeft en zij er niet zo ellendig aan toe is. Is dat wat je denkt?'

'Er is maar één manier om daarachter te komen.'

'We zouden er samen naartoe kunnen gaan.'

'Het lijkt mij beter als ik alleen ga,' zei Frieda. 'Maar je hebt het goed gedaan, Jack. Ik waardeer het en ben je heel dankbaar. Dank je wel.'

Hij mompelde iets onverstaanbaars. Het was haar niet duidelijk of hij blij was met haar compliment of teleurgesteld omdat hij niet mee mocht.

27

Alan had Heidi in de buurt van Victoria Park ontmoet. Het adres dat Jack had gekregen was aan Brewery Road in Poplar, een paar kilometer verder naar het oosten. Frieda nam de bovengrondse trein ernaartoe. Op het perron keek ze uit over de Lea, die er grauw bij lag en nog een laatste paar bochten te gaan had voordat hij in de Theems uitmondde. Ze draaide zich om en liep langs het busstation en via de voetgangerstunnel onder het gigantische kruispunt door. Boven zich voelde ze het dreunen van de vrachtwagens. De onderdoorgang leidde aan de linkerkant naar een megastore, maar na een blik op haar kaart ging ze rechtsaf, de woonwijk in. Dit was het hart van het oude East End, dat tijdens de Blitzkrieg was platgegooid door voor de havens bestemde bommen. Waar de bommen waren neergekomen stonden om de paar honderd meter, uitdagend tussen de naderhand verrezen flats en woontorens, nog enkele huizen die het hadden overleefd. De nieuwe woonwijken zagen er nu al vaal, lelijk en vervallen uit. Bij sommige flats stonden fietsen en bloempotten op het smalle balkonnetje en hingen er gordijnen voor de ramen. Andere waren dichtgetimmerd. Op een binnenplaats stond een stel jongeren ineengedoken om een met restanten van meubels gestookt vuurtje.

Frieda liep langzaam door en probeerde de sfeer op te snuiven van de wijk, die voor haar nooit meer dan een naam was geweest. Het was een vergeten en opgegeven stadsdeel. Zelfs in de bouwwijze was iets van afwijzing voelbaar. Ze liep langs een onttakeld tankstation met kuilen op de plekken waar ooit de pompen hadden gestaan en daarachter de grillige restanten van een rood bakstenen bouwsel. Toen volgde een rijtje winkelpanden, waarvan er nog maar twee in bedrijf waren – een kapper en een hengelsportwinkel, en een verlaten terrein waar brandnetels in de barsten in het beton groeiden. Ze passeerde straten vernoemd naar graafschappen in het westen van het land – Devon, Somerset, Cornwall – en andere met namen van dichters: Milton, Cowper, Wordsworth.

Ten slotte kwam ze bij een rij panden die aan de bombardementen waren ontsnapt. Frieda keek door het hek van een basisschool. Op de speelplaats waren jongens een balletje aan het trappen. Langs de kant stond een groep meisjes met hoofddoekjes te giechelen. Ze passeerde een fabriek die gesloten was. Een bord aan de voorgevel kondigde de verbouwing van kantoren en appartementen aan. Er was een pub met vuile ramen en vervolgens een rijtje huizen. De deuren en ramen waren stuk voor stuk dichtgemaakt met ijzeren platen die met bouten in de muren waren bevestigd. Frieda keek weer op haar kaart. Ze stak de straat over en liep rechtsaf Brewery Road in. De straat boog verderop naar rechts af, zodat ze niet kon zien waar hij naartoe voerde, maar bij de hoek stond een bord dat aangaf dat de straat doodliep. De winkelpanden op de hoek waren allemaal verlaten en dichtgetimmerd. Frieda las de oude opschriften – een taxibedrijf, een elektronicawinkel, een krantenwinkel. Aan de puien hingen borden van verscheidene makelaars – te huur of te koop. Verder stonden er woonhuizen, vele leegstaand, andere opgedeeld in appartementen. Eén huis stond in de steigers. Iemand had de sprong gewaagd. Het was van hier immers maar een paar minuten naar het Isle of Dogs. Over tien jaar zouden alle huizen gerenoveerd zijn en zou de straat verlevendigd zijn met een restaurant en een tapasbar.

Hij drukte zijn neus tegen het raam. Sneeuwvlokken vielen neer in een verlaten wereld. Ze had zwart haar, maar hij kon haar gezicht niet zien. Ze was niet echt, wist hij. Zulke mensen waren er niet meer. Als zo'n mooi danseresje op een muziekdoos die steeds maar ronddraait als je hem opwindt. Ooit was er een vrouw met lang rood haar die hem honingsnoepje noemde. Toen was hij Matthew, toen had hij haar hand nog niet losgelaten.

Zou ze zijn gezicht zien als ze opkeek? Maar het was zijn gezicht niet meer. Het was Simons gezicht, en Simon was van iemand anders.

De danseres verdween. Hij hoorde de bel rinkelen.

Ze bleef staan bij nummer zeventien, het adres op haar papiertje. Het huis was een beetje opgeknapt. De voordeur was glanzend donkergroen geverfd. Erboven een architraaf in achttiende-eeuwse stijl. De kozijnen aan de voorkant van het huis waren allemaal van glimmend nieuw aluminium. Boven op het tuinmuurtje waren afschrikwekkende glasscherven ingemetseld. Wat zou ze zeggen? Wat wilde ze eigenlijk te weten komen? Frieda had het gevoel dat als ze erover zou gaan nadenken, ze ermee op zou houden en weg zou gaan. Daarom dacht ze maar niet na. Ze drukte op de deurbel en hoorde de dingdong luiden. Ze wachtte even, drukte toen nog een keer en luisterde.

Niemand thuis, dacht ze bij zichzelf, maar meteen daarop bleek er wel iemand te zijn. Ze hoorde voetstappen. De deur zwaaide open, en er verscheen een vrouw die de deuropening vulde. Ze was groot, bleek en dik, en haar dikte werd nog benadrukt door het te kleine zwarte T-shirt en de zwarte legging die slechts tot halverwege haar kuiten reikte. Ze had een tatoeage van een soort gevlochten band om haar linkerbovenarm, en nog een tatoeage – een vogel, een kanarie misschien, dacht Frieda – op haar onderarm. Haar blonde haren waren donker aan de wortels, ze had wallen onder haar met blauwe make-up opgemaakte ogen, en haar lippenstift was zo donkerpaars dat haar lippen bijna zwart leken, als een blauwe plek. Ze rookte een sigaret en tikte de as af op de stoep, zodat Frieda een stapje opzij moest doen. Frieda moest denken aan de kermis waar ze ooit naartoe was geweest, zo'n haveloze, niet ongevaarlijke kermis die ze zich herinnerde van toen ze nog klein was en die tegenwoordig niet meer toegestaan zou worden. Als meisje van acht had Frieda een muntje van vijftig pence aan zo'n vrouw aangereikt, die in een glazen hokje zat bij de ingang van het spookhuis of de botsautootjes.

'Wat wilt u?'

'Sorry dat ik u stoor,' zei ze. 'Woont Dean Reeve hier?'

'Hoezo?'

'Ik wilde hem alleen even spreken.'

'Hij is er niet,' zei de vrouw, die onbeweeglijk bleef staan.

'Maar hij woont hier wel?'

'Wie bent u?'

'Ik wil alleen even met hem praten,' zei Frieda. 'Over een kennis van me. Het heeft niet veel te betekenen.'

'Gaat het soms over die klus?' zei de vrouw. 'Is er iets misgegaan?'

'Helemaal niet,' zei Frieda, die moeite deed om geruststellend te klinken. 'Ik wilde even praten. Een minuutje is voldoende. Weet u wanneer hij thuiskomt?'

'Hij is even de deur uit,' zei de vrouw.

'Zou ik hier op hem kunnen wachten?'

'Ik laat geen vreemden binnen.'

'Een paar minuten maar, alstublieft,' zei Frieda resoluut, en ze stapte op de vrouw af, raakte haar bijna aan. Ze was zich nu zeer bewust van haar omvang en haar vijandigheid. Binnen, achter de vrouw, was het donker en er hing een vreemde zoete geur, die ze niet kon thuisbrengen.

'Wat moet u van Dean?' De vrouw klonk nors en ook bang. Haar stem was nu iets hoger van toon.

'Ik ben arts,' zei Frieda, en terwijl ze het zei liep ze de warme, smalle gang in. Hij was donkerrood geverfd, waardoor hij nog smaller leek.

'Wat voor arts?'

'U hoeft zich geen zorgen te maken,' zei Frieda kordaat. 'Een routinekwestie. Ik ben zo klaar.' Ze probeerde zelfverzekerder over te komen dan ze zich voelde. De vrouw duwde de voordeur dicht, die met een klik in het slot viel.

Ze keek om zich heen en schrok. Op een richeltje boven een deur links stond een opgezette vogel, een soort kleine havik met gespreide vleugels.

'Heeft Dean in een winkel om de hoek op de kop getikt. Goedkoop. Je raakt ze nu aan de straatstenen niet meer kwijt. Ik krijg er de kriebels van.'

Frieda liep door de deur de voorkamer in. Prominent in het vertrek stond een breedbeeldtelevisietoestel met los daarvan een versterker en luidsprekers, het geheel aan elkaar verbonden door een warrige kluwen van snoeren. Op de vloer lagen stapels dvd's. De gordijnen waren gesloten. De enige meubels in de kamer waren een bank tegen de zijmuur en helemaal achterin een reusachtige kast met kleine laatjes.

'Wat bijzonder,' zei Frieda.

De vrouw drukte haar sigaret uit op de schoorsteenmantel en stak een andere op. Ze had haar nagels gelakt, maar Frieda zag de gele kleur aan de randen. Haar ringvinger was opgezet rond haar grote gouden trouwring.

'Heeft hij van het ontginningsproject gekregen. Komt uit zo'n oude kledingzaak. In die laatjes bewaarden ze kleine artikelen zoals sokken of sjaaltjes. Dean bewaart er zijn gereedschappen en andere spullen in, je weet wel: zekeringen, schroeven, spijkers. Spullen voor zijn modellen.'

Frieda glimlachte. De vrouw leek blij te zijn dat ze met iemand kon praten, maar er parelden zweetdruppeltjes op haar brede voorhoofd, en haar ogen schoten zenuwachtig heen en weer, alsof ze elk ogenblik verwachtte dat er iemand de kamer in zou komen lopen.

'Wat maakt hij?'

'Van die boten. Echte mooie miniatuurboten. Hij laat ze in vijvers rondvaren.'

Frieda keek om zich heen alsof ze iets zocht. Ze had een vreemd gevoel dat ze niet helemaal kon plaatsen. Alsof ze hier eerder was geweest, alsof ze zich dit alles herinnerde uit een droom, die haar echter des temeer ontsnapte naarmate ze meer moeite deed om hem vast te houden. Een magere lapjeskat kwam behoedzaam de kamer binnen en begon haar kopjes te geven, en toen ze zich bukte om hem te aaien, kwam er nog een kat binnen, een grote grijze met klitten in zijn vacht. Ze deed een stap achteruit. Ze wilde hem niet aanraken. Op de bank zag ze nog twee katten in elkaar verstrengeld liggen. Dat was dus die geur: een mengeling van kattenbak en luchtverfrisser.

'Hoeveel katten hebt u?'

De vrouw haalde haar schouders op. 'Ze komen en gaan zoals het ze uitkomt.'

Hij ging op de grond liggen, hield zijn oor tegen het hout en luisterde naar de stemmen. De stem die hij kende en nog een andere. Zacht, helder, als een beek die door hem heen stroomde. Die zou het vuil wegwassen. Hij was een vieze jongen. Zijn mond uitwassen. Hij had geen idee. Niet verdiend. Zou zich moeten schamen. Smerig.

'Ik heet Frieda.' Ze sprak langzaam en had het gevoel alsof ze in een ander universum terecht was gekomen. 'Frieda Klein.' En toen de vrouw geen antwoord gaf, zei ze: 'Hoe heet je? Ik mag toch wel je zeggen, hè?'

'Terry,' zei de vrouw. Ze drukte haar sigaret uit in een overvolle asbak, nam er nog een en hield het pakje ook aan Frieda voor. Frieda was een jaar geleden gestopt met roken. Sindsdien kon ze er niet meer tegen. Ze had een hekel aan de geur gekregen. Maar een sigaret zou wel een excuus opleveren om nog even te blijven. En samen roken had altijd iets gezelligs. Ze herinnerde het zich van partijtjes als tiener: je had iets in je handen, je kon er iets mee doen als je niet wist wat je moest zeggen. Je zag tegenwoordig nog weleens mensen voor de deur op straat staan roken. Dat zou binnenkort ook wel niet meer mogen. Waar moesten ze dan heen? Ze knikte, nam de sigaret aan en boog zich voorover toen Terry de plastic wegwerpaansteker aanknipte. Frieda nam een trekje, waarna het inmiddels onwennige gevoel van ontspanning door haar heen ging. Toen ze uitademde, werd ze bijna duizelig.

'Woont Dean hier permanent?'

'Natuurlijk.' De ogen in Terry's beschilderde, opgezwollen gezicht vernauwden zich tot spleetjes. 'Hoe bedoelt u?'

'En werkt hij hier ook?'

'Nee, dat doet hij buiten de deur.'

'Wat doet hij?'

De vrouw keek haar aan. Ze beet op haar onderlip en tikte de as af in de asbak. 'Bent u zijn gangen aan het nagaan?'

Frieda dwong zichzelf te glimlachen. 'Ik ben maar een gewone dokter.' Ze keek om zich heen. 'Hij lijkt me een soort aannemer. Klopt dat?'

'Dat soort dingen doet hij wel, ja,' zei Terry. 'Waarom wilt u dat weten?'

'Ik heb pas iemand ontmoet die hem kent.' Ze hoorde zelf hoe onbenullig ze klonk. 'Ik wilde hem alleen iets vragen. Iets wat ik wil weten. Als hij niet snel terug is, ga ik weer.'

'Ik heb van alles te doen,' zei de vrouw. 'Ik denk dat u beter nu kunt gaan.'

'Zo meteen.' Frieda gebaarde naar de sigaret. 'Als deze op is. Werk je zelf ook?'

'Mijn huis uit, nu.'

Maar toen hoorde ze het geluid van de voordeur, gevolgd door dat van een stem op de gang.

'Hierzo,' riep Terry.

Een gestalte vulde de deuropening. In een flits zag Frieda een leren jack, een spijkerbroek, werkschoenen en vervolgens, toen hij het licht in liep, zag ze dat hij het was, onmiskenbaar. Hij had andere kleren aan, afgezien van het lichte geruite overhemd, maar er was geen twijfel mogelijk.

'Alan,' zei ze. 'Alan. Wat is dit allemaal?'

'Hè?'

'Ik ben het...' zei Frieda, en toen zweeg ze. Het drong tot haar door hoe dom, hoe ontzettend dom ze was geweest. Ze voelde zich verward. Ze wist niet wat ze moest zeggen. Ze deed een wanhopige poging zich te vermannen. 'Jij bent Dean Reeve.'

De man keek van de ene naar de andere vrouw.

'Wie ben jij?' Zijn stem klonk rustig, onaangedaan. 'Wat doe je hier?'

'Volgens mij is er een misverstand,' zei Frieda. 'Ik heb iemand ontmoet die je kent.'

Ze dacht aan de vrouw in het oranje jasje en aan Terry. Deans vrouw. Ze keek naar zijn uitdrukkingsloze gezicht en zijn donkerbruine ogen. Ze deed weer een poging om te glimlachen, maar de gelaatsuitdrukking van de man bleef onveranderd.

'Hoe ben je hier gekomen? Wat moet je?'

'Ik heb haar binnengelaten,' zei Terry. 'Ze zei dat ze met je wilde praten.'

De man liep op Frieda af en hief zijn hand naar haar op, niet om haar te slaan, maar alsof hij haar wilde aanraken om te zien of ze wel werkelijk aanwezig was. Ze deed een stap achteruit.

'Het spijt me. Ik geloof dat ik me vergist heb. Een persoonsverwisseling.' Ze zweeg even. 'Is dat je weleens eerder overkomen?'

De man keek haar aan alsof hij door haar heen kon kijken. Het was net alsof hij haar met zijn blik aanraakte, alsof ze zijn handen op haar huid voelde.

Hij moest haar waarschuwen, bedacht hij. Anders zouden ze ook haar grijpen en in iets anders veranderen. Dan zou ze geen danseres meer zijn. Ze zouden haar voeten vastbinden. Ze zouden haar mond dichtplakken.

Hij probeerde te roepen, maar produceerde alleen dat geneurie dat opgesloten bleef in zijn mond, achter in zijn keel. Hij stond op, zwaaide heen en weer met die vieze smaak in zijn mond die nooit meer wegging. Hij sprong op en neer, steeds maar op en neer, totdat het rood werd voor zijn ogen. Zijn hoofd tolde, de muren kwamen op hem af en hij viel weer op de grond. Zijn hoofd sloeg met een klap tegen de planken. Ze zou hem horen. Dat moest wel.

'Wie ben je?'

De stem was ook hetzelfde. Een beetje zelfverzekerder, maar hetzelfde.

'Sorry,' zei Frieda. 'Mijn fout.' Ze stak de sigaret omhoog. 'Bedankt hiervoor. Ik kom er wel uit, oké? Sorry voor de overlast.' Ze draaide zich om, en zo ontspannen als ze kon, liep ze de kamer uit. Ze probeerde de voordeur open te doen. Eerst kon ze niet bedenken aan welke hendel ze moest trekken, maar toen had ze de juiste te pakken en ging de deur open en liep ze naar buiten. Ze gooide de sigaret op de grond en liep, eerst langzaam en vervolgens, toen ze de hoek om was, zette ze het op een lopen en rende ze de hele weg naar het station, al had ze pijn in haar borst, kon ze amper ademhalen en proefde ze een galsmaak in haar mond. Ze had het gevoel alsof ze door een dikke mist liep, waarin alles om haar heen vaag, eng en onwerkelijk werd.

Hij zag haar gaan. Langzaam, dan sneller, en toen danste ze. Ze was ontsnapt en zou nooit meer terugkomen, want hij had haar gered.

De deur achter hem ging open.

'Jij bent een heel stout jongetje geweest, hè?'

Toen ze veilig en wel in de trein zat, wenste ze voor het eerst in haar leven dat ze een mobiele telefoon had. Ze keek om zich heen. Een paar plaatsen verderop zat een jonge vrouw die er redelijk ongevaarlijk uitzag. Ze stond op en liep naar haar toe.

'Neem me niet kwalijk.' Ze probeerde zo ontspannen mogelijk te doen, alsof het een heel gewone vraag was. 'Mag ik je telefoon misschien even gebruiken?'

De vrouw trok de oordopjes uit haar oren. 'Wat?'

'Mag ik je mobiele telefoon alsjeblieft even lenen?'

'Nee, donder op.'

Frieda haalde haar portemonnee uit haar tas. 'Ik wil ervoor betalen,' zei ze. 'Een vijfje?'

'Tien.'

'Oké, tien.'

Ze gaf de vrouw het geld en nam het mobieltje van haar aan, dat heel klein en dun was. Het kostte haar een paar minuten om te begrijpen hoe je ermee kon bellen. Haar handen beefden nog.

'Hallo. Hallo. Wilt u me doorverbinden met hoofdinspecteur Karlsson?'

'Hoe was uw naam?'

'Dokter Klein, Frieda Klein.'

'Ik verbind u door.'

Frieda wachtte. Ze keek uit het raam naar de voorbijtrekkende bouwvallige panden.

'Mevrouw Klein?'

'Ja.'

'Hij is op het moment helaas bezet.'

Frieda dacht terug aan hun laatste ontmoeting, toen hij zo boos op haar was geworden. 'Het is dringend,' zei ze. 'Er is iets wat hij moet weten.'

'Het spijt me.'

'Ik bedoel nu meteen, ik moet hem nú spreken.'

'Kan ik u met iemand anders doorverbinden?'

'Nee!'

'Kan ik een boodschap doorgeven?'

'Ja. Zeg maar dat hij me meteen terugbelt. Ik ben mobiel bereikbaar. O, maar ik weet het nummer niet.'

'Dat staat hier op mijn scherm,' zei de stem aan de andere kant.

'Ik wacht.'

Ze bleef met de telefoon in haar hand wachten totdat die overging. De trein stopte, en een stel ongewassen, puisterige tieners kwam het rijtuig binnen, op één na allemaal jongens met tot ver onder hun magere billen afgezakte jeans, en één schriel meisje, dat er ondanks haar onhandig opgebrachte make-up uitzag als dertien. Terwijl Frieda keek, hield een van de jongens een blikje bier tegen haar lippen en probeerde haar te dwingen ervan te drinken. Ze schudde haar hoofd, maar hij hield vol, en even later deed ze haar mond open en goot hij er wat in. Het bier droop over haar kinnetje. Ze droeg een losgeritste gevoerde parka en daaronder, zag Frieda, alleen een mouwloos topje over haar kleine borsten en uitstekende sleutelbeenderen. Ze moest tot op het bot verkleumd zijn, het arme kind. Even overwoog Frieda om ernaartoe te lopen en de grinnikende jongens er met haar paraplu van langs te geven, maar daar zag ze toch maar van af. Ze had die dag al genoeg aangericht.

Bij het volgende station kwam de trein hevig trillend tot stilstand. Het was weer gaan sneeuwen, en af en toe dwarrelden onwaarschijnlijk grote vlokken langs haar raam. Frieda tuurde in de verte: was dat een reiger daar op de oever, rijzig en elegant tussen de braamstruiken? Ze staarde naar het mobieltje en wilde dat ze het ding kon dwingen om over te gaan, en toen dat niet gebeurde, belde ze zelf weer op. Ze hoorde dezelfde stem aan de andere kant van de lijn, ze vroeg weer naar Karlsson en kreeg weer te horen – de stem bleef koppig beleefd klinken – dat hij haar nog niet te woord kon staan.

'Wie was dat?' Zijn stem klonk kalm, maar toch dook ze weg.

'Weet ik niet. Ze belde aan.'

Dean pakte haar kin zachtjes vast en duwde haar hoofd achterover, zodat ze hem recht in de ogen keek. 'Wat wou ze?'

'Ik heb alleen maar opengedaan, zij is zelf binnengedrongen. Ik kon haar niet tegenhouden. Ze zei dat ze dokter was.'

'Heeft ze haar naam gezegd?'

'Nee. Ja. Een beetje rare naam.' Ze likte aan haar paarse lippen. 'Frieda, en dan nog iets korts. Ik weet niet...'

'Je kunt het me maar beter wel vertellen.'

'Klein, dat was het. Frieda Klein.'

Hij liet haar kin los. 'Dokter Frieda Klein. En ze noemde mij Alan...' Hij glimlachte naar zijn vrouw en tikte haar zachtjes op de schouder. 'Wacht hier op me. Niet weggaan.'

De trein schoot met een ruk naar voren en kwam toen met sissende remmen weer tot stilstand. Frieda keek hoe het meisje nog meer bier dronk. Een van de jongens schoof zijn hand onder haar rok. Ze giechelde. Haar ogen stonden glazig. Met een schok kwam de trein in beweging. Frieda haalde haar adresboekje uit haar tas en bladerde erin totdat ze de naam vond die ze zocht. Ze overwoog de jonge vrouw weer om haar mobieltje te vragen, maar besloot het niet te doen. Knarsend reed de trein ten slotte door de traag vallende sneeuw een station binnen. Frieda stapte uit en liep meteen naar de telefooncel bij de ingang. Het toestel accepteerde geen munten. Ze moest haar creditcard erin stoppen om een nummer te kunnen intoetsen.

'Dick?' zei ze. 'Met mij, Frieda. Frieda Klein.'

'Dick' was Richard Carey, hoogleraar neurologie aan de Universiteit van Birmingham. Ze had vier jaar geleden op een congres samen met hem in een forum gezeten. Hij had haar mee uit gevraagd, en zij had de boot afgehouden, maar op de een of andere manier hadden ze toch contact gehouden. Zo'n man had ze nodig. Hij had goede contacten en kende iedereen.

'Frieda?' zei hij. 'Dat is lang geleden!'

'Ik wilde je iets vragen,' zei Frieda.

28

Frieda had voor die ochtend al haar patiënten afgezegd, maar ze was op tijd terug voor de middagafspraken, waaronder die met Alan. Toen ze naar haar praktijk liep, roken haar kleren nog naar sigarettenrook en kattenbak uit Dean Reeves huis. Het daglicht begon al te minderen. Nog maar drie dagen tot de kortste dag van het jaar. De sneeuw van die ochtend was overgegaan in natte sneeuw, die bij het neerkomen smolt en in modderige stroompjes over straat liep. Haar voeten werden nat in haar laarzen en haar huid was schraal. Ze verlangde naar haar huis en haar stoel bij de open haard.

Alan was haar laatste patiënt. Ze vreesde de ontmoeting, voelde er een bijna fysieke weerzin tegen en moest zichzelf vermannen toen hij ten slotte met een rood hoofd van de kou en waterdruppels op zijn houtje-touwtjejas binnenkwam. Ze balde haar handen onder de lange mouwen van haar trui, en dwong zichzelf hem rustig te begroeten en in haar stoel tegenover hem te gaan zitten. Zijn gezicht zag er niet anders uit dan de vorige keer dat ze hem had gezien, en evenmin anders dan dat van de man die ze enkele uren tevoren had ontmoet. Het viel haar niet mee om hem niet aan te gapen. Moest ze hem vertellen wat ze te weten was gekomen? Maar hoe moest ze dat inkleden? Wat moest ze zeggen? Ik ben buiten je medeweten en zonder je toestemming jouw gangen nagegaan om te controleren of wat jij hier binnen deze vier muren aan mij hebt verteld wel waar is, en ik ben erachter gekomen dat je een identieke tweelingbroer hebt. Of zou hij dat al weten?

Was dat de reden waarom hij zich verschool voor haar en zijn vrouw? Of was er sprake van een vreemde samenzwering?

'Wat nu als ik het niet red tijdens de kerst?'

Hij sprak tegen haar. Ze moest zich inspannen om te horen wat hij zei en er logisch op te antwoorden. In zijn zachte stem hoorde ze die van Dean Reeve meeklinken, krachtiger, bijna spottend. Toen ze Dean zag, had ze Alan gezien, en nu ze Alan zag, zag ze Dean. En ook aan het einde van de sessie bekeek ze hem – hij stond op, wurmde zijn grote lichaam in zijn duffel en stak de houtjes zorgvuldig door de lussen. Ze hoorde hoe hij haar bedankte. Hij zei dat hij zonder haar niet zou weten hoe hij hierdoorheen moest komen. Ze schudde hem formeel de hand. Toen hij weg was, liet ze zich in haar stoel zakken en drukte haar vingers tegen haar slapen.

Dean stond aan de overkant van de straat en stak nog een sigaret op. Hij stond er al bijna een uur, en nog steeds was ze niet tevoorschijn gekomen. Als ze naar buiten kwam, zou hij haar volgen en kijken wat dat opleverde, maar het licht in haar kamer brandde nog steeds, en om de zoveel tijd zag hij beweging achter het raam. Hij bekeek iedereen die het pand in- of uitging. Sommigen droegen een capuchon tegen de regen, en die kon hij niet goed zien. Het was koud, vies weer, maar dat kon hem niet veel schelen. Hij was niet zo'n zeurpiet die niet tegen natte voeten kon en bij de eerste druppeltjes al zijn paraplu opstak of in een portiek van een winkel of kantoorgebouw ging schuilen tot de bui over was.

De deur aan de overkant ging weer open, en iemand kwam naar buiten. Hijzelf stapte de straat op. Hij keek om zich heen, en zijn gezicht was duidelijk te zien. Onmiskenbaar. Dean bleef doodstil staan totdat de gestalte bijna uit het zicht verdwenen was. Er verscheen een glimlach op zijn gezicht en hij hief zijn hand op in de richting van de man die hem was, alsof hij hem als een marionet naar zich toe kon trekken.

Zo, zo, zo. Ma, sluwe oude vos die je bent.

Frieda bleef met gesloten ogen tien minuten roerloos zitten en probeerde alles wat troebel was weg te laten zakken en helder na te denken. Plotseling stond ze op, trok haar jas aan, knipte de lichten uit, draaide de deur dubbel op slot en vertrok.

Ze liep linea recta naar Reubens huis. Ze twijfelde er niet aan dat hij thuis zou zijn. Josef en hij leken zich de gewoonte eigen te hebben gemaakt om bier en wodka te drinken en naar tv-quizzen te kijken. Reuben riep dan de antwoorden, en telkens als hij het goed had, keek Josef hem bewonderend aan en sloeg hij een borrel achterover op Reubens gezondheid.

Reuben leek echter alleen thuis te zijn en stond een omelet te bakken. Josef was in geen velden of wegen te bekennen, hoewel zijn oude witte busje buiten geparkeerd stond, met één voorwiel op het trottoir.

'Hij is boven,' zei Reuben.

'Is hij alleen?'

Reuben keek Frieda met een uitdagende glimlach aan, alsof hij haar tartte iets afkeurends te zeggen. Ze keek naar de foto van Josefs vrouw en zoons, die nog steeds met een magneetje aan de deur van de koelkast kleefde. Met hun formele pose, ouderwetse kleding en donkere ogen behoorden ze tot een andere wereld. 'Ik wilde met jou praten. Ik heb je advies nodig.'

'Gek dat je dat juist nu nodig hebt, nu ik niet bepaald in ideale omstandigheden verkeer om je advies te geven.'

'Er is iets gebeurd.'

Terwijl Frieda sprak, at Reuben zijn omelet uit de koekenpan. Om de zoveel tijd schudde hij er wat tabasco overheen en pakte hij zijn glas om een slokje water te nemen. Halverwege het verhaal hield hij echter op met eten, legde zijn vork neer en schoof de pan van zich af. Frieda vertelde ondertussen verder, en hij luisterde in absolute stilte, hoewel ze af en toe dacht boven een bed te horen kraken.

'Nou,' zei ze toen ze klaar was, 'wat denk jij hiervan?'

Reuben stond op. Hij liep naar de nieuwe openslaande deuren en keek uit over de zompige, verwaarloosde tuin. Het was donker, zodat alleen de onregelmatige omtrekken van de struiken en kale bomen te zien waren, met daarachter de verlichte ramen van de keuken van de achterburen. Het gekraak leek te zijn opgehouden. Hij draaide zich om.

'Je hebt een grens overschreden,' zei hij grijnzend, hoewel er voor vrolijkheid geen reden leek te zijn.

'Meer dan één zelfs.'

'Punt één, ik vind dat je naar de politie moet gaan en je daar niet moet laten afschepen.' Hij telde af op zijn vingers. 'Punt twee, je moet Alan alles vertellen wat je weet. En punt drie, ga met die expert in Cambridge praten. Doe het in willekeurige volgorde, maar wel zo snel mogelijk.'

'Oké.'

'O, en punt vier, ga met je eigen supervisor praten – heb je die nog?'

'Ze leidt als zodanig een sluimerend bestaan.'

'Misschien is het tijd om haar wakker te maken. En trek niet zo'n gekweld gezicht. Dat past niet bij je.'

Frieda stond op. 'Ik vroeg me af of Josef me naar Cambridge zou kunnen rijden, maar dit is volgens mij geen goed moment om het hem te vragen.'

'Ik denk dat ze klaar zijn.' Reuben liep naar de trap en riep naar boven: 'Josef! Heb je een minuutje?'

Vanboven klonk een gedempte uitroep, en even later kwam Josef op blote voeten de trap af. Toen hij Frieda zag, keek hij ongemakkelijk.

Frieda liep met de handen diep in haar jaszakken gestoken terug door Regent's Park. De koude noordenwind voelde weldadig aan, alsof haar muizenissen erdoor werden weggeblazen. Nadat ze Euston Road was overgestoken, ging ze een winkel in en kocht pasta, een pot saus, sla en een fles rode wijn. Toen ze weer bij haar voordeur stond en haar sleutels zocht, voelde ze iemand op haar schouder tikken, waardoor ze verstijfde van schrik.

'Alan,' zei ze. 'Wat doe jij hier?'

'Het spijt me. Ik moet met je praten. Het kan niet wachten.'

Frieda keek hulpeloos om zich heen. Ze voelde zich betrapt,

als een wild dier wiens schuilhol was opgespoord. 'Je kent de regels,' zei ze. 'Daar hebben we ons aan te houden.'

'Ik weet het, ik weet het, maar...'

Het klonk smekend. Zijn houtje-touwtjejas was scheef dichtgeknoopt, zijn haar zat in de war en hij had rode vlekken van de kou in zijn gezicht. Frieda hield haar sleutel al bij het slot. Ze lapte veel regels aan haar laars, maar één absolute, onaantastbare regel was dat ze nooit een patiënt thuis ontving. Elke patiënt koesterde fantasieën toegang te krijgen tot haar leven, te ontdekken wat ze werkelijk voor iemand was, vat op haar te krijgen, haar aan te doen wat zij hem aandeed, haar geheimen te ontsluieren. Maar ja, er waren nu al zoveel regels gebroken. Ze stak de sleutel in het slot en draaide hem om.

'Vijf minuten,' zei ze.

Hij stak zijn hand op. Vingers werden takjes. Niemand zou hem nu nog opeten. Vuile blote voeten – het waren geen voeten meer. Het waren wortels die in de aarde kropen. Zo meteen zou hij helemaal niet meer van zijn plaats kunnen komen.

Maar ze verscheurden hem en pakten hem in, en hij voelde zijn takjes breken, zijn wortels werden in een zak gestopt, zijn mond werd volgepropt met aarde en hij werd opnieuw in de duisternis gestouwd. Ze brachten hem naar de markt. Dit varkentje ging naar de markt. Wie zou een gouden munt voor hem betalen? Hij werd vastgepakt en opgetild en zakte verder tot onder in de zak, de stemmen gromden en zeiden grove dingen, en de heks riep dat Simon zei, dat Simon zei, maar Simon zei niks, want zijn mond zat dicht en zijn stem was nu helemaal weg.

Bons, bons, bons. En toen lag hij op iets hards en klonk er boven hem een harde klap. Het donker werd nog donkerder, en er was een nieuwe geur, vettig en doordringend. Hij hoorde luid hoesten, proesten, snorren, zoiets als het geluid dat de heksenkat maakte als hij met zijn poten in zijn pijnlijke huid groef, maar dan luider. Zijn lichaam stuiterde op en neer. Zijn hoofd bonkte op en neer op de harde ondergrond.

Toen lag hij weer stil. Er klonk een klik, en harde handen pakten hem door de zak heen vast, aan zijn schouder en aan zijn dijbeen. Hij voelde dat zijn lichaam uit elkaar viel, want pijnscheuten gingen door hem heen, door zijn hele lijf. Hij wist het woord voor 'waarom?' niet, en hij kon zich het woord voor 'alstublieft' niet herinneren. Er was niks meer. Geen Matthew meer. Bonzend over de grond. Koud. Zo koud. Koud als vuur. Er rammelde en hijgde iets, de stem gromde weer, en toen ineens werd hij uit de zak gehaald.

Twee gezichten in het donker. Monden die open- en dichtgingen. Simon zei nee, maar hij kon niet spreken. Ze duwden hem in een gat. Was het een oven, ook al waren zijn vingers takjes, al waren ze ijspegels, te scherp om op te eten? Maar het kon geen oven zijn, want er was geen warmte, alleen een bonzende, kille duisternis. Lippen uit elkaar, en hij opende zijn mond, maar er kwam niets uit. Alleen adem.

'Als je één kik geeft, word je in stukjes gehakt en aan de vogels gevoerd,' zei de stem van de meester. 'Hoor je me?'

Of hij het hoorde? Hij hoorde nu niets meer, behalve het geluid van steen die over de aarde wordt gesleept, en toen was het zwarte nacht en koude nacht en stille nacht en verloren nacht en sprak alleen zijn hart nog, als een trommel onder zijn opgerekte huid. Ik-ben, ik-ben, ik-ben.

29

'Ik heb Alan gisteren gezien,' zei Frieda.

Het was zo'n beetje de eerste keer dat zij iets zei. Al sinds het moment dat Josef haar met zijn busje had opgehaald, had hij gepraat over Reuben, over het werk en over zijn gezin. En toen Frieda eindelijk iets zei, leek het alsof ze in zichzelf praatte.

'Hij is jouw patiënt, nietwaar?'

'Hij kwam naar mijn huis. Hij is erachter gekomen waar ik woon en stond ineens op de stoep. Ik had tegen hem gezegd dat hij altijd contact met me kon opnemen als hij problemen had. Maar de bedoeling was dat hij me dan zou bellen, niet bij me thuis langskomen. Ik vond het een inbreuk. Onder normale omstandigheden zou ik hem hebben weggestuurd. En ik zou waarschijnlijk zelfs geen verdere afspraken met hem hebben gemaakt en hem hebben doorverwezen naar iemand anders.'

Josef gaf geen antwoord. Hij stuurde zijn busje een paar rijstroken naar opzij. 'Wij nemen snelweg hier, toch?'

'Ja.' Toen Josef zijn busje tussen twee vrachtwagens in prikte, stak Frieda in een onwillekeurig gebaar van zelfbescherming haar handen op.

'Niks aan de hand,' zei Josef.

Frieda keek om zich heen. Het was hier al een soort platteland, met berijpte akkers en hier en daar een boom.

'Inbreuk,' zei Josef. 'Net als toen ik bij jou kwam.'

'Dat was anders,' zei Frieda. 'Jij bent geen patiënt van me. Ik ben voor mijn patiënten een mysterie. Ze fantaseren over me en worden vaak verliefd op me. En dat is niet alleen bij mij zo. Het hoort bij het werk, maar je moet er voorzichtig mee omgaan.'

Josef keek naar haar. 'Word jij zelf ook weleens verliefd?'

'Nee,' zei Frieda. 'Je weet alles van je patiënten, al hun fantasieën, hun geheime angsten, hun leugens. Je wordt niet verliefd op iemand als je alles van hem weet. Ik praat met mijn patiënten niet over mijn leven, en ik wil ze absoluut niet bij me thuis zien.'

'Wat heb jij gedaan?'

'Ik heb me niet aan mijn vaste regel gehouden,' zei Frieda. 'Ik heb hem binnengelaten, een paar minuten maar. Deze ene keer moest ik erkennen dat hij het recht had om nieuwsgierig te zijn.'

'Jij hebt hem alles verteld?'

'Ik kan hem niet alles vertellen. Er zijn dingen die ik zelf niet begrijp. Daarom rijden we nu hier.'

'Wat heb jij hem dan verteld?'

Frieda keek uit het raampje. Grappig om op tien minuten rijden van Londen in een boerderij te wonen. Ze had altijd gedacht dat als ze ergens anders dan in Londen zou wonen, het ergens ver weg zou zijn, zo ver dat je uren of misschien wel dagen nodig zou hebben om er te komen. Een verlaten vuurtoren, dat zou mooi zijn. Of misschien niet eens verlaten. Kon je je als psychoanalyticus laten omscholen tot vuurtorenwachter? Waren er nog wel vuurtorenwachters?

'Het was moeilijk,' zei Frieda. 'Ik probeerde het zo pijnloos mogelijk voor hem te maken. Of misschien maakte ik het pijnloos voor mezelf. Maar ja, hoe pijnloos kan het zijn om iemand te vertellen dat je een broer van hem hebt gevonden van wiens bestaan hij niet wist?' Het was haar niet duidelijk in hoeverre Josef begreep waar ze het over had.

'Hij was boos op je?'

'Hij reageerde eigenlijk niet, behalve dan dat hij alleen maar zweeg,' zei Frieda. 'Als je mensen werkelijk belangrijke dingen vertelt, waardoor hun hele leven verandert, zijn ze vaak zo geschokt dat ze met een vreemd soort kalmte reageren. Ik heb tegen hem gezegd dat er meer aan de hand was dan ik hem meteen kon vertellen, maar dat de politie er misschien weer bij betrokken zou raken – hoewel ik dat natuurlijk niet weet. Ik weet niet of er een verband is met dat vermiste jongetje, of dat dit alles alleen maar in mijn fantasie zo'n warboel is geworden. In elk geval heb ik tegen hem gezegd dat het me zou spijten als dat gebeurde, maar dat het deze keer helemaal niets met hem te maken had. Het is nogal wat om dit alles in één keer te verwerken.'

'Wat zei hij?'

'Ik heb geprobeerd iets uit hem te krijgen, maar hij wilde niet praten. Hij heeft een tijdje met zijn hoofd in zijn handen gezeten. Het kan zijn dat hij gehuild heeft, maar dat weet ik niet zeker. Misschien moet hij er even uit om over de dingen na te denken en alles een plaats te geven.'

'Gaat hij zijn tweelingbroer zien?'

'Dat weet ik niet,' zei Frieda. 'Ik denk er steeds over na. Ik heb het idee dat het niet zal gebeuren. Ik denk dat het er bij Alan om gaat dat hij zich schuldig voelt, maar dat niet begrijpt. Toen ik zei dat ik weer naar de politie zou gaan, was hij pas echt geschokt. Hij vindt het moeilijk daar weer mee geconfronteerd te worden, dus hij kon het maar het beste van mij horen. Ik dacht dat hij boos op me zou worden, maar hij leek meer in een shocktoestand. Hij ging gewoon de deur uit. Ik had het gevoel dat ik hem in de steek had gelaten. Het is mijn taak om mijn patiënten te helpen.'

'Je vindt waarheid,' zei Josef vol vertrouwen.

'Er staat in mijn taakomschrijving niets over het vinden van de waarheid,' zei Frieda. 'Het gaat erom dat mijn patiënten het leven aankunnen.'

Frieda keek op de routebeschrijving die ze had uitgeprint. Het was heel simpel. Na nog een halfuur op de M11 sloegen ze af en reden ze naar een dorpje een paar kilometer van Cambridge.

'Hier moet het zijn,' zei ze.

Josef draaide een oprijlaantje op, dat naar een groot achttiende-eeuws huis leidde. Langs het grindpad stonden glanzende auto's, en het viel niet mee het busje ertussendoor te manoeuvreren. 'Dure auto's,' zei hij.

'Kijk uit dat je ze niet schampt,' zei Frieda. Toen ze uitstapte, zakten haar voeten weg in het grind. 'Wil je mee naar binnen? Ik kan zeggen dat je mijn assistent bent.'

'Ik luister naar radio,' zei Josef. 'Goed voor mijn Engels.'

'Heel fijn dat je dit voor me wilde doen,' zei ze. 'Ik zal je ervoor betalen.'

'Jij kan betalen door te koken voor mij,' zei hij. 'Engels kerstmaal.'

'Volgens mij heb je er meer aan als ik je geld geef,' zei ze.

'Ga naar binnen,' zei hij. 'Waar wacht jij nog op?'

Frieda draaide zich om en waadde door het grind naar de voordeur. Er hing een grote, fraaie kerstkrans aan. Ze drukte op de bel. De deur werd geopend door een vrouw in een lange, chique jurk. De vriendelijke glimlach op haar gezicht verdween zodra ze Frieda zag.

'O, bent u het,' zei ze.

'Is professor Boundy thuis?' vroeg Frieda.

'Ik zal hem halen,' zei de vrouw. 'Hij staat met onze lunchgasten te praten.' Ze zweeg even. 'U kunt beter maar even binnenkomen.'

Frieda liep de grote hal in. Ze hoorde geroezemoes. Klepperend op het parket liep de vrouw de hal door. Ze deed een deur open, en Frieda ving een glimp op van een gezelschap van mannen in pak en vrouwen in lange jurken. Ze keek rond in de hal, met aan de ene kant een sierlijke trap die in een bocht naar boven liep. In een nis in de muur stond een bonsaiboompje. Toen ze voetstappen hoorde en zich omdraaide, kwam er een man op haar af. Hij had grijs, achterovergekamd haar, droeg een montuurloze bril en was gekleed in een donker pak met een das in een fel, kleurig dessin.

'We wilden net aan tafel gaan,' zei hij. 'Was er een bepaalde reden waarom we het niet telefonisch konden bespreken?'

'Vijf minuutjes maar,' zei Frieda. 'Meer hebben we niet nodig.'

Hij keek ostentatief op zijn horloge. Frieda vond het bijna amusant dat hij haar zo grof behandelde.

'Laten we dan maar even naar mijn studeerkamer gaan,' zei hij.

Hij ging haar voor naar een kamer aan het eind van de gang. Tegen alle muren stonden boekenkasten, alleen niet bij de muur met openslaande deuren die uitzicht gaven op een groot gazon. Een paadje leidde van het huis naar een tuinhuis met een stenen bankje. Hij ging achter een bureau zitten. 'Dick Carey sprak zeer lovend over u,' zei hij. 'Hij zei dat u mij dringend wilde spreken en dat het niet kon wachten, ook al is het Kerstmis en heb ik vakantie. Daarom wilde ik u toch ontvangen.' Hij maakte z'n horloge los en legde het op het bureau. 'Voor heel even.'

Hij gebaarde naar een leunstoel, maar Frieda negeerde het. Terwijl ze nadacht hoe ze zou beginnen, liep ze naar het raam en keek naar buiten. Ze draaide zich om. 'Ik heb onlangs een vreemde ervaring gehad,' zei ze. 'Een patiënt van mij heeft problemen die voor een deel te maken hebben met het feit dat hij geadopteerd is. Hij is als baby te vondeling gelegd en weet niets van zijn biologische familie. Hij heeft nooit pogingen ondernomen om ze op te sporen. Ik denk dat hij niet eens weet hoe hij dat zou moeten aanpakken.'

Ze zweeg een ogenblik.

'Luistert u eens,' zei professor Boundy. 'Als het gaat om de opsporing van familieleden...'

Frieda onderbrak hem: 'Ik kreeg het adres van iemand van wie ik dacht dat hij misschien familie van hem was. Ik doe dat normaal nooit, maar ik heb die man – Dean Reeve – onaangekondigd thuis bezocht.' Ineens geneerde Frieda zich bijna. 'Ik vind het nogal moeilijk uit te leggen. Toen ik zijn huis binnenging, was het alsof ik een droomwereld betrad. Ik moet erbij zeggen dat ik ook bij Alan thuis ben geweest – Alan is mijn patiënt. Toen ik in dat andere huis kwam, had ik zo'n gevoel van "hier ben ik eerder geweest". Ze waren niet identiek, maar het ene huis deed erg denken aan het andere.'

Ze keek naar professor Boundy. Zou hij denken dat ze gek was? Zou hij haar uitlachen?

'In welke zin?' vroeg hij.

'Het was deels een gevoelskwestie,' zei Frieda. 'Beide huizen hadden iets geslotens. Alans huis was gezellig, met veel kleine kamertjes. Het andere huis was dat ook, maar in nog sterkere mate, en had een bijna claustrofobisch effect op me. Alsof het licht er niet in kon doordringen. Maar ze hadden ook andere, vreemdere dingen met elkaar gemeen. Beide mannen bewaren van alles netjes in laatjes met etiketten erop. En ze hadden ook hele rare dingen gemeen. Ze hadden bijvoorbeeld allebei een opgezette vogel in huis staan. Alan een petieterig opgezet ijsvogeltje, en Dean een opgezette havik. Het was griezelig. Ik wist niet wat ik ervan moest denken.'

Ze keek de professor aan. Hij zat met de armen over elkaar achterovergeleund in zijn stoel naar het plafond te staren. Wachtte hij nu gewoon tot ze klaar was?

'En dat was niet het enige,' zei Frieda. 'Het was net een droom. Toen ik het huis van Dean binnenging, leek het alsof ik daar eerder was geweest, wat je ook kunt hebben als je teruggaat naar plekken uit je jeugd. Je weet dat je er eerder bent geweest, maar daar houdt het mee op. Dat gevoel kreeg ik in beide huizen, een gevoel van warmte en opgesloten zijn. Maar goed, ik zat daar met zijn partner, of zijn vrouw, en toen kwam hij – Dean – thuis. Even dacht ik dat het Alan was en dat hij een dubbelleven leidde. Maar toen drong het tot me door dat Alan niet alleen als baby te vondeling was gelegd, maar dat hij ook nog een tweelingbroer had van wie hij niets wist.'

'Te vondeling gelegd omdát hij een tweelingbroer had,' zei Boundy.

'Hè?'

Er werd geklopt en de deur ging open. Het was de vrouw die Frieda binnen had gelaten. 'We gaan nu aan tafel, schat,' zei ze. 'Kan ik zeggen dat je eraan komt?'

'Nee,' zei professor Boundy zonder naar haar om te kijken. 'Begin maar zonder mij.'

'We kunnen wel even wachten.'

'Ga weg.'

De vrouw, klaarblijkelijk Boundy's echtgenote, wierp een

wantrouwende blik in Frieda's richting, draaide zich om en ging zonder een woord te zeggen weg.

'En doe de deur dicht,' zei Boundy met luide stem. De deur van de studeerkamer werd zachtjes dichtgedaan.

'Sorry voor de onderbreking,' zei hij. 'Kan ik u iets aanbieden? We hebben champagne openstaan.' Frieda schudde haar hoofd. 'Wat ik net wilde zeggen, is dat het voorkomt dat een moeder een tweeling niet aankan en dan een van de twee afstaat voor adoptie. Of soms gewoon te vondeling legt.' Boundy keek weer omhoog naar het plafond en vervolgens naar Frieda, met een blik die bijna boos leek. 'Maar waarom bent u helemaal naar Cambridge gereden om mij te spreken?'

'Om wat ik u vertelde. Ik heb erover nagedacht wat ik nou in feite heb gezien toen ik dat huis in ging. Het leek wel iets magisch, en ik geloof niet in magie. Ik heb er met Dick Carey over gesproken, en van hem hoorde ik dat u speciaal geïnteresseerd bent in tweelingen die apart van elkaar zijn grootgebracht. Ik weet natuurlijk dat zo'n onderzoek van groot belang is in de discussie of aanleg dan wel opvoeding bepalend is voor de ontwikkeling van de persoonlijkheid. Ik heb daar artikelen over gelezen. Maar wat ik meemaakte leek zich te onttrekken aan wetenschap en rede. Ik kreeg eerder het gevoel dat er een ingewikkelde poppenkast voor me werd opgevoerd of dat er een truc met me werd uitgehaald. Daarom moest ik er met een deskundige over praten.'

Boundy leunde weer achterover. 'Een deskundige ben ik zeker,' zei hij. 'Waar het om gaat, is dit. Ik ben geïnteresseerd in de rol die genetische factoren spelen in de ontwikkeling van de persoonlijkheid. In het onderzoek daarnaar hebben tweelingen altijd een rol gespeeld, maar het probleem is dat ze over het algemeen niet alleen dezelfde genen hebben, maar ook in dezelfde omgeving zijn opgegroeid. Wat we graag zouden willen, is identieke tweelingen in verschillende omgevingen opvoeden en dan kijken wat het effect is. Dat mogen we natuurlijk niet doen, helaas. Maar het gebeurt een doodenkele keer dat het vóór ons gedaan wordt en dat een tweeling bij de geboorte van elkaar wordt gescheiden. Dat is voor ons ideaal, zo'n eeneiige tweeling. Hun genetisch materiaal is hetzelfde, zodat alle onderlinge verschillen aan de omgeving kunnen worden toegeschreven. We zijn dus op zoek gegaan naar dit soort tweelingen, en als we ze vonden, zijn we hun levensgeschiedenis zeer gedetailleerd nagegaan, en we hebben ze onderworpen aan persoonlijkheidstests en medische onderzoeken.'

'En wat waren uw bevindingen?'

Boundy stond op, liep naar de boekenkast en pakte er een boek uit. 'Ik heb er dit boek over geschreven,' zei hij. 'Nou ja, samen met anderen, maar de ideeën zijn van mij. Dat zou u moeten lezen.'

'Maar ondertussen...' zei Frieda.

Boundy legde het boek bijna eerbiedig voor haar neer en ging toen op de rand van zijn bureau zitten. 'Iets meer dan twintig jaar geleden heb ik op een congres in Chicago onze eerste bevindingen gepresenteerd. De voordracht was gebaseerd op een onderzoek van zesentwintig paren eeneiige en afzonderlijk opgevoede tweelingen. Weet u hoe mijn collega-onderzoekers reageerden?'

'Nee.'

'Dit was een retorische vraag. De reacties waren te verdelen in beschuldigingen van incompetentie en verwijten van onbetrouwbaarheid.'

'Hoe bedoelt u?' vroeg Frieda.

'Om een voorbeeld te noemen: van een mannelijke tweeling woonde de een in Bristol en de ander in Wolverhampton. Toen ze achter in de dertig waren en elkaar leerden kennen, bleken ze allebei getrouwd te zijn geweest met een vrouw genaamd Jane, van wie ze gescheiden waren om vervolgens allebei te hertrouwen met iemand die Claire heette. Ze hadden allebei modelspoortreintjes als hobby, ze knipten allebei de kortingsbonnen uit de verpakking van cornflakes, en ze hadden allebei een snor en bakkebaarden. En van een vrouwelijke tweeling woonde de een in Edinburgh, de ander in Nottingham. De een was doktersassistente, de ander tandartsassistente. Allebei kleedden ze zich graag in het zwart, allebei waren ze astmatisch, en allebei waren ze zo bang voor liften dat ze altijd de trap namen, zelfs in hoge flatgebouwen. En zo waren er telkens talloze overeenkomsten, terwijl die bij twee-eiige tweelingen vrijwel geheel afwezig bleken.'

'Vanwaar dan die beschuldigingen?'

'Andere psychologen geloofden me gewoon niet. Wat zei Hume ook weer over wonderen? Dat je wordt opgelicht of dat er een vergissing in het spel is, is altijd waarschijnlijker, dus daar moet je van uitgaan. En dat deed men dan ook. Na mijn presentatie zei men dat ik me vergist moest hebben, dat die tweelingen elkaar wél gekend moeten hebben, of dat de onderzoeker op zoek is gegaan naar overeenkomsten en die eruit heeft geselecteerd, want dat willekeurige mensen ook wel iets vreemds gemeen zullen hebben.'

'Ik zou mijn twijfels hebben gehad,' zei Frieda.

'Denkt u dat ik die niet had?' zei Boundy. 'We hebben alles gecontroleerd. De tweelingen voerden hun gesprekken met verschillende onderzoekers, we zijn de achtergrond van de ouders nagegaan, we hebben alles onderzocht. We hebben zelf geprobeerd onze resultaten onderuit te halen, maar ze bleven overeind.'

'Als ze overeind blijven, wat betekent het dan in godsnaam?' zei Frieda. 'U impliceert toch niet zoiets als helderziendheid, want als dat zo is...'

Boundy lachte. 'Natuurlijk niet. Maar u bent therapeut. U denkt dat we maar gewone, rationele wezens zijn, dat we over onze problemen kunnen praten en...'

'Dat is niet precies...'

Boundy praatte door alsof hij haar niet had gehoord. 'De mensen praten over onze hersenen alsof het computers zijn. Als dat inderdaad het geval zou zijn – wat niet zo is – zou je kunnen zeggen dat zo'n computer ter wereld komt met veel vooraf geïnstalleerde software. Zo heeft de vrouwtjesschildpad, die haar hele leven in zee doorbrengt, niet door naar haar moeder te kijken geleerd dat ze het strand op moet gaan, daar haar eieren moet leggen en die moet begraven. Bepaalde neuronen kunnen ineens actief worden, waardoor ze weet wat ze moet doen, en hoe dat werkt begrijpen we niet. Uit mijn onderzoeken naar tweelingen is gebleken dat handelingen die we aanzien voor reacties op de omgeving of als gevolg van uit vrije wil genomen beslissingen, in feite vaak uitwerkingen zijn van aangeboren patronen bij het individu.' Boundy spreidde zijn handen als een goochelaar die zojuist een slimme truc heeft gepresenteerd. 'Zo zit het dus. Probleem opgelost. U hoeft niet bang te zijn dat u gek aan het worden bent.'

'Nee,' zei Frieda, die er helemaal niet uitzag alsof ze opgelucht was na alles wat ze had gehoord.

'Het probleem is dat afzonderlijk opgegroeide tweelingen zeldzamer worden. Het maatschappelijk werk waakt er tegenwoordig voor om ze te scheiden, en ook adoptiebureaus houden ze bij elkaar. Dat is natuurlijk goed voor de tweelingen, maar niet zo goed voor onderzoekers als ik.' Hij fronste zijn wenkbrauwen. 'Maar u hebt mijn vraag nog niet beantwoord. Waarom was het zo dringend?'

Toen Frieda antwoordde, leek ze met haar gedachten elders. 'Ik heb veel aan uw informatie gehad,' zei ze. 'Maar ik moet iets ondernemen.'

'Misschien kan ik u helpen. Wilt u meer te weten komen over de familie van uw patiënt?'

'Waarschijnlijk wel,' zei Frieda.

'Mijn team beschikt over veel expertise wat betreft het achterhalen van de geschiedenis van gezinnen. We doen dat zeer discreet. We hebben in de loop der jaren veel nuttige informele contacten opgebouwd, en we zijn er goed in om achter familiegeschiedenissen te komen waar de betrokkenen zelf niets van weten. Op dezelfde manier waarop u het toevallig hebt gedaan, alleen systematischer.'

'Dat zou van pas kunnen komen,' zei Frieda.

'Als ik iets kan doen om u te helpen...' zei Boundy. De toon waarop hij praatte was nu warmer en bijna ontspannen. 'Misschien kan ik iets goedmaken van mijn lompheid van daarnet. Sorry daarvoor, maar u overviel me op het moment dat ik mijn buren ontving voor zo'n afschuwelijke kerstlunch. U kent dat wel. Het is de beroerdste tijd van het jaar.'

'Ik snap het.'

'Uiteraard zal mijn team er niet aan kunnen beginnen voordat de vakantieperiode voorbij is. U weet, in ons land wordt de komende tien dagen bijna niet gewerkt. Maar als u me de namen van die twee broers geeft, hun adressen en mogelijke andere bijzonderheden, dan kunnen we misschien na de vakantie al wat dingen nagaan.'

'Wat voor dingen?' vroeg Frieda.

'De stamboom onder andere,' zei Boundy. 'En alle contacten die ze gehad kunnen hebben met de sociale dienst, een eventueel strafblad, kredietregistratie. Alles strikt vertrouwelijk, natuurlijk. We zijn erg discreet.' Hij pakte zijn boek van het bureau en gaf het aan Frieda. 'Als u dit leest, zult u zien hoe voorzichtig we te werk gaan.'

'Oké,' zei Frieda, en ze noteerde de twee namen en adressen.

'Het zal waarschijnlijk niet veel opleveren,' zei Boundy. 'Ik kan u in elk geval niets beloven.'

'Maakt u zich geen zorgen.'

Hij pakte het boek weer van haar af. 'Ik zal het voor u signeren,' zei hij. 'Dan voorkom ik tenminste dat u het gaat verkopen.' Hij schreef er iets in en gaf het aan haar terug.

Ze keek wat hij geschreven had. 'Dank u,' zei ze.

'Mag ik u uitnodigen voor de lunch?'

Ze schudde haar hoofd. 'Ik ben u zeer dankbaar voor uw hulp, maar ik moet echt verder.'

'Ik begrijp het,' zei hij. 'Ik zal u uitlaten.'

Hij liep met haar naar de voordeur en praatte onderwijl over collega's die ze misschien allebei kenden en congressen die ze wellicht beiden hadden bijgewoond. Hij stak zijn hand uit om afscheid van haar te nemen, maar leek toen iets te bedenken. 'Ze zijn interessant,' zei hij, 'die afzonderlijk opgevoede tweelingen. Ik heb eens een voordracht gehouden over tweelingen waarvan een van de twee in de baarmoeder was overleden. De overlevenden leken zich daarvan bewust te zijn, zelfs als ze het niet wisten, als u begrijpt wat ik bedoel. Het was alsof ze rouwden om iemand van wie ze niet wisten dat hij of zij had bestaan en altijd bezig waren om te proberen hem of haar terug te halen.'

'Wat voor effect heeft dat op het leven van zo iemand?' vroeg Frieda. 'Als je zo'n gemis voelt. Wat moet je daarmee?'

'Ik weet het niet,' zei Boundy. 'Het is wel belangrijk, denk ik.' Toen schudde hij haar de hand. 'Ik hoop dat we elkaar snel weer ontmoeten,' zei hij.

Hij bleef staan kijken hoe ze instapte en hoe het busje de oprijlaan af reed en op een haar na de daar geparkeerde Mercedes miste die toebehoorde aan de rector van Boundy's universiteit. Toen hij de deur dichtdeed, voegde hij zich echter niet bij zijn gasten. Hij bleef even in gedachten staan en liep toen terug naar zijn studeerkamer en sloot de deur. Hij pakte de telefoon en toetste een nummer in.

'Kathy? Met Seth. Wat ben je aan het doen? ... Nou, hou daarmee op en kom hiernaartoe, dan vertel ik wel waar het over gaat als je hier bent ... Ik weet dat het Kerstmis is, maar Kerstmis komt elk jaar terug, en dit is iets unieks.' Hij keek op zijn horloge. 'Een halfuur? ... Prima. Ik wacht op je.'

Boundy legde de telefoon neer en glimlachte terwijl hij luisterde naar het geroezemoes en het klinken van de glazen in de kamer verderop.

30

Toen Frieda instapte, zette Josef de radio uit en keek haar verwachtingsvol aan.

'Kom, laten we gaan,' zei ze. 'En geef me je mobieltje. Ik moet iemand bellen.'

Maar er was de eerste paar kilometer geen signaal. Toen er op het laatst één enkel streepje op het schermpje verscheen, zei ze tegen Josef dat hij moest stoppen.

'Ik rook,' zei hij, en stapte uit.

Frieda belde het politiebureau. 'Ik móét hoofdinspecteur Karlsson spreken. Ik weet dat hij er op zaterdag niet is en dat u mij zijn privénummer niet zult geven, maar zegt u tegen hem dat hij mij meteen moet bellen op dit mobiele nummer. Zegt u maar dat als hij me niet binnen tien minuten belt, ik de kranten alle informatie over Matthew Faraday zal geven die hij niet wil horen. Zeg dat alstublieft letterlijk zo tegen hem.' De vrouw aan de andere kant wilde iets zeggen, maar Frieda onderbrak haar. 'Tien minuten,' zei ze.

Ze keek naar Josef. Hij zat rustig langs de kant van de weg, onder een bladloze boom die scheef stond doordat de wind er op dit vlakke land tientallen jaren tegenaan had geblazen. De lucht was wit en de omgeploegde akker zag eruit als een bevroren bruine zee.

Het mobieltje ging over.

'Met Frieda.'

'Fuck, waar ben jij nou mee bezig?'

'Ik moet je nu meteen spreken. Waar ben je?'

'Thuis. Het is mijn papadag. Ik kan niet weg.'

'Waar woon je?' Ze schreef het adres dat hij haar gaf op een stukje papier. 'Ik kom meteen naar je toe.'

Ze opende het portier en riep Josef. 'Naar huis?' vroeg hij, terwijl hij weer instapte.

'Kun je me eerst ergens anders naartoe brengen?'

Karlsson woonde vlak bij Highbury Corner in een victoriaans halfvrijstaand huis dat in appartementen was opgedeeld. Toen Frieda de trap op ging naar de voordeur, keek ze door het raam in het souterrainappartement waar hij woonde. Ze zag hem lopen, met een klein meisje in zijn armen, dat als een koala haar armpjes en beentjes om hem heen had geslagen.

Zo deed hij ook open. Hij had zich niet geschoren en droeg een spijkerbroek en een dik blauw vest. Het meisje had hoogblonde krullen en mollige blote beentjes. Ze snikte en drukte een natte wang tegen zijn borst. Ze deed één glinsterend blauw oog open om Frieda te bekijken en deed het toen weer dicht.

'Waar bleef je nou?'

'Druk overal.'

'Ja, dit is een ongelukkig tijdstip.'

'Ik zou hier helemaal niet zijn als jij mijn telefoontjes niet had genegeerd.'

De grote huiskamer was bezaaid met speelgoed en kinderkleertjes. Op de bank zat een jongen al popcorn etend naar tekenfilms op televisie te kijken. Behoedzaam pelde Karlsson de armpjes en beentjes van zijn dochter los en zette haar naast haar broer op de bank. Ze begon harder te jammeren.

'Een paar minuutjes, jongens,' zei hij. 'Dan gaan we zwemmen, dat beloof ik. Geef je zusje ook eens wat popcorn, Mikey.'

Zonder zijn blik van het scherm te halen, stak de jongen het bakje in haar richting, en zij nam er een handje uit en propte het in haar mond. Er bleven wat stukjes aan haar kin hangen. Frieda en Karlsson liepen naar de andere kant van de kamer en bleven voor het grote raam staan, waar ze Josef in het busje zag zitten. Karlsson stond half achter haar, alsof hij zijn kinderen van haar wilde afschermen.

'Nou?'

Frieda vertelde hem van de gebeurtenissen van de afgelopen dagen, en gaandeweg kreeg Karlssons houding iets stijfs en verdween de blik van ongeduld en irritatie van zijn gezicht, om plaats te maken voor een frons van diepe concentratie. Toen ze klaar was, reageerde hij niet meteen. Toen pakte hij zijn mobiel.

'Ik moet iemand regelen om op de kinderen te passen. Hun moeder woont in Brighton.'

'Dat kan ik wel doen,' zei Frieda.

'Jij gaat met mij mee.'

'Josef dan misschien?'

'Josef?'

Frieda wees naar het busje.

'Wat?' zei Karlsson. 'Ben je gek geworden?'

'Hij is een goede vriend,' zei Frieda. 'Hij heeft ook een collega van me verzorgd. Hij is eigenlijk bouwvakker.'

Karlsson keek twijfelachtig. 'Sta jij voor hem in?'

'Hij is een vriend.'

Ze liep naar buiten, naar Josef.

'Naar huis?' zei hij weer. 'Ik heb het koud, en ik heb nu ook honger.'

'Je moet voor mij op een paar kinderen passen,' zei ze.

Hij leek niet verbaasd, maar knikte gedwee en stapte uit. Het was haar niet duidelijk of hij haar had begrepen.

'Misschien gaan ze huilen. Geef ze dan maar gewoon – weet ik veel – wat snoep of zo. Je wordt zo snel mogelijk afgelost.'

'Ik ben vader,' zei hij.

'Ik kom zo snel mogelijk terug.'

Josef veegde zijn schoenen grondig af op de deurmat. Karlsson had zijn jas al aan toen hij tevoorschijn kwam. 'Ik zal u aan de kinderen voorstellen,' zei hij. 'Hun moeder zal over ongeveer anderhalf uur hier zijn. Bedankt voor uw hulp. Mikey, Bella, deze meneer blijft bij jullie totdat mama komt. Wees aardig tegen hem.'

Josef liep naar de twee kinderen toe, die hem aanstaarden. Bella's mond ging open – ze stond op het punt om in huilen uit te barsten.

'Hallo, ik ben Josef,' zei hij, en hij maakte zijn formele buiginkje.

31

Er werd aangebeld. Dean Reeve keek niet eens op. Hij had het verwacht. Hij stond op en liep de trap op naar Terry, die met slordige halen het kamertje aan het witten was. Ze was bijna klaar, op een paar plekjes na. Hij streelde over haar hoofd. 'Alles goed?' zei hij.

'Natuurlijk.'

'Da's je geraden ook.'

'Ik zei toch dat het goed gaat.' De bel ging weer. 'Doe je niet open?'

'Die gaan heus niet weg. Maak dit af. En snel een beetje.'

Hij liep de trap af en deed open. Het was iemand anders dan hij had verwacht. In de deuropening stond een jonge vrouw. Ze droeg een montuurloze bril, haar bruine haar was opgebonden, en over haar voorhoofd vielen een paar lokken. Ze droeg een zwart suède jasje, een blauwe spijkerbroek en leren laarzen die bijna tot haar knieën reikten. Ze had een leren aktetas bij zich. Ze glimlachte. 'Bent u Dean Reeve?' vroeg ze.

'Wie ben jij?'

'Sorry dat ik u lastigval. Mijn naam is Kathy Ripon, en ik kom u een aanbod doen. Ik werk bij een universiteit, en de mensen die we voor ons onderzoek benaderen zijn willekeurig gekozen. Het enige wat ik wil, is u een eenvoudig vragenformulier voorleggen en dat met u doornemen. Het is een simpele persoonlijkheidstest.

Het vergt maar een halfuurtje van uw tijd, misschien ietsje langer. Ik help u erbij. En we stellen u bovendien schadeloos voor de tijd die u eraan kwijt bent. Mijn werkgever kent u een vergoeding van honderd pond toe.' Ze glimlachte weer. 'En dat alleen voor het invullen van een eenvoudige vragenlijst. Waar ik u mee zal helpen.'

'Ik heb er geen tijd voor,' zei hij, en hij maakte aanstalten om de deur dicht te doen.

'Alstublieft! Het duurt maar even. Het is heus de moeite waard.'

Hij kneep zijn ogen iets toe en staarde haar aan. 'Ik zei nee.'

'Honderdvijftig dan?'

'Wat krijgen we nou?' zei hij. 'Ik meen het. En waarom ik?'

'U bent willekeurig uitgekozen.'

'Waarom moet het dan zo nodig? Bel dan hiernaast aan.'

'Er zit niks achter, hoor,' zei ze. Ze begon een beetje zenuwachtig te worden. 'Uw naam wordt niet vermeld in het onderzoek. Het is ons alleen te doen om een onderzoek naar persoonlijkheidstypen.' Ze stak haar hand in de zak van haar jasje en haalde een portemonnee tevoorschijn. Ze pakte haar identiteitskaart en toonde hem die. Er stond een foto van haar op. 'Ziet u?' zei ze. 'Dat is het instituut waar ik werk. U kunt mijn baas opbellen, als u wilt. Of op onze website kijken.'

'Ik vraag het nog één keer: waarom ik?'

Ze glimlachte weer, wat aarzelend nu. Doorgaans was het bedrag voldoende. Ze begreep niet wat het probleem was. 'Uw naam zat in onze database. We zijn voor ons onderzoek op zoek naar allerlei soorten mensen, en u bent ervoor geselecteerd. Het is honderd pond voor een halfuurtje van uw tijd. Het is een kleine moeite.'

Dean dacht even na. Hij keek naar het zenuwachtige gezicht van de vrouw en liet vervolgens, over haar schouder, zijn blik heen en weer gaan door de uitgestorven straat. 'Kom dan maar binnen.'

'Dank u wel.'

Even voelde ze een rilling van onbehaaglijkheid, maar die

schudde ze af, en ze stapte over de drempel.

'Ik denk niet dat je me de hele waarheid vertelt,' zei hij, en hij sloot de deur achter hen met een lichte maar ferme klik.

Donker, zo donker. Heel stil. Gedruppel van water. Droge opgezwollen tong proefde het ijzeren vocht. Dan het geruis van voetjes. Wachten lange gele tanden op het moment om me in kleine stukjes te hakken voor de vogels? Hij moest niet praten, moest geen woord zeggen. Lichaam dat brandt van kou moest niet praten.

Geschraap. Gegrom. Lichtere duisternis die over zijn zachte ogen schraapt. Zachte stem van de meester. Moest niet praten. Geen geluid zal ontsnappen. Moest zelfs niet ademen.

Geschraap en donkerder duisternis.

O nee. O nee. Dit geluid maakte hij niet. Gehijg als van een wild dier. Als een wild dier dat naast hem schreeuwde. Telkens weer, telkens weer. Er graaide iets naar hem, schudde hem heen en weer, schreeuwen, gillen en schreeuwen, waanzinnig geschreeuw. Zijn oren zouden barsten. Hij moest niet praten. Het was een test en hij mocht niet praten, want als hij praatte, was het voorbij.

Toch ging het door. Het was buiten hem en het was in hem, een gil die aanzwol en echode, waaraan hij niet kon ontsnappen. Handen over de oren, het lichaam in een balletje, hoofd op steen, scherpe knieën op scherpe stenen, gruis in de ogen, brandende huid. Geen geluid maken. Er was eens een klein jongetje.

Het ging niet zoals Frieda had gedacht dat het zou gaan. Ze sprongen niet in de auto om meteen naar het huis te rijden. In plaats daarvan zat Frieda een uur later op Karlssons kamer tegenover een politievrouw een verklaring af te leggen, terwijl Karlsson naast haar moeilijk stond te kijken. In het begin kon Frieda zich nauwelijks beheersen.

'Waarom zitten we hier?' zei ze. 'Vind je de situatie soms niet dringend?'

'Hoe sneller we je verklaring hebben, des te sneller krijgen we een bevel tot huiszoeking en des te sneller kunnen we optreden.'

'Daar hebben we geen tijd voor.'

'Jij bent degene die voor het oponthoud zorgt.'

Frieda moest diep inademen om rustig te kunnen spreken. 'Oké,' zei ze. 'Wat wil je dan dat ik zeg?'

'Hou het simpel,' zei Karlsson. 'Het gaat ons er alleen maar om dat de officier het huiszoekingsbevel uitvaardigt. Dus niet in details treden over wat je patiënt heeft gedroomd of gefantaseerd of wat het dan ook was. Begin daar zelfs niet over.'

'Niet de waarheid vertellen, bedoel je?'

'Alleen dat deel van de waarheid dat nu van belang is.' Hij keek naar Yvette Long. 'Klaar?' Ze glimlachte naar hem en klikte met haar pen. Frieda dacht: ze is verliefd op haar baas. Karlsson zweeg even, en zei toen: 'Je moet zeggen: "Tijdens de therapie van mijn patiënt Alan Dekker heeft hij bepaalde uitspraken gedaan die behelsden dat zijn broer Dean Reeve betrokken was bij de ontvoering van huppeldepup."'

'Waarom dicteer je het niet gewoon?'

'Als we te veel in details treden, kan de officier lastige vragen stellen. Als we de jongen vinden, maakt het niet uit van wie je het hebt gehoord, al was het een marsmannetje. We moeten alleen het huiszoekingsbevel hebben.'

Frieda gaf een korte verklaring af, terwijl Karlsson knikte en af en toe wat commentaar leverde.

'Dat is wat we nodig hebben,' zei hij ten slotte.

'Ik teken alles,' zei Frieda, 'zolang jij maar iets onderneemt.'

Yvette gaf haar het proces-verbaal. Ze ondertekende het, en ook de kopie.

'Wat moet ik nu doen?' zei Frieda.

'Ga naar huis. Doe wat je wilt.'

'Wat ga jij doen?'

'Ons werk. We wachten het huiszoekingsbevel af, en dat zal er over een uur of twee zijn.'

'Kan ik niks doen om te helpen?'

'Het is geen kijksport.'

'Doe niet zo onredelijk,' zei Frieda. 'Ik heb je het verhaal verteld.'

'Als je mee wilt doen bij politieacties, zul je dienst moeten nemen bij de politie.' Hij zweeg. 'Sorry. Ik wilde niet... Luister, ik zal je zo snel mogelijk laten weten wat er gebeurt. Meer kan ik niet doen.'

Toen ze weer thuis was, voelde Frieda zich als een kind dat vijf minuten voor het einde van de film naar bed is gestuurd. Eerst beende ze heen en weer in haar huiskamer. Alle actie voltrok zich elders. Wat kon ze doen? Ze belde Josef op zijn mobiel, maar kreeg geen gehoor. Ze belde Reuben, en van hem hoorde ze dat Josef nog niet terug was. Ze liet het bad vollopen, ging met haar hoofd grotendeels onder water liggen en probeerde niet te denken, maar slaagde daar niet in. Ze stapte uit bad en trok een spijkerbroek en een oud shirt aan. Ze moest een paar dingen doen, daar kon ze niet onderuit. Ze moest iets bedenken voor Kerstmis. Ze had zich er wekenlang tegen verzet, maar nu moest ze toch iets doen. Ze moest afspraken met patiënten omzetten. Maar het leek alsof ze over dit alles zelfs bijna niet kon nadenken.

Ze zette koffie, een hele pot zelfs, die ze langzaam maar zeker helemaal opdronk. Ze had het gevoel dat ze onderworpen was aan een psychologische test om aan te tonen hoe een gebrek aan zelfbeheersing en autonomie resulteerde in hevige, bijna verlammende angstverschijnselen. Het was bijna zes uur en volstrekt donker toen er aangebeld werd. Het was Karlsson.

'Heb je goed nieuws?'

Karlsson schoof langs haar heen. 'Of hij daar was, bedoel je? Nee, hij was er niet.' Hij pakte Frieda's halflege kopje koffie en nam een slok. 'Die is koud,' zei hij.

'Zal ik verse voor je zetten?'

'Doe geen moeite.'

'Ik had erbij moeten zijn,' zei Frieda.

'Waarom?' vroeg Karlsson sarcastisch. 'Om in een kast te kijken die wij hadden overgeslagen?'

'Ik zou hebben willen zien hoe Dean Reeve zich gedroeg.'

'Hij gedroeg zich zelfverzekerd, als je het wilt weten. Als iemand die niets te verbergen heeft.'

'En ik ben eerder in dat huis geweest. Ik zou het hebben gezien als er iets was veranderd sinds ik er was.'

'Ons huiszoekingsbevel staat het helaas niet toe dat we derden meenemen.'

'Wacht,' zei Frieda.

Ze schonk het laatste beetje uit de koffiepot in een schone beker en warmde dat op in de magnetron, waarna ze de beker aan Karlsson gaf. 'Wil je er iets bij?' vroeg ze. 'Of erin?'

Hij schudde zijn hoofd en nam een slok.

'Nou, dat was dan dat,' zei Frieda.

'Die compositiefoto van die vrouw die laatst gemaakt is...'

'Ja, wat is daarmee?'

'Heb je die hier?'

'Ja.'

Er viel een stilte.

'Ik bedoel niet alleen of je die hebt, ik bedoel: kun je hem gaan halen en aan me laten zien?'

Frieda ging de kamer uit en kwam terug met de uitdraai. Ze streek hem op tafel glad. 'Hij was een beetje verkreukeld,' zei ze.

Karlsson boog zich voorover en bekeek hem.

'Terwijl mijn collega's de woning binnenstebuiten keerden en vervolgens weer buitenstebinnen, ben ik naar hun slaapkamer gegaan. Daar zag ik dit aan de muur hangen.' Uit zijn zijzak haalde hij een ingelijst fotootje, dat hij op tafel naast de uitdraai legde. 'Valt je iets op?'

32

'Het is dezelfde vrouw,' zei Frieda.

'Ze lijkt erop.' Karlsson wreef met gebalde hand hard over zijn gezicht.

'Het moet haar zijn.'

'Dat denk jij, hè?'

'Natuurlijk.'

Hij keek haar grimmig aan.

'Het is de vrouw die Rose zich herinnerde,' zei Frieda.

'Rose herinnerde zich haar niet. Ze is door een meerkeuzeproces op dit plaatje uitgekomen. Dat is niet hetzelfde als je een gezicht herinneren.'

'Zij is het. Natuurlijk is ze het. Kun je een andere verklaring bedenken?'

'Fuck, een verklaring is niet nodig. Door een reeks suggesties is een beschadigde jonge vrouw met een gezicht op de proppen gekomen dat ze mogelijk tweeëntwintig jaar geleden gezien heeft, maar dat ze ook zelf bedacht of verzonnen kan hebben, en dat toevallig een beetje lijkt op dat van een vrouw die in het huis woont van iemand die min of meer van een ander misdrijf wordt verdacht. Hoe denk je dat de rechter daarover zou oordelen?'

Frieda antwoordde niet.

'En ondertussen is er geen teken van Matthew. En als ik "geen teken" zeg, dan bedoel ik: werkelijk niets. Niet eens een gerucht, niks. En er was daar een kamer die ze net hadden geschilderd. De verf was nog nat. Als ze hem daar hebben vastgehouden, is elk spoor van hem nu afgedekt. Weet je wat ik denk? Ik denk dat hij allang dood is en dat ik in een schijnwereld van vage hoop moet blijven geloven. Van de ouders van de jongen zou dat te begrijpen zijn. Maar jij gelooft er onvoorwaardelijk in.'

Frieda staarde met zo'n geconcentreerde blik naar de foto dat ze er bijna hoofdpijn van kreeg. 'Het is een oude familiefoto,' zei ze.

'Waarschijnlijk, ja.'

'Kijk.' Frieda legde haar hand op de foto, zodat ze het haar afdekte.

'Wat dan?'

'Zie je de gelijkenis niet? Met Dean Reeve. En ook met Alan. Het moet zijn moeder zijn. Hún moeder.' Frieda mompelde wat in zichzelf, dacht hardop.

'Is het de bedoeling dat ik hoor wat je zegt?' vroeg Karlsson.

'Weet je nog wat ik zei, dat het een vrouw kon zijn geweest? Joanna zou niet meegegaan zijn met een man als Dean Reeve. Maar met haar wel, denk je niet?'

'Sorry,' zei Karlsson. 'Ik was afgedwaald en dacht aan andere dingen, zoals het verhoren van verdachten, het zoeken van bewijzen, dat soort bijkomstigheden. Daar gelden regels voor. We moeten aanwijzingen hebben, en bewijzen.'

Frieda negeerde hem. Ze keek geconcentreerd naar de foto, alsof die daardoor zijn geheimen zou prijsgeven. 'Leeft ze nog? Zo oud zou ze niet zijn.'

'We zullen zien,' zei hij. 'Het is iets om op door te gaan.'

Frieda herinnerde zich ineens iets. 'Is alles goed met je kinderen?'

'Ze zijn weer bij hun moeder, als je dat bedoelt.'

'Is het goed gegaan met Josef?'

'Hij heeft pannenkoeken voor ze gebakken en met onuitwisbare inkt op hun benen getekend.'

'Mooi. Laat je overigens Dean in de gaten houden?'

'Voor wat het waard is.' Karlsson klonk grimmig. 'Zelfs als je gelijk hebt, hij weet dat we hem verdenken. Dus...'

'Je bedoelt dat hij je niet naar Matthew zal leiden, omdat hij ervan uitgaat dat je op hem let?'

'Precies.'

'Maar als ze Matthew ergens verstopt hebben, zullen ze hem toch eten moeten brengen, en water.'

Hij haalde zijn schouders op en keek somber. 'Hij zal de dader wel niet zijn,' zei hij. 'Als hij het wel is, had hij hem waarschijnlijk meteen vermoord. En als hij dat niet meteen heeft gedaan, dan waarschijnlijk wel nadat jij daarbinnen was geweest. En als hij hem niet... Nou ja, hij hoeft niks anders te doen dan maar gewoon af te wachten.'

Karlsson boog zich over Rose heen terwijl ze de foto bekeek. Het was koud in haar keukentje, en er zat een bruine vlek op het plafond. De gevelkachel maakte rommelende geluiden, en de kraan drupte gestaag.

'Nou?' vroeg hij ten slotte.

Rose keek hem aan. Het trof hem hoe bleek ze was en dat haar huid zo teer was, met blauwe adertjes net onder de oppervlakte.

'Ik weet het niet,' zei ze.

'Maar je denkt dat het haar zou kunnen zijn?' Hij had haar smalle schouders wel willen vastpakken om haar door elkaar te rammelen.

'Ik weet het niet,' herhaalde ze. 'Ik kan het me niet herinneren.'

'Er gaat geen belletje bij je rinkelen?'

Ze schudde mismoedig haar hoofd. 'Ik was nog maar negen jaar,' zei ze. 'Het is allemaal weg.'

Karlsson ging rechtop staan. Hij had pijn in zijn rug, en zijn nek was stijf en gevoelig. 'Natuurlijk,' zei hij. 'Wat had ik anders kunnen verwachten?'

'Het spijt me. Maar u zou toch niet willen dat ik maar iets zei wat u op het verkeerde been zette?'

'Waarom niet?' Ze schrokken allebei van zijn plotselinge harde lach. 'Alle anderen doen het wel.'

Frieda zat aan haar schaaktafeltje en speelde uit haar boek met klassieke matches een partij na, Beljavski tegen Nunn, 1985. Ze schoof de stukken op hun stukjes vilt over het bord. In de open haard knapperde een vuur. De klok tikte de minuten weg. De pionnen vielen, de dames rukten op. Ze dacht aan Dean en Alan met hun donkere ogen. Ze dacht aan Matthew en zag hem weer voor zich, met zijn sproeten en zijn vrolijke gezichtje. Ze dacht aan Joanna, met haar angstige glimlach en het spleetje tussen haar tanden. Ze probeerde hun hoge, bange stemmen niet te horen, die zo hard schreeuwden om hun moeder, om gered te worden. Ze had het idee dat haar gedachten tussen de nerven van het bord weglekten. Er moest toch iets zijn, iets wat ze over het hoofd had gezien, een geheime sleutel om het onverbiddelijke mysterie open te wrikken. Wat voor verschrikkingen er ook aan de dag zouden treden, alles was beter dan deze toestand van onwetendheid. In gedachten zag ze weer voor zich hoe Matthews ouders op de persconferentie hadden gekeken, hoe hun gezichten door angst getekend waren. Hoe was het om hen te zijn en nacht na nacht wakker te liggen met het beeld van je om hulp roepende zoontje voor ogen? En hoe was het voor Joanna's ouders geweest om maand na maand, jaar na jaar, voortdurend in onwetendheid te verkeren en niet naar een graf te kunnen gaan en daar bloemen op te leggen?

Om middernacht ging de telefoon.

'Sliep je?' vroeg Karlsson.

'Ja,' zei Frieda, terwijl ze een loper van het bord haalde en afwachtend in haar hand omsloot.

'Ik ga op bezoek bij mevrouw Reeve. Ze zit in een bejaardenhuis in Beckton. Ga je mee?'

'Die leeft dus nog. Ja, natuurlijk ga ik mee.'

'Mooi. Ik stuur morgenochtend een auto om je op te halen.'

Vroeger, toen ze nog studeerde, was Frieda een keer naar Beckton gegaan om de gasfabriek te zien, die eruitzag als een kolossale ruïne in een woestijn. De foto's die ze toen had genomen, had ze nog steeds. Maar dat alles was er niet meer; het enige wat nog aan dat verleden herinnerde, was een met onkruid begroeide berg metaalslakken. Alles wat oud en vreemd was, was in de jaren tachtig gesaneerd, en daarvoor in de plaats waren huizen, flats, winkelcentra en bedrijfsgebouwen neergezet.

Verzorgingstehuis River View – de naam klopte niet – was een groot, modern gebouw van rauwe oranje baksteen, alles gelijkvloers en gesitueerd rondom een binnenplaats met in het midden een enigszins kaal gazonnetje, zonder bomen of struiken. Voor de ramen in de aluminium kozijnen zaten tralies. Frieda vond het eruitzien als een kazerne. In de oververhitte entreehal stonden rolstoelen, looprekjes, rollators en een grote vaas met plastic bloemen, er hing een dennengeur van luchtverfrisser en het rook er alsof er pap werd gekookt. Ze hoorde ergens een radio, maar afgezien daarvan was het stil. Hun voetstappen weerkaatsten tegen de muren. Misschien lagen de meeste bewoners nog in bed. In de huiskamer waren maar twee mensen – een scharminkelig mannetje met een glimmend kaal hoofd in wiens ronde brillenglazen het licht weerkaatste, en een grote vrouw, gekleed in een gigantische oranje cape, met een beugel om haar hals en veel te grote, pluizige pantoffels aan haar voeten. Hier en daar lagen op tafels legpuzzels te wachten.

'Deze kant op voor mevrouw Reeve.' De vrouw ging hun voor een gang in. Ze had zilvergrijs haar, dat opgerold was in strakke, gelijkmatige krullen. Haar billen deinden onder het lopen op en neer, ze had stevige, gespierde kuiten en onderarmen, en haar mondhoeken hingen zelfs als ze glimlachte naar beneden. Ze heette Daisy, maar zag er bepaald niet uit als een madeliefje.

'Ik moet u waarschuwen,' zei ze voordat ze de deur opende waarin een kijkgaatje was aangebracht. 'Ze zal u niet veel vertellen.' Ze glimlachte met haar afhangende mondhoeken.

Ze betraden een kleine rechthoekige kamer. Het was er bedompt en het rook er naar ontsmettingsmiddel. Ook hier zaten tralies voor het raam. Het trof Frieda hoe kaal de kamer was. Was dit nou de eindbestemming van een mensenleven? Een smal bed, een foto van de Brug der Zuchten aan de muur, een boekenplankje met een in leer gebonden bijbel, een porseleinen hond, een vaas zonder bloemen en een grote foto in een zilveren lijst van de zoon die ze niet te vondeling had gelegd. In een leunstoel bij de klerenkast zat een gedrongen gestalte gekleed in een flanellen peignoir en dikke bruine steunkousen.

June Reeve was klein van stuk, haar voeten reikten nauwelijks tot de vloer, en ze had net zulk bleekgrijs haar als Alan en Dean. Toen ze haar hoofd naar hen toe draaide, zag Frieda niet meteen een gelijkenis met de vrouw op de foto. Haar gezicht was uitgezakt. De vorm leek eruit verdwenen te zijn, alleen de vlezige contouren waren er nog – een scherpe kin, een kleine, strakke mond, bruine ogen, net als haar zoons, maar troebel. Het was onmogelijk te zeggen hoe oud ze was. Zeventig? Honderd? Aan haar handen en haar te zien, was ze nog betrekkelijk jong, maar afgaande op haar dwalende blik en haar stem leek ze een stuk ouder.

'Bezoek voor u,' zei Daisy luid.

'Wat heeft ze aan haar handen?' vroeg Karlsson.

'Ze kauwt tot bloedens toe op haar vingers, en daarom hebben we er verband omheen gedaan.'

'Dag, mevrouw Reeve,' zei Frieda.

June Reeve zei niets terug, maar trok wel in een vreemde beweging even haar schouders op. Ze liepen de kamer in, waar maar nauwelijks plaats genoeg was voor hun vieren.

'Nou, ik laat u nu maar alleen,' zei Daisy.

'Mevrouw Reeve?' zei Karlsson. Hij trok grimassen en deed zijn mond wijd open, alsof hij met een duidelijke articulatie de betekenis van zijn woorden wel aan haar over zou kunnen dragen. 'Mijn naam is Malcolm Karlsson. Dit is Frieda Klein.'

June Reeve draaide haar hoofd iets en keek Frieda met haar melkachtige ogen aan.

'U bent de moeder van Dean,' zei Frieda, terwijl ze naast haar neerknielde. 'Dean? U weet toch nog wel wie Dean is?'

'Wie ben jij?' Haar stem was onduidelijk en hees, alsof haar stembanden beschadigd waren. 'Ik hou niet van bemoeials.'

Frieda keek haar in het gezicht en probeerde in alle rimpels en plooien iets te lezen. Was dit het gezicht van tweeëntwintig jaar geleden?

June Reeve wreef haar verbonden handen tegen elkaar. 'Ik heb de thee graag sterk, met veel suiker.'

'Dit is hopeloos,' zei Karlsson.

Frieda boog zich voorover in de zure lucht die de oude vrouw verspreidde. 'Vertel eens van Joanna,' zei Frieda.

'Dat gaat je niks aan.'

'Joanna, dat kleine meisje.'

June Reeve antwoordde niet.

'Hebt u haar meegenomen?' Karlssons toon was hard. 'U en uw zoon. Vertel het ons.'

'Dat levert niks op,' zei Frieda. En vriendelijk: 'Het was bij de snoepwinkel voor de deur, hè?'

'Wat doe ik hier?' zei de oude vrouw. 'Ik wil naar huis.'

'Hebt u haar snoep gegeven?'

'Citroenijs,' zei ze. 'Winegums.'

'Hebt u die aan haar gegeven?'

'Wie ben jij?'

'En toen hebt u haar in de auto gezet,' zei Frieda. 'Samen met Dean.'

'Ben jij een stout meisje geweest?' Er verscheen een soort wulpse grijns op haar gezicht. 'Ja? In je broek gedaan. Bijten. Stóút.'

'Was Joanna stout?' vroeg Frieda. 'June, vertel eens over Joanna.'

'Ik wil m'n thee.'

'Heeft ze Dean gebeten?' Stilte. 'Heeft hij haar vermoord?'

'M'n thee. Met drie klontjes.' Haar gezicht vertrok alsof ze ging huilen.

'Waar hebt u Joanna naartoe gebracht? Waar is ze begraven?'

'Wat doe ik hier?'

'Heeft hij haar meteen doodgemaakt, of heeft hij haar ergens verstopt?'

'Ik heb hem in een handdoek gewikkeld,' zei ze strijdlustig. 'Iemand zal hem wel gevonden en meegenomen hebben. Wie ben jij dan wel, dat je daarover oordeelt?'

'Ze heeft het over Alan,' zei Frieda zachtjes tegen Karlsson. 'Zo hebben ze hem gevonden, in een parkje in een woonwijk.'

'Wie ben jij eigenlijk? Ik heb jou niet gevraagd hier te komen. Mensen moeten zich met hun eigen zaken bemoeien. Heilig boontje.'

'Waar is het lichaam?'

'Ik wil thee, ik wil thee.' Ze verhief haar stem zodat die oversloeg. 'Thee!'

'Uw zoon, Dean...'

'Nee.'

'Dean heeft Joanna ergens verstopt.'

'Ik vertel jou niks. Hij zal voor me zorgen. Vuilspuiters. Bemoeials. Vieze verwaande flikkers.'

'Ze is van streek.' Daisy was in de deuropening verschenen. 'Nu krijgt u niks meer van haar te horen.'

'Nee.' Frieda kwam overeind. 'We zullen haar met rust laten.'

Ze gingen de kamer uit en liepen terug door de gang.

'Heeft ze ooit iets gezegd over een meisje dat Joanna heet?' vroeg Karlsson.

'Ze is erg op zichzelf,' zei Daisy. 'Brengt het grootste deel van de dag op haar kamer door. Ze zegt eigenlijk nauwelijks iets, behalve om te klagen.' Ze trok een grimas. 'Dat kan ze goed.'

'Hebt u ooit gedacht dat ze zich misschien ergens schuldig over voelde?'

'Zij? Die is alleen maar boos. Voelt zich misbruikt.'

'Hoezo?'

'Dat hebt u kunnen horen. Mensen bemoeien zich met haar.'

Op weg naar buiten deed Karlsson er het zwijgen toe. 'Nou?' zei Frieda.

'Nou wat?' zei Karlsson verbeten. 'Ik heb te maken met een vrouw die zich een beeld probeert te vormen van een gezicht dat ze zich tweeëntwintig jaar lang niet heeft kunnen herinneren, ik heb te maken met een identieke tweeling met enge dromen en fantasieën, en nu heb ik ook nog eens te maken met een vrouw met alzheimer die over citroenijs begint.'

'Af en toe zat er wel wat in, in wat ze zei. Fragmenten.' Karlsson duwde de buitendeur met te veel kracht open, zodat die hard terug klapte.

'Fragmenten. O ja. Stukjes wartaal, mistige herinneringen, merkwaardige toevalligheden, vreemde gevoelens, halfbakken ingevingen. Fuck, iets anders hebben we niet in deze ellendige zaak. Misschien verziek ik mijn carrière hier wel mee, net als mijn collega tweeëntwintig jaar geleden met Joanna.'

Ze liepen de kou in en bleven staan.

'Goedemorgen,' zei Dean Reeve. Hij was gladgeschoren en had zijn haar achterovergekamd. Hij glimlachte vriendelijk naar hen. Uitdagend, leek het.

Frieda kon geen woord uitbrengen. Karlsson gaf een kort knikje.

'Hoe is het vandaag met mams?' Hij stak een bruine papieren zak met vetvlekken erop omhoog. 'Ik heb een donut voor haar meegebracht. Op zondag eet ze graag een donut. Eetlust heeft ze in elk geval nog wel.'

'Het beste ermee,' zei Karlsson met hese stem.

'We komen elkaar vast nog weleens tegen,' zei Dean voorkomend. 'Hoe dan ook.'

En in het voorbijgaan gaf hij Frieda een knipoog.

33

Even na tien uur zat Frieda alleen in haar spreekkamer. Ze keek op haar horloge. Alan was te laat. Was dat een verrassing? Dacht ze dat hij überhaupt nog terug zou komen na alles wat hij over zichzelf te weten was gekomen en nadat zij zijn vertrouwen had beschaamd? De ene therapeut had hem verwaarloosd, en de volgende had hem bedrogen. Wat zou hij nu doen? Misschien zou hij de therapie gewoon opgeven. Dat zou een logische stap zijn. Of hij kon een klacht indienen. Weer. En deze keer kon het weleens slecht uitpakken. Frieda dacht hierover na, maar bleef er niet te lang bij stilstaan; ze zou het wel merken. Maar ondertussen zat zij niet goed in haar vel. Ze had voor haar gevoel de hele nacht wakker gelegen, uren achter elkaar. Onder normale omstandigheden zou ze zijn opgestaan en zich hebben aangekleed, ze zou de deur uit zijn gegaan en door de verlaten straten hebben gelopen. Maar ze was blijven liggen en had overdacht wat Karlsson had gezegd. Hij had gelijk. Zij had dromen en fragmenten van herinneringen aan het licht gebracht, of althans voorstellingen die aanvoelden als herinneringen of overeenkomsten. Want dat was haar werk, dat was haar specialisme: wat zich in de hoofden van mensen afspeelde, wat mensen gelukkig of ongelukkig of bang maakte, proberen ze verbanden te laten leggen tussen de afzonderlijke feiten, wat hen door de chaos en de angst heen kon helpen.

Maar nu was er ook iets anders. Matthew was realiteit. Of Matthews dood. Misschien – waarschijnlijk – was hij al binnen een uur na zijn ontvoering om het leven gebracht. Dat leerden de statistieken. Maar stel dat hij nog leefde. Frieda dwong zichzelf hieraan te denken zoals ze moeite zou doen om in de zon te kijken, al deed het nog zo'n pijn. Hoe zou het geweest zijn voor die andere politieman, Tanner? Had ook hij het punt bereikt dat hij hoopte het lijk te zullen vinden? Omdat hij dan tenminste zekerheid zou hebben? Er werd aangebeld, en Frieda drukte op de zoemer zodat Alan boven kon komen.

Toen ze de deur opendeed, kwam hij binnen alsof er niets aan de hand was en ging op zijn gebruikelijke stoel zitten. Frieda nam tegenover hem plaats.

'Het spijt me,' zei hij. 'De metro is onderweg wel twintig minuten stil blijven staan. Ik kon er niks aan doen.'

Alan schoof zenuwachtig heen en weer op zijn stoel. Hij wreef in zijn ogen en streek met zijn vingers door zijn haar. Hij zei niets. Frieda was daaraan gewend, en bovendien vond ze het belangrijk om stiltes niet te verbreken en die te vullen met haar eigen gebabbel, hoe frustrerend dat ook mocht zijn. De stilte zelf kon een vorm van communiceren zijn. Ze had weleens tien of twintig minuten zwijgend tegenover een patiënt gezeten voordat een van beiden iets zei. Ze dacht terug aan een probleem waarmee ze tijdens haar opleiding was geconfronteerd: moet je een patiënt die in slaap valt wakker maken? Nee, had haar supervisor nadrukkelijk gezegd. In slaap vallen was op zichzelf een uiting van de patiënt. Maar dat had ze nooit helemaal kunnen accepteren. Als het al een vorm van communiceren was, dan was het een dure en onproductieve vorm. Ze vond een zachte aanraking niet werkelijk een inbreuk op de therapeutische relatie. Toen de stilte bleef voortduren, begon ze dan ook te denken dat een klein duwtje deze keer geen kwaad kon.

'Als iemand niet wil praten,' zei ze, 'komt dat soms doordat er te veel is om over te praten. Dan is het moeilijk om te weten waar je moet beginnen.'

'Ik ben gewoon moe,' zei Alan. 'Ik heb de laatste tijd moeite met slapen, en ik ben af en toe ook weer aan het werk, wat me niet meevalt.'

Er viel weer een stilte. Frieda was van haar stuk gebracht. Speelde hij een spelletje met haar? Was zijn zwijgen een soort straf? Ze was ook gefrustreerd: ze waren in een fase waarin zijn nieuwe zelfgevoel verkend moest worden, in plaats van dat uit de weg te gaan.

'Is dat echt de reden?' vroeg ze. 'Gaan we doen alsof er niets gebeurd is?'

'Hoezo?'

'Wat je hebt meegemaakt beïnvloedt je natuurlijk,' zei ze. 'De wereld moet voor jou nu helemaal op zijn kop zijn gezet.'

'Nou, zo erg is het niet,' zei hij met een verbaasde blik. 'Maar hoe wist je het? Heeft Carrie je opgebeld? Achter mijn rug om?'

'Carrie?' zei ze. 'Volgens mij praten we nu langs elkaar heen. Wat bedoel je?'

'Ik heb af en toe last van geheugenverlies. Ik dacht dat je daarop doelde.'

'Hoezo, geheugenverlies?'

'Ik heb Carrie bloemen gestuurd, geregeld dat die bij haar werden bezorgd, maar ik kon me helemaal niet herinneren dat ik dat had gedaan. Wat betekent dat? Ik moet dat soort dingen vaker doen, haar bloemen geven. Maar waarom kan ik het me niet herinneren? Zo moet het zijn om gek te worden, denk je niet?'

Frieda zweeg. Ze begreep er niets van. Het was alsof Alan een taal sprak die ze niet verstond. Erger nog, ze had het gevoel dat er ergens iets helemaal fout zat. Toen kreeg ze een inval, en die trof haar als een klap in het gezicht. Ze moest zichzelf vermannen om niet met trillende stem te spreken.

'Alan,' zei ze, en haar stem leek van veraf te klinken. 'Weet je nog dat je zaterdagavond bij mij thuis bent geweest?'

Hij keek verschrikt.

'Ik? Nee. Nee, dat zou ik hebben geweten.'

'Je zegt dus dat je niet bij mij thuis bent geweest?'

'Ik weet niet eens waar je woont. Hoe had ik dan naar je toe kunnen komen? Wat is dit? Dat kan ik niet vergeten zijn. Ik ben de hele avond thuis geweest. We hebben een film gezien en een afhaalmaaltijd gegeten.'

'Wil je me excuseren?' zei Frieda zo kalm als ze kon. 'Ik moet even...' Ze verliet de kamer en liep het badkamertje in. Ze boog zich over de wasbak. Ze dacht even dat ze moest overgeven. Ze ademde een paar keer langzaam en diep in en uit. Ze draaide de koude kraan open en voelde hoe het water over haar vingers stroomde. Weer haalde ze een paar keer diep adem. Ze draaide de kraan dicht. Ze liep terug naar de spreekkamer.

Alan keek bezorgd naar haar. 'Alles in orde met je?' zei hij.

Ze ging zitten. 'Je bent niet gek aan het worden, Alan. Maar ik moet wel even iets zeker weten. Jij hebt sinds onze laatste sessie hier geen pogingen gedaan om contact met mij op te nemen – om iets te bespreken?'

'Speel je nou een spelletje met me? Want als dat het geval is, maak ik daar groot bezwaar tegen.'

'Alsjeblieft.'

'Goed dan,' zei Alan. 'Nee. Ik heb geen enkele poging gedaan om contact met je op te nemen. Deze sessies zijn al vermoeiend genoeg.'

'We moeten hier even ophouden. Het spijt me. Ik zou je willen verzoeken om voor een paar minuten de gang op te gaan, dan praten we daarna verder.'

Alan stond op. 'Wat is er aan de hand? Waar gaat dit in godsnaam over?'

'Ik moet iemand bellen. Dringend.'

Ze werkte Alan bijna de deur uit, rende toen naar de telefoon en belde Karlsson op zijn mobiele telefoon. Ze wist dat het slecht zou vallen, en terwijl ze uitlegde wat er gebeurd was, begon ze zich steeds beroerder te voelen.

'Hoe kan dat nou?' zei Karlsson. 'Je bent toch niet blind?'

'Ik weet het, ik weet het. Het is een identieke tweeling, echt identiek. En hij moet zijn broer hebben gezien. Hij droeg dezelfde kleren als hij. Of nagenoeg dezelfde.'

'Maar waarom dan? Wat had dat voor zin?'

Frieda haalde diep adem en vertelde het hem.

'Jezus,' zei hij. 'Wat heb je tegen hem gezegd?'

'Ik heb hem verteld wat ik dacht dat hij moest weten. Wat Alan moest weten, bedoel ik.'

'Met andere woorden, je hebt hem alles verteld.'

'Zo ongeveer, ja,' zei Frieda. Ze hoorde een geluid aan de andere kant van de lijn. 'Wat was dat?'

'Dat was ik. Ik schopte tegen mijn bureau. Dus je hebt hem verteld waar je hem van verdacht. Hoe kon je dat doen? Kijk je je patiënten dan niet aan?' Weer was er een schop te horen. 'Dus hij wist dat we kwamen?'

'Hij moet erop voorbereid zijn geweest. Volgens mij heeft hij ook bloemen laten bezorgen bij Alans vrouw. Iemand heeft dat in elk geval gedaan, en ik verdenk Dean ervan.'

'Waarom?'

'Om te laten zien wie de touwtjes in handen heeft, denk ik.'

'Dat weten we al. Hij. We zullen hem sowieso moeten verhoren. En die vrouw of partner van hem ook. Voor wat het waard is.'

'Hij speelt een spelletje met ons.'

'Dat zullen we nog weleens zien.'

34

Seth Boundy belde Kathy Ripon op haar mobiele telefoon. Hij werd doorgeschakeld naar de voicemail. Hij liet weer een bericht achter, al zei hij nu niets anders dan in zijn eerdere berichten: bel me meteen terug. Hij keek zijn e-mails nog eens door om er zeker van te zijn dat ze hem er niet een had gestuurd in de paar minuten sinds hij ze het laatst had gecontroleerd. Hij checkte ook zijn map met ongewenste e-mails, voor het geval haar boodschap daarin terecht was gekomen. Hij was geïrriteerd en kon zijn aandacht niet bij andere dingen houden. Wat voerde ze in haar schild?

Zijn vrouw klopte op de deur van zijn studeerkamer en stond al in de kamer voordat hij had kunnen zeggen dat hij het druk had. 'Kom je eten?' zei ze.

'Ik heb geen honger.'

'Ik dacht dat je een boodschap ging doen. Je hebt niet gedaan wat je allemaal van plan was. Wil je dat ik iets voor je zusje ga kopen?'

'Ik doe het straks wel.'

'Het is nog maar drie dagen voor Kerstmis. Je hebt vakantie.'

Boundy keek zijn vrouw aan op een manier die voor haar reden was om zich snel terug te trekken en de deur dicht te doen. Toen belde hij Kathy's vaste nummer. Hij liet de telefoon ettelijke keren overgaan, maar niemand nam op. Hij pijnigde zijn hersens: ze woonde natuurlijk in Cambridge, maar waar ging ze in de vakanties naartoe? Waar woonden haar ouders? Hij herinnerde zich vaag het weleens met haar te hebben gehad over haar afkomst, maar hij had niet goed opgelet. Toch was er iets bij hem blijven hangen. Wat was het? Iets met kaas. De kaasrolwedstrijd in haar woonplaats.

Hij googelde op 'kaasrollen', wat onmiddellijk talloze links opleverde naar de jaarlijkse wedstrijd kaasrollen op Copper's Hill in Gloucester.

Seth toetste het inlichtingennummer in en vroeg om de telefoonnummers van alle Ripons – hij wist geen voornaam – in Gloucester. Het bleek er slechts een te zijn. Hij toetste het nummer in. Een vrouw nam op. Ja, ze was Kathy's moeder. Nee, zij was er niet. Ze zou voor de kerst naar huis komen, maar ze was er nog niet. Nee, ze wist niet waar haar dochter dan wel was. Seth Boundy legde de telefoon neer. Wat begonnen was als een irritatie, had zich ontwikkeld tot verwarring en dreigde nu om te slaan in vrees. Waarom had die vrouw, die dokter Klein, hem zo dringend moeten spreken? Waarom had het niet kunnen wachten? Hij was zo enthousiast geworden toen die onbekende tweeling ineens in beeld kwam dat hij nauwelijks verder had nagedacht. Wat had hij gedaan? Een paar minuten bleef hij fronsend achter zijn bureau zitten. Toen pakte hij zijn mobiele telefoon weer.

Dat harde hoge geluid was allang weg, hij wist niet hoelang. Er waren geen dagen meer, het was één eindeloze nacht. Maar het was alleen bij hem geweest zolang zijn moeder de tijd nam om hem voor het slapengaan een verhaaltje voor te lezen, toen hij nog Matthew was. Roodkapje, maar die werd opgegeten door de wolf. Hans en Grietje, maar die raakten de weg kwijt in het bos, en hun vader had ze niet kunnen vinden. Hijgen, snuffelen, gieren en brullen had hij gehoord, als van een roestige machine waar iets mis mee is en die vastloopt. En toen waren die afschuwelijke geluiden verdwenen en was het weer stil om hem heen geworden. Alleen geritsel in de hoek en het druppelen van water, bonzen van het hart en stank van zijn lijf. Zijn lichaam had hem opgebruikt. Hij lag in zijn eigen uitwerpselen. Maar hij was alleen. Hij had zijn belofte gehouden. Hij had geen geluid gemaakt.

In het bewustzijn dat Alan op de gang zat beende Frieda heen en weer in haar kamer. Ze wilde niet met hem praten totdat Karlsson er was. Ze had al genoeg schade aangericht. Toen de telefoon ging, nam ze op.

'Frieda?'

'Chloë! Ik kan nu niet met je praten. Ik bel je straks terug, oké?'

'Nee, nee, nee! Wacht. Mijn vader gaat met Kerstmis naar Fiji.'

'Ik heb het druk.'

'Kan het je dan geen fuck schelen? Wat moet ik nou? Hij zou met mij ergens naartoe gaan, niet met die slet van een vriendin van hem. Nou zit ik de hele kerst vast in die gribus bij mijn moeder.'

'Chloë, dit kunnen we straks bespreken!'

'Ik heb hier een scheermes, weet je dat. Ik zit op mijn slaapkamer met een scheermes.'

'Ik laat me niet chanteren!'

'Je bent mijn tante. Je hoort van me te houden. Ik heb niemand anders die van me houdt. Hij houdt niet van me. En mijn moeder... die is gewoon geschift. Ik word gek. Echt waar.'

'Ik kom vanavond langs. Dan zullen we het bespreken.'

'Maar kunnen we met kerst bij jou komen?'

'Bij mij?'

'Ja.'

'Mijn huis is klein, ik kan niet koken, ik heb geen boom. En ik heb een hekel aan kerst.'

'Alsjeblieft, Frieda. Je kunt me hier niet zomaar aan mijn lot overlaten.'

'Oké, oké,' – als ze maar ophield – 'maar nu leg ik neer, hoor.'

Karlsson maakte indruk op Frieda. Hij leek in staat om meerdere dingen tegelijk te doen: over de telefoon iemand op het bureau indringend toespreken, met heldere, duidelijke stem orders uitdelen en haar en een verbijsterde Alan mee naar buiten nemen, naar zijn auto. Karlsson hield het portier open. 'Dokter Klein en u gaan met mij mee. Ik leg het onderweg wel uit.'

'Heb ik iets gedaan?' zei Alan.
Frieda legde een hand op zijn schouder. Karlsson ging voorin zitten. Ze hoorde hoe hij af en toe kortaangebonden een bevel riep: 'Hou ze gescheiden van elkaar.' En toen: 'Ik wil dat ze dat huis doorzoeken en geen enkel fucking plekje overslaan.'
Ondertussen sprak Frieda Alan zo duidelijk en rustig als ze kon toe. Terwijl ze dat deed, had ze het bevreemdende gevoel dat ze hetzelfde al eens eerder had verteld aan dezelfde persoon, en onwillekeurig vergeleek ze hen met elkaar. Hoe kon het dat ze geen verschil had gezien? Hun gelaatsuitdrukkingen leken op elkaar, maar bij Alan leek alles aan te komen als een klap in zijn gezicht. Onderweg fluisterde hij: 'Ik heb een moeder. En een tweelingbroer. Hoe lang weet je dat al?'
'Niet zo lang. Een paar dagen maar.'
Hij haalde diep en schokkerig adem. 'Mijn moeder...'
'Ze herinnert zich eigenlijk niets meer, Alan. Ze is er slecht aan toe.'
Hij keek naar zijn handen. 'Lijkt hij veel op mij?'
'Ja.'
'Is hij net als ik, bedoel ik.'
Frieda begreep wat hij bedoelde. 'In sommige opzichten wel,' zei ze. 'Het is ingewikkeld.'
Alan keek haar aan met een scherpte in zijn blik waarvan ze tot nu slechts af en toe een glimp had opgevangen. 'Ik sta hier toch helemaal buiten?' zei hij. 'Ja, toch? Je gebruikt mij om met hem iets te doen.'
Even schaamde Frieda zich, maar tegelijkertijd voelde ze ook een soort blijdschap. Hij reageerde tenminste niet door in te storten en zichzelf alleen maar te beklagen. Hij vocht terug. Hij was boos op haar. 'Dat is niet waar het om gaat. Ik ben er voor jou. Maar we hebben nu te maken met...' – ze maakte een armzwaai – '... dit alles.'
'Denk je dat hij de dingen heeft gedaan waarover ik fantaseerde?'
'Het kan zijn dat jullie bepaalde gevoelens met elkaar gemeen hebben,' zei Frieda.

'Dus ik ben net als hij?'

'Wie weet?' zei Karlsson voor in de auto. Alan schrok. 'Maar we willen een verklaring. We zijn u dankbaar voor uw medewerking.'

'Oké.'

Toen ze dichter bij het politiebureau kwamen, zagen ze daar een stel mannen en vrouwen op het trottoir staan, sommige met camera's.

'Wat moeten die hier?' vroeg Frieda.

'Die kamperen hier gewoon,' zei Karlsson. 'Als meeuwen rond een vuilnishoop. We rijden wel achterom.'

'Is hij hier?' vroeg Alan ineens.

'Je hoeft hem niet te zien.'

Alan drukte zijn neus tegen het raampje als een jongetje dat naar een wereld kijkt die hij niet begrijpt.

35

Frieda zat met Alan in een kaal kamertje. Ze hoorde een telefoon overgaan. Iemand bracht hun een kopje thee, lauwe thee met veel melk, en ging weer weg. Aan de muur hing een klok waarvan de wijzers maar langzaam voortkropen, de hele middag lang. Buiten was het glinsterend koud; binnen was het warm, bedompt en drukkend. Echt met elkaar praten deden ze niet. Daar was het de plaats niet voor. Alan haalde telkens zijn mobiele telefoon uit zijn zak en keek ernaar. Op een gegeven moment viel hij in slaap. Frieda stond op en keek door het raam naar buiten. Ze zag een mobiele toiletcabine en een container staan. Het was al donker.

Toen de deur openging, stond Karlsson daar. 'Meekomen.' Ze zag meteen dat hij kookte van woede. Hij had zenuwtrekken in zijn gezicht.

'Wat is er?'

'Deze kant op.'

Ze liepen door een kantoortuin waar het gonsde van activiteit, rinkelende telefoons en geroezemoes. Aan de andere kant van de ruimte werd vergaderd. Ze bleven voor een deur staan.

'Er is hier iemand die jou wil spreken,' zei Karlsson. 'Ik ben zo terug.'

Hij deed de deur voor haar open. Frieda stond op het punt iets te vragen, maar ze zweeg abrupt. Dat ze daar Seth Boundy zag zitten, was zo onverwacht dat ze even niet eens meer wist hoe hij heette. Hij zag er ook anders uit. Zijn haar stond in piekjes overeind, en zijn das hing los. Zijn voorhoofd glom van het zweet. Hij stond op toen hij haar zag, maar ging meteen weer zitten.

'Sorry, maar ik snap het niet,' zei Frieda. 'Wat doet u hier?'

'Ik deed mijn burgerplicht,' mompelde hij. 'Ik had mijn bezorgdheid uitgesproken en werd toen ineens naar Londen afgevoerd. Het is werkelijk...'

'Bezorgdheid. Bezorgdheid waarover?'

'Een van mijn promovendi lijkt verdwenen te zijn. Het zal wel niks te betekenen hebben. Ze is een volwassen vrouw.'

Frieda ging tegenover Boundy zitten. Ze zette haar ellebogen op de tafel en keek hem aan. Zijn ogen schoten nerveus van haar gezicht naar het raam en weer terug. Toen ze het woord nam, deed ze dat op een toon die rustiger en harder was. 'Maar waarom hiernaartoe? Waarom bent u in Londen?'

'Ik...' Hij zweeg en streek zijn haar naar achteren. Zijn bril stond scheef op zijn neus. 'Weet u, dit was een buitenkansje. U zit niet in de wetenschap, maar dit soort proefpersonen worden steeds zeldzamer.'

'Het heeft met die adressen te maken,' zei Frieda. Hij likte aan zijn lippen en keek haar onrustig aan. 'U hebt iemand naar die adressen gestuurd die ik u gaf.'

'Alleen om contact te leggen. Een kwestie van routine.'

'En u hebt niets van haar gehoord?'

'Ze neemt de telefoon niet op,' zei Boundy.

'Waarom hebt u me dat niet gezegd?'

'Het was gewoon routine.'

'Wie is die promovenda?'

'Katherine Ripon. Ze is heel bekwaam.'

'En u hebt haar er in haar eentje naartoe gestuurd?'

'Ze is psycholoog. Het ging maar om een kort gesprekje.'

'Beseft u wel wat u hebt gedaan?' zei Frieda. 'Weet u niet wie die man is?'

'Nee, dat wist ik niet,' zei Boundy. 'Ik dacht dat u alleen niet wilde dat ook anderen hem zouden spreken. U hebt me niets over hem verteld.'

Frieda had de neiging om hem uit te foeteren of een klap te geven, maar ze beheerste zich. Misschien was het net zozeer haar schuld als de zijne. Had ze niet moeten beseffen wat hij zou doen? Zij was toch iemand die mensen goed kon beoordelen? 'Hebt u echt niets van haar gehoord?'

Boundy leek haar niet te horen.

'Alles zal toch wel in orde zijn met haar?' Hij sprak half in zichzelf. 'Het is mijn schuld niet. Ze komt wel weer boven water. Mensen verdwijnen niet zomaar.'

Karlsson had even tijd nodig om zichzelf onder controle te krijgen. Hij wilde niet boos worden of zijn angst tonen. Woede moest een wapen zijn dat je met beleid aanwendde, geen uiting van zwakte of gevolg van een gebrek aan zelfbeheersing. Al het andere kon wachten. Hij liep de kamer in, deed de deur zorgvuldig achter zich dicht, ging tegenover Dean Reeve zitten en observeerde hem enkele momenten zwijgend. Hij leek zoveel op de man die net bij hem in de auto had gezeten dat de verschillen in het niet vielen bij de overeenkomsten. Ze waren allebei een beetje aan de kleine kant, sterk en gedrongen, en hadden een rond hoofd. Allebei hadden ze grijs haar met een spuuglok, met nog steeds een licht koperkleurige glans als restant van het rood van vroeger – het rood van Matthew Faraday en de jongen over wie Alan fantaseerde. Ze hadden allebei sprekende bruine ogen en al sinds hun jeugd sproeten. Ze droegen allebei een geruit overhemd – dat van Alan was overigens blauw met groen, herinnerde hij zich, terwijl Deans overhemd kleurrijker was. Ze waren allebei nagelbijters en hadden de gewoonte met hun handen over hun dijen te wrijven en hun benen telkens over elkaar te slaan. De gelijkenis was griezelig en deed hem denken aan een vreemde, enge droom, waarin niets op zichzelf bestaat, waarin alles steeds op iets anders lijkt. Zelfs de manier waarop hij op zijn onderlip beet was hetzelfde. Maar toen Dean zijn armen op tafel over elkaar sloeg, zich vooroverboog en zijn mond opendeed, dacht Karlsson niet meer aan zijn tweelingbroer, hoewel ze wel dezelfde, enigszins gedempte stem met een wazige ondertoon hadden.

'Hallo, nogmaals,' zei hij.

Karlsson had een dossiermap voor zich neergelegd. Hij sloeg hem open, haalde er een foto uit, legde die voor Reeve neer en draaide hem zo dat hij hem goed kon zien. 'Kijk,' zei hij.

Hij keek Reeve onderzoekend aan – hoe hij reageerde, of hij een blik van herkenning in zijn ogen zag. Hij zag helemaal niets.

'Is dit 'm?' vroeg Reeve. 'De jongen die u zoekt, bedoel ik.'

'Leest u geen kranten?'

'Nee, ik niet.'

'En kijkt u geen televisie?'

'Ik kijk alleen naar voetbal. En Terry kijkt naar kookprogramma's.'

'En deze? Herkent u dit meisje?'

Karlsson legde de foto's van Joanna van lang geleden voor Reeve neer, die er een paar seconden naar keek en toen zijn schouders ophaalde.

'Betekent dat nee?'

'Wie is dat?'

'U weet het niet?'

'Waarom zou ik het vragen, als ik het wist?'

Reeve keek Karlsson niet aan, maar leek zijn blik evenmin te vermijden. Bij een verhoor bezwijken sommigen meteen, terwijl anderen tekenen van stress vertonen en beginnen te zweten, over hun woorden struikelen of maar wat kletsen. Karlsson had al snel in de gaten dat Reeve niet zo iemand was. Hij keek in elk geval onverschillig, en misschien zelfs enigszins geamuseerd.

'Hebt u dan niets te zeggen?' zei Karlsson.

'U hebt me geen vraag gesteld.'

'Hebt u 'm gezien?'

'Dat vroeg u al toen u laatst bij mij thuis kwam. Ik heb het u gezegd. En ik heb 'm nog steeds niet gezien.'

'Hebt u enig idee waar hij zou kunnen zijn?'

'Nee.'

'Waar was u vrijdag 13 november 's middags om een uur of vier?'

'Nou doet u het weer. U stelt me weer een vraag die u al eerder hebt gesteld. En mijn antwoord blijft hetzelfde. Ik weet het niet.

Het is lang geleden. Ik zal wel op mijn werk zijn geweest, of van het werk op weg naar huis. Of misschien was ik al thuis en was mijn weekend al begonnen.'

'Waar werkte u toen?'

Reeve haalde zijn schouders op. 'Weet ik veel. Het ene moment werk ik hier, en het volgende moment daar. Ik ben eigen baas. Dat bevalt me. Ik hoef me door niemand te laten koeioneren.'

'Misschien kunt u wat meer moeite doen om het u te herinneren.'

'Misschien was ik die dag voor mezelf aan het werk. Terry zeurt me altijd aan mijn kop om het huis op te knappen. Tja, zo zijn vrouwen, hè!'

'En was dat zo?'

'Misschien. Misschien niet.'

'Meneer Reeve, we gaan met al uw buren praten, met iedereen die u die dag gezien kan hebben. Misschien kunt u wat duidelijker zijn.'

Hij krabde zogenaamd nadenkend aan zijn hoofd. 'Er zijn niet veel buren,' zei hij. 'En we zijn erg op onszelf.'

Karlsson leunde achterover op zijn stoel en sloeg zijn armen over elkaar. 'Er is een vrouw vermist. Ze heet Katherine Ripon en is vijfentwintig jaar. Ze is drie dagen geleden voor het laatst gezien, toen ze vanuit Cambridge op weg ging om twee adressen te bezoeken. Een daarvan was het uwe.'

'Wat wou ze?'

'Ze is wetenschappelijk medewerker. Ze wilde met u praten in het kader van een onderzoeksproject, en nu is ze verdwenen.'

'Waar wilde ze met mij over praten?'

'Hebt u haar gezien?'

'Nee.'

'We vragen het ook aan uw vrouw.'

'Die kan net zo goed als ik nee zeggen.'

'En we mogen uw huis nog steeds doorzoeken.'

'U hebt het al doorzocht.'

'We gaan het nog een keer doen.'

Reeve glimlachte flauwtjes. 'Ik ken dat gevoel. Beroerd, hè? Alsof je iets kwijt bent en je het zo graag wilt terugvinden dat je op plekken gaat zoeken waar je al eerder hebt gezocht.'

'En we gaan alle video's van bewakingscamera's na. Als ze bij u in de buurt is geweest, zullen we daarachter komen.'

'Fijn voor u,' zei Reeve.

'Dus als u iets aan ons kwijt wilt, kunt u dat maar het beste nu doen.'

'Ik heb niets te zeggen.'

'Als u ons zegt waar Matthew is,' zei Karlsson, 'kunnen we iets regelen. Dan kunnen we het afsluiten. En als hij dood is, kunt u er in elk geval een punt achter zetten en de ouders uit hun onzekerheid verlossen.'

Reeve haalde een papieren zakdoekje uit zijn zak en snoot luidruchtig zijn neus. 'Hebt u een vuilnisbak?' vroeg hij.

'Niet hier,' zei Karlsson.

Reeve legde de prop op tafel.

'We weten dat u zich hebt uitgegeven voor uw tweelingbroer,' zei Karlsson. 'Waarom deed u dat?'

'Heb ik dat gedaan? Ik heb alleen bloemen laten bezorgen.' Weer verscheen die vage glimlach op zijn gezicht. 'Ze krijgt waarschijnlijk maar zelden een bloemetje. Vrouwen houden daarvan.'

'Ik kan u hier houden,' zei Karlsson.

Reeve keek nadenkend. 'Nu zou ik boos kunnen worden, lijkt me. Ik zou kunnen zeggen dat ik een advocaat wil.'

'Als u een advocaat wilt, kunnen wij dat voor u regelen.'

'Weet u wat ik echt zou willen?'

'Nou?'

'Een kopje thee. Met melk en twee klontjes graag. En misschien een koekje erbij. Ik ben niet kieskeurig. Ik vind alles lekker – roomboterkoekjes, gemberkoekjes, amandelkoekjes.'

'Het is hier geen theesalon.'

'Maar als u me hier houdt, zult u me te eten moeten geven. Waar het om gaat is dit. U hebt huiszoeking bij mij gedaan en niets gevonden. U hebt me hiernaartoe gebracht en me gevraagd of ik dat kind en die vrouw heb gezien, en dat heb ik ontkend.

Dat is alles. Maar als u me hier wilt houden, gaat u uw gang maar. En als u me de hele nacht en morgen de hele dag wilt vasthouden, dan vind ik dat ook best, en dan zal ik het blijven ontkennen. Het kan me niks schelen. Ik ben een geduldig man. Ik ben een visser. Vist u weleens?'

'Nee.'

'Ik ga daarvoor naar het spaarbekken. Dan doe ik een meelworm aan de haak, werp mijn hengel uit en ga gewoon zitten wachten. Soms zit ik er een hele dag zonder dat mijn dobber één enkele keer beweegt, en dan kan het evengoed een geslaagde dag zijn geweest. Dus ik vind het prima om hier te zitten en een kopje thee te drinken en een koekje te eten als u dat zo graag wilt, maar u zult daar die jongen niet mee terugvinden.'

Karlsson keek over het hoofd van Reeve op de klok aan de muur. Hij zag hoe de minutenwijzer voortkroop en werd toen ineens misselijk en moest slikken.

'Die koffie krijgt u van mij,' zei hij.

'Thee,' zei Reeve.

Karlsson ging de kamer uit, en een politieman in uniform liep langs hem heen om zijn plaats in de verhoorkamer in te nemen. Snel, op een holletje bijna, liep hij naar de binnenplaats aan de achterkant van het gebouw, die als parkeerplaats in gebruik was geweest, maar waar nu gebouwd werd aan een nieuwe vleugel. Hij zoog de koude, donkere lucht naar binnen alsof hij die indronk. Hij keek op zijn horloge. Het was zes uur. Hij had het gevoel alsof de tijd aan hem vrat. Vanachter een verlicht raam keek iemand naar hem, en even dacht hij dat hij het gezicht van de man zag die hij net had verhoord, maar toen drong het tot hem door dat het diens tweelingbroer Alan was. Het duizelde hem, het was een warboel. Hij ging weer naar binnen en gaf een agent opdracht om thee te halen voor Reeve, waarna hij naar de verhoorkamer in de kelder liep, waar Terry naartoe was gebracht. Toen hij binnenkwam, zat ze te kibbelen met de agente. Deze draaide zich om en zei: 'Ze wil roken.'

'Helaas,' zei Karlsson. 'Ongezond en gevaarlijk.'

'Mag ik dan even naar buiten?' zei ze.

'Zo meteen. Na ons babbeltje.'

Hij ging zitten en bekeek haar. Ze droeg een spijkerbroek en een glimmend, helgroen bomberjack. Tussen het jack en de spijkerbroek was een witte vetrol te zien. Karlsson zag een stukje van een tatoeage. Iets oosters. Hij dwong zichzelf haar met een minzame glimlach aan te kijken. 'Hoe lang bent u al samen met Dean Reeve?' vroeg hij.

'Waarom moet u dat weten?' zei ze.

'Achtergrondinformatie.'

Ze kneep in haar handen en masseerde haar vingers. Ze was echt erg aan een sigaret toe. 'Altijd al, als u het per se wilt weten. Vraagt u maar wat u moet vragen.'

Karlsson liet haar de foto van Matthew zien, en ze keek ernaar alsof het een onbeduidend plaatje was. Toen hij haar de foto van Joanna Vine toonde, keurde ze die nauwelijks een blik waardig. Hij vertelde haar van de vermissing van Katherine Ripon, maar ze schudde haar hoofd.

'Ik heb ze geen van allen gezien,' zei ze.

Hij vroeg haar waar ze op 13 november was, en weer schudde ze haar hoofd.

'Weet ik niet.' Ze had iets traags en geslotens over zich. Karlsson voelde in zijn borst de spanning van boosheid en ongeduld. Hij zou haar wel door elkaar willen rammelen.

'Waarom stond u uw zolderkamer te verven toen we bij u thuis kwamen?'

'Die kon wel een lik verf gebruiken.'

'Met elke minuut die verstrijkt wordt de situatie ernstiger,' zei hij. 'Maar het is nog niet te laat. Als u met ons meewerkt, zal ik voor u doen wat ik kan. Ik kan u helpen en ik kan Dean helpen, maar daar moet u iets tegenover stellen.'

'Ik heb ze niet gezien.'

'Als u uw man wilt beschermen, dan kunt u dat het beste doen door schoon schip te maken.'

'Ik heb ze niet gezien.'

Hij kreeg niets anders uit haar.

Karlsson trof Frieda in de kantine aan. Eerst dacht hij dat ze zat te schrijven, maar toen hij dichterbij kwam, zag hij dat ze aan het tekenen was. Ze had op een papieren servetje een schets gemaakt van het halfvolle glas water dat voor haar op tafel stond.

'Mooi.'

Toen ze opkeek, zag hij hoe moe en bleek ze eruitzag en dat haar huid bijna doorschijnend was. Met een gevoel van verslagenheid keek hij van haar weg.

'Zie je je kinderen nog met kerst?' vroeg ze.

'Op kerstavond een uurtje of zo, en dan op tweede kerstdag weer.'

'Dat zal niet makkelijk voor je zijn.'

Hij vertrouwde het zichzelf niet toe iets te zeggen en haalde alleen zijn schouders op.

'Ik heb geen kinderen,' vervolgde Frieda, alsof ze in zichzelf sprak. 'Misschien omdat ik al die pijn niet wil meemaken. Ik kan het bij mijn patiënten verdragen, maar van je eigen kinderen... Ik weet het niet.'

'Ik had niet boos moeten worden. Jij kon er eigenlijk niks aan doen.'

'Nee, je had gelijk. Ik had hem nooit die adressen moeten geven.' Ze wachtte een tel. 'Het schiet zeker niet op met de Reeves, hè?'

'Rechercheur Long zit nu bij Dean Reeve en doet alles nog eens over. Zij kan mensen vaak aan de praat krijgen. Maar ik heb dit keer niet veel hoop.'

Hij pakte het glas dat Frieda had getekend en dronk eruit, waarna hij zijn mond met zijn mouw afveegde. 'Sommige mensen kunnen de druk weerstaan,' vervolgde hij. 'Zodra ik de verhoorkamer in liep en tegenover hem ging zitten, had ik het al in de gaten. Het doet hem gewoon niets.'

'Bedoel je dat hij zich onbedreigd voelt?'

'Het lijkt erop. Hij weet dat we hem niks kunnen maken. De vraag is: waarom?'

Frieda wachtte. Karlsson pakte het glas, bekeek het en zette het weer neer. 'Die jongen is dood,' zei hij. 'En als hij niet dood is, zal hij het binnenkort zijn. We zullen hem niet vinden. O, je moet me niet verkeerd begrijpen. We geven het niet op. We zetten alles op alles. Het is Kerstmis, mijn mensen zouden thuis bij hun kinderen moeten zitten, maar iedereen werkt zich uit de naad. We gaan met een stofkam nog eens door het huis van Reeve. We doen van alles nog een keer over. We zullen te weten komen welke klussen Dean Reeve het afgelopen jaar heeft gedaan en nagaan of die aanknopingspunten bieden. We zullen alle mankracht waarover we beschikken inzetten om de omgeving met speurhonden af te zoeken. Maar je hebt zelf gezien wat voor buurt het is, met al die dichtgetimmerde panden, oude pakhuizen en onbewoonbaar verklaarde woningen. Daar zijn er duizenden van, en in elk daarvan zou hij kunnen zitten – en heel ergens anders zou ook nog kunnen. En afgezien daarvan zullen we ook elk stukje grond waar onlangs gegraven is moeten onderzoeken en moeten we erop bedacht zijn dat we zijn lijk in de rivier zullen vinden.'

'Maar je denkt wel dat hij de dader is?'

'Ik kan het ruiken,' zei Karlsson heftig. 'Ik wéét dat hij het is, en hij weet dat ik het weet. Daarom geniet hij er zo van.'

'Hij weet dat jij geen bedreiging voor hem bent. Maar hoe weet hij dat? En waarom?'

'Omdat hij zich ontdaan heeft van alle bewijsmateriaal.'

'En zijn vrouw? Zal zij iets zeggen?'

'Zij?' Hij schudde gefrustreerd zijn hoofd. 'Zij is nog erger dan hij, als dat zou kunnen. Ze kijkt je aan alsof alles wat je zegt volslagen wartaal is, en ze zegt elke keer precies hetzelfde. Hij is ongetwijfeld de dominante figuur, maar dat zij van niets zou weten, is absoluut onmogelijk. Ik denk dat zij met Matthew heeft gedaan wat de moeder van Dean Reeve met Joanna deed: ze heeft hem meegelokt en per auto afgevoerd. Maar dat is niet meer dan een gok. Ik heb geen enkel bewijs.'

'Helemaal niets?'

'Tja.' Hij keek somber. 'We hebben nu natuurlijk wel een belangrijke nieuwe aanwijzing. Kathy Ripon. Ze zou naar hen toe gaan en is verdwenen. We ondervragen haar ouders, haar vrienden en vriendinnen, iedereen die haar gezien zou kunnen hebben, we doen een uitgebreid sporenonderzoek, we bekijken alle opnamen van beveiligingscamera's – en dan zullen we weten of ze in de buurt is geweest. Uit de manier waarop de media over beveiligingscamera's berichten, zou je kunnen concluderen dat die op elke straathoek hangen en dat niets onopgemerkt blijft, maar dat moet je niet geloven. Ik denk trouwens weleens dat videoopnamen die dagen en misschien wel weken beslaan een onderzoek eerder ophouden dan dat het iets oplevert.' Hij keek op zijn horloge en trok een grimas. 'Maar goed, als ze die dag inderdaad naar Londen is gegaan, zoals professor Boundy zegt, dan staat ze zeker op de opnamen van King's Cross of Liverpool Street, en misschien kunnen we haar dan vanaf daar volgen. Dat kan informatie opleveren over de periode tussen haar vertrek uit Cambridge nadat hij haar had gebeld en het moment dat we later die dag begonnen met de huiszoeking bij Reeve.'

'En Alan?'

'Rechercheur Wells praat nu met hem en neemt zijn verklaring op. Zijn adres was natuurlijk het tweede op het lijstje van Kathy Ripon.'

'Ik denk dat ik maar op hem zal wachten. Dan kan ik hem thuisbrengen.'

'Dank je wel. En kom daarna terug.'

'Ik ben geen ondergeschikte van je, hoor.'

'Zou je daarna alsjeblieft terug willen komen?' Maar hij verprutste het door eraan toe te voegen: 'Vind je dat beter klinken?'

'Nauwelijks. Maar ik kom terug, want ik wil graag helpen.'

'Ik ken dat gevoel,' zei Karlsson bitter. 'Nou ja, als we helemaal niet verder komen, kun je in elk geval nog vragen wat ze gedroomd hebben.'

36

Toen Frieda aanbood hem naar huis te brengen, zei Alan niets en staarde haar alleen maar aan.

'Alan? Heb je Carrie gebeld?'

'Nee.'

'Bel haar dan onderweg.'

'Ik ga haar niet bellen voordat ik hem heb gezien.'

'Dean, bedoel je?'

'Mijn broer. Mijn tweelingbroer. Mijn andere ik. Ik moet hem zien.'

'Dat kan niet.'

'Ik ga hier niet weg voordat ik hem heb gezien.'

'De politie praat nu met hem.'

'De eerste veertig jaar van mijn leven heb ik niets van mijn familie geweten, niet eens een naam, en nu ontdek ik dat ik een moeder heb die nog leeft en zit mijn tweelingbroer hier een paar meter vandaan. Hoe denk je dat dat voelt? Daar hoor jij verstand van te hebben, van dat soort dingen. Dus laat maar horen!'

Frieda ging zitten en boog zich naar hem toe. 'Wat verwacht je ervan?'

'Weet ik niet. Maar ik kan niet zomaar weggaan, nu ik zo dicht bij hem ben.'

'Het spijt me,' zei Frieda. 'Het kan niet. Nu niet.'

'Oké.' Alan stond op en begon zijn duffelse jas aan te trekken. 'Dan gaan we naar háár toe.'

'Haar?'

'Mijn moeder. Die mijn broer bij zich heeft gehouden en mij heeft gedumpt.'

'Is dat de reden dat je hem wilt zien? Om erachter te komen waarom ze hem boven jou heeft verkozen?'

'Dat moet toch ergens aan hebben gelegen, niet?'

'Jullie waren nog maar baby's. En ze zal zich jou niet herinneren.'

'Ik moet haar zien.'

'Het is al laat.'

'Kan me niet schelen, al was het midden in de nacht. Wil jij me zeggen waar ze is of moet ik daar zelf achter zien te komen? Hoe dan ook, misschien wil je vriend de politieman het me wel vertellen.'

Frieda glimlachte en stond ook op. 'Ik zal het je wel zeggen,' zei ze. 'Als je dat wilt. Maar bel Carrie en zeg haar wanneer je thuiskomt, zeg dat alles in orde is met je. Ik betaal de taxi.'

'Ga je dan mee?'

'Als je dat wilt.'

Karlsson zat tegenover Dean Reeve. Geen enkele vraag leek effect te hebben – elke vraag was als een bal die op een slaghout wordt opgevangen en dood neervalt. En steeds had Reeve hetzelfde misselijkmakende lachje op zijn gezicht. Hij hield Karlsson in de gaten. Hij besefte dat Karlsson boos was en zich steeds hulpelozer voelde.

Hetzelfde deed hij bij Yvette Long – alleen ging bij haar telkens zijn blik van haar gezicht naar haar lichaam, waardoor zij tot haar grote ergernis merkte dat ze moest blozen.

'Hij speelt een spelletje met ons!' beet ze haar baas toe.

'Laat je niet intimideren. Als je dat doet, wint hij.'

'Hij heeft al gewonnen.'

'Weet je zeker dat je er klaar voor bent?' vroeg Frieda.

Alan stond naast haar. Hij keek angstig en er stonden al tranen in zijn ogen. 'Ga je mee naar binnen?'

'Als je dat wilt.'

'Ja. Graag. Ik kan niet...' Hij slikte.

'Oké dan.'

Frieda nam hem bij de hand alsof hij een klein kind was. Ze liep met hem in de richting van het kamertje van zijn moeder. Hij slofte door de gang, zijn hand voelde koud aan in de hare. Ze glimlachte geruststellend naar hem, klopte op de deur en deed die open. Alan ging naar binnen. Ze hoorde hem zwaar ademen. Even bleef hij doodstil staan kijken naar de oude vrouw die ineengedoken in haar stoel zat. Toen wankelde hij op haar af en knielde naast haar neer.

'Moeder? Mama?'

Frieda kon de weerzinwekkend smekende uitdrukking op zijn gezicht niet aanzien.

'Ben je weer een stoute jongen geweest?'

'Ik ben hem niet. Ik ben het, die andere.'

'Je was altijd stout.'

'U hebt me weggedaan.'

'Nóóit van m'n leven. Ik heb jou niet weggedaan. Ik zou nog eerder mijn tong afbijten dan jou wegdoen. Wie heeft je dat wijsgemaakt?'

'U hebt me in de steek gelaten. Waarom hebt u me in de steek gelaten?'

'Ons geheimpje, hè?'

Frieda, die op het bed was gaan zitten, keek oplettend naar mevrouw Reeve. Ze praatte nu waarschijnlijk over datgene wat zij en haar zoon jaren geleden hadden gedaan.

'Waarom ik?'

'Je bent een stoute jongen. Wat moeten we nou met jou?'

'Ik ben Alan. Ik ben Dean niet. Ik ben uw andere zoon. Uw verloren zoon.'

'Heb je een donut voor me?'

'U moet me zeggen waarom u dat gedaan hebt. Ik moet het weten. Daarna zal ik u met rust laten.'

'Ik hou van donuts.'

'U hebt me gewikkeld in een dunne handdoek op straat achtergelaten. Ik had wel dood kunnen zijn. Kon dat u niets schelen?'

'Ik wil nu naar huis.'

'Wat mankeerde er aan mij?'

Mevrouw Reeve streek hem over zijn hoofd. 'Stoute, stoute Dean. Geeft niet, hoor.'

'Wat bent u voor een moeder?'

'Jóúw moeder, liefje.'

'Hij zit in de problemen, weet u, die mooie Dean van u. Hij heeft iets heel slechts gedaan. Iets afschuwelijks.'

'Ik weet van niets.'

'Hij zit nu bij de politie.'

'Ik weet van niets.'

'Kijk naar mij – naar míj. Ik ben hém niet.'

'Ik weet van niets.' Ze begon van voren naar achteren te wiegen in haar stoel, en met haar blik op Frieda gefixeerd begon ze dat zinnetje te zingen alsof het een slaapliedje was. 'Ik weet van niets, ik weet van niets, ik weet van niets.'

'Mam,' zei Alan. Hij pakte voorzichtig haar hand, en met een verkrampt gezicht herhaalde hij het nog eens, als probeersel: 'Mammie?'

'Stout. Heel erg stout.'

'Het kon u niets schelen, hè? Hebt u nooit aan me gedacht? Wat voor een mens bent u?'

Frieda stond op en pakte Alan bij de arm. 'Kom mee,' zei ze. 'Zo is het genoeg. Je moet naar huis, naar de plek waar je thuishoort.'

'Ja,' zei hij. De tranen stroomden over zijn wangen, zag ze. 'Je hebt gelijk. Het is gewoon een afschuwelijke oude vrouw. Ze is mijn moeder niet. Ik haat haar niet eens. Ze betekent niets voor me, helemaal niets.'

Zwijgend zaten ze in de taxi. Alan keek naar zijn handen en Frieda staarde uit het raampje in het donker. Het was weer eens gaan sneeuwen, en deze keer bleef de sneeuw liggen op de trottoirs, de daken en de takken van de platanen. Het zou een witte kerst worden, dacht ze, de eerste sinds jaren. Ze herinnerde zich hoe ze als kind met haar broertje sleetje had gereden op de heuvel in de buurt van haar grootmoeders huis. Met gloeiende wangen, sneeuwvlokken op haar wimpers en luid roepend hadden ze door een voorbijflitsende witte wereld geroetsjt. Hoe lang was het geleden dat ze sleede, een sneeuwpop maakte en sneeuwballen gooide? Hoe lang was het trouwens geleden dat ze haar broer voor het laatst had gezien? En haar ouders? De hele wereld van haar jeugd was verdwenen, en nu leefde ze in een wereld van volwassen verantwoordelijkheden, een wereld van andermans kwellingen en verlangens, een wereld van orde en hokjes, een wereld van goedbewaakte grenzen.

'Het is hier links,' zei Alan tegen de chauffeur, die de taxi tot stilstand bracht. Hij stapte uit. Hij liet het portier open, maar Frieda kwam niet achter hem aan.

'Kom je niet binnen?' vroeg hij. 'Ik weet niet hoe ik het aan haar moet vertellen.'

'Aan Carrie niet?'

'Ik zou graag willen dat je haar helpt het te begrijpen.'

'Maar, Alan...'

'Je begrijpt niet hoe ik me voel na wat ik vandaag heb ontdekt, wat me overkomen is. Ik zal het niet goed vertellen. Ze zal geschokt zijn.'

'Denk je dat het zal helpen als ik erbij ben?'

'Jij kunt het – hoe moet ik het zeggen? – professioneler doen. Je kunt tegen haar zeggen wat je tegen mij zei, en dat zal beter overkomen, minder bedreigend, zeg maar.'

'Gaan we verder, of niet?' vroeg de chauffeur.

Frieda aarzelde. Ze keek naar het angstige gezicht van Alan en zag in het licht van de straatlantaarns hoe de sneeuwvlokken op zijn grijze haren vielen; ze dacht aan Karlsson die grommend van frustratie op het politiebureau zat. 'Mij heb je niet nodig. Je hebt háár nodig. Vertel haar wat je te weten bent gekomen en zeg haar wat je voelt. Geef haar de kans het te begrijpen. En kom dan morgen om elf uur bij me. Dan praten we erover.' Ze keek de taxichauffeur aan. 'Wilt u me terugbrengen naar het politiebureau?'

37

Frieda had verwacht dat het politiebureau er donker en verlaten bij zou liggen en dat het er stil zou zijn, maar zo was het niet. Toen ze binnenkwam, werd ze overvallen door geroezemoes en de geluiden van stoelen die verplaatst werden, deuren die geopend en gesloten werden, rinkelende telefoons, mensen ergens in de verte die uit angst of in woede iets riepen en voetstappen in de gangen. Misschien was het rond Kerstmis wel drukker dan ooit in een politiebureau, bedacht Frieda – als drinkebroers dronkener waren, eenzame mensen eenzamer en malloten en zielenpoten tot het uiterste getergd waren, als alle ellende en narigheid van het leven manifest werden. Misschien loop je in deze tijd van het jaar wel meer kans dat er iemand naar binnen wankelt met een mes in zijn borst of een naald in zijn arm, of dat er een vrouw met een gehavend gezicht naar de balie strompelt en zegt dat hij haar geen pijn had willen doen.

'En, ben je nog wat wijzer geworden?' vroeg ze aan Karlsson, toen hij naar de balie kwam om haar op te halen, al hoefde ze dat eigenlijk niet te vragen.

'We kunnen het niet veel langer volhouden,' zei hij. 'Ik zal ze binnenkort vrij moeten laten. Dan hebben ze gewonnen. Geen Matthew Faraday, geen Kathy Ripon.'

'Wat zou je willen dat ik deed?'

'Geen idee. Je zou met ze kunnen gaan praten. Dat is toch je werk?'

'Ik ben geen heks. Ik kan niet toveren.'
'Jammer.'
'Maar ik zal met ze praten. Is het officieel?'
'Hoezo officieel?'
'Ben jij erbij? Wordt het opgenomen?'
'Hoe wil je het spelen?'
'Ik wil ze alleen spreken.'

Dean Reeve zag er niet moe uit. Hij leek alerter dan Frieda hem tot nu toe had meegemaakt, alsof hij energie ontleende aan de situatie en onaantastbaar was. Terwijl Frieda haar stoel aanschoof, dacht ze dat hij er zelfs van genoot. Hij glimlachte naar haar.

'Zo, hebben ze jou nu gestuurd om met me te praten. Leuk. Een mooie vrouw.'

'Niet om te praten,' zei Frieda. 'Om te luisteren.'

'Waar ga je naar luisteren? Hiernaar?'

Met een beminnelijk lachje op zijn gezicht begon hij met zijn wijsvinger op tafel te tikken.

'Dus jullie zijn een tweeling,' zei Frieda.

Tik-tik-tik.

'Een identieke tweeling ook nog. Wat voor een gevoel geeft dat?'

Tik-tik-tik.

'Je wist het niet, hè?'

Tik-tik-tik.

'Dat had je moeder je nooit verteld. Wat voor een gevoel geeft het om te weten dat je geen uniek individu bent? Dat er iemand is die op je lijkt, die praat als jij en denkt als jij? Al die tijd heb je gedacht dat er maar één was zoals jij.' Hij glimlachte vriendelijk naar haar, maar ze ging door: 'Je bent een soort kloon. En dat heb je nooit geweten. Ze heeft je altijd in onwetendheid gelaten. Voel je je niet in de maling genomen? Of stom, dat zou ook kunnen.'

Hij tikte met zijn stompe vingers op tafel en keek haar strak aan. De glimlach op zijn gezicht bleef onveranderlijk, maar Frieda voelde de woede die van hem afstraalde en de akelige atmosfeer die hij om zich heen verspreidde.

'Al je plannen zijn misgelopen. Iedereen weet wat je hebt gedaan. Wat voor gevoel geeft dat, om te merken dat iets wat je stiekem hebt gedaan ineens openbaar wordt? Was het niet de bedoeling dat hij je zoon zou worden? Was dat niet het plan?'

Het tikken werd luider. Frieda voelde het in haar hersenen – een geniepig ritme was het.

'Als je Matthews vader wilt zijn, hoe kun je hem dan in gevaar brengen? Dan moet je hem beschermen. Als je me vertelt waar hij is, dan red je hem en red je ook jezelf. En je houdt de controle.'

Frieda wist dat hij niet van plan was iets te zeggen, maar alleen welwillend naar haar zou glimlachen en met zijn vinger op tafel tikken. Hij zou niet instorten, hij zou het winnen van iedereen die hier binnenkwam en tegenover hem ging zitten, hij zou iedereen aanstaren en blijven zwijgen, en iedere keer zou dat voor hem een kleine overwinning zijn die hem meer kracht gaf. Ze stond op en ging de kamer uit, en terwijl ze dat deed, voelde ze zijn spottende blik in haar rug.

Terry was anders. Ze sliep toen Frieda de kamer binnenkwam. Ze lag met haar hoofd op haar gevouwen handen, en een zacht fluitend gesnurk ontsnapte haar. Haar mond stond open, en ze kwijlde een beetje. Zelfs toen ze wakker werd en Frieda wazig aankeek, alsof ze niet wist wie ze was, bleef ze onderuitgezakt op haar stoel zitten. Af en toe legde ze haar hoofd weer op tafel, alsof ze weer ging slapen. Haar make-up was uitgelopen. Er zat lippenstift op haar tanden, en haar haar was vettig. Frieda voelde bij haar geen angst of woede, alleen een gekweld soort wrok omdat ze uren achter elkaar in deze kale, oncomfortabele ruimte moest doorbrengen. Ze wilde terug naar haar veel te warm gestookte huis en haar katten. Ze wilde een sigaret. Ze had het koud. Ze had honger, en het eten dat ze had gekregen was smerig. Ze was moe, en ze zag er ook moe uit: haar gezicht was opgezet, en zo te zien had ze last van haar ogen. Om de zoveel tijd sloeg ze haar armen om haar grote, droevige lijf als om zichzelf te troosten.

'Hoe lang kennen Dean en jij elkaar al?' vroeg Frieda.

Terry haalde haar schouders op.

'Wanneer zijn jullie getrouwd?'

'Heel lang geleden.'

'Hoe hebben jullie elkaar ontmoet?'

'Jaren geleden. Toen we nog kinderen waren. Mag ik nu even een saffie gaan roken?'

'Heb je werk, Terry?'

'Wie bent u? U bent geen smeris, hè? U ziet er tenminste niet naar uit.'

'Ik heb het je al eerder gezegd, ik ben een soort dokter.'

'Mij mankeert niks. Behalve dat ik hier ben.'

'Heb je het gevoel dat je moet doen wat Dean zegt?'

'Ik moet nou dat saffie hebben.'

'Je hoeft niet te doen wat Dean zegt, hoor.'

'Nee, tuurlijk niet.' Ze gaapte overdreven. 'Bent u nou klaar?'

'Je kunt met ons praten over Matthew. En over Joanna en Kathy. Dat zou dapper zijn, als je dat deed.'

'Ik weet niet waar u het over hebt. U denkt dat u iets weet over mijn leven, maar dat is niet zo. Mensen zoals u weten niks van mensen zoals wij.'

38

Er stond een e-mail van Sandy op haar computer. Hij had hem om één uur 's nachts geschreven, en hij meldde dat hij zijn best had gedaan om géén contact meer met haar op te nemen, maar dat dat uiteindelijk onmogelijk was gebleken. Hij miste haar zo erg dat het hem pijn deed. Het wilde er bij hem niet in dat hij haar nooit meer zou zien of in zijn armen zou houden. Konden ze nog een keer afspreken? Hij zou over een paar dagen naar Amerika vertrekken, maar hij moest haar daarvoor nog een keer zien. Hoognodig. Alsjeblieft, schreef hij – alsjeblieft, Frieda, alsjeblieft.

Frieda staarde een paar minuten naar het bericht. Toen drukte ze op de deleteknop. Ze stond op, schonk een glas wijn in en liep ermee naar de open haard, waar slechts koude, grijze as in lag. Het was inmiddels halfdrie, en dat was het beroerdste tijdstip om nog op te zijn als je zo hunkerde. Ze liep terug naar de computer en haalde het bericht terug uit de prullenbak. De afgelopen dagen had de episode met Sandy lang geleden en ver weg geleken. Terwijl hij verteerd werd door verlangen naar haar, had zij aan een ontvoerde jongen gedacht. Maar nu ze deze e-mail had ontvangen, werd ze weer bestormd door haar verlangen en ondergedompeld in verdriet. Als hij nu hier was, zou ze met hem kunnen praten over haar gevoelens. Hij zou haar begrijpen zoals geen ander het kon. Hij zou aandachtig luisteren, zonder zelf iets te zeggen. Aan hem zou ze kunnen vertellen van haar mislukking, haar twijfel en haar schuldgevoel. En ook als ze zweeg, zou hij het toch begrijpen.

Ze schreef: 'Sandy, kom naar me toe zodra je dit ontvangt. Het maakt niet uit hoe laat het is.' Ze stelde zich voor hoe het zou zijn als ze de deur opendeed en zijn gezicht zou zien. Toen knipperde ze met haar ogen en schudde haar hoofd. Ze drukte nogmaals op de deleteknop, zag haar bericht verdwijnen, zette haar computer uit en liep naar beneden, naar haar slaapkamer.

Drie uur 's nachts was een riskant tijdstip om de dingen te overdenken. Frieda lag in haar bed naar het plafond te staren, haar gedachten waren helder en ze werd door niets afgeleid, maar ze hadden ook iets kils, alsof ze zich op de bodem van de zee bevond. Ze dacht aan Dean Reeve. En aan Terry. Hoe zou ze in hun hoofd kunnen kruipen? Dat werd ze toch verondersteld te kunnen? Frieda had een groot deel van haar volwassen leven doorgebracht met praten – praten, praten, praten. Soms vertelden mensen haar dingen die ze nooit eerder hardop hadden uitgesproken of die ze zelf misschien zelfs nooit hadden erkend. Mensen logen of gingen helemaal op in zelfrechtvaardiging of zelfmedelijden. Ze waren boos, verdrietig of verslagen. Maar zolang ze bleven praten, was Frieda steeds in staat geweest om, in hun eigen woorden, een verhaal voor hen op te bouwen dat een zekere zin aan hun leven kon geven, of dat hun misschien een toevluchtsoord kon bieden, waar ze konden overleven. Dat waren altijd mensen geweest die haar zelf hadden benaderd of die naar haar waren doorverwezen. Maar wat moest je met mensen die niet wilden praten, die niet wisten hoe je dat deed? Hoe kwam je met hen in contact?

In de afgelopen jaren had ze seminars bijgewoond waar discussies werden gevoerd over marteling. Waarom gebeurde dat nu? Waarom wilde men daar zo graag over praten? Waarom was dat zo verleidelijk? Zat het in de lucht? Dean Reeve. Ze had zijn gezicht gezien, dat lachje van hem. Hij zei niets, wat je ook met hem deed. Hij zou het als een triomf beschouwen om gemarteld te worden. Nee, dan vernietigde je je eigen menselijkheid, alles wat je waardeerde, dan was alles tevergeefs. En Terry? Als ze... Nee, dacht Frieda, het gaat niet om haar, maar om mij, Frieda Klein. Stel dat ik alleen in een kamer met Terry Reeve zou zitten. Een uur lang. Frieda zag in gedachten medische instrumenten voor zich – scalpels, beugels. En verder een paar draden, een stroombron, een haak in het plafond. Een ketting of een touw. Een vol bad. Een handdoek. Frieda was arts. Ze wist wat pijn deed, erge pijn. Ze wist hoe je iemand het gevoel kon geven dat de dood in aantocht was. Stel je voor: een uur alleen met Terry Reeve, zonder er naderhand lastige vragen over te krijgen. Je moest het zien als een wiskundige vergelijking. De verlangde informatie, X, zit in het hoofd van Terry Reeve. Als je X uit haar hoofd kon halen, zouden ze Kathy Ripon vinden en terugbrengen naar haar familie en zou ze het leven terugkrijgen dat haar toekwam. Het zou verkeerd zijn om dat te doen, zo verkeerd als maar kan. Maar als zij, Frieda, ergens in het donker vastgebonden zou liggen, met plakband over haar mond, wat zou zij dan vinden van iemand met dat soort bedenkingen, iemand die vond dat er nou eenmaal dingen zijn die je niet doet, iemand die zich de luxe kon permitteren 'het goede' te doen, terwijl zij, Frieda – of in dit geval Kathy – daar in het donker zat? Al was het natuurlijk mogelijk dat Terry Reeve echt niets wist, of praktisch niets. In dat geval zou je door haar te martelen een X vinden die niet reëel was, en dan zou je misschien nog gaan denken dat je haar nog niet genoeg had gemarteld.

Het goede doen om iemand te redden was dus makkelijk, maar was ze ook bereid om het verkeerde te doen? Dit soort stompzinnige gedachten gingen rond drie uur 's nachts door haar hoofd, een tijdstip waarop de bloedsuikerspiegel laag was. Ze wist van haar opleiding en uit ervaring dat het denken negatief en destructief was op dat tijdstip. Dat was de reden waarom ze de gewoonte had om midden in de nacht op te staan. Een wandeling maken, een flutboekje lezen, een bad nemen, of een borrel – alles was beter dan in bed blijven liggen en jezelf kwellen met sombere gedachten. Maar deze keer stond ze niet op. Ze dwong zichzelf om te blijven liggen en door te gaan met haar getob over het probleem. De informatie zat in het hoofd van Dean Reeve. Naar alle waarschijnlijkheid. En die kon ze niet te pakken krijgen. Wat kon ze doen? En toen kreeg Frieda een inval. Ook dat was niet nieuw voor haar: midden in de nacht op een fantastisch idee komen, om vervolgens, als je 's ochtends wakker wordt en je dat briljante idee herinnert, te moeten constateren dat het op de een of andere manier zijn glans heeft verloren en in het harde ochtendlicht alleen nog maar dom, banaal en lachwekkend is.

Het was nog maar net licht toen ze haar huis verliet en noordwaarts over Euston Road en langs het park liep. Toen ze bij Reuben aanbelde, was het even na achten. Josef deed open, en een geur van koffie en gebakken bacon sloeg Frieda tegemoet.

'Moet je niet werken?' zei ze.

'Dit is mijn werk,' zei Josef. 'En ik woon op mijn werk. Kom.'

Frieda liep achter hem aan naar de keuken. Reuben zat aan tafel, halverwege een ontbijt van roereieren met bacon en gebakken brood. Hij legde de krant neer en keek Frieda bezorgd aan. 'Alles goed met je?'

'Alleen moe,' zei ze.

Ze voelde dat ze bekeken werd door de twee mannen. Ze streek met haar vingers door haar haar, alsof ze dacht dat daar misschien iets zat wat ze niet kon zien.

'Je ziet er niet al te best uit,' zei Josef. 'Ga zitten.'

Ze ging tegenover Reuben aan tafel zitten. 'Mij mankeert niks,' zei ze. 'Ik heb alleen te weinig geslapen.'

'Zullen we ontbijt voor je maken?' zei Reuben.

'Nee, ik heb geen honger,' zei Frieda. 'Ik neem wel een hapje van jou.' Ze nam een stukje gebakken brood van Reubens bord en stak het in haar mond. Josef zette een bord voor haar neer, en in de loop van enkele minuten kwamen daar eieren, bacon en toast op te liggen. Frieda keek Reuben aan. Misschien leek zij wel ziek omdat hij er zoveel beter uitzag.

'Jullie zijn een mooi stel,' zei ze.

Reuben nam een slok koffie. Hij haalde een sigaret uit het pakje dat op tafel lag en stak die aan. 'Onder één dak leven met Josef bevalt me een stuk beter dan met Ingrid, kan ik je vertellen,' zei hij. 'En ga nou niet zeggen dat ik op die manier niet goed met mijn problemen omga.'

'Oké, dat zal ik niet zeggen.'

'Ik dacht: zal ik eens een afspraakje maken met Paz.'

'O nee, dat doe je niet.'

'Nee?'

'Nee. Paz zou je trouwens afwijzen, als je dom genoeg was om haar die kans te geven.'

Josef ging aan tafel zitten. Hij schudde een sigaret uit Reubens pakje. Onwillekeurig moest Frieda glimlachen om de vanzelfsprekende intimiteit waarmee ze met elkaar omgingen. Reuben gooide zijn aansteker op, Josef ving hem op en stak zijn sigaret aan.

'Ik ben hier niet om over jóúw problemen te praten,' zei ze.

'Vertel,' zei Reuben.

Frieda pakte een stukje bacon en stak het in haar mond. Wanneer had ze voor het laatst gegeten? Ze keek Josef aan. 'Reuben is een tijdlang mijn therapeut geweest,' zei ze. 'Tijdens je opleiding moet je ook zelf in analyse, en ik sprak Reuben drie keer per week, soms vier, om over mezelf te praten. Reuben kent al mijn geheimen. Of in elk geval de geheimen die ik met hem wilde delen. Daarom was het voor hem moeilijk toen ik me met hem bemoeide en hem probeerde te helpen. Alsof een dochter die het verkeerde pad op is gegaan haar vader vertelt wat hij moet doen.'

'Verkeerde pad?' zei Josef.

'Ondeugend,' zei Frieda. 'Onfatsoenlijk. Verwaand. Onhandelbaar.'

Reuben reageerde niet, maar hij keek ook niet boos. Er hing een blauwe walm in de keuken. Daar zat ze dan, met Reuben en een bouwvakker uit Oost-Europa. Frieda kon zich niet herinneren wanneer ze voor het laatst in zo'n rokerige ruimte had gezeten.

'Als je met de analyse ophoudt,' vervolgde ze, 'is het net alsof je je ouderlijk huis verlaat. Het kost tijd om een ouderfiguur te gaan zien als een gewoon mens.'

'Heb je nu iemand?' vroeg Reuben.

'Nee. Maar dat zou wel moeten.'

'Een vriend?' zei Josef.

'Nee,' zei Frieda. 'Als analytici vragen of je iemand hebt, bedoelen ze een analyticus. Vrienden en echtgenoten, of vriendinnen en echtgenotes wisselen elkaar af. De relatie die er werkelijk toe doet, is die met je analyticus.'

'Je klinkt bozig, Frieda,' zei Reuben.

Ze schudde haar hoofd. 'Ik wil je wat vragen,' zei ze. 'Ik wil je wat vragen, en dan ga ik weer.'

'Vraag maar,' zei hij. 'Of moet het onder vier ogen?'

'Ik zit hier goed,' zei Frieda. Ze keek op haar bord. Het was bijna leeg. 'Meer dan bij wie ook heb ik van jou geleerd dat het mijn taak is om uit te zoeken wat er in het hoofd van een patiënt omgaat.'

'Dat is je taak, ja. Onbetwistbaar.'

'Je kunt het leven van de patiënt niet veranderen. Je moet alleen de instelling veranderen waarmee de patiënt in het leven staat.'

'Ik hoop dat datgene wat ik je heb geleerd iets genuanceerder was,' zei Reuben.

'Maar stel nou eens dat je je patiënt zou willen gebruiken om iemand anders te helpen?' zei Frieda.

'Het lijkt me vreemd, om zoiets te doen.'

'Maar is het verkeerd?'

Er viel een korte stilte, waarin Reuben zijn sigaret op een schoteltje uitdrukte en een nieuwe opstak. 'Dit is natuurlijk geen therapiesessie,' zei hij, 'maar als een patiënt je iets vraagt, suggereer je, zoals je weet, doorgaans dat de patiënt het antwoord al weet, maar terugschrikt en de verantwoordelijkheid op de therapeut probeert af te schuiven. Dus was het nou de moeite waard om helemaal naar Primrose Hill te lopen om alleen maar te horen wat je wist dat ik zou gaan zeggen?'

'Ik moet het nog steeds met zoveel woorden horen zeggen,' zei Frieda. 'En ik heb lekker ontbeten.'

Frieda hoorde de deur opengaan en keek achterom. Er kwam een jonge vrouw binnen, een zeer jonge vrouw. Ze liep op blote voeten en droeg alleen een herenochtendjas die haar vele maten te groot was. Ze had warrig blond haar en zag eruit alsof ze net uit bed kwam. Ze ging aan de tafel zitten. Reuben zag Frieda kijken en gaf Josef een miniem knikje. De vrouw stak haar hand uit naar Frieda. 'Ik ben Sofia,' zei ze, met een accent dat Frieda niet helemaal kon thuisbrengen.

39

'Net als anders dus?' vroeg Alan. 'Je wilt dat ik gewoon praat?'

'Nee,' zei Frieda. 'Ik wil het vandaag over iets bijzonders hebben. Ik wil het hebben over geheimen.'

'Die zijn er genoeg. Van de meeste geheimen in mijn leven wist ik zelf niet eens dat ze bestonden.'

'Dat soort geheimen bedoel ik niet. Ik bedoel de geheimen waar je wel weet van hebt.'

'Wat voor geheimen?'

'Nou, bijvoorbeeld wat je voor Carrie verborgen houdt.'

'Ik weet niet wat je bedoelt.'

'Iedereen heeft zijn geheimen,' zei Frieda. 'Zelfs in de beste relaties. Je moet iets voor jezelf hebben. Een kamer die je kunt afsluiten, of een bureau, of misschien alleen een la.'

'Een soort onderste la, waar mijn pornoblaadjes liggen, bedoel je?'

'Zou kunnen,' zei Frieda. 'Heb je een la met pornoblaadjes?'

'Nee,' zei Alan. 'Dat zei ik alleen maar omdat het zo'n cliché is.'

'Clichés bestaan omdat ze een kern van waarheid hebben. Als je ergens in een la een paar pornoblaadjes had, zou dat geen misdaad zijn.'

'Ik heb geen pornoblaadjes in een la, en ook niet in een doos of begraven in de tuin. Ik weet niet wat je me wilt laten zeggen. Sorry dat ik je teleurstel, maar ik heb geen geheimen voor Carrie. Ik heb Carrie zelfs gezegd dat het haar volkomen vrijstaat om in mijn laden te rommelen, mijn post te openen en te kijken wat ik in mijn portemonnee heb. Ik heb voor haar niets te verbergen.'

'Laten we het dan geen geheim noemen,' zei Frieda, 'maar een eigen terrein, iets wat helemaal van jou is. Een hobby, bijvoorbeeld. Veel mannen hebben hobby's en hebben daar een aparte ruimte voor, waar ze eraan kunnen werken. Dat geeft vrijheid, het is een toevluchtsoord. Zo zitten ze in hun schuurtje te knutselen aan modelvliegtuigen of een geheel uit luciferhoutjes opgetrokken Tower Bridge.'

'Het klinkt stom, zoals jij het zegt.'

'Ik probeer het neutraal te laten klinken. Ik probeer erachter te komen wat jouw privéruimte is. Heb je een schuur?'

'Ik weet niet waar je op uit bent, maar Carrie en ik hebben inderdaad een schuur. Ik heb hem zelf gebouwd, en hij is nog maar net klaar. We hebben er gereedschap en wat dozen met spullen opgeslagen. De sleutel hangt naast de deur naar de tuin, en we komen er allebei weleens.'

'Wat ik bedoel komt misschien niet goed over, Alan. Wat mij interesseert, is waar je naartoe gaat als je op jezelf wilt zijn. Ik ben er niet op uit om je klem te zetten. Ik wil alleen maar dat je antwoord geeft op de vraag of je ooit in je leven een eigen ruimte hebt gehad, waar je je, zonder anderen erbij, aan een hobby kon wijden of gewoon jezelf kon zijn, een plek waar niemand anders van weet of jou weet te vinden?'

'Ja,' zei Alan. 'In mijn tienerjaren had mijn vriend Craig een garagebox, waar hij een auto en een motorfiets had staan. Ik ging daar regelmatig naartoe om met hem aan zijn motor te sleutelen. Tevreden?'

'Dat is precies wat ik bedoel,' zei Frieda. 'Gaf dat je een gevoel van vrijheid?'

'Tja, je kunt natuurlijk niet in de huiskamer aan een motor sleutelen.'

Frieda haalde diep adem en probeerde Alans vijandigheid te negeren. 'En zijn er nog andere voorbeelden?'

Alan dacht even na. 'Toen ik een jaar of negentien of twintig was, rommelde ik graag met motoren. Een vriend van een vriend van me had een werkplaats in Vauxhall, in een van de ruimten onder de bogen. Ik heb daar een zomer voor hem gewerkt.'

'Uitstekend,' zei Frieda. 'Onder de bogen. Een garagebox. En waren er nog andere plekken waar je naartoe kon als je niet thuis wilde zijn?'

'Als kind ging ik naar een jeugdhonk. Het was een soort barak aan de rand van een woonwijk. We speelden er tafeltennis. Ik was er nooit erg goed in.'

Frieda dacht even na. Ze vond het allemaal te simpel en te oppervlakkig en realiseerde zich dat dit niets opleverde. Een paar weken geleden wist Alan niet dat hij een tweelingbroer had. Nu wel. De bron was besmet, zou Seth Boundy zeggen. Hij was te zelfbewust, hij acteerde voor haar. Misschien moest hij een zetje hebben.

'Ik wil dat je je fantasie gebruikt,' zei ze. 'We hadden het over schuilplaatsen waar je naartoe kunt als je niet thuis wilt zijn. Een plek voor jezelf. Nu zou ik graag willen dat je je iets probeert voor te stellen. Stel dat je echt een geheim had. Dat je iets te verbergen had, wat thuis niet zou kunnen. Waar zou je het verbergen? Probeer er niet over na te denken. Laat je gevoel spreken. Wat is je eerste associatie?'

Er viel een lange stilte. Alan deed zijn ogen dicht. Toen hij ze weer opendeed, keek hij Frieda met een gejaagde blik aan. 'Ik weet waar je heen wilt. Dit heeft niks met mij te maken, hè?'

'Hoe bedoel je?'

'Je speelt een spelletje met me. Je gebruikt mij om iets te weten te komen van hem.'

Frieda zweeg.

'Je stelt me geen vragen om me te helpen, om mijn problemen op te lossen, maar omdat je denkt dat het misschien een aanwijzing oplevert waar dat kind te vinden zal zijn. Iets waarmee je naar de politie kunt stappen.'

'Je hebt gelijk,' zei Frieda ten slotte. 'Het was waarschijnlijk niet goed om het zo te doen. Nee, het was beslist verkeerd van me. Maar ik dacht dat als jij er op wat voor manier dan ook een zinnige bijdrage aan kon leveren, we het in elk geval moesten proberen.'

'We?' zei Alan. 'Wat bedoel je met "we"? Ik dacht dat ik hier kwam voor hulp bij mijn problemen. Toen je me die vragen stelde, dacht ik dat je dat deed om me te genezen. Je kent me. Ik wil alles doen om dat kind boven water te krijgen. En daarvoor mag je best met mij experimenteren, dat is prima – zo'n jochie. Maar je had het me moeten zeggen. Fuck, had het gewoon gezegd!'

'Dat kon ik niet,' zei Frieda. 'Als ik dat had gedaan, zou het niet gewerkt hebben – al heeft het nu natuurlijk ook niks opgeleverd. Het was maar een idee, een laatste redmiddel. Ik wilde weten waar je spontaan mee zou komen.'

'Je gebruikte me,' zei Alan.

'Ja, ik gebruikte je.'

'Nou ja, de politie kan nu dus in elk geval gaan zoeken in garageboxen en onder spoorbruggen.'

'Ja.'

'Wat ze waarschijnlijk toch al deden.'

'Ik denk het wel, ja,' zei Frieda.

Er viel weer een stilte.

'Volgens mij zijn we uitgepraat,' zei Alan.

'We maken een nieuwe afspraak,' zei Frieda. 'Voor een gewone sessie.'

'Daar zal ik over na moeten denken.'

Ze stonden allebei op – verlegen met de situatie, als twee mensen die merken dat ze op hetzelfde moment weggaan van een feestje.

'Ik moet nog een paar laatste kerstinkopen doen,' zei Alan, 'dus het is niet echt tijdverspilling. Ik kan van hier naar Oxford Street lopen, hè?'

'Ja, in een minuut of tien.'

'Mooi.'

Ze liepen naar de deur, en Frieda deed die open om Alan uit te laten. Hij maakte aanstalten om weg te gaan, maar draaide zich toen om. 'Ik heb mijn familie teruggevonden,' zei hij. 'Maar als reünie stelt het niet veel voor.'

‘Wat had je ervan verwacht?’

Alan lachte een beetje. ‘Altijd de therapeut, hè? Ik heb erover nagedacht. Wat ik eigenlijk wilde, is wat je soms in films ziet of in boeken leest: dat mensen naar het graf van hun ouders en grootouders gaan en daar met hen praten of gewoon alleen maar nadenken. Mijn moeder leeft natuurlijk nog, maar ik denk dat ik makkelijker met haar zal kunnen praten als ze dood is. Dan kan ik doen alsof ze iemand was die ze niet was – iemand die naar me zou luisteren en me zou begrijpen; iemand bij wie ik mijn hart kon uitstorten. Dat zou ik graag willen. Bij het graf van mijn voorouders gaan zitten en met ze praten. In films is dat dan meestal zo’n pittoreske begraafplaats op een berghelling of zo.’

‘We willen allemaal graag op de een of andere manier familie hebben.’ Frieda besefte dat zij wel de laatste was die dit kon zeggen.

‘Dat klinkt als een wijsheid uit een knalbonbon,’ zei Alan. ‘Maar daar is het natuurlijk ook de tijd van het jaar voor.’

40

'Ik maak de pudding,' zei Chloë. Ze klonk ongewoon enthousiast. 'Maar geen kerstpudding, hoor. Dat vind ik niks, en daarmee krijg je met elke hap wel een miljard calorieën binnen. Bovendien had ik die dan weken geleden al moeten maken, en toen dacht ik nog dat ik naar mijn vader ging – die pas daarna heeft bedacht dat hij wel wat leukers kon gaan doen. Ik zou er wel een kunnen kopen, maar dat is niet volgens de regels. Je moet zelf je kerstdiner maken, toch? Het is geen kwestie van even iets in de magnetron zetten.'

'O nee?' Frieda ging met haar telefoon in de hand voor de grote kaart van Londen aan de muur staan. Ze tuurde in het zwakke licht.

'Nou maak ik dus die chocoladepudding die ik op het internet heb gevonden, met frambozen, aardbeien, veenbessen en witte chocola.'

Frieda zette haar vinger op het gebied dat haar aandacht had en liet die langs een bepaalde route gaan.

'Wat maak jij?' vervolgde Chloë. 'Geen kalkoen, hoop ik. Kalkoen smaakt nergens naar. Mama zei dat jij beslist geen kalkoen zou klaarmaken.'

'Dat is nog helemaal niet zeker.' Frieda liep de trap op naar haar slaapkamer. 'Of niet helemaal zeker.'

'Je gaat me toch niet vertellen dat je er nog niet over hebt nagedacht, hè? Niet zeggen, hoor. Alsjeblieft niet doen. Morgen is het kerstavond. Cadeautjes en zo kunnen me niks schelen, en het kan me zelfs eigenlijk niet eens schelen wat we eten. Maar ik wil niet dat je er niet eens over nadenkt, alsof het helemaal niks voorstelt. Dat zou ik niet kunnen verdragen. Letterlijk. Het is Kerstmis, hoor, Frieda. Denk daaraan. Al mijn vrienden en vriendinnen vieren het met grote familiediners of ze gaan met hun vader naar Mauritius of zo. Ik vier het bij jou. Je moet er iets bijzonders van maken.'

'Dat weet ik,' zei Frieda, die vond dat ze iets moest zeggen. Ze haalde een dikke trui uit haar la en gooide die op bed, met een paar handschoenen erachteraan. 'Dat doe ik. Dat zal ik. Dat beloof ik.' Ze werd een beetje misselijk als ze aan Kerstmis dacht: er was een jongetje ontvoerd en er werd een jonge vrouw vermist, Dean en Terry Reeve liepen vrij rond, en van haar werd verwacht dat ze aan eten en drinken dacht en een kartonnen kroontje opzette.

'Zijn we maar met z'n drieën, of heb je ook andere mensen uitgenodigd? Dat zou ik prima vinden, hoor. Sterker nog, ik zou het wel willen. Het is jammer dat Jack niet kan komen.'

'Wie?'

'Jack, je weet wel.'

'Je kent Jack niet.'

'Ik ken hem wel.'

'Je hebt hem maar één keer gesproken, zo'n dertig seconden.'

'Waarna jij hem snel uit mijn buurt hebt gemanoeuvreerd, ja. Maar we zijn nou vrienden op Facebook.'

'O ja?'

'Ja. We gaan wat afspreken zodra hij terug is. Vind je dat een probleem?'

Vond ze het een probleem? Natuurlijk vond ze dat. Iemand die bij haar in leeranalyse was met haar nichtje. Maar het was een probleem voor later, niet voor nu. 'Hoe oud ben je eigenlijk?' vroeg ze.

'Je weet best hoe oud ik ben. Zestien. Oud genoeg.'

Frieda beet op haar lip. Ze wilde niet vragen: oud genoeg waarvoor?

'We zouden het woordenboekspel kunnen doen,' zei Chloë monter. 'Hoe laat zullen we komen?'

'Wat had je in gedachten?'

'Vroeg in de middag, wat vind je daarvan? Dat doen andere families ook. Dan maken ze eerst hun cadeautjes open en lummelen ze wat rond, en dan beginnen ze aan het einde van de middag of het begin van de avond aan hun vreetfestijn. Dat zouden wij ook kunnen doen.'

'Zeker.'

Ze trok haar pantoffels uit, en terwijl ze de telefoon tussen haar kin en haar schouder klemde, trok ze haar rok en panty uit.

'Wij nemen de champagne mee. Dat zei mama. Dat is haar bijdrage. Hoe zit het met de knalbonbons?'

Frieda dacht aan Alans opmerking bij het afscheid en rechtte haar rug. 'Ik zorg voor de knalbonbons,' zei ze ferm. 'En het wordt geen kalkoen.'

'Wat ga je dan...'

'Het wordt een verrassing.'

Voordat ze het huis uit ging belde ze Reuben op. Josef nam op. Op de achtergrond klonk luide muziek. 'Komen Reuben en jij met Kerstmis bij mij eten?' vroeg ze zonder inleiding.

'We kwamen al.'

'Hè?'

'Was toch afgesproken. Jij kookt voor mij Engels kerstdiner. Kalkoen en plumpudding.'

'Het wordt een beetje anders, denk ik nu. Ik kook niet zelf, bijvoorbeeld. Wat doen jullie in Oekraïne met Kerstmis?'

'Een eer om voor mijn vrienden te koken. Twaalf gerechten.'

'Twaalf? Nee, Josef. Eén is prima.'

'Twaalf gerechten moet bij mij thuis.'

'Maar dat is te veel.'

'Is nooit te veel.'

'Tja, als je het zeker weet,' zei Frieda weifelend. 'Ik dacht aan iets eenvoudigs. Gehaktballen. Is dat niet Oekraïens?'

'Geen vlees. Nooit vlees op die dag. Vis is goed.'

‘Misschien kun je Reuben laten helpen. En even wat anders: wat doe je nu?’

‘Ik moet boodschappen doen voor mijn maaltijd.’

‘Ik betaal de ingrediënten. Dat is het minste wat ik kan doen. Maar Josef, zou je voordat het zover is met mij een wandeling willen maken?’

‘Buiten is nat en koud.’

‘Vast niet zo koud als in Oekraïne. Ik kan wel een ander paar ogen gebruiken.’

‘Waar gaan wij wandelen?’

‘Ik zie je bij het metrostation. Reuben kan je wel vertellen hoe je daar komt.’

Frieda trok de kraag van haar jas op tegen de wind.

‘Je schoenen zijn nat,’ zei ze tegen Josef.

‘Voeten ook,’ zei hij. Hij droeg een dun jasje dat volgens haar van Reuben was, geen handschoenen en een vuurrode sjaal die hij meerdere malen over zijn mond had gewikkeld, zodat zijn stem gedempt klonk. Zijn haar, dat vochtig was van de natte sneeuw, zat tegen zijn schedel geplakt.

‘Bedankt dat je meegaat,’ zei ze, waarop hij zijn typische buiginkje maakte en ondertussen een plas ontweek.

‘Waarom is het?’ vroeg hij.

‘Een stadswandeling. Dat doe ik vaker. Het is een manier om na te denken. Normaal doe ik het in mijn eentje, maar deze keer wilde ik er iemand bij hebben. En niet zomaar iemand. Ik dacht dat jij me wel zou kunnen helpen. De politie heeft mensen gesproken in verband met hun zoektocht naar Matthew en Kathy, of naar de lijken van Matthew en Kathy. Ik vond dat ik hiernaartoe moest, al was het alleen maar om eens de geur op te snuiven.’

Ze dacht aan de plekken die Alan had genoemd. Dichtgetimmerde panden, garageboxen, verlaten werkplaatsen onder het spoor, tunnels. Dat soort plaatsen. Probeer je in die man te verplaatsen. Bedenk hoe hij zich gevoeld zal hebben, in paniek naar een mogelijke schuilplaats moet hebben gezocht. Een plek waar niemand zal kijken, een plek waar niemand iets zal horen als er om hulp wordt geroepen. Ze keek hulpeloos om zich heen naar de appartementen en huizen, waar hier en daar licht achter de ramen brandde en kerstversiering te zien was, naar de winkels die met wijd open deuren warmte uitbraakten over de winterse straten, naar de files, naar het winkelend publiek dat met tassen vol cadeautjes en etenswaren voorbij dromde. 'Achter dikke muren, onder de grond. Ik weet het niet. We gaan samen op weg, en op een gegeven moment gaan we uit elkaar. Ik heb min of meer een route in gedachten.'

Josef knikte.

'En over een paar uur kun je je eten gaan kopen.'

Frieda sloeg haar *A to Z*-gids open en zocht de goede pagina. Ze wees. 'Wij zijn hier,' zei ze. Ze verschoof haar vinger een stukje. 'Ik denk dat de jongen hier werd vastgehouden. Hij moest hem snel ergens anders onderbrengen. En dan zou ik zeggen dat hij hem naar een plek heeft gebracht die niet meer dan een halve kilometer daarvandaan is, hooguit een kilometer.'

'Waarom?' zei Josef.

'Wat bedoel je?'

'Waarom één kilometer? Waarom geen vijf? Waarom niet tien kilometer?'

'Reeve moest snel handelen. Hij moest een schuilplaats in de buurt bedenken. Een plek die hij kende.'

'Hij brengt hem naar een vriend?'

Frieda schudde haar hoofd. 'Dat denk ik niet,' zei ze. 'Een ding kun je bij een vriend achterlaten, maar een kind volgens mij niet. Ik geloof niet dat hij dat soort vrienden heeft. Ik denk dat hij Matthew ergens heeft ondergebracht. Op een plek waar hij later weer naartoe zou gaan. Maar toen hij merkte dat hij in de gaten werd gehouden, kon hij er niet meer heen.'

Josef sloeg zijn armen over elkaar om zich warm te houden. 'Veel hypotheses,' zei hij. 'Misschien heeft hij de jongen vermoord. Misschien leeft de jongen nog. Misschien heeft hij hem in de buurt van huis verborgen.'

'We moeten toch iets?' zei Frieda.

'Een kilometer,' zei Josef. Hij legde zijn vinger op de kaart op de plek waar Dean Reeve woonde en verschoof die een stukje. 'Een kilometer?' zei hij weer, en beschreef een cirkel om die plek. 'Zes vierkante kilometer. Meer, denk ik.'

'Ik heb je meegenomen om me te helpen,' zei Frieda. 'Niet om me te vertellen wat ik al weet. Als jij in zijn schoenen stond, wat zou je dan doen?'

'Als ik zou stelen, steel ik apparatuur. Een boor of een schuurmachine, en die verkoop ik dan voor een paar pond. Ik steel geen klein kind.'

'Maar áls je dat gedaan zou hebben.'

Josef maakte een hulpeloos gebaar. 'Ik weet het niet,' zei hij. 'Een kast, een doos of een afgesloten ruimte. Een plek waar geen mensen komen.'

'Er zijn hier in de buurt veel plaatsen waar geen mensen komen,' zei Frieda. 'Dus? Zullen we een wandeling gaan maken?'

'Welke kant op?'

'We weten niet waar hij is, en we weten niet waar we moeten zoeken, dus het maakt niet uit. Ik dacht erover om spiraalsgewijs vanaf zijn huis te lopen.'

'Spiraalsgewijs?' zei Josef.

Frieda beschreef met haar vinger een spiraal. 'Zoals water wegloopt uit een bad,' zei ze. Ze wees. 'Deze kant op.' Ze liepen langs een woningbouwproject dat vernoemd was naar John Ruskin. Ze keek naar de rijtjeshuizen. Bij meer dan de helft waren ramen en deuren afgeschoten met ijzeren hekken. In elk huis zou hij verborgen kunnen zitten. Even voorbij het woningbouwproject stond een gasfabriek met roestige kettingen voor de poort. Een oud bord aan het hek meldde dat het terrein bewaakt werd door honden. Het leek onwaarschijnlijk. Ze liepen nu naar het noorden, en aan het einde van de straat sloegen ze rechts af, naar het oosten, waarna ze een distributiecentrum en een schroothandel passeerden.

'Net Kiev hier,' zei Josef. 'Kiev zag er zo uit, daarom ben ik naar Londen gegaan.' Hij bleef staan bij weer een rij dichtgetimmerde winkelpanden. Beiden keken omhoog naar de oude borden aan de bakstenen gevel: Kantoorboekhandel Evans & Johnson, Warenhuis J. Jones, The Black Bull. 'Allemaal weg,' zei hij.

'Honderd jaar geleden was dit een stad op zich,' zei Frieda. 'Verderop lagen de grootste havens ter wereld. De schepen lagen in een file die helemaal tot de Noordzee reikte te wachten om gelost te worden. Er werkten daar tienduizenden mannen, vrouwen en kinderen. In de oorlog is de wijk platgebombardeerd en afgebrand. Nu is het een soort Pompeii, al wonen er nog steeds mensen, zo goed en zo kwaad als het gaat. Misschien was het beter geweest als er weer bossen, moerassen en weilanden waren gekomen.'

Er reed een politieauto voorbij, en zowel Frieda als Josef keek hem na tot hij de hoek omging.

'Zij zoeken ook?' vroeg Josef.

'Ik denk het wel,' zei Frieda. 'Ik weet eigenlijk niet hoe ze zoiets aanpakken.'

Onder het lopen keek Frieda op haar kaart om te zien waar ze waren. Wat haar onder andere zo aan Josef beviel, was dat hij niet praatte als het niet nodig was. Hij had geen behoefte om de slimmerik uit te hangen of te doen alsof hij dingen begreep die hij niet begreep. En als hij iets zei, dan meende hij het ook werkelijk. Toen ze langs een leegstaand pakhuis liepen, drong het ineens tot Frieda door dat Josef stil was blijven staan, terwijl zij zonder dat te merken was doorgelopen. Ze liep terug.

'Heb je iets gezien?'

'Waarom doen we dit?'

'Dat zei ik toch al.'

Hij pakte haar kaart en keek erop. 'Waar zijn we?' vroeg hij.

Ze wees. Hij ging met zijn wijsvinger hun route op de kaart na.

'Dit wordt niks,' zei hij. 'Wij lopen langs leegstaande huizen, leegstaande gebouwen en leegstaande kerken. We gaan niet naar binnen. Natuurlijk niet. En we kunnen niet in alle hoeken en gaten, in elke kamer, op dak en in kelders kijken. We zoeken niet. Niet echt. We lopen maar wat, en jij vertelt over bommen in oorlog. Waarom doe jij dat? Om je beter te voelen?'

'Nee,' zei Frieda. 'Om me beroerder te voelen waarschijnlijk. Ik hoopte alleen dat we door hier te komen en door de straten te lopen iets zouden vinden.'

'De politie zoekt. Zij kunnen de huizen in gaan en vragen stellen. Dat is de taak van de politie. En dat wij hier zijn, is alleen maar een...' Josef zocht het juiste woord en stak hulpeloos zijn handen op.

'Een gebaar,' zei Frieda. 'Om in godsnaam maar iets te doen.'

'En wat betekent dat gebaar?'

'We moeten toch íéts doen? We kunnen niet zomaar thuis blijven zitten.'

'Maar waarom?' zei Josef. 'Als die jongen op straat ligt, dan struikelen we misschien over hem. Maar als hij dood is of in kamer opgesloten zit? Niets.'

'Je bent er zelf over begonnen, weet je nog?' zei Frieda. 'Ik vond dat in een kamer zitten praten iets kon opleveren, en jij zei dat ik eropuit moest en de problemen van anderen moest oplossen. Het werkt eigenlijk niet, hè?'

'Ik wilde niet...' Hij zweeg en zocht weer naar woorden. 'Erop uitgaan is niet hetzelfde als problemen oplossen. Als ik huis binnenga, wordt dat niet vanzelf verbouwd. Ik moet muur metselen en leidingen en kabels zelf aanleggen. Door alleen maar over straat te lopen, vinden wij die jongen niet.'

'De politie vindt de jongen evenmin,' zei Frieda. 'En de vrouw ook niet.'

'Als je op zoek bent naar vis,' zei Josef, 'kijk je op een plek waar vissen zijn. Dan loop je niet zomaar door weilanden.'

'Is dat een Oekraïens spreekwoord?'

'Nee, is gedachte van mij. Zomaar lopen op straat levert niks op. Waarom heb jij mij meegenomen? Wij lopen hier rond als toeristen.'

Frieda tuurde op de kaart en vouwde hem dicht. Hij begon al nat te worden van de sneeuw en de hoeken krulden om. 'Oké,' zei ze.

Adem. Hart. Tong op steen. Piepend geluidje in zijn borst. Lichtjes in zijn ogen. Hoofd van vuurwerk, rood en blauw en oranje. Vuurpijlen. Vonken. Vlammen. Ze hadden ten slotte het vuur aangestoken. Zo koud, en dan zo heet. IJs in de oven. Moest zijn kleren uittrekken, moest aan deze woeste hitte ontsnappen. Lichaam zou smelten. Zou niets van overblijven. Alleen as. As en wat botten, en niemand zou weten dat dit ooit Matthew was geweest, met bruine ogen en rood haar, een teddybeer met fluwelen pootjes.

41

Op de terugweg, in het gedrang van de avondspits in de metro spraken ze niet met elkaar. Toen Frieda eindelijk de voordeur van haar huis opendeed, hoorde ze de telefoon rinkelen. Ze nam op. Het was Karlsson.

'Ik heb het nummer van je mobiele telefoon niet,' zei hij.

'Ik heb geen mobiele telefoon,' zei Frieda.

'Je bent natuurlijk geen dokter die bereikbaar moet zijn in noodsituaties.'

'Hoe staat het ermee?'

'Daar bel ik over. Ik wou je laten weten dat Reeve en zijn partner sinds anderhalf uur vrij zijn.'

'Je kon ze niet langer vasthouden?'

'Iets langer had gekund als we het echt gewild hadden. Maar het is misschien beter als ze vrij zijn. Misschien maakt hij een fout en komen we zo verder.'

Frieda dacht even na. 'Ik wou dat ik het kon geloven,' zei ze. 'Maar dat idee had ik niet toen ik hem sprak. Hij leek me een man die wist wat hij wilde.'

'Als hij een fout maakt, pakken we hem.'

'Hij weet heel goed dat jullie hem in de gaten houden,' zei Frieda. 'Daar geniet hij nu van, denk ik. Hij heeft ons in zijn macht. Hij weet waar we doorheen moeten. Ik denk dat we hem hiermee het grootste plezier doen.'

'Voor jou is het niet erg,' zei Karlsson. 'Jij hebt je werk. Jij kunt daar gewoon mee doorgaan.'

'Ja, hoor,' zei Frieda. 'Voor mij is het niet erg.'

Nadat ze de telefoon had neergelegd bleef Frieda een tijdje voor zich uit staren. Toen ging ze naar boven en keek door haar slaapkamerraam uit over de daken, waarop hier en daar wat sneeuw lag. Het was een heldere, koude avond. Ze liet het bad vollopen en bleef er bijna een uur in liggen. Toen kleedde ze zich aan en ging naar haar studeerkamer op zolder, waar ze achter haar tekenplank ging zitten. Hoe lang was het geleden dat ze hier voor het laatst zo had gezeten, met de tijd aan zichzelf? Ze wist het niet meer. Ze pakte haar potlood en hield dat tussen duim en wijsvinger, maar begon niet te tekenen. Ze kon aan niets anders denken dan aan Matthew, daar ergens buiten in de ijzige kou, misschien nog in leven en doodsbang, maar waarschijnlijk allang dood, aan Kathy Ripon, die ergens had aangebeld waar ze dat beter niet had kunnen doen, en aan Dean en Terry die het politiebureau hadden verlaten, de vrijheid tegemoet.

Ten slotte legde ze het potlood op het blanco vel papier en ging naar beneden. Ze legde hout in de open haard in de huiskamer, stak er de brand in en wachtte tot er vlammen omheen kringelden. Toen ging ze de keuken weer in. Ze keek in de koelkast en haalde er een halfvol bakje aardappelsalade uit, dat ze staande voor het raam oplepelde. Toen pakte ze een glas uit de gootsteen, spoelde het om en goot er wat whisky in. Ze nipte er heel langzaam van. De tijd kon voor haar niet snel genoeg verstrijken – was deze avond maar vast voorbij. De telefoon ging, en ze nam op.

'Die zie ik voorlopig niet meer, zul je wel gedacht hebben, hè?'

'Karlsson?'

'Natuurlijk.'

'Nou ja, het is maar telefoon. Zien kan ik je niet.'

'Heeft Reeve geprobeerd contact met je op te nemen?' vroeg hij.

'Niet sinds de laatste keer dat je belde.'

'Hij heeft het al eens eerder gedaan.'

'Wat is er aan de hand?'

'We zijn ze kwijt.'

'Ze?'

'Reeve en Terry.'

'Ik dacht dat je ze in de gaten hield.'

'Ik hoef tegenover jou geen verantwoording af te leggen.'

'Het kan me niets schelen of je wel of niet verantwoording aflegt. Ik vroeg me alleen af hoe dat kon gebeuren.'

'Ach, je weet hoe dat gaat – drukte in de metro, en de politie laat ook weleens een steek vallen. Misschien was het hun bedoeling om te ontsnappen, misschien niet. Ik weet het niet. En ik heb geen idee wat ze gaan doen.'

Frieda keek op haar horloge. Het was na middernacht. 'Ze zullen zeker niet naar huis gaan, hè?'

'Misschien wel. Waarom niet? Ze worden nergens officieel van beschuldigd, en het is al na middernacht. Waar zouden ze anders naartoe moeten?'

Frieda dwong zichzelf na te denken. 'Misschien is het juist wel goed zo,' zei ze. 'Misschien voelen ze zich nu vrij. Dat zou mooi zijn.'

'Ik weet het niet,' zei Karlsson. 'Ik weet te weinig om zelfs maar te kunnen gissen. Ik weet niet of het wat uitmaakt. Waar zouden ze hem verborgen kunnen hebben? Stel dat ze hem vastgebonden en wel in een kast ergens in een leegstaand appartement hebben opgesloten, hoe lang kan hij dan overleven zonder water? Als ze hem tenminste nog niet... Nou ja, je weet wel. Maar hoe dan ook, Reeve zou contact met je kunnen opnemen. Er gebeuren wel vreemdere dingen. Wees erop voorbereid.'

Toen ze had neergelegd schonk Frieda nog een whisky in en sloeg het glas in één teug achterover. Ze voelde het prikken in haar keel, en dat verraste haar. Ze liep naar de huiskamer, maar het vuur was uit en het was er kil en ongezellig. Ze bedacht dat ze moest gaan slapen, maar het idee dat ze met wijd open ogen in bed zou liggen terwijl allerlei beelden door haar hoofd schoten, vervulde haar met angst. Ze ging op de bank liggen en trok een deken over zich heen, maar in plaats van de slaap was er slechts die tergende, niet-aflatende slapeloosheid. Ten slotte stond ze op en ging naar de keuken. Ze liep naar buiten, haar tuintje in. Het was zo koud dat de adem in haar keel stokte en haar ogen begonnen te tranen, maar ze genoot er ook van. De kou maakte haar wakkerder, vaagde haar wazigheid en vermoeidheid weg, zorgde ervoor dat ze weer helder kon denken en scherpte haar gedachten. Zo bleef ze staan, zonder jas en zonder handschoenen, totdat ze, verstijfd van de kou, het niet meer kon volhouden en weer naar binnen ging. Ze liep naar de kaart van Londen bij de voordeur. Het was te donker om de details te kunnen zien, zoals de klein gedrukte straatnamen. Ze haalde de kaart van de muur en legde hem in de huiskamer op tafel. Ze knipte de plafondlamp aan, maar ook toen was er nog te weinig licht. Ze pakte het leeslampje naast haar bed, nam het mee naar de huiskamer en zette dat op de kaart. Ze pakte een potlood en zette een kruisje bij de straat waar Dean Reeve woonde. Ze kreeg het duizelig makende gevoel dat ze op een mooie, heldere dag vanuit een vliegtuig over de stad uitkeek. Ze zag de belangrijke bezienswaardigheden, de kronkelingen van de Theems, de Millennium Dome, City Airport, Victoria Park, Lea Valley. Ze bekeek de kaart van dichterbij en zag de straat waar ze met Josef had gelopen. Ze zag de gearceerde stukken die de woonwijken en de fabrieken voorstelden.

Ze dacht aan Alan en aan het feit dat ze tegenover hem tekort was geschoten. Ze had gefaald, zowel in de therapie als in het opsporingsonderzoek. Alan en Dean hadden dezelfde hersenen, dachten hetzelfde, droomden hetzelfde, net zoals twee vogels van dezelfde soort precies dezelfde nesten bouwen. Maar de enige manier waarop je dat kon benaderen, was door middel van het onbewuste, en de laatste keer dat ze Alan had gesproken, had ze hem als het ware gevraagd eens te vertellen hoe fietsen precies in zijn werk ging. Niet alleen had hij die vaardigheid niet in woorden kunnen vatten, ze had de vaardigheid zelf erdoor aangetast. Als je onder het fietsen gaat nadenken hoe je het precies doet, val je waarschijnlijk om. Alan had haar ontmaskerd en zich tegen haar gekeerd. Misschien wees dat op een zekere kracht. Het zou een teken kunnen zijn dat de therapie werkte, ook al was daar nu een einde aan gekomen. Frieda voelde dat de band tussen hen verbroken was en niet hersteld zou kunnen worden. Hij zou zich nooit meer aan haar kunnen overgeven zoals een patiënt dat moest doen. Ze dacht terug aan de laatste sessie. Het was ironisch dat het beste deel van de sessie, de enige echte intimiteit die ze hadden weten te bereiken, zich pas na afloop ervan had voorgedaan, toen ze afscheid van elkaar namen en hij haar al niet meer als zijn therapeut zag. Wat had hij ook alweer gezegd over een gevoel van veiligheid? Ze probeerde zich te herinneren wat hij had gezegd. Over zijn moeder. Over zijn familie.

Ineens kreeg ze een inval. Zou dat kunnen? Dat was het moment geweest dat hij ophield aan mogelijke schuilplaatsen te denken. Zou hij toen...?

Frieda liet haar vinger vanaf het huis van Dean Reeve in steeds grotere cirkels rondgaan en hield hem toen stil. Ze pakte haar jas en sjaal en ging naar buiten, liep haar straatje uit en stak het plein over. Het was nog donker, en in de kleine straatjes was niemand te zien. Ze hoorde haar eigen voetstappen tegen de gevels weerkaatsen. Pas op Euston Road, waar het Londense verkeer dat nooit ophoudt voorbijraasde, kon ze een taxi aanhouden. Terwijl de auto optrok, overdacht ze keer op keer dezelfde dingen. Had ze de politie niet moeten bellen? Wat zou ze hebben moeten zeggen? Ze dacht aan Karlsson en zijn team, alle mensen die op onderzoek uitgingen en verklaringen opnamen, aan de duikers die de rivier hadden afgezocht. Ze waren op zoek naar iets tastbaars, een stukje textiel, één vezeltje desnoods, of een vingerafdruk. En zij had niet meer bij te dragen dan herinneringen, fantasieën en dromen met soms een overlapping daartussen. Of zag ze alleen maar patronen zoals kinderen figuren zien in de wolken? Er was al zoveel op niets uitgelopen. En was dit nu weer zoiets?

'Waar wilt u dat ik u afzet?' vroeg de taxichauffeuse – ongewoon: een vrouw.

'Is er een hoofdingang?'

'Er is maar één ingang open,' zei de vrouw. 'Er is wel een achteringang, maar die is gesloten.'

'Aan de voorkant dan maar.'

'Ik weet niet of u er nu in kunt. Het hek is open van zonsopgang tot zonsondergang.'

'De zon is nu aan het opkomen. Kijk maar.'

Het was iets voor acht uur, de dag voor Kerstmis.

Enkele minuten later hield de taxi stil. Frieda betaalde en stapte uit. Ze keek naar het sierlijke victoriaanse bord met het opschrift BEGRAAFPLAATS CHESNEY HALL. Alan had gezegd dat hij erover fantaseerde een familiegraf te bezoeken waar hij op het gras zou willen zitten en met zijn voorouders praten. Arme Alan. Hij had geen familiegraf dat hij kon bezoeken, althans niet voor bezover hij wist. En Dean Reeve? Het grote toegangshek van de begraafplaats was dicht, maar daarnaast was een kleinere voetgangerspoort die wel open was. Frieda liep de begraafplaats op en keek rond. Het was een enorm uitgestrekt terrein, zo groot als een stad, met onafzienbare rijen grafzerken met paden ertussen. Je zag standbeelden, afgebroken zuiltjes en kruisen. Hier en daar stond een praalgraf. Aan de linkerkant was een gedeelte dat overwoekerd was, met graven die onder het gebladerte bijna niet meer te zien waren. Het was koud, en haar adem vormde wolkjes.

Verderop langs het middenpad zag Frieda een eenvoudige houten keet staan. De deur stond open, en door het raam zag ze licht branden. Zouden ze een register bijhouden op een begraafplaats? Ze liep erheen, en onderweg bekeek ze de graven aan weerszijden van het pad. Een sprong haar in het oog. Het familiegraf van de familie Brainbridge. Emily, Nicholas, Thomas en William Brainbridge waren in de jaren 1860 allemaal al overleden voordat ze de leeftijd van tien jaar hadden bereikt. Hun moeder Edith was overleden in 1883. Hoe had ze dat aangekund, in haar eentje oud worden, met alleen nog de steeds vager wordende herinneringen aan haar gestorven kinderen? Maar het kon natuurlijk zijn dat ze nog andere kinderen had gehad, kinderen die wel volwassen waren geworden, die verhuisd waren en ergens anders begraven lagen.

Er klonk een geluid, een soort geritsel, en Frieda draaide zich om. Tussen de spijlen door zag ze een gestalte, die vaag bleef terwijl hij langs het hek liep. Pas toen hij bij de ingang verscheen, herkende ze hem. Dat wil zeggen: haar. Hun blikken kruisten elkaar. Frieda keek naar Terry, en Terry keek naar Frieda. Frieda zag iets in haar oogopslag wat ze niet eerder had gezien, een soort gedrevenheid. Frieda deed een stap in haar richting, maar Terry draaide zich om, liep weg en verdween uit het zicht. Frieda rende terug naar de ingang maar tegen de tijd dat ze de begraafplaats verliet, was er geen spoor meer van Terry te bekennen. Ze keek zoekend om zich heen en rende toen weer terug de begraafplaats op, naar de keet. Achter een geïmproviseerd bureau zat een oude vrouw. Ze had een thermosfles voor zich staan, en aan de muur hing een affiche met de tekst VRIENDEN VAN BEGRAAFPLAATS CHESNEY HALL. Waarschijnlijk had ze hier ergens een dierbare liggen, een echtgenoot of een kind. Misschien voelde ze zich hier thuis, met haar familie zo vlakbij. Frieda pakte haar tas en begon erin te zoeken.

'Hebt u hier telefoon?' vroeg ze.

'Nou, ik ben niet...' begon de vrouw.

Frieda vond het kaartje dat ze zocht.

'Ik moet iemand bellen,' zei ze. 'De politie.'

Nadat ze stamelend haar bericht voor Karlsson had ingesproken, liep Frieda terug naar de oude vrouw.

'Ik ben op zoek naar een familiegraf. Kunt u mij helpen?'

'We hebben een plattegrond van de begraafplaats,' zei de vrouw. 'Bijna alle graven staan erop. Hoe is de naam?'

'Reeve. R-E-E-V-E.'

De vrouw stond op en liep naar een archiefkast in de hoek. Ze opende hem en haalde een dik register tevoorschijn, waarin de gegevens met de hand in zwarte, inmiddels veelal verbleekte inkt waren ingevuld. Ze begon er langzaam maar vastberaden in te bladeren, waarbij ze af en toe aan haar wijsvinger likte.

'We hebben hier drie Reeves staan,' zei ze ten slotte. 'Theobald Reeve, gestorven in 1927, zijn vrouw Ellen Reeve, 1936, en een Sarah Reeve, 1953.'

'Waar liggen ze begraven?'

De vrouw rommelde in een lade en haalde er een plattegrondje van de begraafplaats uit.

'Hier,' zei ze, en ze zette haar vinger erop. 'Ze liggen dicht bij elkaar. Als u het middenpad volgt, neemt u het derde zijpad aan uw...'

Maar Frieda griste het papier uit haar hand en rende weg. De oude vrouw keek haar na, waarna ze weer op haar stoel achter het bureau ging zitten, de dop van haar thermosfles schroefde en wachtte op nabestaanden die hun familieleden kwamen bezoeken. Met kerst was het altijd druk.

Frieda rende het middenpad af en nam het pad aan de rechterkant, dat er smal maar veelgebruikt uitzag. Aan beide zijden stonden grafzerken, sommige vrij nieuw en van wit marmer met duidelijke zwarte woorden erin gebeiteld. Andere waren ouder en begroeid met mos en klimop of waren achterovergezakt. Daar was het soms moeilijk om de namen van de doden te lezen, en Frieda moest af en toe met haar vingers over de letters gaan om te weten wat er stond. De familie Philpott, de Bells, de Farmers, de Thackerays – doden die oud waren geworden en doden die de tienerleeftijd niet te boven waren gekomen, doden voor wie onlangs nog bloemen waren neergelegd en doden die allang vergeten waren.

Zo snel als ze kon liep ze tussen de zerken door, bukkend bij de ene en weer rechtopstaand bij de andere, ingespannen turend in het schemerlicht. De Lovatts, de Gorans, de Booths. Haar ogen brandden van vermoeidheid, en in haar borst voelde ze steken van hoop. Op een kale doornstruik zat een merel naar haar te kijken, en in de verte hoorde ze het geraas van het verkeer. Fairley, Fairbrother, Walker, Hayle. Toen bleef ze ineens staan en voelde ze het bloed in haar oren suizen. Reeve. Hier lag een Reeve – een kleine, vervallen, enigszins overhellende grafsteen. Ze had het gevonden.

Maar toen besefte ze met een verpletterend gevoel van mislukking dat ze helemaal niets had gevonden. Want hoe kon hier een kind verborgen zijn, onder de miezerige grafstenen die overal om haar heen lagen? Met afschuw bekeek ze de graven nauwkeuriger, om te zien of de aarde niet was omgewoeld, zodat daar misschien onlangs een lichaam begraven kon zijn, maar alle graven waren overwoekerd met onkruid. Hier kon niemand verstopt zijn. Ze zonk op haar knieën naast het opschrift van Theobald Reeve en was zo teleurgesteld dat ze er misselijk van werd. Matthew was hier dus toch niet. Het was een waanidee geweest, een laatste stuiptrekking van hoop.

Ze wist niet hoe lang ze daar ten einde raad in de bittere kou neergeknield had gezeten. Maar ten slotte keek ze op en kwam ze overeind, en terwijl ze dat deed, zag ze het: een hoog stenen praalgraf, bijna niet te zien onder een wirwar van doornstruiken en brandnetels. Ze rende ernaartoe en voelde de doorns steken. Haar voeten zakten weg in de modderige aarde, en de wind blies haar haren in haar gezicht, zodat ze nauwelijks iets kon zien. Maar ze zag genoeg om te weten dat hier onlangs iemand was geweest. Er was een soort pad, waar de brandnetels en doornstruiken platgedrukt waren. Toen ze bij de ingang van het grafmonument kwam, zag ze dat het was afgesloten met een zware stenen deur, maar aan de sporen in de aarde was duidelijk te zien dat iemand die nog niet zolang geleden opzij had geschoven.

'Matthew,' riep ze tegen de onbeschreven, halfvergane steen. 'Wacht! Volhouden! Wij zijn hier. Wacht.'

Toen viel ze met haar blote handen op de steen aan, ze probeerde er greep op te krijgen, probeerde iets te horen waaruit ze zou kunnen afleiden dat hij daar was en dat hij nog leefde.

De deur gaf iets mee, en ging op een kiertje open. Ze trok er uit alle macht aan. Ondertussen hoorde ze auto's aankomen, en over de heuvel zag ze koplampen verschijnen. Toen klonken er stemmen en renden er mensen op haar af. Ze zag Karlsson. Ze zag de uitdrukking op zijn gezicht en vroeg zich af of zij er ook zo uitzag.

En toen waren ze bij haar – een leger van politiemensen die de steen konden wegtrekken, die met hun zaklantaarns in de bedompte duisternis konden schijnen, die erin konden kruipen.

Frieda deed een stap achteruit. Een verschrikkelijke rust daalde over haar neer. Ze wachtte.

Hij kon zijn hart niet meer horen. Dat was goed. Het had te veel pijn gedaan toen het zo hard bonsde. De dunne man had ongelijk. En hij kon zijn adem niet goed naar binnen en naar buiten krijgen. Het ademen was niet meer dan korte schokjes, en het vulde hem niet. Het vuur was verdwenen, en het ijs was ook weg, en zelfs de harde grond was nu niet hard meer, want zijn lichaam was nog maar een trillend veertje daarop, en zo meteen zou hij opgetild worden en wegzweven.

O nee. Alsjeblieft. Nee, hij wilde die schurende geluiden niet horen, en hij wilde dat witte licht niet dat zijn ogen aan stukken scheurde. Hij wilde die starende gezichten niet, die klauwende handen, die dreunende stemmen en die schokken. Hij was te moe voor de rest van het verhaal, hij had gedacht dat het verhaal nu eindelijk afgelopen was.

Toen zag hij de danseres, de vrouw met de sneeuwvlokken in het haar. Ze schreeuwde en rende niet zoals de anderen. Ze stond doodstil aan de andere kant van die wereld met allemaal grafzerken om zich heen, ze keek naar hem, en haar gezicht was meer dan een glimlach. Hij had haar gered, en nu redde zij hem. Ze boog zich over hem heen, en haar lippen raakten zijn wang. De boze betovering was verbroken.

42

Frieda stond bij het bed te kijken. De kleine gestalte lag nog net zo in elkaar gedoken als ze hem hadden gevonden. Hij was gedeeltelijk ontkleed geweest, want in het delirium van zijn doodsstrijd had de jongen zich de kleren die hij droeg – het geruite overhemd was er precies zo een als de tweelingbroers graag droegen – van het lijf gerukt, zodat hij halfnaakt op de koude grond in het praalgraf had gelegen. Nu lag hij onder verscheidene lagen lakens op een verwarmd waterbed, en zijn hartslag werd gemonitord. Zijn gezicht, dat er op de foto's die ze had gezien zo rond, blozend en vrolijk had uitgezien, was zo bleek dat het bijna groen leek. Zijn sproeten staken er als roestige stippen scherp tegen af. Zijn lippen waren bloedeloos. Een van zijn wangen was gekneusd en gezwollen. Zijn handen waren omzwachteld, want hij had zijn vingertoppen opengescheurd aan de muren. Zijn haar was slordig zwartgeverfd, met nog een rood waas bij zijn scheiding. Alleen aan de monitors was te zien dat hij niet dood was.

In een hoek van het vertrek zat rechercheur Munster, een nog jonge man met donker haar en donkere ogen, die vanaf de eerste dag deel had uitgemaakt van het team dat belast was met Matthews opsporing. Hij was bijna net zo bleek als de jongen, en ook hij bewoog zich nauwelijks en zat erbij als een standbeeld. Hij zat te wachten totdat de jongen bij bewustzijn zou komen. Eventjes gingen Matthews ogen open, maar ze vielen meteen weer dicht. Hij had lange, rode wimpers, en zijn oogleden waren bijna doorschijnend. Karlsson had Frieda gevraagd ook te blijven, tot de kinderpsychiater kwam. Toch voelde ze zich een sta-in-de-weg, ze had geen functie in alle bedrijvigheid: de snelle voetstappen, het gerammel van karretjes en het geroezemoes van artsen en verpleegkundigen. En wat het voor haar nog erger maakte, was dat ze het jargon verstond: ze wist wat een warme intraveneuze zoutoplossing was en ze kende het risico van een hypovolemische shock. Ze probeerden zijn kerntemperatuur omhoog te krijgen, en zij kon niet meer doen dan toekijken.

De deur ging weer open, en de ouders kwamen binnen. Ze hadden de bleke, vertrokken en uitgemergelde gezichten van mensen die dagenlang slecht nieuws hebben verwacht. Nu hadden ze hoop, wat ook weer een kwelling was. De vrouw knielde naast zijn bed neer, schoof de slangen opzij, pakte de verbonden hand van haar zoontje en drukte haar gezicht tegen zijn lijf. Twee verpleegkundigen moesten haar van hem af trekken. De man had een rood hoofd en keek bozig en verward; zijn blik schoot heen en weer door het vertrek; hij registreerde alle apparatuur en activiteit.

'Wat mankeert hem?'

De arts keek op zijn kaart, deed zijn bril af en wreef in zijn ogen. 'We doen wat we kunnen, maar hij is extreem uitgedroogd en ernstig onderkoeld. Zijn lichaamstemperatuur is gevaarlijk laag.'

Mevrouw Faraday snikte. 'Mijn jongetje. Mijn mooie jongetje.' Ze hief zijn hand naar haar mond en drukte er een kus op, waarna ze zijn arm en hals streelde en telkens weer zei dat alles weer goed zou komen en dat hij in veiligheid was.

'Hij haalt het toch wel?' zei haar man. 'Het zal toch allemaal weer goed komen?' Alsof zijn hoop door zijn aandringen bewaarheid zou worden.

'We zijn hem aan het rehydrateren,' zei de dokter. 'En we leggen een cardiopulmonale bypass aan. Dat betekent dat we hem op een apparaat aansluiten waarin zijn bloed verwarmd wordt, waarna het weer terug in zijn lichaam gepompt wordt.'

'En komt hij er dan weer bovenop?'

'U moet buiten wachten,' zei de dokter. 'We laten het u weten als zijn toestand verandert.'

Frieda deed een stap naar voren en pakte mevrouw Faradays hand. Ze leek verdoofd en liet zich gewillig de kamer uit leiden. Haar man volgde. Ze werden naar een kleine, raamloze wachtruimte gebracht, waar slechts vier stoelen stonden en een tafel met daarop een vaas met plastic bloemen. Mevrouw Faraday keek Frieda aan alsof ze haar nu net voor het eerst opmerkte.

'Bent u ook dokter?' vroeg ze.

'Ja,' zei Frieda. 'Ik werk met de politie samen. Ik heb gewacht tot u kwam.'

Ze bleef bij hen zitten terwijl mevrouw Faraday praatte en maar praatte. Haar man zei niets. Frieda zag dat hij vuile nagels had en dat zijn ogen roodomrand waren. Frieda zei nauwelijks iets, op één keer na, toen mevrouw Faraday haar recht in de ogen keek en vroeg of ze kinderen had. Frieda zei van niet.

'Dan kunt u het niet begrijpen.'

'Nee.'

En toen zei haar man voor het eerst iets. Zijn stem was schor, alsof hij keelpijn had. 'Hoe lang heeft hij daar gezeten?'

'Niet lang.'

Te lang: Kathy Ripon was op zaterdagmiddag bij het huis van Dean Reeve langsgegaan. Nu was het woensdag, de dag voor Kerstmis. Frieda dacht aan alle regen, hagel en sneeuw van de laatste dagen. Het water zou er langs de muren hebben gelopen, en dat zou hij hebben opgelikt, als een dier. Toen zag ze hem weer voor zich zoals ze hem voor het eerst had gezien: uitgehongerd, vol blauwe plekken, de ogen open maar zonder iets te zien, een van angst vertrokken mond. Dat was het ergste. Het was eerst niet tot hem doorgedrongen dat hij in veiligheid was. Hij dacht dat ze hem weer mee zouden nemen. En dan was er nog iets wat niet vergeten mocht worden. Waar was Kathy? Had zij, waar ze ook zat, ook een natte muur binnen bereik?

'Wat hij allemaal moet hebben meegemaakt!' zei Faraday. Hij boog zich voorover naar Frieda. 'Is hij... hebben ze hem... u weet wel?'

Frieda schudde haar hoofd. 'Het is een verschrikking geweest, een absolute verschrikking,' zei ze. 'Maar volgens mij beschouwden ze hem als hun kind.'

'De schoft,' zei Faraday. 'Hebben ze hem gepakt, degene die dit heeft gedaan?'

'Ik weet het niet,' zei Frieda.

'Hij verdient het om levend begraven te worden, net zoals mijn zoon dat was.'

Een arts-assistent kwam de wachtkamer in. Ze was jong en mooi, ze had een perzikhuid en blond haar, strak achterover in een paardenstaart gebonden, en een blos op haar gezicht. En Frieda begreep dat het goed nieuws zou zijn.

Ze zaten onder het harde licht en tussen de slangetjes aan weerszijden op de rand van zijn bed. Ze hielden zijn verbonden handen vast, noemden hem bij zijn naam en neurieden onzinwoordjes tegen hem alsof hij een pasgeboren baby was – popje, schatje, honnepon, Mattie-boy en duifje. Zijn ogen waren nog dicht, maar zijn gezicht was niet meer zo doods van kleur, zo wasachtig bleek. En zijn ledematen waren niet meer zo stijf. Mevrouw Faraday snikte en praatte tegelijkertijd. Haar lieve woordjes kwamen er in golven uit. Hij was uitgeput en reageerde nauwelijks, alsof hij in het holst van de nacht uit een diepe slaap was gewekt.

'Matthew, Matthew,' mompelde mevrouw Faraday; het leek bijna alsof ze hem kopjes gaf. Toen hij iets zei, boog ze zich nog dichter naar hem toe. 'Wat zei je?' Hij herhaalde het. Ze keek verbaasd om zich heen.

'Hij zei: "Simon". Wat betekent dat?'

'Zo noemden zij hem waarschijnlijk,' zei Frieda. 'Ik denk dat ze hem een nieuwe naam hadden gegeven.'

'Hè?' Mevrouw Faraday begon te huilen.

Rechercheur Munster trok meneer Faraday weg, boog zich over het bed en begon tegen Matthew te praten. Hij hield een foto van Kathy Ripon voor zijn gezicht, maar de jongen kon niet goed focussen.

'Het is niet goed om dat te doen,' zei mevrouw Faraday. 'Hij is er heel erg aan toe. Dit kan hij niet. Dat is niet goed voor hem.'

Een verpleegkundige kwam melden dat de kinderpsychiater onderweg was, maar had opgebeld om te zeggen dat ze vastzat in het verkeer. Frieda hoorde rechercheur Munster zeggen dat zij hun zoon terug hadden, maar dat een ander ouderpaar hun dochter nog miste, waar meneer Faraday boos op reageerde, zodat zijn vrouw nóg harder begon te huilen.

Frieda drukte haar vingers tegen haar slapen. Ze probeerde het lawaai niet tot zich door te laten dringen, zodat ze kon nadenken. Matthew was weggerukt van zijn ouders, verborgen, gestraft, uitgehongerd, ze hadden tegen hem gezegd dat zijn moeder zijn moeder niet meer was en zijn vader niet zijn vader, dat hij niet eens zichzelf was, maar iemand anders – Simon – en hij was vervolgens opgesloten en alleen en half ontkleed achtergelaten, zodat hij zeker dood zou gaan. Nu lag hij met zijn ogen te knipperen in een helverlichte kamer, waar vreemde gezichten opdoken in de nachtmerrie die hij in half wakende toestand beleefde, die woorden tegen hem zeiden die hij niet begreep. Hij was een jongetje, nauwelijks meer dan een kleuter. Maar hij had het overleefd. Er was niemand geweest om hem te redden, maar hij had zichzelf gered. Welke verhalen had hij zichzelf verteld terwijl hij daar in het donker lag?

Ze liep naar de andere kant van het bed, zodat ze tegenover mevrouw Faraday stond.

'Mag ik?' zei Frieda.

Mevrouw Faraday keek haar versuft aan, maar maakte geen bezwaar. Frieda hield haar gezicht vlak bij dat van Matthew, zodat ze op fluistertoon tegen hem kon praten.

'Het is goed, hoor,' zei ze. 'Je bent thuis. Je bent in veiligheid.' Ze zag zijn oogleden even trillen. 'Je bent veilig. Je bent uit het huis van de heks ontsnapt.'

Hij mompelde iets, maar ze kon het niet verstaan.

'Wie was er bij je?' vroeg ze. 'Wie was er bij je in het huis van de heks?'

Matthews ogen gingen ineens open, als bij een pop.

'Bemoeial,' zei hij. 'Rondneuzer.'

Frieda had het gevoel alsof Dean in de kamer was, alsof Matthew een buikspreekpop was met de stem van Dean.

'Waar is ze?' vroeg ze. 'Wat hebben ze met haar gedaan? Met de bemoeial?'

'Weggehaald,' zei hij met holle stem. 'In het donker.'

Toen begon hij te snikken, en hij wurmde zich alle kanten op. Mevrouw Faraday sloeg haar armen om haar zoon en hield hem tegen zich aan, terwijl hij zich in allerlei bochten wrong en kokhalsde.

'Het is goed,' zei Frieda.

'Wat betekent dat?' vroeg Munster.

'Het klinkt niet goed. Helemaal niet.'

Frieda liep via de wachtkamer naar de gang en keek om zich heen. Een verpleeghulp duwde een oude vrouw in een rolstoel voort. 'Kan ik hier ergens wat water krijgen?' vroeg Frieda.

'Er is een McDonald's bij de hoofdingang,' zei de verpleeghulp.

Ze was nog maar net de lange gang in gelopen, toen er achter haar geroepen werd. Het was Munster. Hij rende naar haar toe.

'Ik werd net gebeld,' zei hij. 'De baas wil u spreken.'

'Waarvoor?'

'Ze hebben de vrouw gevonden.'

'Kathy?' Een golf van opluchting ging door haar heen, die haar duizelig maakte.

'Nee, zijn echtgenote,' zei Munster. 'Terry Reeve. Er staat beneden een auto voor u klaar.'

43

Yvette Long keek Karlsson aan en fronste haar voorhoofd.

'Wat is er?'

'Je das zit scheef,' zei ze. Ze boog zich voorover en trok hem recht. 'Je bent een held; je moet goed voor de dag komen op de buis,' zei ze. 'Commissaris Crawford zal er ook zijn. Zijn secretaresse belde net. Hij is erg in zijn nopjes met je. Het wordt een grote persconferentie. Ze hebben een ruime zaal gereserveerd.'

Zijn mobiele telefoon op tafel trilde. Zijn ex-vrouw had meerdere berichten ingesproken – het ene nog bozer dan het andere – waarin ze hem vroeg wanneer hij verdomme zijn zoons nou eens kwam ophalen.

'We hebben het jongetje terug,' zei Karlsson. 'Dat is het enige wat hun echt wat kan schelen. Waar is Terry Reeve?'

'Die is net aangekomen. Ze hebben haar naar beneden gebracht.'

'Heeft ze iets gezegd over Kathy Ripon?'

'Weet ik niet.'

'Ik wil dat ze continu wordt bewaakt door twee agenten.'

Hij pakte zijn telefoon, toetste een sms'je in – *Sorry. Bel je gauw* – en drukte op 'Verzenden'. Misschien zou ze het nieuws horen en het begrijpen, al wist hij dat het zo niet werkte: je eigen kinderen waren toch wat anders dan de kinderen van anderen. Een agente stak haar hoofd om de deur en zei dat dokter Klein er was. Karlsson zei tegen haar dat ze meteen binnen kon komen.

Toen Frieda binnenkwam, schrok hij van de felle blik in haar ogen, waar hij zijn eigen mengeling van opwinding en vermoeidheid in herkende, die elke gedachte aan slaap onmogelijk maakte.

'Hoe is het met hem?' vroeg hij.

'Hij leeft,' zei Frieda. 'Zijn ouders zijn bij hem.'

'Komt hij er weer bovenop, bedoel ik?'

'Hoe moet ik dat weten?' zei Frieda. 'Jonge kinderen zijn verrassend veerkrachtig. Dat staat tenminste in de leerboeken.'

'Jij hebt hem uiteindelijk gevonden.'

'Een gevonden en een verloren,' zei Frieda. 'Je moet me maar vergeven dat ik niet sta te dansen. En jij hebt Terry Reeve gevonden.'

'Ze is beneden.'

'Er staat een hele meute, zag ik,' zei Frieda. 'Ik zou niet vreemd hebben opgekeken als ze met hooivorken en fakkels hadden staan zwaaien.'

'Het is te begrijpen,' zei Karlsson.

'Laat ze weer voor hun eigen kinderen zorgen,' zei Frieda. 'Waar heb je haar gevonden?'

'Ze was thuis.'

'Thuis?' zei Frieda.

'We hielden haar huis natuurlijk in de gaten,' zei Karlsson. 'En toen ze thuiskwam hebben we haar gearresteerd. Zo simpel was het. Niks geen briljant speurwerk.' Hij trok een grimas.

'Waarom zou ze naar huis zijn gegaan?' zei Frieda, meer als vraag aan zichzelf dan aan Karlsson. 'Ik dacht dat ze een plan zouden hebben.'

'Ze hadden inderdaad een plan,' zei Karlsson. 'Maar jij hebt er een stokje voor gestoken doordat je haar op de begraafplaats zag. Ze heeft hem gebeld. Dat weten we. We hebben haar telefoon. Ze heeft hem opgebeld, en hij is ontsnapt.'

'Maar waarom zij dan niet?' zei Frieda. 'En wat deed ze op de begraafplaats?'

'Je mag het haar zelf gaan vragen,' zei Karlsson. 'Ik wil dat je mee naar binnen gaat.'

'Ik heb het gevoel dat ik het nu al zou moeten weten,' zei Frieda. 'Hoe zeggen advocaten dat ook alweer? Nooit een vraag stellen waarop je het antwoord niet al weet.'

'Wij moeten anders wel een vraag stellen waarop we het antwoord niet weten,' zei Karlsson. 'Waar is Kathy Ripon?'

Frieda ging op de hoek van Karlssons bureau zitten. 'Ik heb daar geen goed gevoel over,' zei ze.

'Je had ook geen goed gevoel wat Matthew betrof,' zei Karlsson.

'Dit is anders. Ze wilden een zoon. Ze zagen hem als hun kind. Ook toen ze zich van hem ontdeden, hebben ze hem niet gedood. Ze hebben hem verborgen, zoals een kind in sprookjes in het bos wordt achtergelaten.'

'Ze hebben hem niet in het bos achtergelaten, ze hebben hem levend begraven.'

'Met Kathy Ripon was het toch anders. Zij maakte geen deel uit van het plan. Zij was niet meer dan een obstakel. Maar waarom ging Terry naar de begraafplaats? En waarom is ze daarna naar huis gegaan?'

'Misschien wilde ze kijken of hij dood was,' zei Karlsson. 'Of hem afmaken. En misschien wilde ze, voordat ze vluchtte, thuis nog iets ophalen. Maar het kan ook dat ze voor haar man op onderzoek was uitgegaan. Om te zien of de kust veilig was.' Karlsson zag dat Frieda's handen trilden. 'Kan ik iets voor je halen?'

'Een glaasje water maar,' zei Frieda.

Karlsson ging zitten en keek toe hoe Frieda water dronk uit een polystyreen bekertje, waarna ze allebei een kop zwarte koffie dronken. Ze zeiden niets.

'Ben je er klaar voor?' vroeg hij ten slotte.

Terry Reeve zat in de verhoorkamer voor zich uit te staren. Karlsson ging tegenover haar zitten. Frieda bleef achter hem staan en leunde naast de deur tegen de muur, die verrassend koel aanvoelde tegen haar rug.

'Waar is Katherine Ripon?' zei Karlsson.

'Ik heb haar niet gezien,' zei Terry.

Karlsson maakte langzaam zijn horlogebandje los en legde het tussen hen in op tafel. 'Ik zal de situatie duidelijk voor u schetsen,' zei hij. 'Het zou kunnen dat u zich voorstelt dat u een of andere onbenullige aanklacht wegens bedreiging te wachten staat, waar u misschien een paar jaar voor krijgt, zodat u bij goed gedrag al eerder weer vrij bent. Maar ik denk niet dat het zo zal gaan. We zitten hier in een geluiddichte kamer, maar als we u mee de gang op zouden nemen, zou u de mensen buiten kunnen horen roepen, en wat ze roepen heeft met u te maken. We hebben hier in ons land aan één slag mensen een gruwelijke hekel, en dat is aan lieden die kinderen of dieren iets aandoen. En daar komt nog iets bij, en dokter Klein hier zou dat waarschijnlijk seksistisch noemen, maar men heeft vooral een afkeer van vrouwen die dat doen. U krijgt levenslang, en als u denkt dat u die tijd fijn kunt besteden aan cursussen pottenbakken en leesgroepjes, dan moet ik u uit de droom helpen. Zo is het in de gevangenis voor mensen die kinderen iets hebben aangedaan niet.'

Karlsson zweeg even. Terry zat nog steeds voor zich uit te staren.

'Maar als u ons vertelt waar ze is,' vervolgde hij, 'zou het heel anders kunnen uitpakken.'

Ze zei nog steeds niets.

'Uw man is weg,' zei Karlsson. 'We zullen hem gauw te pakken krijgen. En ondertussen krijgt u de volle lading. Ik bied u een uitweg. Maar dat aanbod geldt niet erg lang. Als u ons niet helpt, zullen de mensen echt heel erg boos worden.'

'U kunt me niet tegen hem opzetten,' zei Terry. 'Wij deden alles samen.'

'Daar rekent hij op,' zei Karlsson. 'Daarom knijpt hij ertussenuit. Of probeert ertussenuit te knijpen. En u zit hier voor het blok.'

'Hij kan op mij rekenen,' zei Terry. 'Hij heeft altijd op me kunnen rekenen. Voor hem kan ik sterk zijn.'

'Waarom zou u?' zei Karlsson bijna bedroefd. 'Het is allemaal voorbij. Het heeft geen zin.'

Ze haalde alleen haar schouders op. Karlsson keek met een verslagen blik om naar Frieda. Hij pakte zijn horloge en liet het in de zak van zijn jasje glijden, stond op en liep naar haar toe. 'Wat zit er voor haar nog in? Wat heeft ze nog te verliezen?'

'Hem, misschien,' zei Frieda zacht. 'Kan ik met haar praten?'

'Ga je gang.'

Frieda liep naar de stoel waaruit Karlsson was opgestaan en ging zitten. Ze keek Terry strak aan, en Terry keek terug, met een trek om haar mond alsof ze haar uitdaagde.

'Je hebt het leven van Matthew gered,' zei Frieda. 'Het klinkt gek om dat zo te zeggen, en ik denk niet dat de menigte buiten je daar erg dankbaar voor zal zijn, maar het is waar.'

Terry was op haar hoede. 'U probeert me alleen maar in te palmen. U wilt me aan het praten krijgen.'

'Wat ik zeg, is gewoon waar. Toen ik je op de begraafplaats zag, wist ik dat Matthew daar was. Als het langer had geduurd voordat we hem vonden, zou hij dood zijn gegaan.'

'Dus?' zei Terry.

'Hij is niet doodgegaan. Er is dus uit dit alles toch iets goeds voortgekomen, nietwaar? Ben je daarom teruggegaan? Om te kijken of hij nog leefde?'

Terry keek minachtend. 'Ik heb niets te zeggen.'

'Het moet aan je gevreten hebben,' zei Frieda. 'In zekere zin zou het makkelijker zijn geweest als jullie hem hadden vermoord. Maar tijdens de dagen dat jullie in de gaten werden gehouden, toen jullie hier waren, moet je het beeld voor ogen hebben gehad van dat jongetje in het donker. Daarom ben je teruggegaan. Dat deed je uit een soort... Ik weet niet precies wat het juiste woord is. Zorg, misschien? En toen zag je mij, en je zag dat ik jou zag. Je bent weggelopen en je hebt Dean opgebeld. Je zorgde ook voor hem. Je verzorgde hem. Heeft hij jou ook verzorgd?'

'U kunt me niet tegen hem opzetten.'

'Dat probeer ik ook niet.'

'Dat is een smerige leugen.'

'Matthew komt er weer helemaal bovenop,' zei Frieda. 'Ik kom net uit het ziekenhuis. Ik denk dat dat een opluchting voor je zal zijn.'

'Het kan me niks schelen.'

'Ik denk toch van wel. Maar nu moeten we meer weten van Kathy.'

Terry haalde zoals gewoonlijk haar schouders op.

'En Joanna – wat is er met Joanna gebeurd, Terry? Waar ligt zij begraven?'

'Vraag dat maar aan Dean.'

'Heel goed.'

'En waar blijft nou mijn thee en mijn sigaret?'

'Ik wil je ten slotte nog één ding vragen. Waarom ben je naar huis gegaan?'

'Ik weet het niet,' zei Terry. 'Waarom niet?'

Frieda dacht even na. 'Ik denk dat ik het wel weet.'

'Ja?'

'Toen je mij op de begraafplaats had gezien, wist je dat we de jongen zouden vinden en heb je Dean opgebeld. Je begreep dat je voor hem had gedaan wat je kon. En wat dan? Was je echt van plan om te vluchten? Werkelijk? Want wat zou dat betekenen? Zou je dat kunnen, vluchten? Voor altijd in het verborgene leven? Een nieuwe identiteit aannemen? Als ik in jouw schoenen stond, zou ik er waarschijnlijk net zo over hebben gedacht. De gedachte alleen al zou me te vermoeiend zijn geweest. Ik had gedaan wat ik kon. Ik zou naar huis willen, al zou ik er maar één minuut kunnen zijn. Ik zou alleen maar naar huis willen.'

Terry haalde diep adem. Ze tastte in de zak van haar spijkerbroek, haalde een verfrommelde tissue tevoorschijn en snoot luidruchtig haar neus. Toen gooide ze het papieren zakdoekje op de vloer en keek Frieda weer aan. 'Het zal je niet lukken mij iets nadeligs over hem te laten zeggen,' zei ze. 'Ik heb niets te zeggen.'

'Dat weet ik.' Frieda stond op, bukte zich en raapte de kleffe tissue op. 'Ga je nou ook nog rommel maken, terwijl je al zoveel problemen hebt?'

'Fuck off,' zei Terry.

Frieda en Karlsson verlieten de kamer. Karlsson stuurde twee agentes naar binnen om Terry in de gaten te houden. Hij wilde net iets zeggen, toen een rechercheur de hoek omkwam. Hij hijgde en kon nauwelijks uit zijn woorden komen. 'Alan Dekker belde net. Hij heeft Dean Reeve gesproken. In levenden lijve.'

'Bloody hell.' Karlsson keek Frieda aan. 'Ga je mee? Zijn handje vasthouden?'

Frieda dacht even na. 'Nee. Ik heb iets anders te doen.'

Karlsson kon een glimlach niet onderdrukken. 'Is het niet interessant genoeg voor je?'

'Ik heb dingen te doen.'

'Kerstinkopen zeker, of is het iets wat ik zou moeten weten?'

'Dat weet ik niet,' zei Frieda.

Karlsson wachtte, maar Frieda zei verder niets.

'Nou, ga dan maar,' zei Karlsson, en hij liep weg.

Frieda ging zitten en trommelde met haar vingers op tafel. Toen stond ze op en liep naar de meldkamer. Achter in de ruimte klonk gerinkel van glazen en gelach. Het leek alsof de zaak was afgerond en men dat ging vieren. Ze tastte in haar zak naar haar opschrijfboekje en bladerde het door. Toen liep ze naar een bureau, pakte een telefoon en toetste een nummer in.

'Met Sasha?...Ja, met Frieda hier...Ja, ik ben blij dat ik je tref. Ik wil je een gunst vragen, een hele grote gunst. Kunnen we iets afspreken?... Ik bedoel nu. Ik kan meteen langskomen, waar je ook bent... Geweldig. Bye.'

Ze gooide de hoorn erop. Aan de andere kant van de ruimte keek een jonge rechercheur achterom en vroeg zich af waarom die dokter zo hard door de zaal rende.

44

Karlsson klopte op de deur die al bijna voordat hij zijn hand had laten zakken openging. Voor hem stond een kleine, krachtig uitziende vrouw, gekleed in een oude spijkerbroek en een oranje trui met tot aan de ellebogen opgetrokken mouwen. Ze had geen make-up op haar gezicht, dat er moe en angstig uitzag.

'Carrie Dekker? Ik ben hoofdinspecteur Malcolm Karlsson. En dit is rechercheur Yvette Long. Volgens mij verwachten u en uw man ons.'

'Alan is in de keuken.' Ze zweeg even. 'Hij is heel boos.'

'We willen alleen een paar vragen stellen.'

'Mag ik erbij zijn?'

'Als u wilt.'

Karlsson liep achter haar aan naar de keuken.

'Alan,' zei ze zacht. 'Ze zijn er, Alan.'

Zijn gestalte maakte een ingezakte en radeloze indruk. Hij had zijn armoedige houtje-touwtjejas nog aan en zat onderuitgezakt aan de keukentafel. Toen hij opkeek, kreeg Karlsson de indruk dat hij urenlang had gehuild, dagenlang misschien zelfs.

'Het is dringend,' zei Karlsson. 'U moet ons vertellen wat er gebeurd is.'

'Ik zei nog tegen hem dat hij niet moest gaan,' zei Carrie. 'Ik zei het nog. Ik zei dat hij zelf gevaar liep.'

'Ik liep geen gevaar. Dat zei ik tegen je. We hadden op een drukke plek afgesproken, en maar voor een paar minuten.' Hij hapte naar adem. 'Het was alsof ik in de spiegel keek. Ik had het je moeten zeggen, dat besef ik. Tot kort geleden had ik er zelfs geen idee van dat hij bestond. Ik móést hem zien. Het spijt me.'

Hij beefde zichtbaar, en hij had weer tranen in zijn ogen. Carrie ging naast hem zitten en pakte zijn hand. Ze drukte een kus op zijn knokkels, en hij boog zijn grote, zware hoofd in haar richting. 'Het is goed, lieverd,' zei ze.

Karlsson zag hoe ze hem moederlijk teder in bescherming nam. 'Hoe laat was het toen hij u belde?'

'Hoe laat was het, Carrie? Een uur of negen, misschien iets eerder. Ik heb gehoord dat ze het jongetje hebben gevonden.'

'Mede dankzij u.'

'Ik ben blij dat ik iets heb kunnen doen.'

'Wat zei hij toen hij u belde?'

'Hij zei dat we elkaar moesten spreken. Dat hij niet veel tijd had en dat dit onze enige kans was. Hij zei dat hij me iets wilde geven.'

'En u bent daarop ingegaan?'

'Ja.' Het kwam er mompelend uit. 'Ik had het gevoel dat als ik het niet zou doen, ik hem nooit te zien zou krijgen. Dat dit mijn enige kans was, en dat als ik die liet lopen, ik er de rest van mijn leven spijt van zou hebben. Klinkt dat stom?'

'Hebt u het nummer waar hij vandaan belde?'

'Het was een mobiel nummer,' zei Carrie. 'Toen Alan weg was, heb ik nummerinformatie gebeld en het genoteerd.' Ze reikte Karlsson een papiertje aan, dat hij aan Yvette Long doorgaf.

'Waar hadden jullie afgesproken?'

'In High Street. Hij was daar al, zei hij. Bij de oude Woolworths, die nu gesloten en dichtgetimmerd is. Hij zou op me wachten. Toen heb ik het tegen Carrie gezegd.'

'Ja, daar kon je niet onderuit. Ik had je horen telefoneren. Ik was van plan om met hem mee te gaan, maar hij zei dat zijn broer misschien niet met hem zou willen praten als ik erbij was. Dus ik liet hem alleen gaan, maar wel met de belofte dat hij me om de vijf minuten zou bellen. Ik moest weten dat hij veilig was.'

'Hoe laat was de ontmoeting?'

'Ik heb langzaam gelopen. De hele weg ernaartoe heb ik me misselijk gevoeld, een minuut of tien.'

'Was hij er?'

'Hij kwam me achterop. Ik was er niet op bedacht.'

'Wat had hij aan? Weet u dat nog?'

'Een oude leren jas, een spijkerbroek en een wollen muts, groenig bruin van kleur, denk ik, die zijn haar bedekte.'

'Ga door.'

'Hij noemde me broer. Hij zei: "Nou broer, leuk om kennis met je te maken." Alsof het een grap was.'

'En toen?'

'Toen belde Carrie me op mijn mobiel. Ik zei tegen haar dat alles in orde was, dat ik geen gevaar liep en dat ik zodra het kon weer naar huis zou komen. Daarna – sorry, schat – zei hij: "Ben jij een beetje een pantoffelheld, broer? Een vrouw die zeurt, daar heb je niks aan, weet je. Dat zijn de ergsten, geloof mij maar." Hij zei dat hij je weleens wilde zien. En hij wilde mij iets geven.'

'Wat dan?'

'Wacht even.'

Karlsson keek hoe Alan een canvas reistas van onder de tafel tevoorschijn haalde. Het was kennelijk een zware tas, en er zat iets in wat rammelde. Hij zette hem tussen hen in op tafel.

'Hij wilde me speciale gereedschappen geven, zei hij. Ik heb er nog niet naar gekeken.'

Hij begon met zijn dikke vingers aan de rits te trekken.

'Niets aanraken,' zei Carrie scherp. 'Niets aanraken wat van hem was.'

'Het was een cadeau.'

'Hij is een slecht mens. We willen het hier niet in huis hebben.'

'Ik neem die tas wel mee,' zei Karlsson. 'Zei hij verder nog iets?'

'Niet echt. Hij zei iets raars. Dat ik moest bedenken dat sommige dingen erger waren dan de dood.'

'Wat bedoelde hij daarmee?'

'Ik weet het niet.'

‘Hoe gedroeg hij zich? Was hij onrustig?’

‘Ik was in alle staten, maar hij was kalm. Hij leek geen haast te hebben. Het leek alsof hij wist waar hij heen wilde.’

‘Verder nog iets?’

‘Nee. Hij gaf me een schouderklopje, zei dat hij het leuk had gevonden om me te ontmoeten, en toen ging hij gewoon weg.’

‘Welke kant ging hij op?’

‘Ik weet het niet. Ik zag hem in High Street afslaan. Je komt dan bij het busstation en dat landje waar ze die superstore gaan bouwen.’

‘Hij zei niet waar hij naartoe ging?’

‘Nee.’

‘U neemt hem toch niet in bescherming, hè?’

‘Dat zou ik nooit doen. Hij is een slecht mens. Hij had iets over zich…’ Hij zei het met plotselinge venijnigheid.

‘Bent u naar huis gegaan nadat u hem had zien weglopen?’

‘Ik heb Carrie gebeld om te zeggen dat alles in orde was en dat hij weg was. Ik voelde me vreemd, maar het was ook een opluchting. Alsof ik iets kwijt was, alsof ik van hem bevrijd was.’

‘Bent u nog ergens geweest of hebt u iemand gesproken nadat u hem weg zag lopen?’

‘Nee, niemand.’

‘En er schiet u verder ook niets te binnen wat van belang zou kunnen zijn?’

‘Dat is alles. Het spijt me. Ik besef dat ik er verkeerd aan heb gedaan.’

Karlsson stond op. ‘Rechercheur Long zal voorlopig hier blijven, en ik zal nog iemand sturen. Doet u wat zij zeggen.’

‘Denkt u dat hij nog terugkomt?’ Carrie sloeg haar handen voor haar mond.

‘Het is maar een voorzorgsmaatregel.’

‘Denkt u dat we gevaar lopen?’

‘Hij is een gevaarlijk man. Misschien krijgt dit nog een staartje. Ik wou dat u ons had gebeld.’

‘Sorry. Ik wilde alleen… Ik moest hem zien. Eén keer maar.’

Karlsson zette in de omgeving waar Reeve met zijn broer had afgesproken extra mankracht in. Optimistisch was hij niet. Het was nog vroeg in de middag, maar nu al begon het schamele daglicht weer tot duisternis te vervallen. Achter de ramen van de huizen en appartementen brandde de kerstverlichting, en aan de deuren hingen kransen. In winkels stonden opzichtig opgetuigde bomen, en de straten baadden in het schijnsel van neonlampen in de vorm van kerstklokken, rendieren en stripfiguren. Een groepje mannen en vrouwen stond voor de deur van de Tesco Direct kerstliedjes te zingen en met collectebussen te rammelen. En weer joegen sneeuwvlokken door de bitter koude lucht. Het zou een witte kerst worden, bedacht Karlsson, maar voor hem was Kerstmis iets onwerkelijks. Hij had er vage voorstellingen bij van zijn kinderen thuis, ver van hier, bij een boom met kerstcadeautjes eronder, een geur van pasteitjes met mincemeat, de kinderen met vuurrode wangen – het gezinsleven ging door, maar zonder hem. Matthew was gered en in veiligheid, wat niemand had durven hopen. De kranten zouden schrijven dat hij het mooiste kerstcadeau was dat zijn ouders ooit zouden krijgen. Het was een wonder. En het was voor Karlsson ook echt een wonder. Hij had de hoop dat Matthew nog in leven zou zijn allang opgegeven. Hij besefte dat hij moe was, maar hij voelde het niet. Hij was klaarwakker en helderder dan hij zich in dagen had gevoeld.

Frieda was nog op het politiebureau toen hij terugkwam. Ze zat, kaarsrecht en met pas gekamd haar, in haar eentje in een verhoorkamer iets te drinken dat naar pepermunt rook. Ze keek hem verwachtingsvol aan.

'Ze zijn nog aan het zoeken. Hij moet daar ergens zijn. Hij kan nergens heen.'

'Is met Alan alles in orde?'

'Hij is erg geschokt. Maar wie zou dat niet zijn? Het was een traumatische ervaring voor hem, en hij is daar nog niet overheen. Maar zijn echtgenote is een sterke vrouw.'

'Hij mag blij zijn dat hij haar heeft.'

'Zoals het nu met hem gesteld is, zal hij wel gauw contact met je opnemen.'

'Dat zou kunnen, al ben ik misschien zo ongeveer de laatste die hij nu zou willen spreken. Maar ik wil hem graag zien. Niet in de laatste plaats omdat hij binnenkort het meest gehate gezicht van het hele land zal hebben.'

'Ik weet het. En die lui hier buiten...' – hij knikte in de richting van de ingang van het bureau, waar nog steeds een menigte rondhing – '... zijn niet bepaald van het meest vergevingsgezinde soort.'

Karlsson ging de kamer uit, maar voordat Frieda zelfs maar had kunnen bedenken wat ze vervolgens zou gaan doen, of het geen tijd was om naar huis te gaan en te gaan slapen, stormde hij alweer naar binnen. 'Ze hebben hem gevonden,' zei hij.

'Waar?'

'In een oude zijhaven aan het kanaal vlak bij de plek waar hij Dekker had gesproken. Onder een brug. Hangend onder een brug.'

45

Met de auto kon Karlsson niet helemaal bij het kanaal komen. Hij stopte bij een brug die eroverheen liep. Daar stond een agent op hem te wachten die hem voorging, de trap af naar het jaagpad.

'Wie heeft het lichaam gevonden?' vroeg Karlsson.

'Een oude man die zijn hond uitliet,' zei de agent. 'Hij had geen mobiele telefoon en kon geen telefooncel vinden. Hij is naar huis gelopen om op te bellen. Het heeft een uur geduurd voordat er iemand ter plaatse was. Als hij wel een telefoon bij zich had gehad, had het ambulancepersoneel misschien nog iets kunnen doen.'

Verderop zag Karlsson mensen op het jaagpad staan, voornamelijk kinderen die iets probeerden te zien. De agent en hij liepen onder het afzettingslint door, verlieten het jaagpad en liepen langs een klein, doodlopend stukje water. Er was daar vroeger een kade geweest waar binnenvaartschepen bij een fabriek konden aanleggen. Nu was het een verlaten, desolate plek, waar struiken uit de scheuren in de muren groeiden. Een eindje verderop stond een stel agenten bij elkaar, die zich echter niet erg druk leken te maken. Een van hen zei iets dat Karlsson niet verstond, waarop de anderen lachten. Achter hen op het pad zag Karlsson iemand van zijn team, Melanie Hackett, die daar met een agent stond te praten. Hij wenkte haar om naar hem toe te komen.

'Ze hebben hem losgesneden,' zei ze. Ze wees naar een groen zeil op de grond. 'Wilt u hem zien?'

Karlsson knikte. Ze tilde het laken op. Hij was erop voorbereid, maar toch deinsde hij even achteruit. De ogen met de grote pupillen staarden omhoog in het niets, de gezwollen tong stak tussen de tanden door naar buiten. Hackett trok het laken verder weg. Het touw hadden ze weggehaald, maar het litteken van de insnoering aan de hals, tot achter aan het oor, was duidelijk te zien.

'Hij had niet eens andere kleren aangetrokken,' zei ze. 'Hij draagt nog hetzelfde als toen hij op het bureau was.'

'Hij is ook niet thuis geweest,' zei Karlsson. Hij trok een grimas. Er hing een onmiskenbare poepgeur.

Hackett zag hem kijken en legde het laken weer over hem heen. 'Zo gaat het als je jezelf verhangt,' zei ze. 'Als de mensen het wisten, zouden ze zich misschien wel bedenken.'

Karlsson keek om zich heen. De paar ramen die de oude fabriek nog had, waren lang geleden al dichtgetimmerd.

'Is er een punt vanwaar je zicht hebt op dit gebied?'

'Nee,' zei Hackett. 'Het is aan dit stukje kanaal heel stil. Er komt hier haast nooit niemand.'

'Daarom zal hij hier natuurlijk naartoe zijn gegaan.'

'Hij wist dat het spel uit was,' zei Hackett.

'Hoezo?'

'Er zat een briefje in zijn zak.'

'Wat voor briefje?'

'We hebben het daar in de doos gestopt, bij de rest van de spullen die we in zijn zakken hebben gevonden.' Ze pakte een kleine blauwe doos en haalde er een transparante map uit. 'Hij had een mobiele telefoon bij zich, een pakje sigaretten, een aansteker, een pen en dit briefje. In een envelop zonder opschrift.'

Ze reikte hem de map aan. Karlsson kon het briefje lezen zonder de map te hoeven openen. Hij liep langs het pad uit de schaduw van de brug. Het was een pagina die uit een opschrijfboekje met een ringband was gescheurd. Hij herkende het grote, krullerige handschrift van de handtekening onder aan de getuigenverklaring van Reeve. De tekst was kort en makkelijk te lezen:

Ik weet wat me te wachten staat. Dat wil ik allemaal niet. Zeg tegen Terry dat het me spijt. Sorry dat ik je in de steek laat, pop. Zij was voor mij altijd de ideale vrouw, dat weet ze. Ze had hier niets mee te maken. Ze kan zich niet verdedigen. Zeg haar dat ik mijn best heb gedaan. Het is mijn tijd.

Dean Reeve

Karlsson keek Melanie Hackett aan. 'Hij laat haar er dus voor opdraaien,' zei hij.

'En wat doen wij?' vroeg ze.

'Haar zoveel mogelijk onder druk zetten. We hebben alleen haar nog.'

Karlsson belde Frieda thuis op. Hij vertelde haar van het lijk en het briefje.

'Ik kon me hem ook eigenlijk niet in het beklaagdenbankje voorstellen.'

'Ik weet niet wat ik ervan moet denken,' zei Karlsson. 'Maar goed, ik zou je op de hoogte houden, en dat heb ik nu gedaan.'

'En ik zal jou op de hoogte houden,' zei Frieda.

'Hoe bedoel je?'

'Dat weet ik niet precies,' zei Frieda. 'Maar als er iets gebeurt, zal ik het je laten weten.'

Nadat Frieda de telefoon had neergelegd, bleef ze doodstil zitten. Voor haar op tafel stond een witte aardewerken koffiebeker. Het licht dat door het raam naar binnen viel, scheen er zo op dat de ene kant zich in de schaduw bevond, en die schaduw was bijna blauw van kleur. Ze probeerde het beeld met houtskool in haar schetsboek vast te leggen, voordat het door een verandering van de lichtval zou verdwijnen en alles er anders uit zou zien. Ze keek naar de beker en toen naar de schets. Hij klopte niet. De schaduw in de schets zag eruit zoals een schaduw eruit hoort te zien en niet als de schaduw die ze voor zich zag. Ze scheurde het blad uit het schetsboek, scheurde het in tweeën en vervolgens nog eens in tweeën. Terwijl ze zich afvroeg of ze het kon opbrengen om opnieuw te beginnen, ging de telefoon. Het was Sasha Wells.

'Merry Christmas,' zei ze. 'Ik heb nieuws voor je.'

Ze spraken af elkaar te zien bij Number 9, waar Sasha vlakbij bleek te werken. Toen Frieda de koffiebar betrad, keek ze om zich heen naar al het engelenhaar, de kerstballen en de sterren die in de ruimte waren opgehangen. Kerry begroette haar en wees naar het raam. 'Hoe vind je onze Kerstman?'

'Ik zou hem liever aan het kruis genageld zien,' zei Frieda.

Kerry keek geschokt en afkeurend. 'Het is voor de kinderen,' zei ze. 'En Katja heeft hem gemaakt.'

Frieda vroeg haar om de sterkste zwarte koffie die ze hadden. Toen Sasha binnenkwam, bedacht Frieda hoe anders ze eruitzag dan de trillerige, onzekere jonge vrouw die ze een paar weken tevoren had gezien. Dat betekende natuurlijk niet automatisch dat ze beter was, maar ze droeg nu een pak, haar haar hing niet meer in haar gezicht maar was opgestoken, en ze had zich zo gekleed dat ze voor de dag kon komen. Toen ze Frieda in het oog kreeg, brak er een brede glimlach door op haar gezicht. Frieda stond op, stelde haar voor aan Kerry en bestelde een kruidenthee en een muffin voor haar. Toen ze samen aan het tafeltje gingen zitten, sloeg Sasha's glimlach om in een blik van bezorgdheid.

'Wanneer heb jij voor het laatst je bed gezien?' vroeg ze.

'Ik heb gewerkt,' zei Frieda. 'Nou, én?'

Sasha nam bijna tegelijkertijd een hap van de muffin en een slok thee. 'Ik ben uitgehongerd,' mompelde ze met volle mond, waarna ze doorslikte. 'Nou, ik wil beginnen met tegen je te zeggen dat je me wel heel dankbaar mag zijn. Genetica is mijn vak, maar ik doe geen tests. Via via ken ik echter wel iemand, en die heb ik van een kerstfeestje kunnen losrukken, waarna de test in een halve minuut gepiept was. Die test is dus in principe helemaal gedaan.'

'En wat was het resultaat?'

'Je moet eerst dankjewel zeggen.'

'Ik ben je heel dankbaar, Sasha.'

'Ik moet toegeven dat ik bij je in het krijt stond omdat je die engerd een dreun hebt gegeven, met het risico dat je daarvoor de gevangenis in zou moeten. Maar toch. Graag gedaan. En op het gevaar af dat je doodmoe van me wordt, moet ik mijn verhaal beginnen met te zeggen dat dit helemaal onofficieel is en strikt tussen ons moet blijven.'

'Absoluut.'

'En ik wil je ook zeggen dat ik verscheurd word doordat ik me aan de ene kant afvraag waarom je zo geïnteresseerd bent in dat stukje tissue, terwijl ik aan de andere kant denk dat het misschien beter is als ik zo weinig mogelijk weet.'

'Ik kan je verzekeren dat het van essentieel belang is,' zei Frieda. 'En het is geheim.'

'En je bent natuurlijk arts, bla-bla-bla, en je weet dat er juridische aspecten aan zitten, aspecten van privacy en zo, en dat dit allemaal strik vertrouwelijk is, voor het geval het gebruikt zou gaan worden in een gerechtelijke procedure.'

'Maak je geen zorgen. Dat is geen probleem.'

'Wat ik bedoel te zeggen, is dat het hartstikke leuk was om van je te horen en dat ik al hoopte dat we elkaar zouden treffen voor een drankje en een babbeltje, maar dat ik echt hoop dat er niet van me zal worden gevraagd om ergens te getuigen.'

'Nee, dat beloof ik.'

'Maar waarom wilde je die test op het mitochondriaal DNA?'

'Ligt dat niet voor de hand?'

'Ik denk het wel, in zekere zin, maar het is heel ongebruikelijk.'

Er viel een stilte. Frieda voelde haar stem trillen toen ze zei: 'En wat was het resultaat?'

Sasha keek ineens serieus.

'Positief.'

'Aha.' Frieda ademde uit met een lange zucht.

'Zo. Dat is dan dat,' zei Sasha, die aandachtig naar haar keek.

'Wat betekent het? Wat betekent het nou echt? Bij DNA-tests gaat het om een waarschijnlijkheid, is het niet?'

Sasha's gelaat ontspande zich. 'Niet in dit geval. Je bent toch arts? Dan heb je ook biologie gehad. Mitochondriaal DNA wordt onveranderd doorgegeven via de vrouw. Het stemt overeen of niet, en in dit geval doet het dat.'

'Dus ik kan er zeker van zijn?'

'Ik weet niet of ik het wel wil weten, maar waar komen deze monsters vandaan?'

'Je hebt gelijk: dat wil je niet weten. Dank je wel – dank je wel voor je hulp.'

'Ik heb je niet geholpen.'

'Jawel, hoor.'

'Ik ben even spion geweest,' zei Sasha. 'Ik bedoel, ik heb de monsters en het rapport niet bewaard. Ik heb je alleen het resultaat gemeld. Dat was alles.'

'Natuurlijk,' zei Frieda. 'Daar was het me vanaf het begin om te doen. Ik vond dat ik het moest weten.'

Sasha dronk haar thee op. 'En wat doe jij met kerst?'

'Dat is net wat ingewikkelder geworden.'

'Dat dacht ik al.'

46

'Heb je niets beters te doen op kerstavond?' Karlsson stond bij de deur van de verhoorkamer. Hij was moe, zijn ogen waren dik van de slaap en hij had pijn in zijn keel, alsof hij iets onder de leden had. Het was acht uur. Nu was het politiebureau ten slotte toch bijna verlaten; de helft van de kamers was in duisternis gehuld.

'Op het moment niet, nee,' zei Frieda.

'Nou, dan hoop ik maar dat het wat oplevert. Ik stond op het punt naar huis te gaan.'

Eigenlijk wilde hij niet echt naar huis, nu op kerstavond, naar zijn huis waar niemand was. Zijn gedachten dwaalden af naar zijn kinderen, die nu, zonder dat hij erbij was, druk van alle opwinding, bezig zouden zijn een pasteitje voor de Kerstman klaar te zetten.

'Heeft ze iets gezegd?'

'Eigenlijk niet. Niets over Kathy in elk geval.'

Frieda ging de verhoorkamer in. In een hoek zat een jonge politieagente tersluiks in haar ogen te wrijven. Terry zat onderuitgezakt op haar stoel. Ze had vlekken in haar gezicht en zag er vermoeid uit. Ze keek Frieda onverschillig aan.

'Ik heb niets te zeggen. Hij is dood. Dat hebben jullie gedaan. En jullie hebben die jongen. Wat wil je nog meer? Ik heb het lichaam geïdentificeerd. Is dat niet genoeg voor jullie? Laat me met rust.'

'Ik ben hier niet om over Dean te praten.'

'Ik heb het al tegen hem gezegd,' zei ze, met een knikje naar Karlsson, die bij de deur met zijn armen over elkaar stond. 'Ik zeg niks. Zoals in het afscheidsbriefje van Dean staat: ik heb niks verkeerds gedaan.'

'Je zult wel blij zijn dat Matthew nog leeft,' zei Frieda met een blik op Terry's afgekloven nagels en haar matte, bleke huid.

Terry haalde haar schouders op.

'Het moet een kwelling voor je zijn geweest om te beseffen dat hij daar in dat graf opgesloten zat en je niets voor hem kon doen.'

Terry gaapte ongegeneerd. Haar tanden waren bruin van de nicotine. Achter zich hoorde Frieda Karlsson ongeduldig heen en weer schuifelen.

'En doet het je goed om te weten dat jij hem in zekere zin hebt gered, door er weer naartoe te gaan?'

'Kom op, Frieda,' zei Karlsson met gedempte stem, terwijl hij een stap naar voren deed. 'Dit hebben we al een keer besproken. Als ze ons niet kan helpen wat Kathy betreft, wat heeft het dan voor zin?'

Frieda negeerde hem. Ze boog zich over de tafel heen en staarde in Terry's doffe ogen. 'Er is een klein kind weggerukt uit zijn omgeving en verstopt. Matthew moest Simon worden en moest niet meer denken aan zijn eerste moeder en vader, uit de tijd voor hij uit het ene leven werd weggerukt en het andere moest beginnen. Die stakker. Arme jongen. Wat word je dan voor een mens, als je zo'n afschuwelijke verandering moet doormaken? Hoe ga je daarmee om, als je je identiteit bent kwijtgeraakt en zo'n ander leven moet gaan leiden? Misschien is het dan alsof je levend begraven bent voor de rest van de tijd die je op aarde doorbrengt. Heb je me echt niks te zeggen, Terry? Dean is dood, dus voor hem kun je niets meer doen. Je bent nu helemaal op jezelf aangewezen, op de identiteit die je hebt moeten begraven. Nee? Heb je niets te zeggen? Oké.'

Frieda stond op. Ze keek Terry nog een paar seconden aan. 'Ik wilde je erop voorbereiden. Je zus is hier, om je te spreken.'

Er viel een gespannen stilte in het kamertje. Alle ogen waren op haar gericht.

'Fuck, wat is dat nu weer?' zei Karlsson.

'Terry?' zei Frieda zachtjes.

'Waar hebt u het over?'

'Zal ik haar roepen, ja?'

Frieda hield haar blik nog op Terry gericht, maar Terry's gelaatsuitdrukking was niet veranderd. Ze staarde Frieda onbewogen aan. Frieda deed de deur open en liep snel de verlaten gang door naar de wachtkamer. 'Je kunt komen, Rose.'

'Het is hier verdomme geen West End-theater. En jij bepaalt hier de gang van zaken niet.' Karlsson schreeuwde en liep witheet van woede op en neer door het vertrek. 'Wat denk je wel, zoiets plompverloren zeggen, als een goochelaar die een konijn uit de hoge hoed tevoorschijn haalt?'

'Ik wilde niet dat ze het van de politie zou horen. Ik wilde haar er voorzichtig mee confronteren.'

'Nou, en dat heb je gedaan ook, hè?'

'Waarom ben je nou zo boos?'

'Jezus, waar moet ik beginnen?' Karlsson hield ineens op door de kamer te ijsberen en plofte neer op een stoel. Hij wreef over zijn gezicht. 'Hoe wist je het?'

'Ik wist het eigenlijk niet,' zei Frieda. 'Ik dacht er steeds maar aan dat ze naar huis was gegaan, en ik vroeg me af wat dat voor haar betekende: thuis. En ik dacht eraan dat ze Matthew niet heeft vermoord. Ook Dean niet. Hij heeft hem niet vermoord. En toen zag ik haar terwijl ze sliep.'

'Terwijl ze sliep?'

'Toen ik de verhoorkamer binnenkwam, was ze in slaap gevallen. Ze lag met haar hoofd op haar gevouwen handen. En Rose had me weleens verteld hoe Joanna sliep, precies zo, met gevouwen handen alsof ze bad, en dan met haar hoofd daarop. Sommige dingen veranderen niet meer bij een mens – hoe iemand soms glimlacht, een gebaartje, de manier waarop je in slaap valt. En toen wilde ik het zeker weten, ik moest het laten testen. Ik heb haar DNA weten te bemachtigen van een tissue, en ik heb het laten vergelijken met dat van Rose.'

'Ze ziet er zoveel ouder uit. Volgens de gegevens die we van haar hebben, is ze een stuk ouder, eerder van Deans leeftijd. Het kan toch niet dat ze nog geen dertig is?'

'Ze is arm geweest. Arm en haar hele leven misbruikt.'

'Je wou zeker zeggen dat ze een slachtoffer is.'

'Ze is beslist een slachtoffer.'

'Maar ze is ook een dader. Ze heeft Dean geholpen Matthew te ontvoeren, weet je nog?'

'Ik weet het.'

'Hij zou dood zijn gegaan. Ze zou hem hebben geholpen hem te vermoorden. En waar is Kathy Ripon? Ze zegt het niet.'

'Ik denk dat ze het niet weet.'

'O, denk je dat? Op grond waarvan? Omdat je het zo voelt, is dat de reden?'

'Waarschijnlijk wel, ja. En er is wel wat voor te zeggen. Het was een manier om moeder te worden.'

'Ik heb haar steeds in het vizier gehad, maar dit is geen moment bij me opgekomen,' zei Karlsson.

'Toch is het jouw triomf,' zei Frieda. 'Je was al een held omdat je één vermist kind hebt gevonden, en nu blijk je er twee gevonden te hebben: Matthew en Joanna.'

'Zij is geen vermist kind.'

'O, zeker wel. En met haar heb ik het meeste medelijden.'

Karlsson kromp ineen alsof hij een barstende hoofdpijn had. 'Die eer komt mij niet toe,' zei hij. 'Jíj hebt ze allebei gevonden.'

Frieda liep naar Karlsson toe en legde haar hand op zijn wang. Hij deed even zijn ogen dicht. 'Weet je wat ik zou willen?'

'Wat dan?' zei Karlsson zachtjes. 'Erkenning, liefde, zoals wij allemaal, denk ik.'

'Nee,' zei Frieda. 'Ik wil slapen. Ik wil naar huis, duizend jaar slapen, en dan mijn patiënten weer ontvangen. Ik heb geen zin om op een persconferentie te vertellen hoe ik van een patiënt gebruik heb gemaakt om een moordenaar te vinden. Ik heb het een en ander om over na te denken, en daarvoor moet ik alleen zijn. Ik trek me terug in mijn hol. Jij hebt Matthew gevonden. Je kunt de DNA-test laten doen – nu officieel – en aantonen dat Terry

Joanna is. En Dean Reeve is dood.' Er viel een stilte, en toen zei ze: 'Maar als jij erover denkt om Joanna van moord te beschuldigen en haar tot zondebok te maken, nu Dean zichzelf van kant heeft gemaakt, dan komt alles wat mij betreft heel anders te liggen.'

'Wat bedoel je nou?'

'Al zou je haar maar van medeplichtigheid beschuldigen.'

'Ze is schuldig, dat weet je.'

'Het publiek wil bloed zien, dat besef ik, en omdat ze een vrouw is, zal ze het zwaarder te verduren hebben dan een man. Maar ik weet ook dat ze nog maar nauwelijks kon praten toen ze zelf ontvoerd werd, dat ze geestelijk is misbruikt en gehersenspoeld. Daardoor kan ze niet verantwoordelijk worden gehouden voor wat ze heeft gedaan. Ze is slachtoffer van een misdrijf dat meer dan twintig jaar heeft geduurd, en als jij denkt dat ze terecht moet staan voor de dingen die ze gedaan heeft, zul je mij in de rechtbank tegenkomen als getuige-deskundige voor de verdediging.'

'Vind je niet dat ze verantwoordelijk is voor wat ze heeft gedaan?'

'Stel me niet op de proef,' zei Frieda.

Karlsson keek op zijn horloge. 'Nou, het is Kerstmis.'

'Het is waar.' Frieda stond op.

'Ik zal je door iemand naar huis laten brengen.'

'Ik loop liever.'

'Het is midden in de nacht, en het is heel ver.'

'Dat geeft niet.'

'En het is hartstikke koud buiten.'

'Dat maakt ook niet uit.'

Niet alleen maakte het niet uit, het beviel haar zelfs uitstekend. Frieda wilde alleen zijn, in het donker en in de kou die hoorden bij deze stad waarvan ze hield. Ze wilde lopen totdat ze lichamelijk en geestelijk uitgeput was. Haar knusse huisje was het verafgelegen doel, een plek die slechts door middel van grote lichamelijke inspanning te bereiken was.

Toen Frieda Rose bij de arm nam en naar de kamer bracht waar zij haar zus zou zien, had Frieda gevoeld hoe hevig ze over haar hele lichaam beefde. Rose was in de deuropening blijven staan en had met een angstaanjagend angstige en doordringende blik de gestalte aangestaard die daar zat.

Tweeëntwintig jaar geleden had haar magere, roodharige zusje met het spleetje tussen de voortanden op weg naar huis achter haar getreuzeld en was plotseling verdwenen, opgeslokt door de voegen in het trottoir, leek het. Ze was gaan dromen van het magere, bleke gezichtje, het smekende, lispelende kinderstemmetje dat haar riep. Ze had geprobeerd zich voor te stellen hoe haar zusje er in elk stadium van haar leven uit zou zien – als meisje van tien, als puber, als jongvolwassene. Uit computergegenereerde beelden had ze zich een voorstelling gemaakt van Joanna's uiterlijk. Ze had op straat gekeken of ze haar zag, had af en toe gedacht dat ze in een menigte een glimp van haar opving, had geweten dat ze dood was, maar had haar nooit los kunnen laten.

Hoe vaak had Rose niet gefantaseerd over deze hereniging? Hoe ze naar adem snakkend wankelend op elkaar af zouden lopen, elkaar in de ogen zouden kijken, elkaar dicht tegen zich aan zouden drukken, welke woorden over hun lippen zouden komen, hoe ze van elkaar zouden houden en getroost zouden zijn. En nu werd ze geconfronteerd met een te zware vrouw van middelbare leeftijd met geblondeerd haar en een uitdrukking van apathie en onverschilligheid op haar gezicht, van minachting zelfs, alsof ze een wildvreemde was.

Frieda zag het ongeloof in de blik van Rose, gevolgd door de plotselinge schok bij het besef dat zij inderdaad Joanna was. Waar lag het aan? Aan haar oogopslag misschien, de vorm van de kin, de manier waarop ze haar hoofd omdraaide?

'Jo-Jo?' zei ze met bevende stem.

Maar Terry – Joanna – reageerde niet.

'Joanna, ben jij het? Ik ben Rose.'

'Ik weet niet waar je het over hebt.'

'Ik ben Rose. Rosie,' zei ze met een snik. 'Ken je me dan niet?' Het klonk alsof ze zelf niet wist wie ze was.

'Ik heet Terry.'

Rose beefde van ellende. Ze keek Frieda even aan en draaide zich toen weer om. 'Je bent mijn zus. Je heet Joanna. Je bent ontvoerd toen je klein was. Weet je het niet meer? We hebben overal naar je gezocht. Dat moet je toch nog weten? Maar nu hebben we je teruggevonden.'

Joanna keek Frieda aan. 'Moet ik hiernaar luisteren?'

'We hebben de tijd,' zei Frieda, zowel tegen Rose als tegen Joanna. Geen van beiden leek haar te horen.

Frieda liep langs het parkje dat er in het maanlicht stil en wit bij lag. Langs het kerkje met de dicht opeengepakte grafzerken eromheen, ingeklemd tussen twee straten. Langs de kale, puistige platanen. Onder de kerstverlichting door, die de verlaten straten bescheen. Kapotgeslagen telefooncellen. Een omgegooide vuilnisbak die kleverige rommel had uitgestort over de ongerepte sneeuw die hier en daar lag. Een roestig hek. Dichtgetimmerde ramen en deuren. Rijen geparkeerde auto's. Verlaten kantoorgebouwen met al die tijdens de feestdagen werkeloze computers en telefoons. Winkels met rolluiken vol graffiti. Huizen met blinde ramen waarachter mensen sliepen, snurkten, mompelden in hun dromen.

Aan de horizon barstte een vuurpijl uit in een waaier van kleuren. Een politieauto reed voorbij en een vrachtwagen met de chauffeur hoog in zijn cabine, een dronken man liep slingerend over straat, zijn nietsziende blik gefixeerd op een punt in de verte. Matthew leefde. Joanna leefde. Kathy Ripon was nog vermist en was ongetwijfeld dood. Dean Reeve was dood. Het was halfvier, kerstochtend, en Frieda had geen kerstboom gekocht. Chloë zou wel boos zijn.

47

'Die had ik weken geleden al voor je gekocht,' zei Matthews moeder. Ze zette een grote rode brandweerauto, nog in de doos, naast Matthews bed. 'Het is die wagen die je in de winkel had gezien, een tijdje geleden. Weet je nog? Je huilde toen ik zei dat je hem niet kreeg, maar ik ben er later voor teruggegaan.'

'Ik denk dat hij hem niet kan zien, hoor,' zei Matthews vader zacht.

'Ik wist dat je weer thuis zou komen. Ik wilde erop voorbereid zijn.'

Het jongetje opende zijn ogen en staarde voor zich uit. Ze wist niet of hij haar kon zien, of dat hij door haar heen keek, naar iets anders.

'Het is Kerstmis. De Kerstman is langs geweest. We zullen zo meteen eens even kijken wat hij voor je heeft meegebracht. Ik zei toch al dat hij je niet zou vergeten. Hij weet altijd waar de kinderen zijn. Hij wist dat je hier in het ziekenhuis was. Hij is speciaal voor jou hiernaartoe gekomen.'

Toen klonk zijn stem, schril en zwak: 'Maar ben ik wel lief geweest?'

'Lief? Jij? O, niemand is zo lief als jij.'

Matthew deed zijn ogen dicht. Ze hielden zijn omzwachtelde handen vast, elk aan een kant van het bed.

Richard Vine en Rose zaten bij elkaar in zijn kleine huiskamer, waar het muf rook en te warm was. Ze zaten te brunchen en maakten onderwijl de cadeautjes open die ze elkaar hadden gegeven – een badjas voor hem, en voor haar een flesje parfum, dezelfde parfum die hij haar elke kerst gaf en waarvan ze hem nooit had durven zeggen dat ze die niet lekker vond en nooit gebruikte. Later zou ze naar haar moeder en stiefvader gaan voor het kerstdiner: kalkoen met alles erop en eraan – hoewel ze al sinds haar dertiende vegetariër was en zich zou beperken tot de bijgerechten. Zo deden ze het al sinds haar vader hen had verlaten en Joanna was verdwenen.

Ze kuste haar vader op zijn ongeschoren wang en rook de geur van tabak, zijn zweet en de zoete lucht van alcohol, en ze moest moeite doen om zich niet af te wenden. Ze wist dat als ze straks weg zou gaan, hij voor de tv zou gaan zitten en zich een stuk in zijn kraag zou drinken. En als ze dan bij haar moeder kwam, die haar leven na Joanna's verdwijning zo resoluut weer had opgepakt, omdat ze geen zin had om verder een treurig leven te leiden en in spanning te wachten op de terugkeer van de dochter van wie ze zeker wist dat ze dood was – wat zou ze dan zeggen, wat zou ze doen? Rose was zich er zeer van bewust dat deze saaie familierituelen een tegenhanger hadden in de overstelpende aandacht die de pers aan de dag legde, een nietsontziende nieuwsgierigheid en een hype in een wereld die op zijn grondvesten trilde.

'Dank je wel,' zei ze. Ze bette haar polsen met de parfum. 'Heerlijk, papa.'

Om haar heen stonden de foto's van Joanna. Hij had ze nooit weggehaald of er een keuze uit gemaakt. Sommige waren inmiddels verbleekt, andere hingen scheef in hun lijstje. Rose bekeek ze, hoewel ze haar allemaal zeer vertrouwd waren – de brede, angstige glimlach en de donkere pony, de knokige knieën van dat nerveuze meisje wier beeltenis zich zo had vastgezet in het geheugen van haar vader dat hij niet in staat was geweest ooit nog een normaal leven te leiden. Ze opende haar mond om het woord te nemen, al wist ze de woorden nog niet.

'Pap,' zei ze. 'Ik moet je iets vertellen, voordat je het van anderen hoort. Je moet niet schrikken.' Ze haalde diep adem en legde haar hand op de zijne.

Tanner schonk twee glazen whisky in. Karlsson zag dat zijn handen trilden en levervlekken vertoonden – de handen van een oude man. 'Ik wilde het je zelf komen vertellen,' had hij gezegd. 'Voordat het in de krant komt.'

Tanner reikte hem een van de glazen aan.

'Merry Christmas,' zei Karlsson.

Tanner schudde zijn hoofd. 'Wij doen dit jaar niet veel aan Kerstmis,' zei hij. 'Dat verzorgde mijn vrouw vroeger altijd allemaal. We gaan in de slaapkamer maar een beetje tv-kijken.' Hij hief zijn glas. 'Op je succes.'

Ze proostten en namen allebei een slok.

'Een half succes,' zei Karlsson. 'Die vrouw wordt nog vermist. Die komt niet meer thuis.'

'Jammer.'

'Maar dat zal de pers niet erg vinden. Het is maar een volwassene. Ik weet al hoe de krantenkoppen zullen luiden. *Het allermooiste kerstcadeau.* Er komt een persconferentie, en ik zou jou daar graag bij hebben.'

'Het is jouw succes,' zei Tanner. 'En je hebt het verdiend. Je hebt twee ontvoerde kinderen levend teruggevonden. Dat is meer dan de meeste smerissen in hun hele carrière voor elkaar krijgen. Hoe heb je 'm dat gelapt?'

'Het is nogal moeilijk uit te leggen.' Karlsson zweeg even, alsof hij het voor zichzelf allemaal nog op een rijtje moest zetten. 'Ik kwam in contact met een psychiater die Reeves broer als patiënt had. Zijn tweelingbroer. Hij vertelde haar over alles wat hem bezighield en over zijn dromen, en dat deed bij haar ergens een belletje rinkelen. Op de een of andere manier.'

Tanner kneep zijn ogen half dicht, alsof hij dacht dat hij voor de gek werd gehouden. 'Zijn dromen, hè,' zei hij. 'En ga je dat allemaal vertellen op die persconferentie?'

Karlsson nam een slokje en hield de whisky even in zijn mond, zodat hij zijn tong en tandvlees voelde prikken. Toen slikte hij door. 'Mijn baas was niet erg enthousiast over dat aspect van het opsporingsproces,' zei hij. 'Ik denk dat we op de persconferentie vooral de nadruk zullen leggen op de effectiviteit van mijn team, de goede samenwerking met andere diensten, de respons uit de samenleving en media en de les voor ons allen dat we waakzaam moeten blijven. Je weet wel. Zoals altijd.'

'En die psychiater. Wat vindt die van dat alles?'

Karlsson glimlachte even. 'Ze is nogal lastig,' zei hij. 'Niet iemand die zich laat afschepen. Maar ze moet niks hebben van al die aandacht.'

'Al die lof, bedoel je.'

'Als je het zo wilt zeggen.'

Tanner gebaarde naar de whiskyfles.

'Ik kan beter gaan,' zei Karlsson.

'Nog één ding,' zei Tanner. 'Waarom is Joanna niet gevlucht?'

'Gevlucht van wat?' zei Karlsson. 'Ze wist verder van niets. En ze was daar thuis. Ik heb zo'n gevoel dat ze dat nog steeds is, in zekere zin. We worden allemaal geacht blij te zijn met deze afloop, maar ik weet niet zeker of we haar er echt mee terug hebben.'

In de deuropening wilde Tanner nog iets zeggen dat een soort bedankje leek te moeten worden, maar hij werd onderbroken doordat er boven op de grond werd gebonsd. 'Ze heeft een stok,' zei hij. 'Net zoiets als zo'n belletje waarmee je je butler roept.'

Karlsson trok de deur achter zich dicht.

'Dit noemen we in mijn land *holubtsi*,' zei Josef. 'Land Oekraïne. En dit is ingelegde vis, die je eigenlijk hoort te vangen als er ijs ligt, maar die ik door tijdgebrek in winkel heb gekocht.' Hij keek Frieda verwijtend aan. 'En hier ik heb *pierogi*, met aardappel, met zuurkool en met pruim.'

'Dit is wel heel bijzonder.' Olivia zag er versuft en katterig uit. Ze had een paarse zijden jurk aan die schitterde in het kaarslicht, waardoor ze iets wulps kreeg, als een filmster uit de jaren vijftig. Naast haar zat Paz, die een heel kort roze jurkje droeg en strikjes in haar haar had die bij een ander raar zouden hebben gestaan, maar die haar verleidelijker dan ooit maakten.

'En mijn vriend en huisbaas Reuben heeft voor jullie deze *pampoesjki* gemaakt.'

Reuben hief zijn wodkaglas op en maakte een onvast buiginkje.

'En beste van alles is onze *koetja*: tarwe met honing, maanzaad en noten. Is essentieel. Daarmee zeggen wij: "Vreugde, Aarde, vreugde."' Hij zweeg. 'Vreugde, Aarde, vreugde,' herhaalde hij.

'Vreugde, Aarde, vreugde,' zei Chloë luid en duidelijk. Haar gezicht glom. Ze schoof wat op in de richting van Josef, die haar stralend en goedkeurend aankeek, waarop zij giechelde en grijnsde. Frieda keek naar Olivia, maar Olivia besteedde geen aandacht aan het gedweep van haar dochter. Ze prikte met haar vork in de knoedels en pasteitjes die hoog opgestapeld op de vele bordjes op tafel lagen.

'Hoe lang ben je hier in godsnaam aan bezig geweest?'

'Urenlang aan één stuk door. Want Frieda is mijn vriendin.'

'Je vriendin Frieda heeft geen boom gekocht. En ook geen knalbonbons,' zei Chloë.

'Hoho, Frieda zit erbij, hoor. En Frieda was bezig,' zei Frieda. Ze voelde zich loom van moeheid en sloeg het gebeuren afstandelijk gade. Ze vroeg zich af wat Kathy Ripons ouders nu zouden doen. Deze kerst markeerde hun nieuwe leven, zonder dochter. De eerste van vele doodse dagen.

'Laat die knalbonbons maar, ik weet zo ook wel een mop,' zei Reuben met een blik opzij naar Paz, die hem negeerde. 'Twee psychiaters komen elkaar tegen; zegt de een tegen de ander: "Hoi, hoe is het met me?"... Nee? O, nou ja.'

'Wij toosten,' zei Josef, die in Frieda's huis de rol van gastheer op zich leek te hebben genomen.

'Fuck alle mannen die vreemdgaan,' zei Olivia, en ze goot haar wodka zo woest in haar keel dat een deel over haar kin liep.

'Over mannen die vreemdgaan moet je niet te hard oordelen,' zei Reuben. 'Het zijn gewoon mannen – zwakke, dwaze mannen.'

'Omdat ze ver van huis zijn,' zei Josef.

'Is dat een toost?' vroeg Paz. 'Nou, daar drink ik op.' En dat deed ze, met enthousiasme.

'Arme Josef,' zei Chloë vriendelijk.

'Dit is heerlijk, Josef. Moet ik zoete en hartige dingen door elkaar eten of zo?' vroeg Olivia.

'Wat ben je stil,' zei Reuben tegen Frieda.

'Ja. Het praten valt me moeilijk.'

'Is het bij je opgekomen dat iedereen hier iemand mist?'

'Ja, het zal wel.'

'We zijn een mooi stelletje achterblijvers en buitenbeentjes.'

Frieda keek naar de mensen die in het kaarslicht om de tafel zaten: Paz, lief en sexy met haar belachelijke strikken; Josef met zijn woeste haardos en zijn droevige, donkere ogen; Chloë met een blos op haar wangen en de littekens op haar armen; Olivia, een dronken, wulpse en raaskallende zielenpoot; en Reuben natuurlijk, ironisch over zijn eigen ondergang, maar vanavond een dandy met zijn mooie rode vest. Iedereen praatte door elkaar heen, en niemand luisterde.

'Ach, het kon erger,' zei ze, en ze hief haar glas.

Meer kon ze niet opbrengen als toost of als waardering voor haar gasten.

Hij rolde van haar af, en Carrie bleef hijgend in het donker liggen. Ze voelde het vocht tussen haar benen op het laken sijpelen. Ze schoof er een stukje vandaan. Ze voelde zijn massieve lijf naast zich. Ze zweeg. Ze moest iets zeggen, maar daar moest ze een paar minuten mee wachten. Als hij maar niet in slaap viel. Ze telde tot vijftig en opende toen haar mond.

'Dat was geweldig,' zei ze.

'Ja, hè?'

'Zo'n fijne kerst hebben we nog nooit gehad. Wat is het lang geleden dat we zo gevrijd hebben, Alan. Ik heb weleens gedacht dat het nooit meer zou gebeuren. Maar nu!' Ze kirde als een koerende duif. 'Het was fantastisch.'

'Ik heb ook wel wat in te halen.'

Hij legde zijn hand op haar blote dij. Ze draaide zich om en lachte dromerig naar hem terwijl ze haar handen langs zijn rug liet gaan. 'Ik wou je iets zeggen.'

'Wat dan?'

'Je moet het niet verkeerd opvatten. Ik weet wat je hebt meegemaakt. Ik weet hoe ellendig en verwarrend het in allerlei opzichten voor je is geweest. Ik heb zoveel mogelijk geprobeerd om je te steunen, en ik ben steeds van je blijven houden, al die tijd, hoewel ik je soms wel door elkaar wilde rammelen en je uit wilde foeteren. Maar het is nu voorbij, we kunnen weer verder. Alan, hoor je me? Dat verdienen we allebei. Wij hebben het verdiend om gelukkig te zijn. We gaan nadenken over adoptie, want ik wil een kind en ik weet zeker dat jij een geweldige vader zult zijn. Ik weet wel dat je hebt gezegd dat je een kind van jezelf wilt, maar misschien is dat nu anders, na alles wat je hebt meegemaakt. Waar het om gaat is dat wij van het kind zullen houden, en dat het kind van ons zal houden.'

Ze zweeg en streelde zijn dikke grijze haar. 'En je zult op een gegeven moment ook weer het contact met anderen moeten aangaan. We hebben onze vrienden in tijden niet gesproken. Ik kan me niet heugen wanneer we hier voor het laatst iemand over de vloer hebben gehad. Ik snap dat je, nu die nachtmerrie voorbij is, een paar dagen tot jezelf wilt komen, maar dat kan niet eeuwig zo blijven. Je moet ook weer gewoon aan het werk, je moet weer onder de mensen komen. Ik bedoel: mocht het nodig zijn, dan kun je natuurlijk altijd weer eens een afspraak maken met dokter Klein.' Ze zweeg. 'Alan? Alan, slaap je?'

Dean Reeve mompelde iets en hoopte dat het zou klinken alsof hij bijna onder zeil was en haar niet had gehoord. En als ze dacht dat hij maar deed alsof hij in slaap was gevallen om geen lastige gesprekken te hoeven voeren, dan vond hij dat ook best. Hij had sowieso niet gedacht dat hij dit langer dan een paar dagen zou kunnen volhouden. En zoals het ging, was het toch al veel beter dan hij ooit had kunnen hopen: ze had geen moment aan hem getwijfeld. En ze was zo hitsig – tot zijn verbazing was ze een gepassioneerde vrouw gebleken. Maar voor hem was het niet meer dan een lolletje. Hij ging weg, en niemand zou ooit weten waarom. Ze mochten ervan denken wat ze wilden – midlifecrisis, trauma door alle gebeurtenissen, emotionele verwijdering, doorgebroken inzicht – waar het op aankwam, was dat hij vrij was en opnieuw kon beginnen. Hij draaide zich om, en legde – alsof hij het in zijn slaap deed, of in halfslaap of zogenaamd in slaap – zijn arm over haar heen en voelde haar borst, die nat was van het zweet. Hij dacht aan die arme Terry. Nou ja, hij had haar in haar beste tijd gehad. En het zou wel loslopen met haar, als ze maar zei wat de mensen wilden horen. En dan was er nog die andere meid, die ze niet hadden gevonden, die ze nooit zouden vinden, die in de koude aarde lag en niets zou zeggen – zelfs als ze vanuit het graf zou spreken, konden ze hem niets meer maken. Niemand kon hem nog iets maken. En ook die Frieda Klein, wier slanke hand hij eens in de zijne had gevoeld en die met haar koele, donkere blik tot op de bodem van zijn ziel had gekeken, had nu geen macht meer over hem. Hij was een nieuw mens geworden en kon gaan en staan waar hij wilde, worden wie hij wilde zijn. Dat was maar voor weinig mensen weggelegd, zo'n kans en zo'n vrijheid. Hij glimlachte in het fluweelzachte donker, zijn gezicht verborgen in Carries zachte schouder, en hij voelde hoe hij langzaam wegzonk in een droom over duisternis, warmte en veiligheid.

48

Op de dag voor oudejaarsdag, een ijskoude, windstille dag met ijzel op de autoruiten en de daken, werd Frieda nog eerder dan gewoonlijk wakker. Ze bleef lang in het donker liggen, voordat ze opstond, zich aankleedde en naar beneden ging om thee te zetten, die ze staande voor de achterdeur opdronk, uitkijkend over haar kleine patio, waarop alles in een ijzige stilte bevroren leek. Over vier dagen zou ze weer aan het werk gaan. Een nieuw jaar, maar ze wilde geen goede voornemens maken. Ze wilde niet nog meer opgeven.

Terwijl de kranten en televisiezenders Matthew Faradays terugkeer vierden, werd zij al dagenlang verteerd door gedachten aan Kathy Ripon, de jonge vrouw die ze niet had kunnen redden. Terwijl zij toch voor haar verantwoordelijk was geweest. Nacht na nacht had ze van haar gedroomd, en als ze wakker was, zag ze haar steeds voor zich. Ze had een mooi gezicht, en ze was slim en ironisch. Zonder het te weten, was ze haar noodlot tegemoet gegaan, naar het huis van Dean Reeve. Ze was een zwart gat in gezogen. Hoe had ze dat ervaren? Wat had ze gevoeld toen ze zich realiseerde dat het allemaal voorbij was en dat niemand haar zou komen redden? Frieda werd misselijk als ze eraan dacht, maar dwong zichzelf eraan te denken, telkens weer, alsof ze daarmee Kathy Ripons pijn en angst wat kon verlichten. Twee vermiste kinderen waren teruggevonden, maar het ene leven is niet inwisselbaar tegen het andere. Daarvoor is elk leven te kostbaar.

Frieda besefte dat ze het zichzelf nooit zou vergeven, en ze realiseerde zich ook dat het verhaal geen einde zou hebben totdat Kathy's lichaam was gevonden en haar ouders haar te ruste hadden kunnen leggen en een begin hadden kunnen maken met hun immense rouwproces. Maar ook dat het, als het nu nog niet gevonden was, waarschijnlijk nooit zou worden gevonden.

Toen ze ten slotte bij het raam wegliep, nam ze een besluit en ging toen snel te werk. Ze trok haar lange warme jas en haar handschoenen aan en verliet het huis, nam de metro naar Paddington en stapte daar over op de trein. Er zat bijna niemand in, alleen enkele mensen met koffers. Ze wilde niet al te veel nadenken over datgene wat ze wilde doen. Eigenlijk wist ze ook niet precies wat ze van plan was.

Het was druk bij terminal drie op Heathrow. Dat is het daar altijd. Midden in de nacht, op eerste kerstdag, in februari als het weer op z'n grauwst is en in juni als alles fris en groen is, in tijden van overvloed en van recessie, in tijden van verdriet en van vreugde, altijd zijn er wel mensen die op reis gaan. Voor de incheckbalies stonden de rijen wachtenden zigzaggend tussen de afzettingen: gezinnen met te veel tassen, mistroostig kijkende kindertjes met koortswangen op reusachtige koffers, en onaangedane alleengaanden. Een klein zwart vrouwtje duwde langzaam en gefixeerd op haar werk een reinigingsmachine voort, alsof ze zich niet bewust was van de deinende mensenmassa met de vele boos kijkende mannen met een strakgespannen overhemd over hun dikke buik.

Frieda bestudeerde het bord met vertrektijden. Over tweeënhalf uur ging hij. De balie was nog niet open, al vormde zich al wel een wachtrij. Ze liep naar een winkeltje waar ze koffie en gebak verkochten en bestelde een beker dikke, romige yoghurt, waarmee ze plaatsnam op een zachte bank vanwaar ze een goed overzicht had.

Sandy was laat. Ze had nog nooit met hem gereisd, maar ze vermoedde dat hij het type was dat altijd ontspannen op het allerlaatste moment komt opdagen. Voor iemand die het land voor onbepaalde tijd verliet had hij niet veel bagage bij zich – maar hij had natuurlijk een verhuizer in de arm genomen, voor al zijn mooie kleren, zijn medische handboeken, zijn pannen met dikke bodem, zijn tennis- en squashrackets en de schilderijen die bij hem aan de muur hadden gehangen. Met twee bescheiden tassen in de hand en zijn laptop over zijn schouder liep hij naar de incheckbalie. Hij droeg een zwarte spijkerbroek en een jasje waarvan ze zich niet herinnerde dat ze het eerder had gezien. Misschien had hij het speciaal voor deze reis gekocht. Zijn gezicht was ongeschoren en magerder dan de laatste keer dat ze hem zag. Hij leek in gedachten verzonken en zag er vermoeid uit, wat haar ontroerde. Ze maakte aanstalten om op te staan, maar bleef zitten en keek hoe hij zijn paspoort overhandigde. Ze zag hem praten en voorkomend knikken, waarna hij zijn tassen op de band zette die ze verder transporteerde.

Ze had eerder over dit moment gefantaseerd en zich voorgesteld hoe het zou verlopen. Ze zou haar hand op zijn schouder leggen, en hij zou zich omdraaien. En als hij haar dan zag, zou hij ineens blij en opgelucht kijken. Ze zouden niet glimlachen – sommige gevoelens zijn te groot om bij te glimlachen. Maar toen hij bij de balie wegliep, was ze nog niet in beweging gekomen. Hij bleef even staan, alsof hij niet wist waar hij naartoe moest, rechtte toen zijn rug, trok zijn gezicht in een plooi die doelgerichtheid veronderstelde en liep snel in de richting van het bord *Departures* – met grote stappen, alsof hij ineens haast had om te vertrekken. Toen zag ze alleen nog zijn rug, en even later verdween hij uit het zicht en ging hij op in de menigte passagiers die zich door de ingang perste naar de holle, overdadig verlichte hal daarachter. Frieda realiseerde zich dat als ze niet nu in beweging kwam, hij zich van haar zou verwijderen. Dan zou hij zonder haar verdwijnen in zijn nieuwe wereld. Dan was het voorbij.

Ze stond op. Het was haar vreemd te moede: ze was zowel diep bedroefd als zeer vastberaden. Hier hoorde ze thuis, begreep ze, in dit koude, winderige, drukke, middelmatige land, in deze overvolle, vieze, lawaaiige, levendige stad, in dat oude huisje in een verscholen straatje met kinderkopjes waarvan ze haar toevluchtsoord had gemaakt, de enige plek die ze bijna haar thuis kon noemen. Ze draaide zich om en ging op weg naar huis.

Dankwoord

Dit is het eerste boek van een serie en voor ons het begin van een nieuw avontuur. Wij spreken hier onze dank uit aan Michael Morris, dr. Julian Stern en dr. Cleo van Velsen voor hun genereuze hulp en adviezen. Zij zijn uiteraard niet vanzelfsprekend verantwoordelijk voor onze interpretatie van de geboden hulp en adviezen.

Tom Weldon en Mari Evans zijn, gedurende meer jaren dan wij allen waarschijnlijk zonder weemoed zullen kunnen erkennen, loyaal en een bron van steun geweest. Wij zijn hun en het dynamische team van Penguin zeer veel dank verschuldigd.

Als altijd zijn wij dankbaar voor de niet-aflatende zorg en steun van onze agenten Sarah Ballard en Simon Trewin, alsook voor die van St. John Donald en allen bij United Agents. Sam Edenborough en Nicki Kennedy van ILA hebben ons tijdens de jaren dat wij samen schreven steeds beschermd en verzorgd.